ANN MAXWELL

Wie Tau im Wüstensand

Buch

In der Öffentlichkeit ist Holly North bekannt als »Shannon«, das weltweit umschwärmte Topmodell. »Shannon« ist selbstsicher, unwiderstehlich und unnahbar, doch hinter der Fassade verbirgt sich eine ganz andere Persönlichkeit. Die echte Holly ist zerbrechlich, unschuldig – und auf der Flucht vor einem schrecklichen Geheimnis in ihrer Vergangenheit. Der Zufall führt sie zurück nach Hidden Springs, dem Ort ihrer Kindheit, wo sie schließlich auch Lincoln McKenzie wiederbegegnet, dem stolzen Rancher, dessen Schicksal so tragisch mit ihrem eigenen verbunden ist. Und eines Tages, in der eisigen Hölle eines Wüstensturms, flackert unverhofft eine verloren geglaubte Leidenschaft auf…

Autorin

Ann Maxwell, die auch unter dem Namen Elizabeth Lowell veröffentlicht, ist ein wahres Multitalent. Unter beiden Namen hat sie in den USA bisher über vierzig Romane veröffentlicht und wurde vielfach mit Preisen ausgezeichnet. Sie lebt mit ihrem Mann in Anacortes, USA.

Bereits bei Goldmann von Ann Maxwell lieferbar:

Flammender Diamant (42427), Flammender Himmel (43615), Lockende Wildnis (42428), Schimmernder Rubin (43406)

Als Elizabeth Lowell im Programm bei Goldmann:

Abenteurer meiner Träume (43484), Brandung des Herzens (42489), Fesseln aus Seide (42867), Feuergipfel (43784), Im Strudel der Gefühle (42492), Lockende Nachtigall (43408), Roulette der Liebe (42497)

ANN
MAXWELL

Wie Tau im Wüstensand

Roman

Aus dem Amerikanischen
von Inez Meyer

GOLDMANN

Originaltitel: Desert Rain
Originalverlag: Avon Books, New York

Umwelthinweis:
Alle bedruckten Materialien dieses Taschenbuches
sind chlorfrei und umweltschonend.
Das Papier enthält Recycling-Anteile.

Der Goldmann Verlag
ist ein Unternehmen der Verlagsgruppe Bertelsmann

Deutsche Erstveröffentlichung April 1998

Umschlaggestaltung: Design Team München
Umschlagillustration: Case/Schlück, Garbsen
Satz: Uhl + Massopust, Aalen
Druck: Elsnerdruck, Berlin
Verlagsnummer: 43983
Lektorat: SK
Redaktion: Barbara Gernet
Herstellung: Heidrun Nawrot
Made in Germany
ISBN 3-442-43983-3

1 3 5 7 9 10 8 6 4 2

1

»Komm schon, Shannon. Lächle mich an, so als ob ich dein Liebhaber wäre. Du weißt doch, was ein Liebhaber ist, nicht wahr, bester Schatz?«

Holly Shannon verkniff sich eine Antwort und zeigte verführerisch ihre Zähne, so, wie sie es gelernt hatte.

Jerry war zwar der begehrteste Modefotograf außerhalb von Paris, besaß aber leider einen schlüpfrigen Charakter. Holly hatte sein Angebot abgelehnt, mit ihm ins Bett zu gehen. Unter dieser Kränkung litt ihre Zusammenarbeit seither.

Zwei schwitzende Techniker hielten einen beweglichen Metallbogen hoch, der das Blitzlicht reflektierte und auf Hollys Gesicht warf.

»Schon etwas besser, aber noch lange nicht gut genug«, mäkelte Jerry. »Ich weiß ja, daß du vom Halse abwärts betrachtet ein Eisberg bist, aber dieses Geheimnis wollen wir mal schön für uns behalten, meine Süße.«

Holly senkte die Lider, bis von ihren ungewöhnlichen, goldbraunen Augen unter den schwarzen Wimpern nur noch ein Glitzern zu sehen war. Das lange Haar fiel ihr wie dunkle Kaskaden über ihre bloßen Schultern und Oberarme. Ihr Lächeln wurde nun breiter, doch keineswegs liebenswürdiger.

Jerry seufzte.

Holly wartete regungslos. Auf ihrer gewölbten Stirn kringelten sich unter dem dünnen Schweißfilm ein paar Haarsträhnen zu Löckchen. Diese Stirn und ihre hohen Wangenknochen hatten ein junges Mädchen namens Holly North in Shannon, ein international bekanntes Fotomodell, verwandelt.

»Jetzt einen Schmollmund«, forderte Jerry. »Richtig viel Lippen, die nur darauf warten, geküßt zu werden.«

Holly kam der Anweisung nach.

»Dreh dich nach links«, blaffte Jerry sie nun an. »Dein Haar muß fliegen. Jeder Mann soll bei diesem Bild den Wunsch verspüren, daß die Haare seine nackte Haut berühren.«

Holly bewegte sich mit jener Grazie, die ebenso Teil ihrer Persönlichkeit waren wie die langen Beine und der sportliche Körper.

Die für andere zermürbende Hitze wirkte auf sie wie ein guter Wein. Sie war in Palm Springs aufgewachsen und hatte dort die endlosen, sengenden Sommer verlebt. Die Sonne der Wüste, die den meisten so zusetzte, ließ sie erst richtig aufblühen.

Eine leichte Röte schimmerte unter ihrer Haut und verriet etwas von ihrer inneren Glut. Es war eine Glut, die nur ein einziger Mann jemals zu spüren bekommen hatte.

Lincoln McKenzie.

Denk nicht an ihn, ermahnte sich Holly automatisch. *Das tut dir nur weh.*

Doch obwohl sie jeden Gedanken an Linc verbannen wollte, gelang ihr das nicht. Ihr Gefühl von Sommer in Palm Springs war einfach zu lebendig. Sie hatte schon immer Schwierigkeiten bei der Vorstellung gehabt, sich selbst in New York oder Paris, in Hongkong, London oder Rom zu befinden, während Lincoln McKenzie auf der anderen Hälfte des Erdballs durch die Mittagshitze ritt.

Holly wußte, daß Linc hier in der Nähe wohnte. So nah sogar, daß sie ihn fast körperlich spürte. Er war Teil der Wüste und ebenso stattlich wie die Berge, die sich majestätisch gleich hinter der Stadt erhoben.

Die Erinnerung an Linc ließ ihre Haut erglühen, als ob sie der Sonne ausgesetzt wäre.

Mit neun Jahren bereits hatte sie Linc angebetet, als er, siebzehnjährig, eines der Araberpferde ritt, die seine Familie züchtete. Ihr allererstes Zusammentreffen war ihr heute noch so gegenwärtig, daß sie nach wie vor den Geruch von Salbei und Staub in der Nase hatte. Sie erinnerte sch an Lincs breites Lächeln, an seine braunen Augen, an die weichen Nüstern des Pferdes und ihren eigenen Herzschlag, als sie sich ihm in den Weg gestellt und zu ihm aufgeschaut hatte.

»Prima!« sagte Jerry. »Weiter so! Und jetzt über die Schulter. Beweg dich. Schneller! Noch einmal. Und noch einmal! Und noch einmal!«

Holly kam es vor, als wehte der Wind sie in die Vergangenheit. Sie drehte sich und wirbelte herum, während sie sich der Hitze der Wüste und ihren Erinnerungen an einen Mann hingab.

Sie konnte weder den Tag noch den Monat benennen, in dem ihre Verliebtheit sich in ein anderes, tieferes, glühenderes Gefühl verwandelt hatte. Obwohl die Ranchs ihrer jeweiligen Familien aneinandergrenzten, unterhielten die Norths und die McKenzies keinen Kontakt.

In ihren Teenagerjahren begegnete Holly Linc häufig bei Pferderennen, Verkaufsveranstaltungen und beim Einreiten. Und mit jedem Treffen verfiel sie ihm noch ein kleines bißchen mehr.

Jedesmal jedoch bedrückte es sie, daß Linc sie gar nicht zu bemerken schien.

»Ja, gut so«, murmelte Jerry. »Und jetzt ein bißchen freundlicher, nicht zuviel Schmollmund. Breites Lachen, Süße. Zeig mir deine Beißerchen.«

Holly lächelte in die Kamera, aber ihre Augen waren in die Vergangenheit gerichtet.

An ihrem sechzehnten Geburtstag hatte sie auf Beth McKenzie, die neunjährige kleine Schwester von Linc, aufgepaßt. Die McKenzies waren spät und ziemlich betrunken nach Hause gekommen, als sie anfingen zu streiten. Holly hatte in ihrem ganzen Leben noch niemals derartige Schimpfwörter gehört.

Als Linc dann überraschend in der Tür stand, suchte sie bei ihm Zuflucht. Er hatte sie nach Hause gefahren und so lange auf sie eingeredet, bis ihr Zittern nachließ. Als er erfuhr, daß sie um Mitternacht sechzehn Jahre alt geworden war, neckte er sie liebevoll, sie sei ein süßer Teen, den wohl noch niemand geküßt habe. Was erst als Geste der Beruhigung gemeint war, hatte sich dann zum Kuß eines Mannes entwickelt, der die Frau seiner Träume in den Armen hielt. Holly reagierte mit einer unschuldigen Hingabe, die Linc beinahe um den Verstand bringen wollte.

Er hatte ihr Gesicht in beide Hände genommen und sie angesehen, wobei er sich den Zauber des Augenblicks, das Mondlicht auf ihren verwunderten Zügen einprägte. Ihr Lächeln glich dem einer Eva, die soeben ihre Weiblichkeit entdeckte.

»Das ist genau das Lächeln, das ich sehen will!« bemerkte Jerry triumphierend. »Lieber Himmel, wenn du doch nur halb so heiß wärst, wie du aussiehst. Linke Schulter. Und jetzt ein bißchen Feuer. Genau. Ja! Strahle für mich, Süße!«

Holly hörte kaum das Geplapper des Fotografen und die Geräusche der endlosen Blitzlichter, die rings um sie aufflackerten. Sie war wieder sechzehn Jahre alt und lächelte zu dem Mann auf, den sie immer geliebt hatte. Linc hatte sie am nächsten Abend ausführen wollen, aber sie sollte bei einem Angestellten ihres Vaters babysitten. Dort war sie dann auch gewesen, als Linc zu ihr kam und ihr von dem Frontalzusammenstoß auf der kurvenreichen Landstraße berichtete.

Er hatte Holly ins Krankenhaus gefahren, wo man unermüdlich um das Leben ihrer Eltern kämpfte. Er war in jener langen Nacht an ihrer Seite gewesen, als erst ihre Mutter und dann ihr Vater starb.

Linc hatte die weinende und schreiende Holly im Arm

gehalten, gewiegt, als die Welt vor ihren Augen auseinanderbrach. Er hielt sie so lange umfangen, bis sie erschöpft an seiner Brust eingeschlafen war.

Als die junge Waise aufwachte, lag sie in einem Krankenhausbett, und die Schwester ihrer Mutter, Sandra, stand neben ihr. Holly erkannte sie, weil sie sie schon einmal auf ein paar verblaßten Fotos in einem alten mit Familienbildern vollgestopften Album gesehen hatte.

Sandra hatte das Mädchen ohne Aufschub nach Manhattan mitgenommen, wo Sandra eine Agentur für Spitzenmodels leitete. Mit neunzehn Jahren prangte Hollys Bild bereits auf allen Titelblättern der großen amerikanischen und europäischen Zeitschriften. Mit zwanzig hatte sie einen Exklusivvertrag eines führenden europäischen Modeschöpfers in der Tasche, der mit ihrem Gesicht für sämtliche seiner Produkte, von Parfüm über Kleidung, von Dessous bis hin zu Kosmetika warb.

Beruflich benutzte Holly lediglich ihren mittleren Namen, Shannon. Auf diese Weise hielt sie sich von der fremden, aufreizenden Frau fern, die sie von dem ganzen Blätterwald anblickte und die verführerisch über Negligés und Sex gurrte, während sie über Millionen von Mattscheiben flimmerte.

Shannon war sinnlich, wunderschön und ganz und gar außergewöhnlich.

Das Gegenteil von Holly.

Jahrelang hatte sie sich selbst immer als ein etwas ungeschicktes Entlein gesehen. Deshalb war ihr überhaupt nicht wohl bei dem Gedanken, was Make-up und künstliche Beleuchtung aus ihrem Gesicht und was die Zauberkünste der Modisten mit ihrem schlanken Körper machten.

Am meisten jedoch störten Holly die Männer, die ihre Schönheit in teuren Autos oder Penthäusern genossen. Ihr war durchaus bewußt, daß diese Männer sich eigentlich nur in einen Vierfarbdruck vergafft hatten.

Entsprechend reagierte sie dann: kühl und abweisend.

Männer bedachten sie mit den unterschiedlichsten Adjektiven, wovon das Wort »frigide« noch zu den höflicheren gehörte.

Mit zweiundzwanzig war Holly immer noch Jungfrau, von der die Männerwelt glaubte, sie sei sehr sexy und außerordentlich erfahren.

»Heb die Arme hoch«, kommandierte Jerry.

Traumwandlerisch folgte sie seinen Anweisungen und erinnerte sich daran, wie sie ihre Arme gehoben, sie Linc um die Schultern gelegt und mit den Fingern sein dichtes kastanienbraunes Haar durchkämmt hatte.

»Höher«, ordnete Jerry an. »Gut. Und jetzt biege den Rücken durch, und schüttle dein Haar.«

Holly zögerte. Diese Bewegung war nicht Teil ihrer Erinnerungen. Sie hatte Linc weder provoziert noch geneckt. Sie hatte ihn geliebt.

»Komm schon, Süße«, brummte Jerry ungeduldig. »Ein bißchen mehr Sex bitte. Denk an deinen Liebhaber.«

Holly war plötzlich zwischen der unschuldigen Vergangenheit und der sinnentleerten Gegenwart gefangen, also verspannte sie sich.

»Nein, nein, nein«, erklärte Jerry ärgerlich.

Bewußt entkrampfte sie sich, versuchte es erneut.

»Das genügt noch nicht«, sagte er. Sarkastisch fügte er hinzu: »Ach ja, hab ich ja ganz vergessen. Du machst dir ja nichts aus Liebhabern. Also leg deine Hände auf deine wunderschönen, nutzlosen Hüften und tu halt wenigstens so, als ob, verflixt noch mal!«

Hollys Kopfbewegung ließ ihr Haar den Rücken hinabfließen. Sie nahm eine provozierende Pose ein und blickte seitlich in die Kamera.

Als ihre Mähne über ihre Haut strich, wurde sie von Erinnerungen überflutet. Hätte sie doch damals schon lange Haare gehabt, als Lincs Finger mit ihren kinnlangen Locken spielte!

Warum bin ich nur nicht früher, als verliebte Sechzehnjährige, hübsch gewesen?

Diesem Gedanken folgte sogleich ein zweiter, einer, mit dem sie sich seit sechs Jahren herumschlug.

Ich wünschte, ich wäre immer noch sechzehn und läge in Lincs Armen, seine warmen Lippen an meinem Hals und sein Geschmack auf meinen Lippen …

Die Erinnerung war gleichzeitig süß und überwältigend. Die Sehnsucht riß sie so offensichtlich mit sich fort, daß es auch der Kamera nicht entgehen konnte.

»Wunderbar!« lobte Jerry. »Liebling, ich werde dich für den Oscar vorschlagen. Wenn ich es nicht besser wüßte, würde ich wetten, daß Sex dir wirklich liegt.«

Für Holly bildete sein Geplapper eine bedeutungslose Geräuschkulisse. Sie war um sechs Jahre zurückversetzt und lächelte verklärt angesichts ihrer Erinnerungen an Linc und ihrer ersten leidenschaftlichen Gefühle.

Sie wirbelte herum und hielt die Arme dem einzigen Mann entgegen, den sie je geliebt hatte. Sie sah ihn überdeutlich vor sich, das goldgesträhnte kastanienbraune Haar, die überragende Größe und Stärke. Seine Augenfarbe veränderte sich mit dem Licht, mal war sie braun, dann wieder grünlich, manchmal wurde sie auch von tieferliegenden Emotionen verdunkelt, die Holly nicht benennen konnte.

Vergangenheit und Gegenwart prallten aufeinander, warfen Holly ziemlich aus der Bahn.

Sie streckte ihre Arme nicht einem Traum entgegen, sondern einem Mann aus Fleisch und Blut.

Linc.

Es erschien ihr unfaßlich. Jetzt, in diesem Moment, thronte Linc über dem gebückten, in Selbstgespräche vertieften Fotografen.

Dann aber mußte Holly erkennen, daß es herbe Wirklichkeit und nicht ihr Traum von gestern war. Der verächtliche

Blick, den Linc ihr zuwarf, zeigte keine Spur von Zärtlichkeit oder aufkeimender Leidenschaft.

Seine braunen Augen wanderten erst geringschätzig über die Techniker und Zuschauer, bevor er sich ihr so direkt zuwandte, daß sie errötete.

Automatisch verschränkte sie die Arme vor der Brust und schüttelte ihre Haare, damit sie sie vor Lincs durchdringender Prüfung schützten.

»Das ist ja etwas ganz Neues«, bemerkte Jerry und suchte eine bessere Kameraposition. »Aber es bietet gewisse Möglichkeiten.«

Der Motor seiner Kamera schnurrte wie ein mechanisches Herz, das Bild für Bild durch die Kamera pumpte.

»Nicht schlecht, Süße«, setzte er hinzu. »Und jetzt strecke eine Hüfte vor, und gib mir dieses erwartungsvolle kleine Mädchen, das du so gut machen kannst.«

Holly erstarrte unter Mr. McKenzies Verachtung. Sie hätte nicht sagen können, weswegen ihr Idol sie haßte, aber sein Blick ließ keine andere Schlußfolgerung zu.

Ihr Traum von Liebe, von Linc, zerbarst in tausend Scherben. Der Schmerz war so heftig, daß sie kaum noch Luft bekam.

»Wach auf, Shannon«, knurrte Jerry. »Wir haben schließlich nicht den ganzen Tag Zeit.«

Shannon.

Hollys Profiname hallte wie ein Echo durch ihren Kopf. Er erinnerte sie daran, daß sie jetzt zweiundzwanzig Jahre alt und ein international gefragtes Model war. Sie lebte nun in einer anderen Welt als das einfache, liebeshungrige Mädchen von damals.

Nicht Holly, ermahnte sie sich selbst.

Shannon.

Shannon wies die Verachtung eines im Grunde Unbekannten strikt von sich. Sie würde ihn abschütteln.

Vielleicht sogar übertrumpfen...

Holly nahm eine provozierende Haltung ein, stemmte die Hand auf die Hüfte und hob so grazil wie eine Lilie auf ihrem Stengel das Kinn. Künstlich lächelnd zeigte sie der Kamera die Zähne.

»Soll das etwa jemanden anmachen?« fragte Jerry.

Holly wandte sich ab, atmete aus und zog die Brauen zusammen. Sie versuchte, die Gegenwart zu vergessen und den Traum wiederaufleben zu lassen. Über all die Jahre hinweg füllte er die Leere aus, seit ihre Tante sie dem Land – und dem Mann – ihrer Liebe entrissen hatte.

Es war die Nähe von Linc gewesen, die Holly vor der Kamera hatte lebendig werden lassen. Er hatte sie zu dieser unbändigen Sinnlichkeit inspiriert, die man auch in den Hochglanzmagazinen und auf dem Bildschirm noch spüren würde.

»Über deine rechte Schulter«, befahl Jerry. »Öffne deine Lippen, und laß ein bißchen Zunge sehen.«

Holly wandte sich um.

Der Besucher hatte sich keinen Millimeter vom Fleck bewegt. Er stand immer noch da und beobachtete sie.

Mit Abscheu!

Warum? fragte sich Holly verzweifelt. *Was habe ich denn getan, daß er so wütend auf mich war und nicht einmal meine Briefe beantwortete?*

Und warum ist er jetzt hier und haßt mich?

Plötzlich merkte Holly, daß sich ihr Seidenkleid durch die Hitze statisch aufgeladen hatte und dicht an ihrem Körper klebte. Der weichanliegende Stoff suggerierte jedem mit Augen im Kopf, daß Royce Design, ganz wie es die Werbung suggerierte, »über nichts außer der parfümierten Haut einer Frau« getragen werden sollte.

Einen Augenblick lang verharrte Holly regungslos, von Lincs Blick gebannt. Abgesehen von der peinlichen textilen Berührung spürte sie aber noch etwas. Etwas, das ihr in den letzten sechs Jahren nicht mehr passiert war.

Ihr Körper reagierte, indem er gleichzeitig heiß und kalt wurde. Ihre Brustknospen zogen sich zusammen und zeichneten sich durch die dünne Seide ab.

Der sarkastische Zug um Lincs Mund verriet ihr, daß ihm ihre Körperreaktionen nicht entgingen.

Sie wollte vor ihm weglaufen. Das wäre indessen eine typische Reaktion von Holly gewesen. Im Augenblick jedoch ging es nicht um Holly. Sie war Shannon – und rannte vor niemandem davon, schon gar nicht vor den feindseligen Blicken eines Mannes.

Im Gegenteil, eine Shannon müßte unverhohlene Ablehnung mit gesteigertem Charme beantworten.

Die dünne Seide umschlang Hollys Hüften, als sie sich von Linc, der Kamera und den anderen abwandte. Ohne sich umzublicken, rannte sie durch die aufgestellten Lampen und Reflektoren davon.

»Shannon?« Jerry rang um Geduld. »Wohin läufst du denn? Wir haben doch gerade erst angefangen!«

»Pech für dich«, entgegnete sie. »Mir reicht es«, sagte sie in dem harten Tonfall der Ostküste, mit dem sie ihr unliebsame Männer bedachte. Shannons Stimme.

Ohne einen Blick zurückzuwerfen eilte Holly weiter, weg von Linc McKenzie, dem einzigen Mann, den sie jemals geliebt hatte.

2

Holly schnappte sich ihre Sonnenbrille und eine Flasche Mineralwasser von dem Teewagen, der sie überallhin, ob in die Berge oder in die Wüste, begleitete. Dieser Service bildete einen jener Vorzüge, die ihr Vertrag mit Royce Design mit sich brachten.

Hinter dunkelrosa getönter Sonnenbrille verschanzt, nippte sie an ihrem Wasser. Seufzend ließ sie die perlende Flüssigkeit über die Zunge gleiten und rieb sich mit der kalten Flasche über die Handgelenke, unter denen ihr Blut heftig pulsierte.

»Was nimmst du dir eigentlich heraus?« brüllte Jerry los. »Wir sind mitten in der Arbeit, und du sitzt auf deinem zusammengekniffenen Hintern wie Königin Elizabeth persönlich!«

Die junge Dame beachtete ihn nicht, sondern konzentrierte sich auf ihre Hände. Sie hatten die irritierende Eigenschaft, leicht ins Zittern zu geraten.

Jerry überschüttete sie mit Beleidigungen.

Auch das ignorierte Holly. Sie wußte, daß Jerry zwar ein ausgezeichneter Fotograf, in menschlicher Hinsicht jedoch ein ziemlich miserabler Klotz war.

Roger Royces britischer Akzent unterbrach Jerrys Schimpftirade.

»Mach mal halblang, guter Mann! Du hast Shannon stundenlang in dieser Hitze wie ein Tier schuften lassen. Jedes andere Model hätte dir längst die kalte Schulter gezeigt.«

Holly drehte sich langsam zu ihrem Chef um. Er hatte blondes Haar und strahlte eine elegante Männlichkeit aus. Mit seinen fast ein Meter neunzig überragte er Holly um fünfzehn

Zentimeter. Roger besaß ein sicheres Gespür für Formen, Material, Farben und für den weiblichen Körper. Abgesehen davon war er ein Gentleman, und die traf man in der Modewelt nicht gerade häufig.

»Alles in Ordnung?« fragte Roger.

»Ich gebe mir jedenfalls Mühe«, gab Holly gepreßt zurück.

Roger legte seine Hand auf ihre Stirn. »Unter der Schminke bist du ganz blaß.«

»Ach, es geht schon.«

»Den Eindruck vermittelst du aber nicht gerade.«

Holly lächelte gequält.

»Mir ist gar nicht aufgefallen, daß Jerry mich bereits seit drei Stunden vor der Linse hat«, sagte sie. »Plötzlich war es mir dann einfach zuviel.«

»Ist das wirklich der einzige Grund?«

»Aber ja doch!«

Roger drehte Holly zu sich herum, so daß ihr Gesicht nicht mehr im Schatten lag.

»Du bist wirklich überanstrengt.« Besorgt runzelte er die Stirn.

Sie zuckte die Schultern.

»Ich hätte dir nicht Jerry zuteilen sollen«, warf sich Roger vor. »Er ist immer schrecklich gemein denen gegenüber, die nicht mit ihm ins Bett wollen.«

»Es ist nicht nur Jerrys Schuld, daß ich so blaß bin.«

Roger blieb skeptisch.

»Stimmt trotzdem«, sagte Holly.

Ihrer Meinung nach war nämlich nicht Jerry, sondern ein Mann namens Lincoln McKenzie an ihrer plötzlichen Schwäche schuld.

Aber auch das stimmt nicht, korrigierte Holly sich. *Es ist meine Schuld. Ich habe meinen Erinnerungen und Träumen freien Lauf gelassen.*

Süße Erinnerungen.

Süße Träume.

Und eine bittere Wirklichkeit.

Holly konnte sich Lincs Haßgefühle nicht erklären. Sie wußte lediglich, daß er sie hegte.

»Ich bin dann immer so in die Arbeit versunken, daß ich gar nicht merke, wie die Zeit vergeht«, meinte Holly obenhin.

»Schon klar. Es ist eine der Eigenschaften, warum du ein so außergewöhnliches Model abgibst.«

Roger blinzelte, während er die feinen Linien der Anspannung um Hollys Mund und Augen maß. Dann strich er ihr das Haar aus ihrem ebenmäßigen Gesicht.

»Du siehst wirklich nicht gut aus, meine Liebe«, beharrte er. »Geh ins Hotel, und leg dich ein wenig an den Pool. Nicht lange, sonst ...«

»... sonst bekomme ich Sonnenfalten. Und damit wäre für mich mehr als die Hälfte deiner Kollektion nicht mehr vorführbar«, beendete Holly den Satz und lächelte ihn schief an.

Roger grinste und umarmte sie flüchtig.

»Deshalb mag ich dich so gerne«, sagte er. »Du verstehst mich einfach verdammt gut.«

»Du magst doch jedes Model, das in deinen Kleidern eine nette Figur macht.«

»Stimmt. Aber du siehst am besten darin aus, und deshalb gefällst du mir auch am besten.«

Erheitert winkte sie ab. Als Designer und Freund konnte Holly Roger ernst nehmen, als potentiellen Liebhaber auf keinen Fall.

Daran hätte Roger gerne etwas geändert. Er war jedoch klug genug zu erkennen, daß er sie durch zu große Hartnäckigkeit seinerseits möglicherweise ganz verlieren würde. Wenn sie sich jedoch auf eine Freundschaft einigten, dann konnte er auch weiterhin mit Shannons zauberhafter Ausstrahlung für seine Produkte werben.

Holly empfand für Roger nicht einen Deut mehr als für

irgendeinen der vielen Männer, denen sie inzwischen begegnet war. Rogers freundliche Art und sein liebenswürdiger Witz hatten sie aber dennoch sehr für ihn eingenommen. In dieser kalten, glatten Umgebung, in der sie sich ständig aufhielt, war sie auf echte Zuneigung wirklich angewiesen.

»Tut mir leid, Ihr Liebesgeflüster zu unterbrechen. Man hat mir gesagt, daß ich Roger Royce hier finde.«

Holly mußte sich nicht umdrehen, um sicher zu sein, daß Linc hinter ihr stand. Seine Stimme würde sie ebensowenig vergessen können wie das Gefühl seiner Haut unter ihrer Hand.

»Das bin ich«, erwiderte Roger.

»Lincoln McKenzie«, stellte sich Linc, ohne die Miene zu verziehen, vor.

Seiner knappen Vorstellung folgte weder ein Handschlag noch sonst irgendeine verbindliche Geste.

Roger betrachtete Linc von seinen kastanienbraunen Locken bis hin zu den staubigen Cowboystiefeln. Sah aus wie ein Ansager beim Pferderennen, faßte Roger seinen Eindruck zusammen.

»Einszweiundneunzig, vielleicht auch etwas größer«, sagte Roger. »Ausgeprägte Muskeln, nicht zu auffällig... Ich kann zwar Cowboykleidung nicht ausstehen, aber Sie werden sie ja ohnehin nicht tragen, wenn wir Ihnen etwas anbieten sollten.«

Holly stockte der Atem. Wie würde Linc darauf reagieren, daß er wie ein Vollblut auf einer Auktion taxiert wurde?

»Saubere Hände«, fuhr Rogert fort. »Gute Beine, schlank, trotzdem kräftig. Teure Stiefel. Alles in allem nicht einmal übel. Nur das Gesicht. Es ist zu... zu gefährlich. Ehemänner würden einen Blick auf Sie werfen und sich gegen den Kauf von Royce-Produkten entscheiden. Können Sie auch lächeln, Lincoln McKenzie?«

Lincs Lächeln ließ Holly frösteln. Welches Spiel Roger spielte, durchschaute sie nicht, aber sie war sich sicher, daß er es bei dem falschen Mann einsetzte.

»Tut mir leid«, sagte Roger und schüttelte den Kopf. »Wir können Sie nicht gebrauchen. Sagen Sie Ihrer Agentur, wir suchen eher einen Sunny Boy. Und sagen Sie ihnen auch, daß es eilt. Am kommenden Montag wollen wir mit den Aufnahmen in Hidden Springs beginnen.«

Lincs Lächeln erstarb. Die harten Gesichtszüge wurden nicht durch das geringste Entgegenkommen mehr entschärft.

»Nein«, erwiderte Linc.

Holly starrte ihn gebannt an. Dies war nicht der Lincoln McKenzie ihrer Erinnerung. Dieser Mann hier schien zu keinerlei Gefühl fähig. Sein Mund war viel zu verkniffen, um mit ihrer Erinnerung an seine Wärme und Zärtlichkeit übereinzustimmen.

»Was, nein?« fragte Roger. »Ihre Agentur hat niemand Passenderen, oder nein, sie können nicht so schnell ein anderes männliches Model schicken?«

»Nein. Und damit basta!«

»Nun machen Sie mal einen Punkt«, erwiderte Roger ungeduldig, wodurch sich sein britischer Akzent verstärkte. »Wissen Sie, man kann die markige Westernnummer auch ein wenig übertreiben.«

Linc bellte amüsiert auf.

»Ich bin zwar ein Mann, aber kein Model«, stellte er richtig.

»Auch mit einer Agentur habe ich nichts zu tun; und ich kenne Männer, die sehen besser aus als ich. Sie zum Beispiel. Ein recht passabler, zivilisierter Wikinger.«

Roger lächelte überrascht. Er legte den Kopf zur Seite und betrachtete den hochaufgeschossenen Baum vor sich.

»Sie sind kein Model?« fragte Roger.

»Nein.«

»Schade eigentlich. Sie haben einiges Potential. Außerdem sind Sie intelligent.«

»Und abgesehen davon bin ich der Bevollmächtigte von Hidden Springs.«

»Ach ja? Am Montag werden wir dort Aufnahmen machen.«

»Eben nicht. Weder am Montag noch an irgendeinem anderen Tag.«

Der zivilisierte Brite runzelte die Stirn und ließ die Haarsträhne von Holly los, mit der er abwesend gespielt hatte.

»Könnten Sie mir das bitte erklären?« fragte Roger.

»Aber selbstverständlich.«

Lincs Lächeln ließ Holly zusammenzucken, obwohl er sie überhaupt keines Blickes würdigte, sie, in Rogers fürsorglicher Umarmung, nicht einmal angesehen hatte.

»Ich kann diese parasitären Jet-setter und deren leichte Mädchen nicht ausstehen«, sagte Linc in aller Deutlichkeit. »Und ich dulde sie nicht auf meiner Ranch.«

Die unmißverständliche Andeutung, daß er sie als eine Art Hure betrachtete, ließ den Rest Farbe aus ihrem Gesicht weichen. Sie war von Lincs Worten so getroffen, daß sie sich nicht wehren konnte oder geraderücken, wer der eigentliche Besitzer von Hidden Springs war. Roger blickte Holly von der Seite an. Seines Wissens nach lag Hidden Springs auf einem Stück Land, das Sandra & North Productions gehörte. Holly war es gewesen, die Hidden Springs als idealen Hintergrund für seine neue Produktlinie vorgeschlagen hatte.

Wieder legte er schützend den Arm um sie und wandte sich Linc zu.

»Ich verkaufe guten Stil, das ist alles!« Rogers Stimme klang gepreßt.

Linc hob die Schulter und blickte auf Holly.

Seine kühle Bestandsaufnahme von ihrem Körper war beleidigender, als es eine Berührung von einem Mann jemals hätte sein können.

»Entschuldigen Sie sich bei Shannon«, befahl Roger. »Und dann gehen Sie bitte.«

»Ich entschuldige mich nicht dafür, die Wahrheit gesagt zu

haben. Wenn sie die Bezeichnung nicht verkraften kann, dann sollte sie sich aus dem Spiel raushalten.«

Hollys aufsteigende Wut verdrängte den Schmerz, der sie hatte erstarren lassen. Sie befreite sich aus Rogers Hilfestellung und warf Linc ein umwerfendes, professionelles Lächeln zu.

»Persönlich werde ich die Arbeit in Hidden Springs sehr genießen«, sagte sie mit rauchiger Stimme. »Und zu wissen, daß Sie uns dort nicht haben wollen, wird jeden Augenblick dort zu etwas … Besonderem machen.«

»Keiner betritt den Boden ohne meine Genehmigung.«

»Ist dem so?«

»Darauf können Sie jede Wette eingehen.«

Holly kehrte die Geschäftsfrau heraus.

»Damit werden Sie nicht weit kommen, Lincoln McKenzie! Wir haben nämlich ein Schreiben der Eigentümerin von Hidden Springs. Darin steht, daß wir den ganzen Sommer unsere Zelte dort nach Belieben aufschlagen können.«

Lincs Gesichtsausdruck veränderte sich. Er spiegelte Erstaunen wider und noch ein anderes, zu vielschichtiges Gefühl, als daß man es hätte benennen können.

»Holly?« fragte er ungläubig. »Wollen Sie damit etwa behaupten, Holly North habe Ihnen die Nutzung von Hidden Springs eingeräumt?«

Einen Augenblick lang war sie zu verblüfft, um gleich zu reagieren. Die Tatsache, daß Linc sie nicht erkannt hatte, war gleichermaßen kränkend wie erleichternd. Erst im nachhinein wurde ihr klar, daß sie das eigentlich nicht zu überraschen brauchte. In den vergangenen sechs Jahren hatte sich nur ihre ungewöhnliche Augenfarbe nicht verändert, und die verbarg sie momentan hinter einer Sonnenbrille.

Glücklicherweise vergaß Roger vor lauter Überraschung selbst, darauf hinzuweisen, daß Holly North und Shannon ein und dieselbe Person waren. Aber bevor er sich wieder gefangen hatte, bestätigte Holly auch schon. »Jawohl. Holly North hat uns erlaubt, in Hidden Springs zu filmen.«

»Das kann ich einfach nicht glauben«, widersetzte Linc sich. »Holly würde mit Leuten wie Ihnen nichts zu tun haben wollen.«

Beschwichtigend legte sie ihre Hand auf Rogers Arm, denn sie befürchtete, er könne ihre Identität doch noch preisgeben.

»Laß mich Holly verteidigen«, murmelte sie Roger zu. »Sie ist schließlich meine beste Freundin.«

Erneut wandte sie sich an Linc.

»Kennen Sie Holly überhaupt?« fragte sie.

Ihre Stimme war ganz und gar die Stimme von Shannon, hell und kühl.

Roger nickte.

»Ich kannte sie.« Lincs Stimme war so hart wie die starre Linie seiner Lippen. »Allerdings habe ich sie vor sechs Jahren zum letzten Mal gesehen.«

»Menschen verändern sich«, dozierte sie. »Ganz bestimmt sogar. Denn die Holly, die ich kenne, gäbe sich niemals mit einem unerzogenen Rüpel ab.«

»Die Holly meiner Bekanntschaft würde sich niemals mit Huren zusammentun.«

»In diesem Punkt stimmen wir hundertprozentig überein«, konterte sie scharf, während ihr Akzent zugunsten ihrer Wut sogar noch härter wurde.

Überraschenderweise lächelte Linc.

»Vielleicht ist sie Ihnen ja doch nicht vertraut genug«, gab er zu bedenken.

»Da täuschen Sie sich gewaltig«, erteilte Holly ihm eine Abfuhr.

Augenblicklich bereute sie ihre Worte. Sie wollte nicht, daß Linc nachprüfte, wie eng ihre Beziehung zu Holly wirklich war.

Außerdem konnte sie den Gedanken nicht ertragen, daß die Verachtung in Lincs Blick ihr und nicht dem Topmodel namens Shannon galt.

»Ich kenne Holly gut genug, um zu garantieren, daß wir am Montag in Hidden Springs arbeiten werden«, sagte sie.

»Denn ich verwalte ihr Land. Wenn ich nein sage, wird sie ebenfalls nein sagen.«

»Und zum Einspruch müßten Sie sie erst einmal erreichen«, verwies ihn Roger und verkniff sich ein Lachen. »Ich glaube, sie macht gerade eine Safari durch die Wüste.«

»Genau«, klinkte sich Holly rasch ein. »Sie wird die nächsten Wochen über gar nicht nach Manhattan kommen. Ich befürchte, Sie verlieren nicht nur diese Schlacht, sondern die gesamte Auseinandersetzung.«

»Sie haben sie zu sehr verwöhnt«, meinte Linc an Roger gewandt. »Leute wie sie faßt man besser hart an, wenn sie sich in der Manege bewähren sollen.«

Der Wind blies Hollys Haare über Lincs Gesicht, als sie sich vornüberbeugte. Als hätten ihn finstere Flammen berührt, zuckte er zurück.

»Sie sind sicher auch einer jener verklemmten Gesellen, die lediglich mit Hunden und Pferden gut auskommen«, murmelte sie.

Roger unterbrach sie etwas unsicher: »Shannon ...«

Holly überging seinen mahnenden Ton und lächelte Linc verführerisch an. Durch ihre getönten Brillengläser hindurch waren ihre Augen dunkel und funkelten vor Wut und Enttäuschung.

Linc so nah zu sein und dennoch lediglich Widerwillen in seinem Blick zu entdecken, überstieg Hollys Fassungskräfte. Sie hatte gehofft, daß ihn ihre Schönheit für sie einnehmen würde, daß er sie erblickte und seine Liebe spontan aufflammte. Eine Liebe, die sie ihrerseits während all der Jahre der Trennung niemals in Frage gestellt hatte.

»Hunde«, knurrte Linc. »Hunde sind gehorsam, zuverlässig und *treu*, im Gegensatz zu schönen Frauen.«

»Ist es Ihnen also doch aufgefallen?« murmelte Holly und senkte ihre dichten Wimpern.

»Daß Sie schön sind?« Linc winkte ab.

»Blitze sind auch schön anzusehen, aber nur ein Idiot würde sie berühren wollen.«

»Dann verkriechen Sie sich doch wieder in Ihrer Einöde, Sie Apostel«, preßte Holly hervor. »Dort wird so ein Blitz Sie jedenfalls nicht treffen.«

»Da bist du ja! Ich habe überall nach dir gesucht!«

Betäubt nahm Holly die fremde Person wahr, die sich wie eine hungrige Katze an Lincs Arm rieb. Sie war das absolute Gegenteil von Holly: klein, blond und kurvenreich.

Neben Lincs Statur wirkte sie jedoch sehr niedlich. Wenn ihre Figur einen Fehler aufzuweisen hatte, dann lag er in ihrem ausgeprägten Hinterteil. Aber nur wenigen Männern fielen diese falschen Proportionen auf, und stoßen würde sich erst recht keiner daran.

Linc lächelte die fremde Frau an. Obwohl sie Absätze trug, reichte sie ihm gerade bis zur Brust.

»Hallo, Cyn«, sagte Linc. »Schon fertig mit Einkaufen?«

Cyn zog einen Schmollmund, den Jerry sicher gerne fotografiert hätte. Ihre grellrosa lackierten Fingernägel kratzten leicht über Lincs Arm.

»Ich habe mir drei Kleider ausgesucht und das süßeste Negligé von Amerika«, erwiderte sie.

Dann richtete Cyn ihren blauen, stahlharten Blick auf Holly.

»Übrigens ist das Negligé für eine Frau gedacht, nicht für eine Giraffe«, bemerkte sie süffisant.

Linc lachte und drehte eine ihrer blonden Haarsträhnen um seinen Finger. »Du hast dir wohl gleich noch die Krallen schärfen lassen?«

Auch der letzte Rest von Hollys Traum verflüchtigte sich, als die ungezwungene Vertrautheit zwischen dem Mann, den sie liebte, und der kurvenreichen Schönen namens Cyn in ihr Bewußtsein drang.

Jetzt weiß ich wenigstens, warum er mir niemals geantwortet hat, dachte Holly. *Er war viel zu beschäftigt mit seinem Püppchen.*

Holly wäre am liebsten weggerannt und hätte sich versteckt, aber sie ließ sich nicht das geringste anmerken. Durch und durch das professionelle Topmodel, posierte sie unbeirrt für den bisher wichtigsten Auftrag ihrer Karriere. Das Leben hatte Holly gelehrt, sich entweder zu wehren oder unterzugehen. Sie war nicht untergegangen, als ihre Eltern starben. Also würde sie auch den Tod ihrer kindlichen Schwärmerei verwinden.

Shannon jedenfalls würde damit fertig.

»Sie haben nur Kleider eingekauft?« murmelte Holly und blickte vielsagend auf Cyns Hüften. »Roger könnte Ihnen ein paar Hosen zuschneiden. Sicher haben wir hier irgendwo noch einen Stoffrest, nicht wahr, Roger?«

Der räusperte sich.

»Ach, eines habe ich ja vollkommen vergessen«, bemerkte Holly mit unschuldigem Augenaufschlag. »Unser Material liegt nur einszehn breit. Das wird wohl kaum ausreichen, oder?«

Cyn blieb der Mund offenstehen, dann preßte sie ihre vollen Lippen zu einem Strich zusammen.

Aber noch ehe sie es diesem arroganten Mannequin heimzahlen konnte, wandte sich Holly gelangweilt von ihr ab. Sie adressierte Linc mit unterkühltem, aber gleichzeitig vertraulichem Tonfall.

»Jetzt verstehe ich endlich, warum Sie so fanatisch auf dem Thema Prostituierte und Absahner herumreiten«, sagte sie. »Hiermit erklärt sich einiges! Sie haben es allerdings Ihrer eigenen Geschmacksverirrung zuzuschreiben.«

Sie drehte den beiden den Rücken zu und wandte sich an Roger.

»Falls du mich brauchst, ich bin im Hotel«, näselte sie.

Äußerlich ruhig lief Holly über den glühenden Asphalt auf ihre Suite zu. Die Sonnenhitze flimmerte und brannte bis in ihr Innerstes.

Aber nichts war so heiß wie die Tränen, die sie nun nicht mehr zurückhalten konnte. Sie schluckte krampfhaft und hoffte, daß niemand ihre mangelnde Selbstbeherrschung bemerkte, die sich jetzt in Form von Tränen über ihre Wangen ergoß.

Einzig und allein ihre Sehnsucht nach Linc hatte Palm Springs für sie wieder attraktiv gemacht. Wie könnte er ihr widerstehen, wenn er sah, was für ein Schmetterling aus einem gewöhnlichen Kokon geschlüpft war?

Statt dessen begegnete sie einem höhnischen Fremden, dessen Verachtung sie tief verwundete.

Ich war eine Närrin, hierher zurückzukehren, dachte Holly bitter.

Und nur alberne Gänse glauben an Träume…

3

Holly schmiß ihr Feldgeschirr auf den Rücksitz des offenen Jeeps. Ehe sie sich wieder Roger zuwandte, überprüfte sie erst ihren Schlafsack und dann den festen Sitz der Gurte.

»Hör auf, dir meinetwegen Sorgen zu machen.« Holly gab sich zuversichtlich. »Seit meinem vierten Lebensjahr zelte ich in Hidden Springs.«

»Alleine?«

Holly ignorierte seinen Zweifel.

Roger machte eine ausholende Bewegung in Richtung der kahlen, rauhen Gebirgszüge am Horizont.

»Mit dem Central Park in New York kann man das da draußen nicht vergleichen«, sagte er. »Das ist richtige Wildnis.«

»Wäre es der Central Park, müßte ich eine abgesägte Schrotflinte mitnehmen«, erklärte Holly.

Roger verkniff sich ein Lächeln.

»Dort oben muß ich mich lediglich um etwas Wasser kümmern. Und das liefern die Quellen in Hülle und Fülle.«

Mit diesen Worten verschwand sie wieder in dem Jeep. Sie schüttelte den Zehnliterkanister, um zu sehen, ob er voll und sicher verstaut war. Jahrelange Erfahrungen mit Mietwagen hatten sie gelehrt, alles noch einmal gründlich selbst zu überprüfen.

»Shannon«, hub Roger an.

Holly betrachtete ihn nicht. Sie fischte einen Schraubenzieher aus der Hüfttasche ihrer Jeans und zog die Schrauben an den Bügeln an, die den Kanister hielten.

Roger lüftete die Brauen.

»Jetzt bist du also nicht Shannon, oder?« fragte er ruhig.

»Nein, zur Zeit bin ich nicht im Dienst.«

Roger schüttelte den Kopf und betrachtete Hollys streng geflochtenes Haar. Sie hatte sich nicht geschminkt. Ihre Kleidung war locker und strapazierfähig. Und ihre Schuhe konnte man bestenfalls als solide bezeichnen.

»Holly Shannon North«, sagte Roger. »Du bist wirklich ein merkwürdiges Wesen. Wären nicht deine Augen, würde ich dich, großes Ehrenwort, nicht erkennen. Kein Wunder, daß die Fotografen dich lieben.«

»Klar«, fiel Holly ihm ins Wort. »Ich bin die perfekte leere Leinwand, auf die Männer ihre Phantasien projizieren können.«

Sie schnappte sich einen Karton mit Lebensmitteln, das Kochgeschirr und verstaute alles vorne auf dem Beifahrersitz.

Roger legte seine Hand auf Hollys Arm.

»So habe ich es nicht gemeint«, sagte er.

»Ich weiß.« Sie seufzte. »Vermutlich habe ich es auch nicht so gemeint, wie es mir herausgerutscht ist.«

Mit den letzten Vorräten wandte sie sich zum Auto.

»Laß mich doch mit dir mitkommen«, bat Roger.

Holly war so überrascht, daß sie beinahe den Karton hätte fallen lassen.

»Du? Zelten?« Holly schüttelte den Kopf.

»Ich meine es ernst«, drängte Roger.

»Genau wie ich. Zelten ist nicht dein Fall, das wissen wir beide.«

»Aber du bist mein Fall.« Er gab noch nicht auf. »Laß mich dabeisein! Hier ist mein Versprechen, daß ich dir nicht im Weg stehen werde.«

Holly starrte ihn an.

Seine blauen Augen musterten sie.

»Du meinst es anscheinend wirklich«, räumte sie nach einer Weile ein.

»Allerdings.«

Was sie in Rogers Blick entdeckte, zog ihr den Magen zusammen. Nach dem gestrigen Tag mußte sie indessen über ihre alten, nunmehr zerbrochenen Träume nachdenken. Sie brauchte die Stille der bergigen Wüste, ohne daß jemand etwas von ihr erwartete, nicht einmal ein Lächeln.

Und ebendieser Frieden war nur in der Wüste zu finden.

Ganz sicher aber wollte sie die nächsten drei Tage nicht damit verbringen, Rogers Annäherungsversuche abzuwehren, wie behutsam und geschickt sie auch verpackt sein mochten.

Ihr Chef war weder unsensibel noch begriffsstutzig. Er konnte Hollys Ablehnung von ihren zusammengepreßten Lippen ablesen.

»Ist es so schlimm?« fragte er trocken. »Ich dachte mir schon… was dieser Cowboy gesagt hat, hat dich furchtbar aufgeregt. Deswegen habe ich mir Sorgen gemacht. Geht es dir jetzt besser?«

»Aber ja.«

»Dein Verhalten weist eher auf ein Tief hin.«

Holly erwiderte nichts und kümmerte sich weiter ums Einpacken.

Roger sprach mit der Stimme eines Mannes, der feindliches Gebiet erkundet. Sein Ton war vorsichtig und jederzeit zum Rückzug bereit.

»Zwischen dir und Lincoln McKenzie ist doch etwas, nicht wahr?« bohrte er weiter.

»Nein«, erwiderte Holly knapp.

Jedenfalls nicht mehr, dachte sie. *Vermutlich ist auch nie etwas gewesen. Nur ein Traum, mehr nicht.*

Jetzt wuchs es sich allerdings zu einem Alptraum aus.

»Shannon?« fragte Roger leise.

Widerstrebend erhob sich Holly von der Ladefläche. Sie war ihm mehr als die kühle, unverbindliche Fassade des Models Shannon schuldig. Denn Roger bot ihr nicht nur seine

Freundschaft, sondern hatte auch buchstäblich Millionen in ihre Karriere investiert.

Aber Holly konnte dem versierten Gentleman Roger Royce nichts von ihren kindlichen Liebesträumen und Lincoln McKenzie auftischen. Also erzählte sie ihm den Rest der Wahrheit, den Teil, bei dem sie sich nicht wie ein pubertierendes Dummchen vorkam.

»Seit dem Tod meiner Eltern bin ich zum allerersten Mal wieder hier«, sagte Holly. »Es sind einfach ... Erinnerungen.«

»Das kann ich gut nachvollziehen.« Roger nickte verständnisinnig. »Aber wird das nicht in Hidden Springs noch viel schlimmer werden? Du solltest nicht allein losziehen, Shannon.«

Wie immer war Holly von Rogers Sorge gerührt.

»Mir tut es bestimmt gut«, versicherte sie ihm.

Roger betrachtete sie skeptisch.

»Du kannst dich darauf verlassen«, bekräftigte sie.

Holly trat an Roger heran und küßte ihn flüchtig auf die Wange.

»Trotzdem danke, daß du so nett zu mir bist«, sagte sie.

Roger hielt sie an den Schultern fest, so daß sie ganz nahe an seinen Lippen war.

»Ich würde noch viel netter sein, wenn du es zuließest«, deutete er an.

Holly spürte, wie sie erstarrte. Sie mußte diese Szene beenden, ehe sie einen der wenigen Menschen auf der Welt verlor, der ihr wirklich am Herzen lag.

»Es lohnt sich nicht«, bekannte sie steif. »Ich bin frigide.«

Für einen kurzen Augenblick schwieg Roger schockiert.

»Jerry ist ein verdammtes Schwein«, meinte er schließlich.

Sarkastisch lachte sie auf.

»Da will ich dir nicht widersprechen«, sagte sie. »Dennoch hat er recht. Ich bin einfach keine besonders sinnliche Frau.«

»Quatsch! Glaubst du etwa, daß ich dich nicht beobachtet

hätte? Du berührst dauernd Dinge, erfühlst die Struktur mit den Fingerspitzen. Ob heiß oder kalt, rauh oder glatt, was auch immer.«

»Das ist nicht dasselbe.«

»Und ob es das ist«, entgegnete Roger mit rauher Stimme. »Dein Körper verändert sich, wenn Seide über deine Haut fließt, Shannon. Du brauchst einen seidenen Liebhaber und nicht so eine Kreatur wie Jerry.«

Die Erinnerungen an Linc überfluteten Holly. Sein Körper hatte sich aufregend angefühlt, sowohl flaumweich als auch hart wie Stahl. Sie brauchte Seide und Unbeugsamkeit, eben die einmalige Mischung von Linc.

Nur die Seide von Roger, das reichte ihr nicht.

»Ich will aber nicht bloß wie eine Kostbarkeit behandelt werden«, flüsterte sie und war selbst überrascht von den Tränen zwischen ihren Wimpern.

»Nun weine doch nicht«, murmelte Roger zärtlich und ließ sie los.

Sie lächelte ihn tapfer an.

»Es tut mir wirklich leid«, entschuldigte er sich. »Ich wollte dir ganz bestimmt nicht zu nahe treten. Ich dachte nur, daß es diesmal vielleicht ...«

Holly schüttelte wortlos den Kopf.

Roger betrachtete sie aufmerksam.

»Du bist mir doch nicht etwa böse?« fragte er.

»Nein«, stieß sie erstickt hervor. »Du mir etwa?«

»Es ist ja nicht das erste Mal, daß du mich hast abblitzen lassen«, sagte er mit einem ergebenen Lächeln.

Dann strafften sich seine Züge und machten einem sehr intensiven, zielsicheren, männlichen Gesichtsausdruck Platz.

»Wenn du deine Meinung ändern solltest, dann traue dich ruhig, es mir mitzuteilen«, sagte Roger. »Jederzeit. Ich meine es aufrichtig.«

Holly nickte, ohne ihn dabei anzusehen.

»Also bis zum Montag an der Einfahrt zu den Hidden Springs!« verabschiedete sie sich und schlüpfte hinter das Lenkrad. »Sieh zu, daß alle Autos einen Allradantrieb haben. Sonst kommt man nämlich nicht bis zu den Quellen durch.«

Roger nickte.

Der Plastiksitz des offenen Gefährts brannte wie Feuer unter Hollys Schenkeln. Noch bevor sie den Zündschlüssel herumgedreht hatte, schienen ihre Jeans zu schmoren. Sie zog ein paar Autohandschuhe aus ihrer Tasche, denn das Lenkrad konnte man kaum mit bloßen Händen anfassen.

Als Holly aufsah, stand Roger immer noch wie angewurzelt da. Sie griff nach einem alten Cowboyhut, stülpte ihn sich über und zog das Kinnband stramm an. Dann die Sonnenbrille, deren Gläser so dunkel waren, daß man ihre Augen hinter dem ovalen blaugrünen Plastik nicht mehr erkennen konnte.

Holly beugte sich ein wenig vor und drehte den Zündschlüssel. Es überraschte sie, daß der Jeep auf der Stelle ansprang. Sie legte den Gang ein, verließ den Hotelparkplatz und winkte Roger beim Einbiegen auf die palmengesäumte Allee zu.

Während der Hochsommerzeit war Palm Springs ein ruhiger Ort. Die meisten reichen Leute verbrachten ihre Zeit in gemäßigterem Klima. Die Übriggebliebenen folgten dem Rhythmus der Wüste – verbrachten die heißen Stunden schlafend und standen erst in der Dämmerung auf – oder aber versteckten sich in ihren luftgekühlten Wohnungen und taten keinen Schritt nach draußen.

Holly wartete ungeduldig an der roten Ampel, damit sie endlich wieder den Fahrwind zu spüren bekam. Sie sehnte sich sowohl nach dem Gefühl der Bewegung als auch nach der kühlenden Brise.

Es trieb sie weg von hier.

Der heutige Tag war noch heißer als gestern, als Linc wie eine Fata Morgana erschien, ihr die Stimmung ruiniert und all ihre Träume zerstört hatte.

Hör endlich auf, daran zu denken, ermahnte sich Holly. *Denk über das Wetter nach so wie jedermann!*

Endlich schaltete die Ampel auf Grün. Sie raste auf ihre geliebten Berge zu, während sie eisern den Himmel beobachtete.

Die Temperaturen kletterten ständig in die Höhe, und es wurde ausgesprochen schwül, für die im Westen gelegenen Wüsten eine recht ungewöhnliche Wetterlage. Die Schwüle war auf die Feuchtigkeit zurückzuführen, die langsam vom Meer Cortez aufstieg. Wenn die dicke, heiße Luft gegen die Berge stieß, verwandelte sie sich in Wolken.

Gegen Abend würde sommerliches Gewittergrollen in den ausgetrockneten Flußarmen zu hören sein und das Land bis ins Mark erschuttern. Im günstigsten Falle könnte es sogar regnen. Der Regen würde die Luft für wenige wunderbare Stunden ein wenig abkühlen.

Solche Wolkengüsse waren äußerst selten. Aber Wasser gehörte nun mal in jeder Wüste zu den Raritäten.

Jetzt jedoch, im Flachland vor den Bergen, erübrigte sich jede Hoffnung auf kühlenden Regen.

Holly fuhr zügig. Unbewußt versuchte sie auf diese Weise, ihren drückenden Gedanken wie auch der Hitze zu entkommen. Aber sie konnte so wenig sich selbst davonlaufen, wie ein wolkenloser Himmel Regen zu spenden vermochte. Erinnerungen prasselten auf sie herein, ausgelöst durch die Geräusche des Jeeps und den Geruch glühenden Metalls unter der sengenden Sonne.

Holly hatte zum ersten Mal den alten Jeep ihres Vaters gefahren, als sie eine langbeinige, schüchterne Vierzehnjährige war. Sie hatte darum gebettelt, die Pferde füttern zu helfen, die in Garner Valley, etwa acht Meilen von der Ranch der Norths entfernt gehalten wurden. Diese Weide grenzte direkt an die Ranch der McKenzies.

So oft wie nur irgend möglich war sie dorthin gefahren und

hatte immer gehofft, Linc die Grenze entlangreiten zu sehen, wo er den Zaun nach Löchern absuchte.

Denk nicht daran, verbot sich Holly wütend. *Denk ans Fahren. Denk an die Berge. Denk an Hidden Springs. Du hast tausend Möglichkeiten, aber vergiß Linc, der dich nicht einmal erkannt hat und verachtet, was aus dir geworden ist. Er hat dich wohl ohnehin niemals genügend gemocht, um sich überhaupt an dich zu erinnern.*

Schon bald lenkte Holly den Jeep ganz selbstverständlich und sicher. Das wohlbekannte Gefühl des Wagens beruhigte sie, während sie auf die Autobahn einbog und durch eine Landschaft raste, die sie sechs Jahre lang nicht gesehen hatte.

Da Holly sich dem Verkauf von Hidden Springs nachdrücklich widersetzte, hatte Sandra die Verwaltung der Ranch den McKenzies übertragen. Damals, vor sechs Jahren, war Holly das als eine gute Lösung erschienen. Den Gedanken, das Land ihrer Kindheit zu veräußern, hatte sie verabscheut.

Außerdem war da immer noch ihr Traum, unter allerlei Vorwänden, Ausreden und Entschuldigungen begraben, daß sie eines Tages wieder zurückkehren würde. Und darauf sollte auch Linc warten…

Ihre Träume und die Wirklichkeit klafften so weit auseinander, daß Holly es schmerzhaft spürte, ganz gleich, wie energisch sie dagegen anging.

Als sie auf die unausgeschilderte und nicht asphaltierte Straße nach Hidden Springs einbog, hatten sich über den violetten Gipfeln der San-Jacinto-Berge Wolken gesammelt. Die Luft war trüb, unerträglich feucht und klebte an Hollys Haut wie die Wolken an den Berggipfeln. Eine Brise fegte unruhig über das trockene Land und erzeugte merkwürdig knisternde Geräusche.

Das Tor zu Hidden Springs war verschlossen. Die Zahlenkombination jedoch hatte sich seit damals nicht verändert. Gut geölt und sogar durch die Handschuhe glühend, ließ sich das Schloß dennoch mit einem metallischen Klicken öffnen.

Sie fuhr hindurch und schloß das Tor hinter sich wieder ab. Eine nun kühlere Brise wehte von den Bergen herab. Je weiter sie sich vorwärts bewegte, desto mehr veränderten die Wolken ihre Farbe und Dichte, sie changierten zwischen Rosa bis hin zu tiefem Schiefergrau. Die Straße bestand jetzt nur noch aus zwei schmalen Fahrspuren, die sich über die steinigen Hänge und durch die trockenen Flußbecken wanden. Holly kontrollierte unablässig die Wolken. Sie hielt nach den ersten Anzeichen von Regen auf den Gipfeln hoch über dem Pfad Ausschau. Denn im Moment wären ihr etwaige Sturzbäche noch nicht willkommen. Sie gab ordentlich Gas, als sie die Spuren durch eines der vielen ausgetrockneten Flußbetten entlangfuhr, die von den steilen, rauhen Bergwänden herabführten.

Normalerweise gab es in den Schluchten nichts als Sand, Steine und Wind. Jegliche Feuchtigkeit verbarg sich tief unter der Erdoberfläche, damit selbst die unbarmherzigsten Sonnenstrahlen sie nicht erreichten.

Aber Holly wußte, daß ein Gewitter weiter oben auf der Höhe dies im Handumdrehen ändern konnte, obwohl in den tiefer liegenden Gegenden die Niederschläge niemals wirklich ausreichten. Auch die heftigsten Regenschauer spülten dort über die festgebackene Erde, ohne einzusickern. Und schon bald war jede Ritze, jeder kleinste Graben des trockenen Landes von Oberflächenwasser überschwemmt.

Der Regen rann dann in schmalen Bächen über die steinigen Abhänge, sammelte sich zu Wasserwänden, die wie lehmige Lawinen die ehemals trockenen Hänge herunterdröhnten. Diese plötzlichen Fluten hielten meist nur wenige Stunden an, ehe sie, wie der Regen in den oberen Bergregionen, verebbten. Sie hinterließen lehmige Erde sowie rasch trocknende Pfützen und Flußbetten, die bis zum nächsten Sturm kein Wasser mehr sehen würden.

Wenn man wußte, daß Regen in den Höhenlagen unten in der Wüste Fluten auslösen konnte, dann war das plötzliche Auftauchen von Flüssen in dem trockenen Land eher aufregend als gefährlich.

Dennoch atmete Holly erleichtert auf, als der Jeep sich aus der Antilopenschlucht herausschlängelte. Es war das letzte tiefe Tal vor Hidden Springs. Sie befand sich jetzt weit über der mit Sträuchern bewachsenen Wüste. Ein paar hundert Meter aufwärts konnte man bereits die ersten Nadelbäume erkennen. Aber die Straße nach Hidden Springs führte nicht ganz bis in die Berge. Der sich windende, steinige Pfad endete jetzt bald, wo am Fuße einer Felsklippe die ersten Quellen lagen.

Hoch über Holly grollte der Donner über die Bergkämme hinweg und jagte den Blitzen hinterher, ohne sie jemals wirklich einzuholen. Die Wolken hüllten die Gipfel ein und umfingen die Granitberge mit ihrem Nebel. Obwohl der Wind jetzt stärker blies, konnte man immer noch keinen Regen riechen. Trotz all der Turbulenzen waren die Wolken vorläufig nicht bereit, das Land zu tränken.

Holly lud erst ihre Sachen aus, dann parkte sie den Wagen einige hundert Meter von der Stelle entfernt, die sie sich für ihr Zelt ausgesucht hatte. Sollte der Blitz hier tatsächlich einschlagen, dann wollte sie nicht unbedingt direkt neben dem einzigen Metallteil weit und breit liegen.

Aber sie baute ihr Zelt auch nicht in unmittelbarer Nähe der fünf steinigen Teiche auf, die wie Edelsteine am Fuße des Felsens glitzerten. Denn sie hatte zu großen Respekt vor den Tieren der Wüste und wollte ihnen den Vortritt lassen. Schafe mit breiten Hörnern tranken an den Quellen von Hidden Springs. Wenn sie sich zu nah am Wasser aufhielt, würden die Tiere in dem trockenen Gestein bleiben und durstig darauf warten, daß der unerwünschte Eindringling sich endlich wieder aus dem Staub machte. Holly grub rings um ihr Zelt herum einen kleinen Graben, der einen möglichen Regenguß abgefangen hätte.

Als sie damit gerade fertig war, grollte der Donner von den Granitbergen herab.

Sie erhob sich und blickte zum Himmel. Die Sonne war nur noch eine sich allmählich vollkommen verhüllende, blasse Scheibe.

Nebelschwaden glitten von den nackten Gipfeln herab und dämpften ihre maskuline Sperrigkeit.

Der Blitz schlug so schnell ein, daß man ihn in der späten Nachmittagssonne fast gar nicht erkennen konnte. Wieder donnerte es, diesmal etwas näher, dann folgte ein heftiger Wind.

Die plötzlich abgekühlte Luft war für Holly berauschender, als es je eine Droge hätte sein können. Sie lachte laut und streckte beide Arme den Wolken und Bergen entgegen. Später, wenn sie, vollkommen durchnäßt, frieren und das Wasser ihren sorgfältig ausgehobenen Graben überfluten würde, verwünschte sie sicher den Regen.

Aber in diesem Augenblick war sie genau wie der Boden selbst: heiß und staubig und ganz wild darauf, sich von dem kühlen Naß erlösen zu lassen.

Die Sonne versank so rasch, wie der Donner verebbte. Das Licht verschwand im Nu vom Himmel.

Holly roch den Regen im Wind, aber es fielen immer noch keine Tropfen. Irgendwo hoch über ihr ergossen sich Wolken über das Land, und Wassermassen dröhnten die ausgedörrten Täler abwärts, wobei sie losgelöste Strauchcrinseln von der Größe ihres Jeeps spielerisch mit sich trugen.

Irgendwo hatte das Warten aufgehört und der Sturm begonnen. Nicht jedoch hier unten. Hier war die Hochspannung geblieben, und sie lauschte der Stille zwischen den Donnerschlägen.

Selbst als Holly schon im Zelt lag und einzuschlafen versuchte, ließ der Regen auf sich warten. Es war allerdings abgekühlt, fast schon kalt. Blitze erhellten dann und wann die steinige Landschaft und zogen Donner nach sich.

Dann hörte sie auf einmal Hufgetrappel, das den Berg herunterpreschte.

Holly hätte nicht sagen können, aus welcher Richtung das Pferd kam. Die Felsklippen und die tiefen Täler dämpften das Geräusch, das mit anderen zu einem vielfachen Echo anschwoll und die Richtung verzerrte. Schließlich war sie nicht mehr sicher, ob sie sich das alles bloß eingebildet hatte.

Gleißendes Licht erhellte das Zelt, dem ein solch ohrenbetäubendes Krachen folgte, daß sie es nicht sofort als Donner erkannte. Blendende Helligkeit und dumpfe Explosionen wechselten sich in rasender Schnelligkeit ab. Wildes Hufeklappern war zwischen dem Donnergrollen zu vernehmen. Das Pferd wieherte angstvoll. Irgendwo ganz in Hollys Nähe raste ein vollkommen in Panik geratener Gaul über die Hänge.

Eilig verließ sie das Zelt. Sie wußte zwar, daß sie einem durchgegangenen Tier kaum würde helfen können, aber sie konnte sich auch nicht einfach in ihrem Zelt verstecken und dem gräßlichen Wiehern lauschen.

Ihr Ziel war eine Strauchgruppe am Hang oberhalb ihres Zeltes. Den Rücken dem Wind zugewandt, starrte sie in die Nacht und versuchte das Tier zu orten.

Flächendeckende Blitze erhellten den Himmel, und sie erkannte ein wild galoppierendes Pferd auf dem kleinen Bergkamm direkt über ihrem Lager. Ein Reiter klammerte sich an die flatternde Mähne und versuchte sein durchgedrehtes Tier zu bändigen.

Einen Augenblick lang schien es, als ob dem Reiter das auch gelänge. Dann donnerte es so heftig, daß die Welt auseinanderbrechen wollte. Das Getöse und der weiße Himmel schmolzen zu einem gleißenden Licht zusammen, in dem man nichts mehr erkennen konnte. Der ohrenbetäubende Lärm war so laut, daß man ihn nur noch wie gelähmt wahrnehmen konnte.

Mit jedem Blitz erwartete sie, daß das Pferd sich samt seinem Reiter die Granitwand hinunterwerfen und beide in den Tod stürzen würde.

Plötzlich erkannte Holly entsetzt, wer der Reiter war.

»Linc!«

4

Unentwegt wiederholte Holly Lincs Namen, rief ihm zu, daß er abspringen und sein Leben retten solle.

Obwohl sie wußte, daß er sie nicht hören konnte, schrie sie sich die Lunge aus dem Leib. Der mittlerweile fast ununterbrochene Donner übertönte natürlich ihre Stimme, und ihr Hals schmerzte vor Anstrengung.

Dennoch brüllte Holly Linc immer weiter zu, daß er vom Pferd springen solle. Es war die einzige Möglichkeit, sich von dem in rasende Panik geratenen Tier zu befreien. Pferd und Reiter jedoch jagten den gefährlichen, von Geröll übersäten Abhang talwärts.

Sie wurde von Grauen gepackt, denn Linc hatte offensichtlich nicht die Absicht, das Pferd seinem Schrecken zu überlassen. Er saß fest im Sattel und widmete dem Hengst seine gesamten Kräfte. Wie auf einem Wirbelsturm ritt er herab und war fest entschlossen, sie beide zu retten.

Trotz Hollys Angst um Linc konnte sie es gut verstehen, daß er das Pferd in seiner Not nicht allein ließ. Selbst in diesem Zustand war der Araber immer noch wunderschön. Unter dem Fell spielten seine Muskeln, während er sich behende und grazil wie eine Wildkatze bewegte. Linc sah ebenfalls phantastisch aus. So wie er das Pferd im Griff hatte, konnte Holly wieder Hoffnung schöpfen. Er war mit dem Tier verschmolzen, verlagerte ständig sein Gewicht, stand fast in den Steigbügeln und nutzte seine kräftigen Schultern und Schenkel, um das stolpernde Roß hochzureißen.

Plötzlich gelangte Holly zu der Gewißheit, daß Pferd und Reiter den steilen Geröllabhang überleben würden.

Dann aber öffnete der Himmel seine Schleusen, und das Wasser peitschte in Sturzbächen auf sie herab.

Augenblicklich sprang Holly auf die Beine und rannte in Richtung des Bergkamms. Sie wußte nur zu gut, daß nur ein Wunder das Pferd davor bewahren konnte, in dem sich jetzt rasch bildenden Schlamm zu straucheln.

Der unausweichliche Fall geschah während eines Blitzes. Das Pferd kreiselte wie verrückt und versuchte den Halt auf einem Untergrund zu bewahren, auf dem man nicht einmal traben, geschweige denn galoppieren konnte.

Im allerletzten Moment sprang Linc von dem saltoschlagenden Pferd. Als trainierter Reiter fiel er mit eingezogenem Kopf und entspanntem Körper, bereit, sich abzurollen und so den Aufprall abzuschwächen. Linc tat sein möglichstes, aber gegen das Geröll auf dem Boden war er machtlos.

Lautlos weinend rannte sie durch den Regen. Sie schlitterte und rutschte in dem Schlamm unter ihren Füßen. Der strömende Regen nahm ihr fast den Atem.

Als erstes fand sie das Pferd. Es lag von Regen und Schlamm bedeckt zitternd auf der Seite.

Als Holly auf das Pferd zuhastete, wuchtete es sich keuchend auf die Beine. Es lief ein paar Schritte, dann stand es artig still und zuckte nicht einmal mehr zusammen, als wieder ein Blitz den Himmel aufriß. Der Araber befand sich jetzt so unter Schock, daß ihn gar nichts mehr erschütterte.

Holly kraxelte die letzten paar Meter bis zu der Stelle am Hang hinauf, wo ein Stein Lincs Absprung brutal gebremst hatte.

Blitze durchzuckten den Himmel und warfen ihr Licht auf die regungslos daliegende Gestalt.

Vor Angst bebend, kniete sie neben ihm nieder.

»Linc!«

Ihre Stimme war heiser und konnte gegen den nächtlichen Donner nichts ausrichten. Sie beugte sich über ihn, um sein Gesicht vor dem Regen zu schützen.

Wieder erhellte ein Blitz die Szenerie. Unter dem Haaransatz sickerte aus einer Wunde Blut, das in dem grellen Licht ganz schwarz aussah. Lincs Hemd war an der Seite aufgerissen, aber unter den Stoffetzen hob und senkte sich seine Brust in regelmäßigen Abständen.

Er lebte.

Für einen Augenblick wurde Holly vor Erleichterung ganz schwindelig. Sie legte ihre Hand auf seine Rippen und spürte den kräftigen Herzschlag. Dann faßte sie sich und schaute sich um.

Linc war zwar noch am Leben, aber nicht außer Gefahr. Sollte er ernstlich verletzt sein, war sie nicht stark genug, ihn bis zum Zelt zu tragen. Dennoch mußte sie ihn aus dem kalten Regen schaffen.

Wieder durchzuckten Blitze den Himmel, während das Gewitter langsam abzog. Auch der Regen verebbte. Der erste, tosende Sturm hatte sich gelegt.

Behutsam tastete Holly Lincs Arme und Beine auf der Suche nach Verletzungen ab.

Unter der durchnäßten Kleidung spürte sie jedoch intakte, kräftige Muskeln. Sie fuhr mit den Fingern leicht über seinen Brustkorb, ob eine Schwellung eine angeknackste Rippe verriet.

Linc stöhnte, und Holly erschrak.

Ihre Hand zuckte zurück, noch ehe sie begriff, daß es nicht ihre Berührung war, die ihn aufstöhnen ließ. Da er das Bewußtsein wiedererlangte, spürte er nun den Schmerz des Aufpralls. Langsam drehte er den Kopf zur Seite. Holly seufzte. Da er sich bewegte, konnte man bereits eine Art von Verletzung ausschließen, die sie vor lauter Angst weit von sich geschoben hatte.

Gott sei Dank, dachte Holly. *Sein Genick ist nicht gebrochen.*

Plötzlich rollte Linc auf die Seite und versuchte sich aufzusetzen. Er preßte beide Hände gegen seinen Kopf und stöhnte.

»Langsam, langsam«, sagte Holly. »Du bist gefallen.«

Er zitterte.

»Linc?«

Als er sich Holly zuwandte, erhellte ein Blitz die schwarze Nacht. Seine Augen waren dunkel und sein Blick benommen.

»Was ist?« fragte er. Dann sagte er nichts mehr.

»Dein Pferd ist gestürzt!« Sie sprach sehr laut, damit Linc sie trotz des Donners hören konnte. »Dein – Pferd – ist – gestürzt.«

Linc nickte, dann hielt er sich wieder den hämmernden Schädel. Als seine rechte Hand zurückfiel, war sie ganz blutig.

Holly starrte ängstlich in die Finsternis, die durch fernere Blitze erhellt wurde. Den schlimmsten Teil des Gewitters hatten sie überstanden, aber vorbei war es noch nicht.

»Kannst du dich bewegen?« schrie sie.

Er antwortete mit einem erstickten Stöhnen und versuchte aufzustehen.

»Setz dich erst einmal aufrecht hin«, ordnete Holly an.

Sie half ihm, und er kam mühsam hoch.

Vorsichtig berührte sie seinen Kopf mit den Fingerspitzen. Im Nacken ertastete sie eine kleine Schwellung, aus der das Blut aber nur langsam hervorquoll.

Holly konnte nicht erkennen, ob Linc eine Gehirnerschütterung oder nur eine einfache Platzwunde davongetragen hatte.

»Tut es dir sonst noch irgendwo weh?« fragte sie.

Sie mußte die Frage mehrmals wiederholen, ehe Linc langsam verneinend den Kopf schüttelte. »Ich helfe dir, aber ich kann dich nicht alleine schleppen. Bitte Linc, steh jetzt auf!«

Linc stützte sich zwischen dem Felsbrocken und Holly

ab und stand auf, wurde aber sogleich vom Schwindel übermannt.

Ängstlich stemmte Holly ihr Gewicht gegen ihn.

Dann aber fing Linc mit derselben verbissenen Beharrlichkeit zu laufen an, die er auch zur Rettung seines Pferdes eingesetzt hatte.

Nach ein paar Versuchen paßte Holly sich Lincs Schwanken an. Gemeinsam strauchelten sie den Hang zu ihrem Zelt hinunter.

Eine kleine batteriebetriebene Lampe erleuchtete das Zelt mit gelbem Licht. Bisher war jedenfalls alles trocken geblieben.

Als Holly Linc auf die Eingangsklappe zuführte, zitterte er am ganzen Körper. Sie mußte ihn schnellstens wärmen.

Also riß sie ihm die letzten Fetzen seines Hemdes vom Leib. Seine vollgesogenen Stiefel und die Jeans waren nicht ganz so leicht abzustreifen. Als sie den Jeansstoff seine Beine herunterrollte, war sie zwischen dem Ärger über die widerspenstige Hose und ihrer Bewunderung für Lincs kräftigen Körper hin- und hergerissen.

Der von Holly gemietete Schlafsack war weit, geräumig und leicht. Er würde die Körperwärme nicht sehr effektiv festhalten, aber einen anderen hatte sie nicht. Mit drei geschickten Griffen zog sie den Reißverschluß des weichen Nylonsacks auf, rollte Linc hinein und schloß ihn umgehend.

Linc öffnete die Augen. Als er merkte, daß er in einem Zelt lag, rappelte er sich hoch.

»Nein«, protestierte Holly. »Du darfst jetzt nicht aufstehen.«

Er schien sie gar nicht zu bemerken.

Mit all ihrer Kraft hielt sie ihn zurück.

»Leg dich hin«, befahl sie. »Du mußt erst einmal warm werden.«

»Pferd.« Ihm blieb seine Stimme im Hals stecken. »Mein Pferd.«

»Der war schneller wieder auf den Beinen als du.«

Erneut blitzte es grell auf. Dann folgte ein so heftiges Donnern, als ob ein ganzer Berg erbarst.

Linc setzte sich auf und schob Hollys Hände mit beängstigender Kraft beiseite. Obwohl er verletzt und etwas verwirrt war, war er doch immer noch erheblich stärker als sie. Benommen hielt Linc einen Augenblick inne. Holly wußte, daß er zu verwirrt war, um die Gefährlichkeit seiner eigenen Lage zu erkennen, und damit vernünftigen Argumenten nicht zugänglich.

Der Pferdenarr Linc kümmerte sich in jeder Situation, ganz gleich, was die Konsequenzen mit sich brachten, um seine Tiere.

»Ich schaue nach deinem Pferd«, erklärte Holly nachdrücklich. »Aber du mußt hierbleiben, verstehst du? Hierbleiben!«

Mit einiger Anstrengung brachte Linc ein Nicken zustande. Sie half ihm, sich wieder hinzulegen, holte die Taschenlampe und trat in den Sturm hinaus. Jetzt erst spürte sie den Regen. Die Tropfen waren eiskalt, denn sie hatten sich in größerer Höhe gebildet.

Der Araber stand genau an der Stelle, wo ihn Holly zuletzt gesehen hatte. Das Pferd hielt den Kopf gesenkt und atmete immer noch hastig. Er gab seine dampfende Wärme an die eiskalte Luft ab.

Zögernd untersuchte Holly das Pferd auf eventuelle Verletzungen. Aber abgesehen von ein paar Schürfungen im Fell konnte sie nichts finden. Sie führte das Pferd in Richtung eines schützenden Felsüberhangs. Es folgte ihr, ohne zu humpeln.

Dann jedoch schreckte der Hengst vor einem Blitz zurück und riß Holly fast um. Sie fing sich rasch wieder, zerrte sich die Bluse vom Leib und verband damit die Augen des Pferdes.

Ab sofort verhielt sich das Tier vollkommen still, egal, ob es blitzte oder donnerte. Holly lockerte den Sattelgurt und durchsuchte die Satteltaschen nach einer Fußfessel. Aber sie fand dort lediglich ein Beil, ein großes Klappmesser und ein Knäuel grober Schnur.

»Nicht gerade üppig«, murmelte Holly. »Wenn es auch nur einmal daran zerrt, wird die Schnur entweder reißen oder es aufreiben bis zum Knochen.«

Sie atmete tief durch, nahm dem Pferd die Augenbinde ab und band sie zu etwas zusammen, das einer Fußfessel gar nicht so unähnlich sah.

Als Holly die vorderen Hufe des Arabers mit ihrer Bluse zusammenband, schnüffelte er an ihrem nassen Haar. Dann schnaubte er resigniert und gab jeden Gedanken an Angst und Flucht auf. Das Pferd blieb auch ganz ruhig, als Holly ein Stück wasserdichten Stoffs über seinem Rücken ausbreitete und es mit einer Schnur, so gut es ging, befestigte.

Als Holly zum Zelt zurücktappte, zitterte sie vor Kälte. Ihre eiskalten Finger waren so steif, daß sie nur mit Mühe ihre nasse Kleidung abstreifen konnte.

Schließlich hatte sie sich auch von dem letzten Stück tropfender Textilien befreit. Sie kramte eine trockene Jeans und eine Jacke hervor, streifte sie sich über und kroch zu Linc, um nach ihm zu sehen.

Weder schlief er, noch war er wirklich wach. Seine Haut fühlte sich gleichbleibend kalt an.

Holly wußte genug über Schockreaktionen und machte sich ernstlich Sorgen. Aber es gab nichts mehr, was sie jetzt noch für ihn hätte tun können. Selbst wenn sie ihn in den Jeep bekommen hätte, hätten sie die überflutete Antilopenschlucht nicht durchqueren können.

»Linc«, flüsterte Holly. »Was kann ich tun?«

Sie betrachtete das dunkle, lockige Haar. Es fiel ihm in die Stirn und umrahmte das Gesicht, das Holly in ihren Träumen verfolgt hatte. Er hatte dichte Brauen, wie dunkle, von Gold gekrönte Bögen. Sein Mund, der sonst so gern lachte, war vor Schmerz und Kälte zusammengepreßt. Kleine

Schweißperlen glitzerten auf seinem Oberlippenbart. Wie oft hatte Holly davon geträumt, ihn wiederzusehen, ihn zu berühren und von ihm berührt zu werden, sein Lachen zu hören und ihn mit den Lippen zu schmecken. Ratlos fragte sie sich, was die Ursache seiner Veränderung war – wo steckte nur der zärtliche, leidenschaftliche Mann ihrer Erinnerung?

Was habe ich Linc denn getan, daß er mich all diese Jahre hindurch einfach schneidet?

Auf diese Frage fand sie keine Antwort.

Behutsam beugte sich Holly über ihn und berührte seinen Mund mit ihren Lippen. Einen langen Augenblick lang küßte sie ihn, wärmte seine ausgekühlten Lippen, schmeckte die Tropfen auf seinem Bart und wurde von ihren Erinnerungen geschüttelt.

Ein Teil von Holly schämte sich, daß sie sich ihren Traum zurückholte, während Linc schlief und sich gegen die Zärtlichkeiten nicht wehren konnte. Aber sie hatte nun mal die Beherrschung verloren.

Und wollte es auch gar nicht anders... Es reichte ohnehin noch lange nicht aus, um ihre innere Leere zu füllen. Als Holly den Kopf wieder aufrichtete, standen Tränen in ihren Augen. Sie betrachtete ihren spröden Geliebten eine lange Zeit und vergaß darüber ihren eigenen ausgekühlten Körper. Sein kräftiger Herzschlag und das regelmäßige Heben und Senken seiner Brust unter ihrer Hand beruhigte sie.

Dennoch fürchtete sie sich vor dem nächsten Morgen, wenn Linc aufwachen und sie mit eisiger Verachtung strafen würde, wenn er sie erkannte.

Damit mußte Holly auf alle Fälle rechnen. Heute nacht jedoch waren Linc und sie aufeinander angewiesen. Sie brauchten ihre gegenseitige Wärme. Ohne weiter zu zögern, öffnete Holly den Schlafsack und kroch hinein. Der Platz reichte gerade zum Atmen, denn diese Hülle war nicht für zwei Menschen vorgesehen. Und erst recht nicht für einen Zweitbewohner mit Linc McKenzies Ausmaßen.

Vor Kälte schlotternd löschte sie das Licht und zog den Reißverschluß zu. Es dauerte jedoch noch eine Weile, bis der Schlafsack von ihrer beider Wärme genügend aufgeheizt war, um sie einzuschläfern.

Holly träumte, daß sie in Lincs Armen aufwachte, daß seine Lippen ihren Hals berührten und ihr Körper sich an ihn schmiegte. Die Spitze seiner Zunge neckte ihre Lippen, bis sie seufzend lächelte und sich dem Kuß so vollkommen hingab, wie es ihr nur bei ihm jemals möglich gewesen war.

Sie spürte seinen Atem an ihrem Ohr und zitterte vor Freude. Seine Hand glitt über ihre dünne Jacke und streichelte ihre Brüste. Die Berührung war viel unmittelbarer als in irgendeinem ihrer früheren Träume.

Plötzlich merkte Holly, daß sie gar nicht träumte.

Sie riß die Augen auf. Sonnenlicht durchflutete das Zelt, wärmte sie aber nicht halb so wohlig wie Lincs Blick.

»Holly«, murmelte er und suchte ihre Lippen mit seiner Zunge. »Meine süße Holly. Ich dachte schon, meine Einbildung hätte mich wieder einmal reingelegt.«

5

»Du erkennst mich also«, sagte Holly und wurde plötzlich nervös.

Linc lächelte.

»Es bedarf wohl mehr als nur eines kleinen Schlages gegen den Kopf, um dich zu vergessen, Holly.«

»Aber gestern ...« Sie zögerte.

»Von gestern nacht kann ich mich nur noch daran erinnern, daß es dunkel war und ein Berg auf mich gefallen ist.«

Lincs Zunge drängte sich zwischen Hollys Lippen und küßte sie langsam. Als seine Zungenspitze ihre berührte, bebte sie und erwiderte seinen Kuß zuerst behutsam, dann immer leidenschaftlicher.

»Wenn du mich geküßt hättest, bevor du mich in dein Bett stecktest, hätte ich dich trotz der Dunkelheit auf Anhieb erkannt.«

Holly brachte kein Wort heraus. Seine Augen leuchteten voller Zärtlichkeit. Ihr Traum war wieder strahlend erwacht.

»Linc«, flüsterte sie.

Abermals küßte er Holly und genoß ihre Anschmiegsamkeit. Als er schließlich den Kopf hob, war sein Pulsschlag deutlich an seinem Hals zu sehen.

»Du schmeckst noch genauso wie damals«, hauchte Linc ihr zu. »Süß wie eine Quelle in der Wüste.«

Seine Stimme war von dem ausgiebigen Kuß ganz verändert, sein Tonfall heiser, während er Holly fest in seine Arme schloß.

Glückselig atmete sie ein und erinnerte sich an den gestohlenen Kuß letzte Nacht und jene einmaligen Küsse vorher, vor sechs langen Jahren. Wieder blickte sie voll träumerischer Hoffnung in Lincs Augen.

Nirgends konnte sie die stählerne Verachtung von gestern entdecken.

Ihre Erleichterung war so heftig wie der Sturm der vergangenen Nacht. Zitternd vor Entzücken küßte sie ihn.

»Du schmeckst auch noch genauso«, flüsterte Holly dicht an seinen Lippen.

Er hob lächelnd den Kopf.

»Wie Wasser?« fragte er belustigt.

»Halb richtig«, neckte sie ihn.

»Und was ist die andere Hälfte?«

»Feuer.«

Lincs Arme umklammerten Holly so heftig, daß sie kaum noch Luft bekam. Sie hatte ganz vergessen, wie stark er war. So stark, daß er die Welt auseinanderbrechen konnte.

Ihre Welt.

»Feuerwasser?« hakte er nach.

Er lachte dicht an Hollys Hals. Das Gefühl auf ihrer Haut war so angenehm, daß sie erbebte.

»Sicherlich aus einer illegalen Schnapsbrennerei?« spann Linc den Faden weiter.

Holly nickte ernst, wie ein kleines Kind.

»Die Brennerei liegt oben in den Bergen versteckt«, schnurrte sie.

»Was sind denn die Zutaten, Kaktus und Tannenzapfen?«

»Aber nein.«

Holly lächelte und kitzelte mit ihren Lippen Lincs Schnauzbart.

»Felsen und Eis?« riet er weiter.

Sie lachte. Dann betrachtete sie den so lange entbehrten Geliebten. Unvermutet wurde sie von einem solch intensiven Gefühl gepackt, wie nur er es in ihr hervorrufen konnte.

»Gewitter und Salbei und Wüstenregen«, flüsterte Holly. »Ich habe dich in meinen Träumen geschmeckt, Linc.«

Er zog scharf die Luft ein.

»Holly«, krächzte er. »Bist du auch ganz wirklich aus Fleisch und Blut?«

Bevor sie ihm antworten konnte, erkundete seine Zunge die kleine Kuhle an ihrem Hals. Dann küßte er sie langsam bis zu ihrem Ohr. Seine Zähne schlossen sich sanft über ihrem Ohrläppchen.

Als Lincs Zungenspitze durch ihre Ohrmuschel wanderte, überrieselte sie ein Schauder. Mit halbgeschlossenen Augen legte sie ihre Handflächen auf seinen Rücken.

Seine Haut lag weich über den von der Arbeit gestählten Muskeln. Seide und Stahl. Der Geschmack von Linc auf ihren Lippen war endlich die Erfüllung.

»Was ist schöner, die Wirklichkeit oder der Traum?« fragte er.

»Die Wirklichkeit«, murmelte Holly. »Sie übertrifft bei weitem alle Vorstellungen.«

Während sie sprach, preßte sie sich an ihn und spürte seine Haut unter ihren Lippen.

Holly fühlte, wie es ihn schüttelte. Erst jetzt erinnerte sie sich, daß seine Zähne gestern nacht geklappert hatten.

»Ist dir kalt?« fragte sie schnell.

»Wohl kaum.«

»Aber ...«

Linc knabberte an Hollys Mund und zerstreute so ihre Sorge um seine Gesundheit. In seiner Stimme konnte man ein Lachen schwingen hören.

»Wenn du nicht glaubst, daß mir wirklich warm ist, dann streichle mich doch probeweise mal am Bauch«, schlug er vor.

Plötzlich wurde Holly bewußt, daß Linc nackt war. Hastig zog sie ihre Hände zurück.

»Ich hatte ganz vergessen, daß ich dich vollkommen entkleidet habe«, sagte sie peinlich berührt. »Aber du warst so naß. Tut mir leid.«

»Mir nicht«, murmelte Linc und rieb seine Lippen an Hollys. »Außerdem«, begann er, während er den Reißverschluß von Hollys Jacke öffnete. »Außerdem werde ich mich für die Rettungsaktion revanchieren.«

»Aber ich habe keine Bluse an«, wandte sie hektisch ein.

Statt einer Antwort hörte sie nur Lincs Schnaufen, als er den Reißverschluß bis zu ihrer Taille gezogen und die Jacke geöffnet hatte.

Holly war so erschrocken, daß sie kein Wort herausbrachte. Er hatte sie schon früher geküßt, sogar ganz leicht ihre Brüste berührt, aber niemals war er so weit wie jetzt gegangen.

Noch nie hatte sie sich nackt Haut an Haut an einen anderen Menschen geschmiegt.

Langsam verschwand Lincs Kopf im Schlafsack, als sein Mund sich von Hollys Hals abwärts küßte. Die Zunge, die zuvor ihre Lippen liebkost hatte, strich nun zärtlich über eine ihrer Brüste. Als er sanft darüberblies, zog sich ihre Knospe lustvoll zusammen.

Holly stöhnte tief auf. Gefühle überwältigten sie, die sie weder kannte noch beschreiben konnte.

Als Lincs Zunge nun auch ihre andere Brust küßte, war sie nicht mehr so schockiert. Ein angenehmes Kribbeln durchströmte sie. Ihre Finger kneteten sinnlich und begehrend seinen Rücken und ermutigten sein Streicheln. Für Holly war das alles neu, kein Traum je so heiß und wild gewesen wie Lincs Lippen. Gefühle durchströmten sie, feine Nervenstränge vibrierten unter jeder Berührung, dem heißen Kontakt mit seiner Zunge. Ihr ganzer Körper spannte sich an, bis sie sich unter seinem erfahrenen Mund stöhnend wand.

»Ich muß dich sehen«, sagte Linc heiser.

Er beugte sich über sie, zog den Schlafsack halb auf und schob ihn beiseite.

Kein Badeanzug hatte die gleichmäßige Bräune ihrer goldenen Haut gezeichnet. Ihre Brüste waren vor Verlangen geschwollen, und ihre erregten Knospen wiesen die gleiche dunkelrosa Farbe auf wie ihre Lippen.

Eine leichte Röte breitete sich dicht unter Hollys Haut aus, als sie sich bewußt wurde, daß sie halb nackt dalag, während Linc sie mit vor Leidenschaft verhangenem Blick betrachtete. Sie nahm ihre Hände von seinem Rücken und versuchte, den Reißverschluß wieder hochzuziehen.

Er aber verschränkte seine Finger mit ihrer Hand und hielt sie sanft zurück.

»Wenn ich dich vor sechs Jahren schon ausgezogen hätte, dann hätte ich Sandra nie und nimmer erlaubt, dich mir wegzunehmen.«

Wieder senkte sich Lincs Kopf, und sie spürte, wie seine Zunge sie entflammte. Automatisch reckte sie sich ihm entgegen. Jedes Gefühl von Scheu und Peinlichkeit verschwand unter seiner streichelnden Hand.

Sie wollte nur noch eines, und zwar ihm noch näher sein. Sein Körper sollte auf ihrem liegen, so daß ihre Hände durch sein Haar gleiten konnten und sie in alle Ewigkeiten seine Lippen spürte.

Als ob Linc Hollys Wünsche erraten hätte, ließ er ihre Hände los. Ihre Finger streichelten seinen Rücken, dann fuhren sie durch sein Haar. Durch sein kurzes Zusammenzucken wurde sie an seine Verletzung erinnert.

»Entschuldige«, sagte sie atemlos. »Tut es weh?«

»Nur wenn du aufhörst, mich zu streicheln.«

Sie blickte ihm in die Augen. Ihr Atem stockte. Nicht einmal in ihren Träumen hatte er sie so sehr begehrt. Vorsichtig drehte Holly Lincs Kopf, damit sie die Schwellung hinter seinem Ohr untersuchen konnte.

Der Bluterguß war dunkler als gestern, und in seiner Mitte hatte sich Schorf gebildet.

»Du mußt doch furchtbare Kopfschmerzen haben«, vermutete sie.

Linc lächelte schief.

»Ist das nicht genau die Ausrede, die normalerweise Frauen vorbehalten ist?« fragte er trocken.

Trotz ihrer Sorge um ihn mußte Holly lachen.

»Ich habe Aspirin dabei. Das hilft dir«, bot sie ihm an.

Er legte seine Hände auf ihre Arme und hielt sie sanft davon ab, den Schlafsack zu verlassen.

»Es gibt noch ganz andere Schmerzen«, sagte er leise. »Und gegen die hat Aspirin nicht die geringste Chance.«

»Nimm zwei Aspirin…«, begann Holly.

»…und ruf mich morgen früh wieder an«, beendete Linc den Satz und zog grollend den Schlafsack über sein Gesicht.

»Diese Phrase hat einen genauso langen Bart wie die Kopfwehgeschichte.«

»Da haben wir den Salat«, erwiderte sie schnippisch und entwand sich ihm.

Linc hätte sie zurückhalten können, begnügte sich aber damit, sie einfach nur zu beobachten. Mit einer alten Jeans und einer offenen Jacke angetan, bot sie wirklich einen herrlichen Anblick.

Als Holly das Oberteil schließen wollte, sperrte der Reißverschluß. Sie zerrte kurz daran, gab es dann auf und stopfte die Jacke wie ein Hemd in ihre Hose.

»Ich hole jetzt die Tabletten«, beschloß sie laut.

Linc lächelte. Der Ausschnitt ihrer Jacke bot einen interessanten Einblick auf die darunter liegenden Brüste. Holly setzte sich, angelte nach ihrem großen Seesack und fuhr mit der Hand in die Öffnung. Stirnrunzelnd durchwühlte sie blind den Inhalt – der Erste-Hilfe-Kasten mußte doch da sein!

Während Holly danach suchte, öffnete sich ihre Jacke und offenbarte und verbarg abwechselnd ihre Brüste. Es war ein ebenso unbeabsichtigtes wie erregendes Schauspiel.

Linc schaute ihr mit halbgeschlossenen Augen zu. Wenn Hollys Reaktion nicht eine solch offensichtliche Mischung aus Leidenschaft und Schüchternheit gewesen wäre, hätte er sie wieder zurückgeholt. Aber sowohl ihr Aussehen als auch ihr Benehmen waren so unschuldig wie vor sechs Jahren.

Diese Erkenntnis verblüffte ihn zwar, war aber gleichzeitig unglaublich erregend.

Holly seufzte entnervt und schüttelte den Seesack. Ihre Brüste bewegten sich wie ein Echo zu ihren Bewegungen. Mit einem unterdrückten Stöhnen wandte Linc sich ab.

Ihr Kopf fuhr hoch. Sorgenvoll runzelte sie die Stirn.

»Leg dich hin, Linc. Bitte!«

Ohne ein Wort zu verlieren, bedeckte er seine Augen mit einem Arm und fiel auf das zerknautschte Krankenbett zurück.

Endlich ertasteten Hollys Finger das Kästchen. Sie entnahm ihm das gepriesene Heilmittel, zählte zwei Tabletten in ihre Hand, zögerte und stockte die Dosis noch um zwei auf. Als nächstes beschaffte sie die Feldflasche, die unter Lincs noch klammer Kleidung lag, und kroch zu ihm zurück.

»Hier«, sagte Holly. »Das ist für dich.«

Blinzelnd öffnete er die Augen. Vor ihm kniend hielt sie in einer Hand die Medizin und in der anderen die Feldflasche.

Hollys Brüste waren größtenteils bedeckt, was Linc einigermaßen beruhigte.

Er betrachtete ihre geöffneten Hände und konnte es nicht glauben.

»Vier?« fragte er.

»Normalerweise nehme ich zwei, und du bist doppelt so groß wie ich.«

Lincs Blick wanderte von Hollys schräg geschnittenen Augen zu den wohlgeformten Zehennägeln ihres Fußes. Sein Daumen streichelte über ihren Spann.

»Wie wäre es, wenn ich dich einfach doppelt nehme, und wir lassen den Arzt beiseite?« schlug er mit samtiger Stimme vor.

Zitternd vor Verlangen hielt sie ihm die Tabletten und das Wasser hin.

Aber ihre barmherzige Zuwendung interessierte ihn nicht, sondern er zog die Jacke von ihren Schultern bis zu den Ellenbogen herab, so daß ihre Arme sanft an die Seiten gebunden waren. Langsam, sehr langsam küßte er sie mit Zunge und Zähnen, bis sie kaum noch Luft bekam.

Hollys Augen schimmerten golden, als sie auf den dunklen Kopf über ihren Brüsten blickte. Sie sah, wie Lincs Zunge sie berührte, sah ihre Reaktion und sah, wie er zu ihr aufschaute.

Sie wußte, daß ihre Gefühle so bloß waren wie seine Zunge, aber sie schämte sich nicht. Seit ihrem achtzehnten Lebensjahr hatten Männer ihr ständig Komplimente gemacht.

Doch erst in diesem Augenblick glaubte sie daran, obwohl Linc nicht ein Wort geäußert hatte.

»Du gibst mir das Gefühl, wunderschön zu sein«, flüsterte Holly.

Linc nuschelte etwas, was ihr Name hätte sein können. Dann küßte er sie leidenschaftlich, und sie erwiderte sein Feuer. Er rollte auf den Rücken und zog sie mit sich, so daß sie halb über ihm lag.

Seine Hände kneteten ihren Rücken bis zu den Hüften, die schweigend eine noch viel intensivere Umarmung forderten. Sie preßte sich an ihn, bog sich gegen seinen festen Körper und fühlte sich gleichzeitig stark und schwach. Das offensichtliche Ausmaß seiner Erregung verwirrte sie zunächst, schon bald aber sah sie um so erwartungsvoller zu ihm auf.

Das unablässige Wiehern von Lincs Hengst drang schließlich in ihre Verzauberung. Dieses beunruhigende Geräusch signalisierte ihnen, daß das Pferd nicht ein noch aus wußte.

Widerwillig schob Holly sich langsam von Linc herunter.

»Beweg dich nicht«, befahl er im Kommandoton.

Er nahm ihr Gesicht zwischen seine Hände und versuchte,

seinen Atem unter Kontrolle zu bringen, was ihm zu guter Letzt auch gelang.

»Holly North«, zischte er durch die Zähne. »Nur du allein auf dieser ganzen Welt läßt mich mein Pferd vergessen. Du bist eine gefährliche Frau.«

»Ich?«

Sie setzte sich langsam auf, wollte in Gelächter ausbrechen; aber es blieb ihr in der Kehle stecken.

»Wenn ich schon gefährlich sein soll, dann bist du geradezu tödlich«, versicherte sie ihm.

Linc betrachtete zufrieden die Röte, die sich über Hollys Brüste ausbreitete, und ihre leidenschaftlich funkelnden Augen. Er beugte sich zu ihr herunter.

»Wir können uns ja darüber streiten«, schlug er vor und liebkoste sie mit der Zunge.

Das Pferd wieherte, und es folgte ein ängstliches Schnauben.

»Verflucht!« stöhnte Linc.

»Ich sehe nach ihm, während du dein Aspirin schluckst.«

»Welches Aspirin?« fragte Linc unschuldig.

Holly öffnete erstaunt ihre Hände.

Ohne Erfolg.

Sie betrachtete den zerknautschten Schlafsack, der Linc wie eine viel zu große Hose bedeckte. Rasch fand sie eine Tablette, die zusammen mit der Feldflasche in derselben Stoffalte lag. Die zweite und dritte Tablette tauchten auch bald auf, nur die vierte hielt sich weiter hartnäckig versteckt.

Linc spülte die drei Ausreißer mit Wasser hinunter.

»Vielleicht ist die vierte ja im Schlafsack«, ließ er sich schmunzelnd vernehmen.

»Dann suchst du sie am besten selbst«, gab Holly zurück.

»Es würde aber mehr Spaß machen, wenn du sie suchen würdest. Wer weiß schon, was da alles drin ist?«

Holly fühlte, wie sie nicht nur vor Scham, sondern auch aus

einem anderen Grund errötete. Dennoch mußte sie über Lincs Anzüglichkeiten lachen.

»Ich habe die anderen Tabletten auf und nicht unter der Decke gefunden«, bemerkte sie.

»Es hätte ja sein können, daß dir das nicht aufgefallen ist.«

Plötzlich grinste er. »Wetten, daß ich die vierte Aspirin schneller finde als du.«

Holly drehte sich um, da sie annahm, er habe das vermißte Stück auf dem Zeltboden entdeckt. Dann spürte sie seine Fingerspitzen unter ihrem Busen. Überrascht blickte sie auf.

Linc hielt eine Tablette hoch, deren Kanten schon ein wenig abgestoßen waren.

Holly kombinierte, daß die Tablette zwischen ihren Brüsten gelegen haben mußte, wo sie der feine Schweißfilm ihrer Leidenschaft festgehalten hatte.

»Eine Arznei ganz nach meinem Geschmack«, sagte Linc. In seine Stimme mischte sich sowohl Schalk als auch Leidenschaft.

Verlegen schüttelte sie den Kopf.

»Ich hole dir eine neue«, murmelte sie.

Seine Hand legte sich sanft auf ihren Schenkel und hielt sie fest.

»Nein«, sagte er entschlossen. »Ich will diese hier.«

Er behielt Holly im Blick, während er sich die Tablette auf seine Zunge legte. Als er sie hinunterschluckte, schien es ihr, als ob er einen Teil von ihr in sich aufgenommen hätte.

Vorgelehnt kuschelte er sich an ihre Brust. Seine Zunge leckte den letzten Rest des feinen Puders von ihrer Haut. Dann glitt seine Hand zwischen ihre Schenkel und fuhr langsam nach oben, bis er sie vollkommen berührte. Seine Hand kreiste langsam und genoß die Hitze ihres Verlangens.

Hollys angespannte Nerven entfachten ein Feuer, das sich von ihrem Bauch aus über den ganzen Körper ausbreitete. Ihre Finger krallten sich in Lincs feste, muskulöse Oberarme. Sie stöhnte.

»Was machst du da?« fragte sie.

»Ich nehme meine Medizin.«

Zärtlich biß Linc in Hollys festen Bauch.

Das Pferd wieherte immer schriller und wilder.

»Linc...«

»Ja, ich habe ihn gehört.«

Lincs Zunge glitt über Hollys Nabel, wo sie eine Weile forschend verharrte. Ächzend hob er den Kopf, als das Wiehern des Pferdes ihnen durch Mark und Bein ging.

»Wie bin ich nur darauf gekommen, ausgerechnet Pferde zu züchten?« Seine Stimme knirschte vor Leidenschaft und Ungeduld. »Warum konnte ich mir nicht etwas Ruhiges und Beschauliches aussuchen?«

Holly lachte schallend.

»Pflanzen zum Beispiel?« schlug sie vor.

»Am besten Steine.«

Lincs Hand glitt von ihrem Schenkel herab. Selbst als er sich zurückzog, liebkoste er sie noch. Sie versuchte, ihr keuchendes Verlangen zu unterdrücken, aber es gelang ihr nicht.

»Bitte, erlaube es einfach! Wenn du dieses Geräusch machst, dann möchte ich dich augenblicklich vollkommen ausziehen und jeden Zentimeter deines Körpers erkunden, bis du schreist.«

Plötzlich vergrub er sein Gesicht in der Wärme zwischen Hollys Schenkeln.

Die Hitze seines Atems und die unglaubliche Intimität seiner Hände schockierten Holly. Sie verkrampfte sich.

»Linc...«

Als er zu ihr aufsah, verfluchte er seine mangelnde Beherrschung. Holly war tatsächlich so unschuldig, wie sie auf ihn wirkte.

»Du hast recht«, sagte Linc und ließ langsam von ihr ab.

»Hört sich so an, als ob Sand Dancer Probleme hat oder aber sehr bald welche haben wird.«

Sie lächelte benommen.

Doch trotz ihres Schreckens fühlte sie sich ganz leer, als Linc sie nicht mehr berührte. Sie wünschte sich nichts sehnlicher als eine innige Umarmung, so daß die Glut in ihrem Körper sie beide erneut entflammte.

Holly begegnete Lincs Blick. Augenblicklich wurde ihr klar, daß ihre Gedanken so offensichtlich waren, als ob sie sie laut ausgesprochen hätte.

Ganz behutsam nahm sie ihre Hände aus seinem Haar und spürte jede seiner festen Locken zwischen ihren empfindlichen Fingern. Mit zitternden, ungeschickten Bewegungen steckte sie die Jacke ein weiteres Mal in ihrem Hosenbund fest.

Er war ihr dabei nicht behilflich.

Und sie bat ihn auch nicht darum.

Es bestanden keinerlei Zweifel, daß er sie bei der nächsten Berührung nicht mehr loslassen würde.

6

Holly hüpfte hastig in ihre Schuhe und öffnete die Zeltklappe. Helles Licht drang durch das Dreieck herein und blendete sie.

Blinzelnd wandte sie sich zu Linc um, um noch mal nach ihm zu sehen. Ihr Mund öffnete sich, aber sie brachte kein Wort hervor.

Ein einziger Blick auf ihn reichte aus, daß sie vollkommen vergaß, was sie hatte sagen wollen.

Soeben suchte er seine Sachen zusammen. Die Sonne verwandelte seine Haut in polierte Bronze. Seine Körperbehaarung leuchtete wie geschmolzener Bernstein und glänzte bei jeder seiner Bewegungen. Seine Muskeln spannten und entspannten sich und zeugten von seiner Kraft, die für ihn genauso selbstverständlich war, wie seine fünf Finger an jeder Hand.

Als sich Linc auf die Seite drehte, glitt der Schlafsack von seinen Hüften, so daß er vollkommen nackt dastand.

Für einen Augenblick überlegte Holly, ob sie alarmiert oder ob es ihr peinlich sein sollte, aber keines von beidem traf zu. Lincs Schönheit war nicht durch kleinliche Moralvorstellungen wie richtig oder falsch, anständig oder unanständig außer Kraft zu setzen.

Als sie schließlich von seinem erregten Körper aufblickte, begegnete sie seinem Blick.

Er hatte sie bei ihrer Musterung beobachtet. Ein Lächeln breitete sich langsam auf seiner Miene aus. Hollys Herz schmolz dahin. Leidenschaftliches Verlangen war deutlich an ihrem Zittern abzulesen. Sie erinnerte sich an das Gefühl, fast nackt in seinen Armen zu liegen, sein Atem an ihrer Haut, sein Mund lediglich durch etwas dünnen Stoff von ihrem Körper getrennt.

»Komm zu mir, Holly.«

Seine Stimme flehte sie ebenso an wie sein erregter Körper.

Der Araberhengst wieherte nun ununterbrochen.

Holly stöhnte frustriert auf, wandte sich um und trat ins Freie.

Nach dem gedämpften Licht des Zelts war die Sonne überwältigend. Aus dem Boden dampfte es zwar noch hier und da, wo sich der Regen in Nebel auflöste, aber es gab nur noch wenige Pfützen. Wenn die Erdoberfläche erst einmal aufgeweicht war, sog sie das Wasser wie ein Schwamm auf.

Sie bahnte sich ihren Weg durch das sperrige Gebüsch. Da ihre Arme daran entlangstreiften, bekam sie einige Nässe ab; der strenge Geruch von Salbei lag in der Luft.

Der Hengst stand da mit erhobenem Kopf und so weit nach vorn gerichteten Ohren, daß sich die Spitzen fast berührt hätten. Die Decke, die ihm Holly letzte Nacht umgebunden hatte, hing auf einer Seite herab. Ihre Bluse aber war immer noch um seine Vorderhufe gebunden, so daß das Tier nur humpeln konnte.

Als sie sich dem Tier näherte, schnaubte er und musterte sie aus dunklen, müden Augen.

Holly sprach leise und beruhigend auf ihn ein.

»Guten Morgen, Sand Dancer«, sagte sie. »Du siehst ja wirklich nicht besonders schön aus mit deiner weißen Fessel und der elenden Decke. Und der Strick macht es auch nicht besser, nicht wahr?«

Sand Dancer schnaubte und reckte seine Nase in Richtung der Fremden.

Holly bewegte sich nicht, während das Pferd sie beschnupperte und ihren Geruch aufnahm. Dann stupste er sie mit seiner samtenen Nase als Zeichen dafür, daß er sie als Freundin akzeptierte.

Sie streichelte über seine Ohren und bewunderte seine ungewöhnliche Pracht.

Sand Dancers Nase stupste Holly noch einmal, allerdings nicht mehr ganz so zärtlich.

»Bist ein freundliches Biest, nicht wahr?« sagte sie lachend.

»Ganz wie sein Besitzer«, trompetete Linc aus dem Hintergrund.

Erschrocken blickte Holly über die Schulter.

Er stand etwas abseits – ohne Hemd, weil es beim Fallen zerrissen war. Aber wenigstens hatte er seine noch feuchten Jeans angezogen. Sie schmiegte sich ganz nach Hollys Geschmack dicht an seine Beine.

»Sand Dancer geht es gut«, sagte sie schnell. »Und dir?« Holly zuckte zusammen, als sie den Sprung in ihrer Stimme vernahm. Sie hätte genausogut Lincs Wirkung auf sie in alle Welt hinausposaunen können.

Er hob seine Augenbraue.

»Kalte Dusche oder nasse Jeans«, feixte er.

»Beides sehr wirkungsvoll. Für eine Weile jedenfalls.«

»Ich meinte...« Holly spürte, wie sie rot wurde, und seufzte. »Himmel, in deiner Gegenwart benehme ich mich wie ein neunjähriges Mädchen.«

»Dann mußt du mit neun schon sehr reif gewesen sein«, zog er sie auf.

Sie errötete noch mehr.

Er lächelte und beließ es dabei.

»Mein Kopf tut mir weh«, gab er zu. »Eine Schulter ist ganz steif. Und das rechte Knie schmerzt auch etwas.«

»Ach«, sagte Holly geknickt.

»Mach kein trauriges Gesicht, Süße. Ich hatte schon schlimmere Verletzungen, nachdem ich nur über meine eigenen Quadratlatschen gestolpert bin.«

»Irgendwie kann ich mir dich nicht als ungeschickt vorstellen«, erwiderte sie kopfschüttelnd. »Solange ich denken kann, beneide ich dich um deinen geschmeidigen Gang.«

Linc blickte überrascht auf. Aber noch bevor er etwas sagen konnte, redete Holly schon weiter.

»Und deine langen Wimpern. Weißt du eigentlich, wie magisch die Kombination deiner langen Wimpern mit deinem Gang auf ein neunjähriges Mädchen wirkte? Ganze sieben Jahre hast du mich immerhin keines Blickes gewürdigt.«

»Darauf würde ich an deiner Stelle aber keine Wette eingehen. Die Gedanken, die mir nach deinem vierzehnten Geburtstag durch den Kopf gingen, hätten mich glatt hinter Gitter gebracht.«

Zunächst dachte Holly, er scherze.

Aber sein Blick überzeugte sie vom Gegenteil.

»Hättest du es mir doch gesagt«, flüsterte sie.

»Gute Idee«, gab er zurück. »Dann hättest du mich jeden zweiten Donnerstag im Gefängnis besuchen können.«

Sie lachte.

Sand Dancer stupste sie mit der Nase, damit sie sich ihm zuwandte.

Linc trat von hinten an sie heran. Er stand so dicht hinter ihr, daß sie seine Körperwärme durch ihre Jacke hindurch spüren konnte.

»Meine Hände frieren«, log Linc. »Laß mich sie an dir wärmen.«

Er rieb seine Hände an Hollys Arm. Vorsichtig umspannte er ihre Brüste. Augenblicklich richteten sich ihre Knospen unter seinen Fingern auf.

Sie stieß einen gepreßten Laut aus, Überraschung und Verlangen in einem.

Leise fluchend verschränkte er seine Hände wieder auf dem Rücken.

Holly machte sich an der nassen, verknoteten Schnur zu schaffen, die die Decke auf Sand Dancer festhielt. Es fiel ihr nicht leicht, denn ihre Finger verhedderten sich dauernd.

»Heute morgen kann man mir nicht über den Weg trauen«, murmelte Linc. »Tut mir leid.«

»Steck deine Hände in die Taschen«, befahl Holly.

»Meine Hände passen da nicht mehr rein«, gab er vor und vergrub sie statt dessen in den Vordertaschen von Hollys Jeans.

»Darf ich deine benutzen?« fragte er.

In Hollys Taschen bewegten sich seine Hände rhythmisch und sinnlich.

»Linc«, stotterte sie. Jede seiner Bewegungen ließ sie dahinschmelzen. »Linc…«

Irritiert zog er seine Hände zurück.

»Was hast du nur mit meiner Selbstbeherrschung angestellt?« fragte er vorwurfsvoll. »Eigentlich dachte ich, ich wäre aus dem Alter längst heraus, wo ich meine Hände nicht bei mir behalten kann.«

Holly drehte sich zu ihm um.

»Ich habe mich doch gar nicht beschwert«, zerstreute sie seine Bedenken.

»Richtig. Aber wir treffen jetzt eine Vereinbarung. Ich faß dich nicht mehr an, bevor Sand Dancer versorgt ist.«

Holly dachte an die vielen Knoten und fragte sich, ob sie so lange würde warten können.

»Willigst du ein?« fragte Linc und streckte ihr seine Hand entgegen.

In diesem Augenblick spürten beide, daß er lediglich die Wärme ihrer Hand in seiner fühlen wollte.

»Genauso machen wir es.«

Linc ließ ihre Hand fallen.

»Ich verlasse mich auf dein Wort«, sagte er. »Das ist sicherer. Nicht so erfreulich, aber das Gebot der Stunde!«

Holly widersprach ihm nicht.

Gemeinsam knüpften sie die Knoten auf, die die Decke auf dem Rücken des Pferdes hätten halten sollen. Nach der regnerischen Nacht und durch Sand Dancers ruhelose Bewegungen hatten sich die Knoten unglaublich festgezurrt.

»Kommst du voran?« fragte sie nach einer Weile.

»Nein.«

Holly griff in ihre Hosentasche und suchte nach einem Taschenmesser, das sie in der Wüste immer bei sich trug. Aber das Messer hatte sie in ihrer nassen Jeans gelassen. Dann erinnerte sie sich an die Taschen unterhalb von Sand Dancers Sattel. Sie griff unter der Schnur hindurch nach der Satteltasche – und traf auf Lincs Hand. Unsicher blickte sie ihn über den Rücken des Pferdes hinweg an. Linc betrachtete sie triumphierend. Seine Fingernägel glitten über ihre empfindliche Handfläche, als sich seine Hand sowohl von der Satteltasche als auch von der Schnur löste.

Er öffnete das Taschenmesser, das er ans Tageslicht befördert hatte. Die lange Klinge glänzte, als er sich mit ihr an der Schnur zu schaffen machte.

Plötzlich hielt er inne und runzelte die Stirn.

»Ich kann mich nicht daran erinnern, daß ich Sand Dancer diese Decke übergelegt habe«, stutzte er.

»Hast du auch nicht.«

Holly zog die Schnur aus den Metallnieten und wartete darauf, daß Linc weitere Knoten aufschnitt.

»Hast du sie ihm aufgebunden?« fragte er.

Sie lachte.

»Merkst du das denn nicht?« fragte sie. »Obwohl du mich dafür immer geschimpft hast, mache ich auch heute noch Altweiberknoten.«

»Hauptsache, sie halten!«

Er schnitt den letzten Knoten auf und zog die Decke weg. Sand Dancers Zügel waren ordentlich am Sattelknauf befestigt. Der Gurt hing etwas locker durch, aber nicht so viel, daß der Sattel sich hätte verdrehen können. Linc schaute umher. Wohlgefällig betrachtete er den schützenden Unterschlupf, den die Felsen und das Gebüsch geboten hatten.

Dann fiel sein Blick auf die Fußfessel. Genau wie der Sattel war auch sie weder zu locker noch zu fest gebunden.

»Mit Sand Dancer ist doch alles in Ordnung?« fragte Holly besorgt.

»Sand Dancer geht es besser, als er es nach seinem gestrigen Benehmen verdient hätte.«

Erleichtert tätschelte sie ihn.

»Bei seinem Geplärre dachte ich schon, er hätte sich verletzt«, erklärte sie.

»Dieser verwöhnte Bursche fühlte sich nur einsam und wollte auf sich aufmerksam machen.«

Linc stand behende auf und blickte Holly durchdringend an.

»Was ist gestern abend eigentlich passiert?« fragte er. »Ich kann mich nach Sand Dancers Fall an fast nichts mehr erinnern.«

»Ich habe dich oben auf dem Bergkamm gesehen. Dein Pferd war beinahe in Agonie.«

Linc lächelte gequält. »Das weiß ich allerdings noch.«

»Du hättest abspringen sollen«, tadelte Holly ihn. »Ich habe es dir wieder und wieder zugerufen, aber du konntest mich nicht hören. Dann fing es an zu regnen ...«

Ihre Stimme brach ab, als sie sich an ihre schreckliche Angst um Linc erinnerte.

»Und Sand Dancer stürzte«, fuhr sie schließlich fort. »Du bist abgesprungen, hast dich zweimal überschlagen, aber da war dieser Felsbrocken. O Linc, ich bin furchtbar erschrokken!«

Zärtlich berührten Hollys Fingerspitzen Lincs Lippen, als ob sie sich vergewissern wollte, daß ihm nichts fehlte. Er küßte ihre Finger und flüsterte ihren Namen. »Als ich dich endlich erreichte, lagst du mit dem Gesicht nach oben reglos im Regen«, sagte Holly mit gebrochener Stimme. »Ich dachte, du wärst tot.«

Sie versuchte zu lächeln.

An Lincs Gesichtsausdruck konnte sie jedoch ablesen, wie wenig ihr das gelungen war.

»Ich war froh, als ich dich stöhnen hörte«, setzte sie hinzu.

»Nach einer Weile bist du aufgestanden und auf das Zelt zugestolpert.«

Jetzt war ihr Lächeln echt.

»Ich wünschte, ich hätte davon ein Video machen können.« Holly umklammerte seine Arme. »Donner und Blitze und Regen, als wäre das Ende der Welt gekommen! Wir beide sind am äußersten Rand des Unwetters entlanggeschlittert. Ich fühlte mich wie ein Schleppkahn, der einen von der Route abgekommenen Ozeandampfer hinter sich herlotst.«

Linc sah sie sehr ernst an. Er erinnerte sich an die erschütternde Wucht des Gewitters, die Sand Dancer in Panik versetzt hatte.

»Wir haben Glück gehabt, daß wir nicht vom Blitz getroffen worden sind«, sagte er.

»Amen!« Holly schlug die Augen gen Himmel. »Nachdem du das Zelt erreicht hattest, habe ich dir die nasse Kleidung ausgezogen und dich in den Schlafsack gesteckt.«

Linc lächelte zerknirscht. »Dabei bist du sicherlich rot geworden.«

»Dazu hatte ich viel zuviel um die Ohren«, stellte sie richtig. »Plötzlich wolltest du nämlich aufstehen und dich um Sand Dancer kümmern.«

»Freut mich zu hören, daß ich nicht vollkommen den Verstand verloren hatte.«

»Aber in deinem Zustand war das absolut unmöglich, deshalb ...«

»Deshalb was?«

Schulterzuckend zeigte sie auf die Schnurreste, die herumlagen.

»Deshalb habe ich dann jede Menge Altweiberknoten im Regen bewerkstelligt«, erwiderte sie.

»Du hättest warten sollen, bis der Regen aufgehört hat.«

»Selbst halb tot vor Kälte und Regen bist du mit einer Kopfverletzung immer noch stärker als ich. Und du wolltest um keinen Preis warten.«

»Soll das heißen, daß ich dich wieder in diesen Sturm hinausgejagt habe, nur um Sand Dancer zu versorgen?« fragte Linc gepreßt.

»Entweder du oder ich. Und gestern abend war ich einfach in besserer Form.«

»Mein Gott, Holly!« Er zog sie an sich. »Du hättest mich gehen lassen sollen. Du hättest dich verletzen können.«

»Aber du warst es bereits«, erklärte sie kurz und bündig.

»Trotzdem ...«

»Linc«, unterbrach ihn Holly genervt. »Für wen hältst du mich bloß? Du warst verletzt!«

»Und du warst mitten in einem Gewitter allein mit einem Hengst, der bei jedem Blitz auskeilte.«

»Ich hatte ihm die Augen verbunden«, präzisierte sie.

Linc legte seine Hände um ihr Gesicht und betrachtete ihre äußerlich so zarten Züge. Seine Daumen streichelten ihre Wangenknochen.

»Du bist unglaublich«, flüsterte er. »Clever und langbeinig und wild. Und Augen hast du wie Goldstücke ...«

Plötzlich wurde sich Holly der Sonne auf Lincs Haaren, auf seinem Bart und in seinen Augen bewußt. Seine Lippen waren verführerisch und seine Zunge flink und feucht.

Er biß die Zähne zusammen. Trotz seines Verlangens küßte er Holly nicht. Beide waren außer Atem. Wie in Zeitlupe ließ er von ihr ab und wandte sich Sand Dancers Fußfessel zu.

»Wo hast du das denn her?« fragte Linc, während er den Knoten öffnete. »Ich kann mich nicht erinnern, in der Satteltasche ein frisches Hemd gehabt zu haben.«

»Es ist ja auch meine Bluse. Deshalb hatte ich unter meiner Jacke nichts an, als du…«

Abrupt hielt Holly inne. Sie dachte an jenen Augenblick, als Linc ihre Jacke geöffnet hatte. Sein Blick auf ihre nackten Brüste hatte sie tief erregt.

Linc entging ihr verräterisches Zittern nicht.

»Holly«, schnurrte er. »Es ist ein Wunder, daß ich meine Hände überhaupt noch von dir lassen kann. Aber ich bemühe mich. Gott kann bezeugen, wie sehr ich mich bemühe.«

Linc zog die Fessel ab und knotete Hollys Bluse auf. Der Stoff war voller Flecken und hartem Pferdehaar.

Kopfschüttelnd hielt er die Bluse hoch.

»An deiner Stelle würde ich es bei der Jacke belassen«, sagte er.

»Ich habe Ersatz dabei.«

»Schade. Mir gefällt der Verschluß der Jacke so gut.«

»Man kann sie gar nicht schließen, der Reißverschluß klemmt.«

»Wie gesagt…«

Lincs Augen glitzerten belustigt, als er Sand Dancer die Zügel überstreifte.

»Komm schon, alter Junge«, sagte Linc. »Wollen wir doch mal sehen, ob du durstig bist.«

Er schob ihn aufmunternd an. Gehorsam trat Sand Dancer einen Schritt vor.

Holly und Linc begutachteten das Pferd, bis sie sich davon überzeugt hatten, daß es bis auf ein paar leichte Muskelzerrungen bei dem Schrecken geblieben war.

Linc nickte und lächelte Holly anerkennend zu. Dann nahm er ihre Hand.

»Alles wie in alten Zeiten«, sagte er. »Hidden Springs, der

Geruch von Salbei, das Pferd und...« Er warf ihr einen übermütigen Blick zu. »Und ein kleines Mädchen, das mich mit glänzenden Augen ansieht.«

Plötzlich änderte sich Lincs Gesichtsausdruck, als er Holly betrachtete.

»Warum bist du eigentlich hier?« wollte er auf einmal wissen. »Und warum hast du mich nicht angerufen und mir Bescheid gesagt, daß du nach Kalifornien kommst?«

7

Kurzfristig streifte sie ein eisiger Hauch. Sie hatte vergessen, daß sie jetzt eher dem Image der Firma Royce entsprach als der unschuldigen Sechzehnjährigen von einst.

Beziehungsweise Lincs Erinnerung.

Holly stand deutlich genug vor Augen, wie er auf »Shannon« in Palm Springs reagiert hatte.

Jet-setter und deren leichte Mädchen kann ich nicht ausstehen.

Die wenigen Meter zur Quelle sagte Holly kein Wort. Bei jedem Schritt spürte sie Lincs prüfenden Blick auf sich ruhen. Weder wollte sie ihm sagen, daß sie Shannon war, noch brachte sie es über sich zu lügen.

»Ich habe dich nicht angerufen, weil ich mir über dich im Zweifel war«, gestand sie.

»Wie bitte?« fragte Linc ungläubig.

»Du hast mir nie geschrieben«, erläuterte sie. »Nicht einmal einen Weihnachtsgruß…«

Hollys Stimme und ihr Gesichtsausdruck zeigten, wie sehr sein Schweigen sie verletzt hatte.

»Ich habe dreimal geschrieben«, sagte er tonlos.

Überrascht wandte sie sich ihm zu.

»Hast du das?« flüsterte sie.

»Auf den dritten Brief erhielt ich eine Antwort von Sandra«, fuhr Linc fort. »Ich solle aufhören, dich zu belästigen, weil meine Briefe dir auf die Nerven gingen. Deshalb schrieb ich nicht mehr. Ich nahm an, daß Sandra dir irgendeinen Haß auf mich eingeimpft hatte.«

»Haß auf dich? Holly hielt inne und starrte ihn an. »Warum, in aller Welt, sollte ich dich denn hassen?«

Linc antwortete nicht, sondern warf die Zügel um Sand Dancers Hals. Dann versetzte er dem Tier einen herzhaften Klaps auf die glänzenden Flanken. Das Pferd beugte sich gierig nach vorn, um das Quellwasser zu genießen.

Als Linc Holly wieder anschaute, war seine Miene vollkommen ausdruckslos.

»Mein Vater fuhr das Auto, das deine Eltern gerammt hat«, sagte er ganz ruhig.

Sein Tonfall war ebenso direkt wie seine Worte. Er rührte sich nicht und wartete gebannt auf Hollys Reaktion.

Als er weder Schock noch Abscheu auf ihrem Gesicht erkennen konnte, atmete er erleichtert aus.

»Du wußtest es also«, sagte er.

»Sandra hat es mir erzählt.«

»Verstehe«, brummte Linc.

»Aber warum sollte ich dich deswegen hassen?« fragte Holly. »Es war ein Unfall. Eine regnerische Nacht, eine unübersichtliche Bergstraße und ein Auto, dessen Steuerung versagte.«

Einen Augenblick lang zitterten Hollys Lippen. Sie rang nach Luft und fragte sich, ob sie jemals mit dem Schmerz über den Verlust ihrer Eltern fertigwürde.

»Später habe ich dann herausgefunden, daß deine Stiefmutter auch umgekommen ist«, flüsterte sie. »Ein Unfall, allerdings ein tödlicher. Aber es war niemandes Schuld. Und ganz sicher nicht deine.«

Linc hob Hollys Hand und küßte sie. »Nicht jeder verzeiht den McKenzies wie du«, sagte er. »Sandra jedenfalls nicht.«

»Ich könnte dich niemals hassen«, sagte Holly geradeheraus.

Linc blickte ihr in die Augen.

»Hast du mir denn geschrieben?« fragte er.

»Oft.« Ihre Stimme wurde brüchig. »Linc, ich wollte dich so gerne sehen, wollte deine Stimme hören. Du solltest mich trösten, wenn ich mitten in der Nacht aufwachte und Angst hatte. Ich war so einsam.«

Dafür nahm Linc Holly jetzt in seine Arme und hielt sie so fest, wie um mit der Wärme und Kraft seines Körpers all die einsamen Jahre auszulöschen.

»Niemals hätte ich dich gehen lassen dürfen«, rief er heftig aus. »Ich wollte dich so sehr bei mir behalten.«

»Warum hast du's dann nicht getan?« Holly fühlte sich ganz elend.

»Sandra. Stur bestritt sie, daß ich für dich völlig andere Gefühle als die der Lüsternheit hegte.«

»Die hat sie bei jedem Mann geargwöhnt«, bestätigte Holly ihm. »Meistens lag sie mit dieser Annahme gar nicht so falsch, nur bei dir hat sie sich geirrt.«

Linc lächelte und küßte Holly auf die Nasenspitze.

»Ich hatte solches Verlangen nach deinem unschuldigen Körper«, sagte er heiser. »Aber das war nicht alles, was ich haben wollte. Deine Lebensumstände gefielen mir, auch deine Eltern... Sie haben einander geliebt. Und dich haben sie auch geliebt.«

»Natürlich.«

Linc unterdrückte seine Bitterkeit.

»So natürlich ist das gar nicht«, widersprach er. »Zusammen zu leben, heißt nicht unbedingt, daß man sich auch wirklich mag.«

Holly erinnerte sich an die Gerüchte über Lincs Mutter und seine Stiefmutter. Und über Lincs Vater, der sich der Trunksucht ergeben hatte, bevor er schließlich gestorben war. Dann fiel ihr noch etwas ein.

»Sandra hat mir niemals deine Briefe gezeigt«, sagte sie.

Linc erschien das durchaus konsequent.

Im Gegensatz zu Holly. Sandra und sie waren sich nie besonders nahegekommen, aber sie hätte nicht geglaubt, daß ihre Tante sie belügen würde.

»Sandra hat sich da einiges vorzuwerfen«, zischte sie.

Linc blickte Holly in die Augen. Sie waren schmal und zeugten von ihrer Empörung, die sich in der angespannten Linie ihrer Lippen fortsetzte.

»Nimm es ihr nicht allzu übel«, beschwichtigte er.

»Warum nicht? Sie hat es verdient.«

»Als sie dich das erste Mal mit mir gesehen hat, war dein Gesicht vom Weinen geschwollen, dein Haar vollkommen zerzaust, und du lagst zusammengerollt schlafend in meinen Armen. Du hast nicht älter als dreizehn ausgesehen.«

»Ja und?«

»Du hättest meine Tochter oder meine Nichte sein können«, erklärte Linc. »Und dann stampfte dieser ungehobelte Typ daher und sagte, er wolle dich heiraten. Ich hätte in dem Moment genauso wie Sandra gehandelt, nämlich geschrien, geflucht und einen solchen Aufstand gemacht, daß man mich sofort aus dem Krankenhaus geworfen hätte.«

»Kann schon sein«, erwiderte Holly. »Aber du würdest nicht fremde Briefe stehlen. Ich auch nicht.«

Lincs Mund wurde ein Strich.

»Nein. Aber es überrascht mich nicht, daß Sandra es getan hat.«

»Kanntest du sie denn?« fragte Holly.

»Das war gar nicht nötig. Wenn mir mein Vater etwas Nützliches beigebracht hat, dann eines: schönen Frauen nicht zu trauen!«

Die unverhohlene Wut in Lincs Stimme ließ Holly erschauern.

»So kann man es nicht sagen«, sagte sie.

»Und ob man das kann. Glaube es jemandem, der es wissen muß.« Linc lächelte grimmig. »Sandra ist ein echtes Luder, aber keiner kann behaupten, daß sie nicht schön sei.«

Als Holly in Lincs Gesicht blickte, bildete sich ein Eisklumpen in ihrem Magen. Es war das verzerrte Gesicht jenes Fremden, der seinerzeit Shannon betrachtet hatte wie eine Katze einen Schmetterling, der über einer Blüte schwebt.

Aggressiv und gnadenlos.

»Schönheit hat überhaupt nichts damit zu tun«, brach es aus Holly hervor. »Ich kenne häßliche Frauen, die durch und durch gemein sind, und ich habe schöne Freundinnen mit einem guten Herz!«

Linc strich zärtlich über ihr Gesicht.

»Du billigst unter Umständen sogar einer Klapperschlange ein gutes Herz zu, *niña*«, murmelte er.

Holly spürte, wie sie innerlich dahinschmolz. Früher ärgerte sie sich immer, wenn Linc sie *niña*, Kleine, genannt hatte. Aber jetzt erschien ihr der Kosename so warm und zärtlich wie seine Lippen.

»Die erhabene Sandra«, fuhr er mit nunmehr vor Empörung gepreßter Stimme fort. »Diese edle Seele schwor, daß die Tochter ihrer Schwester niemals den Sohn eines Alkoholikers und einer Hure heiraten durfte. Sie nannte mich einen Rohling, der keine Ahnung habe von Liebe.«

Holly zuckte zusammen, als sie den Haß in Lincs Stimme wahrnahm.

»Also hat Sandra bis zum Begräbnis meiner Stiefmutter gewartet. Dann hat sie mir den einzigen Menschen weggenommen, der mir jemals hätte zeigen können, was Liebe ist. Dich, Holly. Wirklich herzensgut, diese Tante, nicht wahr? Eben ganz so, wie es schönen Frauen frommt!«

Sein Ausbruch traf sie hart wie ein Peitschenhieb. Und er sah ebenso unversöhnlich aus, wie er sich anhörte.

Holly sprach mit erstickter, von ihrer beider Schmerz durchtränkter Stimme: »Das ist jetzt alles Vergangenheit. Ich bin keine sechzehn mehr. Sandra kann mich dir nicht noch einmal wegnehmen.«

Linc schlang seine Arme um sie. So fest, daß es ihr weh tat. »Das sollte sie auch ja nicht versuchen«, drohte er. »Ist sie mit dir hierhergekommen?«

»Sie mußte in Manhattan bleiben. Der Sommer ist eine hektische Zeit für Sandras Firma. Alle sind mit der Frühjahrskollektion beschäftigt.«

Lincs verständnisloser Gesichtsausdruck amüsierte Holly.

»Mode«, erklärte sie. »Wenn man die Werbeaktionen rechtzeitig fertig haben will, muß man sie bereits im Sommer fotografieren.«

Langsam schien er zu begreifen. Sein Blick wurde abfällig.

»Ja, jetzt erinnere ich mich«, sagte er. »Sandra verdient ihr Geld damit, daß sie Pos und Busen an Zeitschriften verhökert.«

»Linc!«

Er blickte in Hollys entsetztes Gesicht.

»Entschuldigung«, murmelte er.

Vor lauter Schreck fiel ihr kein Wort ein.

Mein Gott, dachte sie hektisch. *Was soll ich denn jetzt machen? Wie kann ich Linc davon überzeugen, daß ich nicht das bin, was er von Shannon hält?*

Linc bemerkte Hollys plötzliche Blässe. Er seufzte und fuhr mit den Fingern durch ihr Haar. Die Sonne funkelte auf seinem nackten Arm.

»Ich mag Models nicht«, sagte er schließlich. »Meine Mutter und meine Stiefmutter gehörten beide zu der Branche. Jedenfalls haben sie sich immer als solche bezeichnet. In meinen Augen sah es allerdings nach etwas anderem aus. Und so war es dann auch.«

Holly schloß die Augen. Sie wünschte, nichts sagen, nicht wiederum die Scherben ihres Wunschtraumes einsammeln zu müssen.

Aber sie konnte Linc nicht anlügen, nicht einmal, indem sie schwieg.

»Meine Berufsbezeichnung lautet ebenfalls Model«, sagte sie geradeheraus.

»Wie bitte?«

»Ich bin ein Model.«

Holly öffnete die Augen und erwartete, daß Lincs Blick vor Verachtung triefte.

Statt dessen sah er belustigt, ja ungläubig aus.

»Ein Model«, wiederholte er freundlich.

»Genau.«

Er kicherte leise. Dann wanderten seine Augen von Hollys wirrem Zopf zu ihrer Jacke, die sie sich in die zerknitterten Jeans gestopft hatte. Sein Blick blieb an ihren festen, dreckigen Schuhen haften.

»Wofür stehst du denn Modell?« fragte er. »Teddybären? Rutschen und Schaukeln? Abenteuerspielplätze?«

Holly wurde wütend.

»Ich war mir nicht bewußt, daß ich derart lächerlich wirke«, bemerkte sie spitz.

Sein Lachen versiegte. Wieder betrachtete er Holly, aber diesmal erinnerte er sich daran, wie sie in seinen Armen gelegen hatte, wie ihr Körper sich unter seinen Liebkosungen verwandelt und wie ihre nackte Haut vor Verlangen geglüht hatte.

»Wenn du noch schöner wärst, könnte ich mir selbst nicht mehr über den Weg trauen! Und dir auch nicht«, fügte er böse hinzu.

»Schön zu sein, bedeutet nicht, daß man nicht vertrauenswürdig ist. Schönheit hat etwas mit Make-up und Beleuchtung zu tun. Ich kann schön sein und trotzdem liebenswert!«

»In Ordnung«, sagte Linc und drückte sie an seine Brust. »Ich habe ja auch nicht von dir gesprochen.«

»Aber ich! Ich...«

Hollys Worte wurden von Lincs eifriger Zunge erstickt. Sein Kuß bezeugte ihr, welch zärtliche, beschützende und leidenschaftliche Gefühle er in diesem Moment für sie empfand.

Unbewußt drängte sie sich gegen seinen kräftigen Körper, bis außer ihrer Kleidung und der von ihm vereitelte Protest sie nichts mehr trennte.

»In meinen Augen bist du viel mehr als schön«, murmelte Linc an Hollys Lippen. »Und jetzt bitte keinen Streit mehr über Frauen und ihr Aussehen.«

»Trotzdem…«

»Wir sollten uns erst ein wenig besser kennen, ehe wir uns streiten«, unterbrach Linc.

»Wie wäre es, wenn wir es durchdiskutieren?« murmelte sie.

»Ich habe dich gerade erst wiedergefunden. Das wollen wir uns nicht vermasseln.«

Als Holly nicht antwortete, knabberte Linc an ihrer Oberlippe.

»Abgemacht?« fragte er.

»Aber…«

Seine Lippen schlossen sich über ihren und erstickten ihre Worte. Sein leidenschaftlicher Kuß nahm ihr den Atem.

»Versprich es mir«, drängte er sie. »Dich wiedergefunden zu haben ist die Krönung meiner Träume. Ein paar Tage nur, dann können wir meinetwegen miteinander streiten wie ein uraltes Ehepaar.«

Holly blickte Linc unglücklich an.

Seine Augen sprühten.

»Natürlich bin ich kein Phantast«, legte Linc trocken dar. »Ich weiß, daß wir uns streiten werden. Du hattest schon immer einen Dickkopf. Was hältst du hingegen von ein paar Tagen Schonzeit?«

»Wie viele?«

Ein müdes Lächeln breitete sich unter seinem Schnauzbart aus. »Wie gesagt, ein hoffnungsloser Fall«, murmelte er.

Holly wartete schweigend.

Und dickköpfig.

»Zwei?« bot Linc an. »Das wäre bis nach der Tausend-und-eine-Nacht-Party auf der Ranch. Wenn du dann loslegen willst, nur zu!«

Sie zögerte angesichts der Versuchung. Dann schüttelte sie den Kopf.

»Du wärst außer dir, wenn du es herausfinden würdest«, sagte sie.

»Herausfinden?« Linc erstarrte. Seine Finger gruben sich fast schmerzhaft in ihre Arme. »Was denn herausfinden?« fragte er rauh. »Bist du verheiratet?«

Holly war viel zu schockiert, um zu antworten, und starrte Linc entgeistert an.

»Nun, bist du es?«

»Glaubst du denn, ich hätte dich angerührt, wenn ich einen Mann hätte?« schoß sie zurück.

»Andere Frauen haben es getan«, bemerkte er.

»Aber diese nicht.« Bissig fügte sie hinzu: »Willst du denn nicht nach Verlobten, Freunden oder Geliebten fragen?«

Lincs Gesicht versteinerte zu einer Maske.

»Sind es viele?« fragte er gefaßt.

»Nicht einer!« explodierte Holly in ungebremstem Zorn. »Um genau zu sein, ich bin eine...«

Plötzlich bezwang sie ihre Wut und Zunge. Verwirrt durch ihr Beinahegeständnis senkte sie den Blick.

Etwas regte sich in seinem Gesicht.

»Was bist du denn?« forderte er sie heraus.

Holly hob kämpferisch ihr Kinn und legte die Hände auf die Hüften. Unbewußt durchlebte sie noch einmal den gestrigen Augenblick, als Linc die arme Shannon niedergemacht hatte.

»Ich habe nicht sehr viel Erfahrung mit Männern«, wich sie aus. »Aber das wird dich nicht weiter erstaunen. Wie du soeben bemerktest, sehe ich ja nicht besonders attraktiv aus.«

Damit drehte sie sich um und rannte zurück zu ihrem Zelt.

Mit drei Sturmschritten hatte er sie eingeholt, legte ihr einen

Arm über den Rücken, den anderen in die Kniekehlen und hob sie in seine Arme.

Sie warf ihm einen unterkühlten Blick zu.

»Wie gesagt«, murmelte er, »ich wünsche mir, daß wir für zwei Tage eine Art Feuerpause einlegen, bis wir uns kennengelernt haben. Und dann verloben wir uns.«

Holly stockte der Atem.

Ihr Blick ließ Lincs Herz schneller schlagen.

»Und nach weiteren drei Tagen werden wir heiraten«, ergänzte er entschieden. »Dann wird das Wort ›nein‹ aus unserem Sprachschatz verschwinden.«

Tränen der Freude und der Hoffnung, auch des Schmerzes allerdings, brannten in Hollys Augen. Sie wollte augenblicklich ja sagen und ihn an sich binden, bevor er ihr Alter ego Shannon kennenlernte.

Der Gedanke an seine Vorurteile gegen Models ängstigte sie jedoch.

Linc bemerkte weder ihre Tränen noch ihre Angst. Seine Lippen liebkosten ihren Hals, ihren Haaransatz und ihre Ohren.

»Holly«, flüsterte er ihr ins Ohr. »Ist denn mein Ansinnen eines zweitägigen Waffenstillstands zuviel verlangt? Solange könntest du doch dein Temperament im Zaum halten?«

»Aber ...«

»Verflucht noch eins«, unterbrach Linc sie. »Was, zum Kuckuck, kann dich bloß zur Einsicht bringen?«

»Ich will nur nicht, daß du mich dann später haßt.«

»Niemals könnte ich dich hassen, *niña*. Weißt du das denn nicht?«

»Linc, du kennst mich nicht. Jedenfalls nicht in allen Punkten.«

Er stöhnte.

»Das ist ja der Sinn dieser Feuerpause«, sagte Linc mit Blick gen Himmel. »Wir hören auf, uns über Kleinigkeiten zu streiten. Statt dessen laß uns über Ringe und Hochzeiten und Kinder sprechen.«

Holly zitterte und umarmte Linc heftig. Ihr Kuß hatte fast etwas Verzweifeltes.

»Du willst doch Kinder, nicht wahr?« fragte er schließlich.

»Von dir, ja«, flüsterte sie. »Das habe ich schon immer gewollt.«

Er hob den Kopf und begegnete dem schmelzenden Blick der Frau in seinen Armen.

»Dann vertraue mir bitte«, sagte er mit tiefer Stimme. »Du hast ein Recht auf meine gesamte Zärtlichkeit. Ich hatte alle Hoffnung aufgegeben, dich jemals wieder an mich zu drücken. Und jetzt habe ich Angst, dich wieder zu verlieren, bevor ich Gelegenheit hatte…«

Linc brach ab. Ihm fehlten die Worte, um sein Verlangen nach der Wärme und dem Glück zu beschreiben, das er damals mit Holly erlebt hatte. Statt weiterzureden, küßte er sie mit all der Sehnsucht und all dem Verlangen, das ihn während der langen Trennung gepeinigt hatte.

Holly sträubte sich nicht gegen den Kuß, der ihr die Luft nahm. Lincs Zunge berührte jeden Winkel ihres Mundes in einem wortlosen Appell.

Als er nach einer Weile den Kopf hob, seufzte sie und drückte ihre Wange an seinen warmen Hals.

»Feuerpause?« fragte er mit heiserer Stimme.

»Einverstanden.«

»Gut.«

Linc schritt mit Holly auf dem Arm energisch auf das Zelt zu.

»Wohin gehen wir?« fragte sie.

»Ins Zelt.«

»Wieso?«

Über den nervösen Unterton ihrer Stimme verwundert, blickte Linc auf Holly herab.

»Ich dachte, ich hänge mal meine Kleidung zum Trocknen im Freien auf«, sagte er friedfertig.

Holly verspannte sich, hielt aber den Mund.

Linc blieb stehen.

»Du hast gesagt, du hättest nicht viel Erfahrung mit Männern.«

Sie nickte.

»Bist du noch Jungfrau?« fragte Linc.

»So, wie du es sagst, klingt es wie ein tödlicher Hautausschlag.«

»Bist du es oder bist du es nicht?«

»Ist das so wichtig?« entgegnete Holly. »Wir leben in einer modernen Welt, wie du weißt.«

»Stimmt. Deshalb frage ich ja auch. Du siehst unschuldig wie ein Engel aus, aber heute morgen hast du dich nicht wie ein Engel benommen.«

»Tut mir leid«, fertigte Holly ihn ab. »Muß ein falsches Signal gewesen sein. Ich bin so jungfräulich wie Adventsschnee.«

Linc blickte verblüfft in ihr wütendes Gesicht.

»Mein Gott«, brachte er dann hervor. »Gibt es denn keine Männer in New York?«

»Waggonweise.«

»Und?«

Sie zögerte, dann zuckte sie mit den Schultern.

»Sie waren eben alle nicht du, Linc«, stellte sie sachlich fest.

Holly fühlte, wie ein Zittern durch seinen Körper rann. Seine Lippen berührten ihre Augenlider, ihren Mund, ihre Stirn.

Die Küsse waren so zärtlich, daß sich Hollys Wimpern vor Rührung in schwarze Netze verwandelten, in denen glitzernde Tränen hingen.

»Ich habe dich gar nicht verdient«, stammelte Linc.

Hollys Lippen lächelten zaghaft.

»Jetzt bist du aber an mich gekettet«, flüsterte sie.

Einen Augenblick lang hielt er sie einfach nur in seinen Armen. Er schloß die Augen, damit ihre Worte und ihre Gegenwart in ihn eindringen konnten wie Wasser in die Wüste.

Dann ließ er sie hinuntergleiten, bis ihre Füße wieder den Boden berührten. Langsam ließ er von ihr ab.

»Ich sehe mal nach Sand Dancer«, sagte er. »Inzwischen zieh dich bitte richtig an. So, wie dein Jäckchen immer wieder aufklafft, könntest du damit einen Heiligen ins Wanken bringen. Und das bin ich, weiß Gott, nicht!«

»Wollten wir nicht... unsere Kleidung trocknen?«

Holly fühlte, wie sie rot wurde, und hätte am liebsten laut geflucht. Sie kam sich vor, als bohrte sie mit den Zehen ein Loch in den Sand, derweil sie an ihrem Zopfende kaute und Kindergeplapper von sich gab.

Lincs Art, ihren über die Zeit gewachsenen Panzer zu durchbrechen, machte sie ganz verrückt... und zugleich mutig.

Langsam fuhr sein Daumen Hollys Wangenknochen entlang und strich ihre seidig gebogenen Brauen glatt.

»Zieh dich an, *niña*«, flüsterte er. »Zieh dich an, bevor meine guten Vorsätze sich in Luft auflösen.«

Sie betrachtete ihren Helden.

»Nur weil ich eine Jungfrau bin?« fragte sie.

»Genau.«

»Dieser Zustand ist aber kein endgültiger«, entgegnete sie sachlich.

»Keinerlei Streit, erinnerst du dich?«

Ihre Augen wurden dunkel und schmal.

»Ich würde nicht im Traum daran denken, mit dir zu streiten«, flötete sie. »Wir werden es beim Frühstück *diskutieren*.«

Sie warf Linc ihr gekonntestes Shannon-Lächeln zu und begab sich zurück ins Zelt, wobei sie ihre Hüften ein ganz klein wenig mehr als unbedingt notwendig hin- und herschwenkte.

8

Im Innern ihrer Behausung war es warm. Durch die winzigen Poren des Segeltuchs drang goldenes Licht.

Es herrschte eine heillose Unordnung. Kleidung lag überall verstreut, ebenso wie andere Dinge. Der Rucksack, zum Beispiel, den Holly auf der Suche nach Aspirin ausgeleert hatte.

Beim Umschauen wurde ihr klar, daß alle diese Dinge mit Linc zu tun hatten. Eine Hitzewelle durchfuhr sie vom Brustbein bis zu den Knien, als sie sich daran erinnerte, wie ihm der Schlafsack von den Hüften gefallen war.

Sie hatte ihn angestarrt. Und jeder Zentimeter seines Körpers hatte ihr gefallen.

Alles!

Schlimmer noch, sie hatte zu ihm zurückgehen, sich neben ihn knien und mit ihren Händen seinen schlanken Körper anfassen wollen ...

Ob Linc deswegen meinte, ich hätte nicht wie eine Jungfrau reagiert? fragte sie sich.

Wie würde sich denn seiner Meinung nach eine Jungfrau verhalten, wenn sie den geliebten Mann nackt erblickte? *Schreien? In Ohnmacht fallen?*

Hollys Lippen kräuselten sich, während sie den Reißverschluß ihrer Hose öffnete und die Jeans von sich kickte. Darunter hatte sie nichts an, denn ihr war gestern nacht viel zu kalt gewesen, um sich noch um Unterwäsche zu bemühen. *Was Linc wohl getan hätte, wenn er das entdeckt hätte? Hätte er aufgeschrien, oder wäre er in Ohnmacht gefallen?*

Bei dem Gedanken, daß irgend etwas Linc sein Bewußtsein rauben könnte, mußte sie laut lachen.

Während des Auskleidens gab es wieder Verdruß, der Reißverschluß war gewohnt widerspenstig. Ein einziger Blick auf ihn überzeugte sie, daß er nur mit einem kräftigen Ruck zu öffnen war. Schulterzuckend streifte sie danach auch die Jacke ab und stopfte sie in den Sack.

Einen Moment lang stand sie vollkommen nackt in dem warmen Zelt und erinnerte sich daran, wie Linc in der durch die offene Zelttür hereinfließenden Morgensonne ausgesehen hatte.

Würde er sie nackt ebenso schön finden wie sie ihn? Der Gedanke an seine überaus männliche Erscheinung setzte etwas in Hollys Körper in Gang, das ihr mittlerweile völlig vertraut geworden war. Ein fein verästeltes Empfindungsgeflecht erregte sie mit dem Versprechen unbekannter Leidenschaft und Freuden.

Die sie, jedenfalls Lincs Aussage zufolge, auch nicht kennenlernen würde.

Sie murmelte etwas für sie erstaunlich Unflätiges und zerrte ihre Unterwäsche hervor.

Der BH und die dazu passenden Höschen waren aus dunkelblauer Spitze. Unter der blauschwarzen Farbe wirkte Hollys Haut wie dunkler Honig. Sie aber war nicht in der Stimmung, um den sinnlichen Kontrast zwischen der Spitze und ihrer Haut zu würdigen.

Ungeduldig schlüpfte sie wieder in ihre Jeans und knöpfte die zerknitterte Baumwollbluse wie gewohnt bis zum Halse zu.

Dann öffnete sie doch ein paar Knöpfe, so daß der Stoff die dunkelblaue Spitze ihres BHs gerade eben verdeckte.

In etwa jedenfalls.

Wenn Linc eine Jungfrau wollte, dann sollte er seine Jungfrau bekommen. Sie würde sie ihm auf dem silbernen Tablett servieren, heiß, dampfend und mit Kräutern dekoriert! Diese Vorstellung erheiterte sie sehr. Sie knöpfte einen Knopf wieder zu, bürstete ihr Haar und flocht es zu einem Zopf. Dann zog sie sich ihre Schuhe an.

Als sie fertig angezogen war, räumte sie die Unordnung im Zelt mit den effizienten Bewegungen einer erfahrenen Camperin auf. Auf dem Weg nach draußen griff sie noch nach der Feldflasche und den Holzscheiten, die sie innen gelagert hatte, damit sie nicht naß wurden.

Mit derselben Routine, mit der sie zuvor das Zelt aufgeräumt hatte, entfachte Holly in einem Kreis aus Steinen ein Feuer. Als das Holz ordentlich brannte, legte sie ein Metallrost auf die Steine. Dann füllte sie einen nagelneuen Topf mit Wasser, das sie gestern abend noch von der Quelle geholt hatte. Sie setzte den Topf auf den Rost und sah zu, wie der aufsteigende Ruß das Metall schwärzte.

Danach füllte sie ein weiteres Gefäß mit Wasser und stellte es ebenfalls auf den Rost. Schließlich nahm sie die Latrinenschaufel und machte sich auf den Weg ins Gebüsch.

»Das Zelt ist fertig, wenn du willst«, rief sie über ihre Schulter.

Obwohl sie Linc nicht sehen konnte, wußte sie doch, daß er in der Nähe sein mußte. Vermutlich rieb er Sand Dancer gerade mit einer Handvoll Salbei ab.

Wie erwartet, ertönte Lincs Antwort aus der Richtung der Quelle.

Mit Holzscheiten und einer Eisbox beladen, die Linc aus dem Jeep geholt hatte, kehrte sie zu dem Lager zurück. Die Ladung hatte den Sturm relativ trocken überstanden, weil Holly eine Regenplane über die Sachen gespannt hatte.

Sie ging noch einmal zum Auto, um die restlichen Utensilien herbeizuschaffen. Mit ein wenig Wasser wusch sie sich die Hände, dann begann sie das Frühstück vorzubereiten.

Mit flinken Bewegungen legte sie den Schinkenspeck in eine Schale, die sie auf den Rost stellte. Nachdem sie noch einige Holzscheite nachgelegt hatte, hängte sie die nassen Kleidungsstücke auf die Leinen, die das Zelt festzurrten. Schon bald stieg der Geruch von Kaffee und gebratenem Speck in Hollys Nase und ließ ihren Magen laut knurren. Sie brachte ihr letztes Stück nasser Wäsche in die Sonne und eilte zum Fenster zurück.

Während sie den Speck wendete, trat Linc auf den Plan. Über seiner rechten Schulter trug er einen Sattel, in der linken Hand hielt er die Satteldecke. Er warf die Decke über eine der aufgespannten Leinen zum Lüften.

Als sie schwungvoll landete, flatterte eines von Hollys Dessous wie ein exotischer Vogel zu Boden.

Linc hob die rote Spitze mit einem Finger hoch, lächelte und schaute zu ihr hinüber.

»Deines?« fragte er.

»Unmöglich«, erwiderte sie und wendete die letzte Speckscheibe. »Ich bin schließlich Jungfrau. Es wird wohl dir gehören.«

Ihre schlagfertige Antwort brachte ihn zum Lachen.

Holly beobachtete, wie Linc den Sattel auf einem der Felsen absetzte. Sie liebte das maskuline Spiel seiner Muskeln und Sehnen, die Anmut seiner Bewegungen, seiner so selbstverständlichen körperlichen Kraft.

»Der Speck brennt an«, sagte Linc, ohne sich umzudrehen, denn er wußte, daß Holly ihn beobachtete.

Sie fuhr zusammen. Der Speck war indessen nicht einmal ansatzweise knusprig.

»Gar nicht wahr«, verteidigte sie sich.

»Komisch«, erwiderte Linc und hängte das ominöse Höschen mit übertriebener Sorgfalt wieder auf. »Ich hätte schwören können, daß es irgendwie angebrannt riecht. Brennt vielleicht ihr Jungfrauen, *niña*?«

Seine Stimme war tief und sinnlich, so sinnlich wie seine Finger, die auf der weichen roten Spitze ruhten.

Bei dem Gedanken, diese besitzergreifenden Hände auf sich zu spüren, geriet Holly in Wallung.

Obwohl sie ihren Blick abwandte, erwartete Linc eine Antwort.

»Könnte sein«, sagte sie.

»Gut«, meinte er großmütig. »Ich werde mich so lange gedulden, bis du genausoviel Appetit entwickelt hast wie ich.«

»Zehn, zwanzig, dreißig.« Holly schnippte mit den Fingern. »Ist schon soweit. Mein Verlangen ist genauso auf dem Siedepunkt wie deines.«

Geschmeidig richtete sie sich auf und schritt auf ihn zu. Lachend verschwand Linc im Zelt und verschloß die Klappe.

»Der Speck brennt an«, wiederholte er.

»Ich mag ihn schön dunkel«, erwiderte sie und zupfte an der Öffnung.

Während sie erfolglos daran zerrte, zischte das Fett in der Pfanne.

Sie blickte über die Schulter. Flammen züngelten am Rand des Gefäßes.

»Verflucht«, murmelte Holly.

Sie warf dem Zelt einen frustrierten Blick zu und rannte wieder zur Feuerstelle. Ein paar kräftige Stöße mit dem Feuerhaken reduzierten die Glut und retteten den Speck vor dem Verkohlen.

Nach einem letzten Aufbäumen von Hoffnung kapitulierte sie und konzentrierte sich statt dessen resigniert auf das Frühstück. Sie öffnete eine Tüte Toast und legte fünf Scheiben auf den Rost. Der fertige Speck wartete solange auf einem der beiden Blechteller, die sie der Campingtasche entnommen hatte. Der Kaffee dampfte und war auch servierbereit.

»Wieviel Eier und auf welche Art?« rief sie, ohne aufzublicken.

»Drei Spiegeleier, einmal gewendet.«

Lincs Stimme erklang unerwartet nah.

Holly spürte, wie sich etwas in ihrem Rücken bewegte. Seine langen, kräftigen Finger fuhren ihr Kinn entlang und streichelten ihr Ohr.

Holly wandte sich um und streifte mit ihren Lippen über seine Handfläche. Dann biß sie ihn leicht in den Daumen. Linc atmete scharf ein. Seine Stimme war ebenso rauchig wie sein Blick verhangen.

»Wenn du so weitermachst, lege ich dich aufs Kreuz«, stellte er in Aussicht.

»Leere Versprechungen«, gab sie zurück.

Ihre Zunge grub sich langsam windend in die empfindliche Haut zwischen seinen Fingern.

»Mmmm«, murmelte Holly. »Du schmeckst besser als Frühstücksspeck.«

»Holly«, mahnte Linc sie eindringlich. »Du hast versprochen, mich nicht zu provozieren.«

»Aber ich mache doch gar nichts!«

Er nahm ihre Hand und preßte sie an seine Lippen. Seine Zunge wiederholte jede ihrer Bewegungen.

Ihre Hände zitterten, als er von ihr abließ.

»Jetzt brennt der Toast an.« Linc riß sich los.

Seufzend wandte sich Holly wieder dem Kochfeuer zu, das ihr im Vergleich zu seinen Berührungen gar nicht mehr so heiß erschien.

Während sie das Brot umdrehte, grübelte sie darüber nach, was Linc im Zelt gemacht hatte, da er immer noch seine nassen Jeans trug.

Sie sah zu der Zeltleine. Ein paar Männerunterhosen hingen neben ihrem leuchtenden BH.

»Butter ist in der Eistruhe«, sagte Holly. »Honig auch.« Sie schlug zwei Eier in die Pfanne, schenkte zwei Tassen Kaffee ein und legte den meisten Speck auf Lincs Teller. Dann wendete sie die Eier, zählte bis zehn und ließ sie ebenfalls auf seinen Teller gleiten. Dazu legte sie drei der fünf Toastscheiben.

»Fang schon an, solange es noch heiß ist«, forderte sie ihn auf. »Und keine Zwischenreden mehr, sonst esse ich alles selbst.«

Lachend fiel Linc über sein Frühstück her.

Holly briet noch zwei Spiegeleier. Als sie nach ihrem Toast greifen wollte, hatte Linc das Brot bereits für sie vorbereitet. Über einer dicken Butterdecke glitzerte der Honig und tropfte an den Rändern wie Bernstein abwärts.

Obwohl Holly schnell aß, war Linc doch lange vor ihr fertig. Er goß sich noch eine Tasse Kaffee nach und kniete neben dem Stein, den sie sich als Sitzgelegenheit ausgesucht hatte.

»Du bist wirklich erstaunlich, *niña*«, sagte er und nippte an seinem Kaffee.

»Aber sicher doch«, erwiderte sie und leckte sich den Honig von den Fingern. »Heutzutage sind in den reiferen Jahrgängen schließlich nicht mehr sehr viele Raritäten anzutreffen.«

Linc gluckste.

»Darauf wollte ich aber gar nicht anspielen«, korrigierte er.

»Ach nein?«

Ihrem Zweifel zum Trotz schüttelte er den Kopf.

»Erst rettest und beschützt du mich. Dann gehst du auch noch raus und riskierst Kopf und Kragen, um dich meines verrückten Gauls zu erbarmen.«

Was auch immer Holly dazu hätte sagen wollen, es verlor sich in dem Bissen Toast, den sie gerade kaute.

»Und als ich heute aufwachte«, fuhr Linc langsam fort, »glaubte ich zu träumen, als ich deinen Geschmack auf den Lippen hatte. Danach ...«

Er verstummte, während sich die Zärtlichkeiten des frühen Morgens in seinen braunen Augen spiegelten.

Ausatmend nippte Linc an seinem Kaffee. Sein Blick wanderte über das ganze Camp, wich Hollys jedoch aus. Er war sich nur zu bewußt, daß er bei der Erinnerung an die köstliche Nähe heute morgen im Zelt seine Hände einfach nicht von ihr lassen könnte.

»Später mußte ich dann für eine Viertelstunde weg, um mein Pferd abzureiben, komme zurück, finde das Zelt aufgeräumt, ein knisterndes Feuer vor, das Frühstück fast fertig und ein Stück Reizwäsche gleich neben meinen nassen Socken an der Leine.«

Er nahm Hollys Hand und rieb seinen Schnurrbart dagegen. Dann drückte er sie und rutschte ein Stück zur Seite.

»Du hast ja keine Ahnung, was für ein unglaubliches Vergnügen es ist, mal ausnahmsweise nicht mit einer zwar wunderschönen, aber vollkommen nutzlosen Frau unterwegs zu sein«, setzte er hinzu.

Holly zuckte zusammen. »Nicht alle schönen Frauen sind nutzlos.«

»Ich kann mich nicht erinnern, daß meine Mutter jemals irgend etwas gekocht hätte – von ihren Gesichtsmasken mal abgesehen.« Linc runzelte die Brauen. In jedem seiner Worte schwang Verachtung mit.

Holly knabberte unglücklich an ihrem Toast.

»Meine Stiefmutter war noch schlimmer«, haderte er. »Nie und nimmer hätte sie ein Zelt aufbauen können, geschweige denn einen Graben für einen möglichen Regenguß ausheben. Keine der beiden hätte während eines Sturms auch nur einen Fuß vor die Tür gesetzt, um ein Pferd zu versorgen.«

Stumm aß Holly weiter. Was die beiden Frauen betraf, so hatte Linc recht. Das war in der ganzen Gegend bekannt. Sein Vater hatte sich zu sehr schönen, aber ausschließlich mit sich selbst beschäftigten Frauen hingezogen gefühlt.

Schlimmer noch, Lincs Dad hatte niemals begriffen, daß er seine Eheprobleme nicht seinen Kindern aufbürden konnte, die der Liebe und Zuneigung wenigstens eines Elternteils bedurft hätten. Die Krisen nahmen zu und Martin McKenzie flüchtete sich in den Alkohol.

Als am Ende für die beiden jungen Leute keine Bezugsperson mehr da war, hatten Linc und seine sehr viel jüngere Halbschwester niemanden außer ihre gegenseitige Unterstützung.

»Und Gott bewahre«, berichtete Linc mit eisiger Stimme,

»keine unserer sogenannten Mütter wäre auch nur bei einem leichten Nieselregen vor die Tür gegangen, um ihre Kinder zu retten. Höchstens durch eine Kaktushecke sind sie splitternackt bis zu einem billigen Hotelzimmer gekrochen.«

Mit zusammengekniffenen Augen starrte er ins Feuer und dachte nur noch an die grausame Vergangenheit.

Holly stellte ihren leeren Teller ab und legte ihre Hand auf seine Schulter.

»Es tut mir leid, daß sie dich so allein gelassen haben.«

Die Bartstoppeln auf Lincs Wange kratzten sanft Hollys Hand.

»Alles Schnee von gestern«, brummte er.

»Ist es das? Du kannst schöne Frauen immer noch nicht ausstehen. Und zwar aus dem einzigen Grund, weil sie schön sind.«

Schlagartig zog er seine Wange zurück. Sein Unbehagen zeigte sich deutlich in der schmalen Linie seiner Lippen. Es war eines der Themen, über die er keinesfalls sprechen wollte.

Für Holly aber traf es den Kern ihrer Existenz. Sie konnte es nicht unter den Teppich kehren, in der Hoffnung, es damit los zu sein.

Denn es würde wiederauftauchen.

Je länger sie es hinauszögerte, desto schlimmer würde es Linc treffen, daß Holly gleichzeitig Shannon war.

»Wäre der Egoismus deiner Mutter und deiner Stiefmutter denn leichter zu ertragen gewesen, wenn sie nicht gut ausgesehen hätten?« fragte sie leise.

»Wären sie häßlich gewesen, hätten sie mit ihrem Egoismus nicht solchen Erfolg gehabt.«

Seine kühle Stimme ließ keinerlei Widerspruch zu. Es klang wie die Feststellung, daß die Sonne im Westen unterging.

Eine Tatsache, die niemand bestreiten konnte.

Holly wollte etwas antworten, besann sich jedoch eines Besseren.

Linc war durch Taten, nicht durch Worte verletzt worden. Nur mittels Taten vermochte sie ihn davon zu überzeugen, daß nicht alle schönen Frauen selbstsüchtig und gemein waren.

Ich habe schon ein wenig in der Richtung unternommen, indem ich ganz einfach ich selbst geblieben bin, tröstete sie sich, während sie schweigend in ihre Tasse starrte. Meine Aktivitäten gestern nacht hat er immerhin bemerkt.

Holly hatte es nicht getan, um Linc damit zu beeindrucken. Tatsächlich besaß sie einen zupackenden Charakter, der zu ihr gehörte, wie ihre Haut. Ihm bereitete es keine Schwierigkeiten, ihre Warmherzigkeit und Großzügigkeit anzuerkennen. Der Rest ihres Geheimnisses würde jedoch nur sehr schwer für ihn zu akzeptieren sein.

Unter bestimmten Umständen konnte Holly wirklich schön sein, aber deshalb war sie noch lange nicht gemein.

Linc hat recht, gestand sie sich ein. Wir brauchen Zeit zum Verschnaufen, um uns besser kennenzulernen.

Sie betete zu Gott, daß zwei Tage dafür ausreichen würden.

9

Holly wischte die Pfanne mit Sand aus, wickelte sie in Zeitungspapier und räumte sie in den Vorratskarton zurück. Dann trug sie alles zusammen mit dem Segeltuch, mit dem sie gestern Sand Dancer abgedeckt hatte, zum Auto. Obwohl es noch nicht einmal zehn Uhr war, drang die Sonne wie ein Laserstrahl durch ihre dünne Bluse. Der blauweiße Himmel lastete mit seiner Schwüle auf der Erde. Jetzt schon brauten sich um die höchsten Gipfel Wolken zusammen. Am Abend würden erneute Gewitter aufziehen und das verdorrte Land erlösen.

Sie bewegte sich wie gewohnt lautlos und lauschte den Geräuschen der Wüste. Wachteln raschelten im Gebüsch, und die Blätter klatschten mit einem leisen, ledrigen Geräusch gegeneinander. Bienen summten ohne Unterlaß und waren fleißig damit beschäftigt, die kurze Blütezeit während der sommerlichen Regengüsse zu nutzen.

Das Gewitter hatte alle Kreaturen aufgescheucht. Viele von ihnen lebten unter der Erde, da die Erdkruste sie vor den mörderischen Sonnenstrahlen schützte. Der heftige Regen gestern nacht hatte unterirdische Löcher und Bauten mit Wasser gefüllt und deren Bewohner an die Oberfläche getrieben.

Und dort würden diese Tiere bleiben, bis der Wasserspiegel wieder unterhalb ihrer Behausungen abgesunken war. In der winterlichen Regenzeit versickerte das Wasser durch aufgeweichte Erde rasch wieder aus den Bauten. Im Sommer dauerte es etwas länger, denn der Boden war von der Sonne so hart gebacken wie Ton im Ofen.

Am Jeep angekommen, schob Holly, um für den Karton Platz zu machen, den Benzinkanister beiseite. Laut schepperte das Metall auf der Ladefläche.

In der darauf folgenden Stille hörte sich das Rasseln einer Klapperschlange wie ein Alarmsignal an.

Holly erstarrte.

Für den Bruchteil einer Sekunde war sie wieder dreizehn Jahre alt und befand sich auf einer Abkürzung durch den Garten. Damals hatte sie die Schlange nicht gehört, die sie biß. Aber sie hatte mit ansehen müssen, wie sie ihren Giftzahn in ihr Bein etwas oberhalb der Cowboystiefel schlug.

Ihre Jeans hatten ihr etwas Schutz geboten, allerdings verhinderten sie nicht, daß das Gift in ihre Blutbahn gelangte und ihren Körper zu lähmen begann.

Damals hatte Holly hilflos vor Schmerz geschrien. Und jetzt schrie sie, weil sie sich daran erinnerte.

»Holly!«

Endlich wurde ihr bewußt, daß Linc sie im Arm hielt und wieder und wieder ihren Namen rief. Sein Blick war halb von Sinnen vor Angst.

Zitternd kehrte sie in die Gegenwart zurück.

»Schon vorbei«, sagte sie mit rauher Stimme.

»Was ist denn passiert?«

»Klapperschlange.«

Sofort suchten Lincs Augen das umliegende Terrain ab. Aber er konnte nichts Bedrohliches entdecken.

Holly lachte kläglich auf.

»Sie ist verschwunden. Vermutlich hat mein Schrei sie ebenso erschreckt wie ihr Gerassel mich.« Wortlos kniete Linc sich auf den Boden, zog ihre Jeans hoch und suchte nach eventuellen Bißwunden.

»Die Schlange war gar nicht nah genug«, erklärte sie.

»Du zitterst aber, als ob sie dir was getan hatte.«

»Ist trotzdem eine Fehlmeldung.«

Als Linc wieder aufstand, holte Holly tief Luft und versuchte, sich in den Griff zu kriegen.

»Tut mir leid«, sagte sie. »Ich bin ein Dummkopf. Um die Quellen herum findet man schließlich immer Schlangen. Man muß mit ihnen rechnen.«

Er betrachtete ihre blutleeren Lippen und den Schweiß auf ihrer Stirn. Zärtlich umfing er sie und strich ihr über den Rücken.

»Keine Sorge«, beruhigte Linc sie. »Du brauchst keine Angst zu haben. Ich schleppe immer ein Schlangenserum in meiner Satteltasche mit herum.«

Holly schüttelte stumm den Kopf. »Das hätte nichts gebracht.«

»Wie meinst du das?«

»Mit dreizehn wurde ich schon einmal gebissen. Ich bin gegen das Gift allergisch. Noch allergischer allerdings bin ich gegen das Serum. Mein Vater hat mich kaum noch rechtzeitig ins Krankenhaus schaffen können.«

Als Linc endlich begriff, was sie da sagte, wurde sein Gesicht fast so bleich wie ihres. Er trat einen Schritt zurück und musterte sie.

»Am nächsten Tag war ich wieder auf dem Damm, und da hat der Arzt gesagt, der nächste Klapperschlangenbiß bringt mich um, wenn ich mich nicht direkt neben einer Notaufnahme befinde.«

»Warum, um Gottes willen, kommst du dann nach Hidden Springs?« herrschte Linc sie mit vor Angst barscher Stimme an.

Trotz ihrer blassen Lippen lächelte sie.

»Viele Menschen haben dasselbe Problem mit Bienenstichen«, erläuterte sie. »Und die verkriechen sich ja auch nicht in ihren Häusern. Früher hatte ich immer Adrenalin bei mir. Aber als ich dann an die Ostküste zog, habe ich mir das abgewöhnt.«

Linc blickte grimmig vor sich hin.

»Ist schon okay«, sagte Holly. »Ich muß mich nur darauf konzentrieren, wo ich bin, dann gerate ich auch nicht in Panik bei so einem Biest.«

Linc schloß für einen Moment die Augen und murmelte etwas, von dem er hoffte, daß sie es nicht verstehen konnte.

»Jedenfalls nehme ich mir vor, nicht gleich auszuflippen«, schloß sie mit brüchiger Stimme.

»Neue Regeln.«

Überrascht von Lincs eisigem Tonfall, starrte sie ihn an.

»Was soll das heißen?«

»Du wirst dir wieder Adrenalin beschaffen und es zu allen Zeiten bei dir tragen!«

Sie nickte.

»Und du wirst niemals mehr alleine in die Wüste fahren«, fauchte er weiter. »Wenn du hier herumläufst, dann läßt du jemand anderen vorangehen!«

Hollys erste Reaktion war Aufbegehren.

Dann aber pflichtete sie seinem vernünftigen Vorschlag bei. Schließlich verlangte er nicht, daß sie sich im Haus verschanzte. Er versuchte lediglich, die von ihr so geliebte Wüste etwas weniger gefahrvoll für sie zu machen.

Lächelnd knickste Holly und winkte Richtung Zeltlager.

»Nach Ihnen, Monsieur«, murmelte sie.

Auf Lincs verkniffenem Gesicht malte sich Überraschung.

»Du bist ja ausgesprochen gehorsam«, bemerkte er ungläubig.

»Eben: zahm und treu und außerdem noch gehorsam!« Sie grinste ihn an. »Willst du mich hinter den Ohren kraulen?«

Linc fühlte sich leicht verunsichert.

»Du steckst voller Überraschungen«, meinte er. »Es gab Zeiten, da hättest du nie und nimmer einen Rat von mir angenommen.«

»Ich bin ja keine sechzehn mehr.«

Plötzlich wurde Holly ernst und sah ihn mit ihren goldschimmernden Augen an.

»Sechs Jahre, Linc«, flüsterte sie. »Ich habe mich in vielerlei Hinsicht verändert und, jedenfalls äußerlich, zu meinem Vorteil. Wirst du mich auch dann noch wollen, wenn dir das klargeworden ist?«

Er kniff die Augen zusammen.

»Glaubst du wirklich, ich weiß nicht, wie ...«, begann er verärgert.

Plötzlich hielt er inne, atmete tief durch und schüttelte seinen Ärger ab.

Feuerpause, ermahnte er sich. »Du bist eine warmherzige, verführerische und dickköpfige Person«, sagte er dann. »Sehr warmherzig. Und sehr verführerisch. Und, verdammt noch mal, sehr dickköpfig.«

Während er sprach, wanderten seine dunklen Augen unwillkürlich zum Ausschnitt von Hollys Bluse. Die sanfte Wölbung ihrer Brüste erregte ihn auf der Stelle.

»Hast du es also doch noch bemerkt.« Sie lächelte, freute sich über ihre Raffinesse.

Und daß sie sexy war.

»Linc«, begann sie.

»Nein«, unterbrach er sie prompt. »Ich habe Kopfschmerzen.«

»Ist das nicht eigentlich mein Stichwort?« erinnerte Holly ihn an ihr frühmorgendliches Geplänkel.

Linc schüttelte amüsiert den Kopf.

»Ich bin wirklich froh, daß du keine sechzehn mehr bist, *niña*«, sagte er und gab sich reuevoll. »Ich habe auch so noch jede Menge Gewissensbisse.«

»Warum?«

»Weil du eine Jungfrau bist«, antwortete er, ohne zu zögern.

»Aber du weckst in mir den Wunsch, es nicht mehr zu sein.

Wenn ich erfahren wäre, dann würde ich dich jetzt so berühren, daß du mich wahnsinnig begehrst…«

»Geduld, meine Liebe«, unterbrach er sie aufstöhnend.

»…und dich nicht mehr zurückhalten könntest.«

Ohne Vorwarnung schloß Linc Hollys Lippen mit den seinen. Seine Zunge öffnete liebkosend ihren Mund. Ein leiser Ausruf entrang sich ihr, und sie kuschelte sich an ihn.

Wildes Verlangen durchfuhr ihn und ließ ihn erbeben wie die Erde, wenn sie von einem Blitz getroffen wurde. Als er schließlich seinen Kopf hob, glänzten seine Augen vor Leidenschaft.

»Du brauchst gar nichts darüber zu wissen, wie du mich berühren mußt.« Er kämpfte mit seiner Beherrschung. »Dich auch nur zu küssen ist aufregender, als mit einer anderen Frau zu schlafen.«

Erst mußte sie lächeln. Aber dann erinnerte sie sich an Cyns weiblichen, erfahrenen Körper. Bei dem Gedanken an die Dame in Palm Springs erstarrte sie.

Er spürte die Veränderung in ihr und sah den plötzlich trüben Blick.

»Was ist los?« fragte er.

»Eine andere Frau«, sagte sie bemüht locker. »Wie kann ich es mit Cyn aufnehmen, wo ich doch so gewöhnlich und wie ein Kind aussehe? Du dagegen bist so attraktiv und so erfahren.«

Holly senkte den Blick, da sie Lincs bohrende Musterung nicht ertragen konnte.

»Cyn«, sagte er kurz angebunden. »Was weißt du schon von meiner Beziehung zu ihr?«

Holly zog stumm die Schultern hoch.

»Schau mich an«, bat er sie.

Zögernd wandte sie den Kopf. Er betrachtete sie zärtlich und forschend.

»Ich war immer sehr vorsichtig bei meinen Affären«, murmelte er. »Verstehst du, was ich sagen will?«

»Daß du kein Anfänger bist, klar doch.«

Er lächelte verlegen. »Das meinte ich eigentlich nicht.«

»Was denn sonst?«

»Ich habe immer ein Kondom benutzt. Immer. Du brauchst also keine Angst zu haben, dir bei mir etwas zu holen.«

Holly spürte, wie sie errötete. Aber es war ihr gleichgültig. »Daran hatte jetzt ich wieder nicht gedacht«, gestand sie.

»Solltest du aber. Und was Cyn betrifft...« Er räusperte sich. »Wir hatten eine Abmachung, die uns beiden sehr entgegengekommen ist.«

Holly erinnerte sich, wie Cyn ihre gut entwickelten Brüste und ihre Hüften an ihn geschmiegt hatte. Er hatte seinen Arm um sie gelegt und belustigt auf die kleine Blondine herabgesehen.

Genau dieselben Augen hatten voller Verachtung eine Frau namens Shannon fixiert.

»Hatten?« flüsterte Holly. »Ist das mit Cyn denn vorbei?«

»Es gehört der Vergangenheit an. Du bist alles, was ich begehre, Holly. Du bist mehr, als ich jemals zu träumen wagte.«

»Warum willst du dann nicht mit mir schlafen?«

Linc scharrte mit den Füßen.

»Das habe ich doch schon«, erinnerte er sie.

»Du weißt genau, was ich meine.«

»Ist die Jungfräulichkeit denn wirklich so unerträglich?« Vergnügt zwinkerte er ihr zu.

»Unerträglich nicht gerade, aber schmerzhaft schon. Mir tut alles so weh, Linc.«

Bei seinem scharfen Einatmen verengten sich Lincs Augen zu zwei leuchtenden Schlitzen, und die Leidenschaft brannte hinter seinen dichten Wimpern.

»Du bewegst dich in die gewünschte Richtung«, sagte er heiser.

»Welche Richtung?«

»Dorthin, wo du es genausosehr möchtest wie ich.«

Holly stöhnte. »Willst du damit sagen, daß es noch schlimmer werden könnte?«

»Viel schlimmer. Und dann wird es viel, viel, viel besser.«

»Schlimmer ist bestimmt nicht mehr möglich.«

»Wetten doch?«

Während Linc sprach, knöpften seine langen schlanken Finger ihre Bluse auf und streiften sie ihr über die Schultern. Einen Moment lang sog er alles in sich auf, von den geweiteten schönen Augen bis zu der zarten Fülle ihrer Brüste, die sich unter der dunkelblauen Spitze hoben. Ihr Herz hämmerte, als sie die Leidenschaft in seinem Blick bemerkte. Wärme breitete sich unter ihrer Haut aus und ließ sie erglühen. Ihre Knospen zogen sich sichtbar unter ihrem BH zusammen. Allein sein Anblick erregte sie bereits.

Er streichelte mit den Fingerspitzen ihren Hals und ihren Puls, der sich unter seiner Berührung beschleunigte.

»Ich habe noch nie eine Frau so begehrt wie dich in diesem Augenblick«, verriet er ihr keuchend.

Holly wollte etwas sagen, brachte aber lediglich seinen Namen hervor.

In vollkommener Stille beobachtete sie Lincs Gesicht, sein Abwarten, sein sinnliches Lächeln, seine Zunge, die sich bereit machte, sie zu küssen.

Als seine warme Zunge sie berührte, bäumte sich ihr ganzer Körper auf.

»Hast du Angst?« fragte er sie.

Holly schüttelte den Kopf.

»Begehrst du mich?« wollte Linc wissen.

Sie nickte.

»Du zitterst vor Verlangen«, sagte er. »Und ich habe nichts weiter gemacht, als dich anzusehen und die Schlagader an deinem Hals zu berühren. Du führst mich in Versuchung, *niña*. Himmel noch mal, du führst mich in Versuchung. Und du weißt nicht einmal...«

Er streifte ihr die Bluse über Arme und Hände. Als ihre Finger unter dem blauen Stoff wiederauftauchten, bedeckte er sie mit kleinen, knabbernden Küssen.

Lustvoll schloß Holly die Augen und genoß die Sinnlichkeit, die Linc verströmte wie die Sonne das Licht. Er küßte sie leidenschaftlich.

»Schau auf meine Hände«, flüsterte er ganz nah an ihren Lippen.

Sie hob ihre dichten Wimpern. Sie sah an sich herab und beobachtete seine Hände auf ihrem Körper. Sie setzten sich braun und kräftig und sehr männlich von der zarten Spitze ihres BHs ab.

Unter seiner Berührung verwandelte sie sich, drängte sich an ihn, um seinem Streicheln entgegenzukommen. Als seine Fingernägel leicht über ihre Brustwarzen glitten, rang sie nach Luft.

Holly beobachtete trotz der wachsenden Erregung, die sich wie ein Feuer in ihrem Körper ausbreitete, weiterhin Lincs Hände, von deren Schönheit sie fasziniert war. Selbst mit der zartesten Berührung fesselte er sie mehr, als es Handschellen je vermocht hätten.

Träumerisch und gemessen umfaßte eine seiner Hände ihren Busen. Er hielt ihre Knospe zwischen Daumen und Zeigefinger und rieb sie sanft. Sie kam seiner Hand begierig entgegen, die zu leichte und zu erfahrene Berührung raubte ihr den Überblick. Er beugte sich zu ihr herab und berührte ihre Knospe zärtlich mit den Zähnen. Sie stöhnte vor Wonne.

Linc hob den Kopf. Seine Finger wanderten auf den Vorderverschluß ihres BHs. Selbst nachdem er ihn bereits geöffnet hatte, haftete die blaue Spitze an ihren vollen Formen.

Einer seiner schlanken Finger fuhr unter die Spitze und schälte sie erst langsam von der einen, dann von der anderen Brust, während er sie mit vor Leidenschaft fast grünen Augen beobachtete.

Holly sah, wie sich Lincs Lippen über ihrer Knospe schlossen. Sie wurde noch härter, als seine Zunge und seine Lippen zärtlich an ihr saugten. Holly hielt gebannt seinen Kopf zwischen ihren Händen, während heiße Wellen sie durchfluteten.

Seine Zähne berührten sie etwas weniger zärtlich, denn er wußte, daß sie viel zu erregt war, um eine flüchtige Berührung noch wahrzunehmen. Sie stöhnte wohlig auf und vergrub ihre Finger in seinem Haar.

Eine Weile lang preßte er Holly an sich. Ihre bebende Lust bereitete ihm das gleiche Vergnügen wie ihr. Dann wurde seine Zunge wieder zärtlicher und knabberte an der Haut zwischen ihren Brüsten, während er die erregten Knospen einfach nicht beachtete. Er blies über ihre erhitzte Haut und neckte sie so lange, bis ihre Finger sich frustriert in seinen Arm bohrten.

»Linc?«

»Nein.«

»Du hast recht«, sagte sie mit heiserer Stimme. »Es wird immer schlimmer. Liebe mich, Linc.«

Er lachte trotz seines eigenen Verlangens leise auf.

»Ich habe gesagt, viel schlimmer«, verdeutlichte er.

Noch bevor sie protestieren konnte, küßte er sie voller Inbrunst. Sie erwiderte seinen Kuß ebenso leidenschaftlich und spürte seinen kräftigen Körper an ihrer Nacktheit.

Mit schnellen, fast hektischen Bewegungen öffnete er ihre Jeans, dann zog er den verblichenen Stoff über ihre Hüften ihre Schenkel hinunter bis zu den Knöcheln. Als er fertig war, trug sie nur noch einen Hauch von Spitze. Holly zitterte, leistete aber keinerlei Widerstand. Sie verlangte so sehr nach ihm, daß sie es kaum mehr ertrug.

Seine Hände fuhren über ihre weiche Haut, genossen ihre Hitze und jedes Beben ihrer Lust. Seine rechte Hand fuhr zu ihrem Höschen, schob sich unter das Gummiband und berührte sanft ihre verborgene Weiblichkeit.

Als Linc spürte, daß Holly vor Verlangen feucht war, biß er

die Zähne aufeinander, um nicht die Beherrschung zu verlieren.

Er hatte nicht gewußt, daß er sich so nach einer Frau sehnen konnte, ohne sie zu besitzen.

Langsam und zärtlich streichelte er die zarten Falten, die er gefunden hatte. Seine Finger glitten mühelos über sie hinweg, denn ihre Erregung hatte sie befeuchtet. Vorsichtig suchte er das Zentrum ihres Glücks und liebkoste es.

Holly rang nach Luft und erbebte von der wilden Lust, die sie durchzuckte. Ihre Finger gruben sich tief in Lincs Nacken.

Entschlossen kämpfte er gegen sein eigenes Verlangen an.

»Was machst du mit mir?« keuchte sie.

»Nicht ein Zehntel von dem, was ich gerne machen würde«, erwiderte er mit belegter Stimme. »Deine Leidenschaftlichkeit bringt mich ganz aus der Fassung.«

Seine Hand lag zwischen ihren Schenkeln, drückte sie und genoß ihre Wärme. Stöhnend kniete er sich hin, um ihre im Schatten liegende Weiblichkeit zu küssen.

»Linc –!«

Sowohl Schock als auch Lust mischten sich in Hollys Stimme. Zögernd wandte er seinen Kopf ab und preßte seine Wange auf ihren Bauch. Einen Moment lang lag er steif da und versuchte sich wieder zusammenzuraffen.

Dann sprang er hastig auf und zog ihre Jeans mit schnellen Bewegungen hoch.

»Tut mir leid«, sagte er. »Ich war mir nicht im klaren darüber gewesen, daß deine Jungfräulichkeit nicht nur vorgetäuscht war. Noch hat dich kein Mann berührt.«

Linc hob ihren Büstenhalter und ihre Bluse auf und reichte ihr die Kleidungsstücke.

»Zieh das an«, sagte er gepreßt. »Ich trau mir selber nicht über den Weg. Du bringst mich noch um den Verstand. Verdammt noch mal, du Hexe!«

»Linc…«

»Bitte nicht, Holly«, unterbrach er sie ungeduldig. »Im Augenblick ertrage ich es einfach nicht.«

Sie zögerte, dann blickte sie auf ihre zitternden Hände. Wenn es schon für mich so schlimm ist, dachte sie, um wieviel schlimmer muß es dann erst für ihn sein?

Schweigend wandte sie sich ab und bedeckte ihre Blöße.

10

Holly zog sich eilig an. Linc um ihre Vereinigung zu betteln zur Linderung ihrer Sehnsucht, dazu war sie momentan viel zu verwirrt.

Sobald sich jedoch ihre Verwunderung über ihre Reaktion auf seine Berührungen gelegt hatte, war sie mehr als alles andere darauf erpicht, ihn zu spüren, sanft und heftig, heiß und schmelzend, zärtlich und ekstatisch.

Ein Blick auf Lincs angespannte Gesichtszüge hielt sie indessen davon ab, ihre Gefühle auszusprechen. Der Mann war am Ende seiner Fassung angelangt.

Schweigend half ihm Holly den Jeep zu beladen und das Segeltuch darüberzuspannen. Als sie die Arbeit beendet hatten, sah Linc schon nicht mehr ganz so furchterregend aus. Er lächelte sogar, als er auf die Fahrerseite zutrat.

»Rekordzeit«, sagte Linc. »Wir sind ein echt gutes Team.«

Erleichtert erkannte sie, daß die schreckliche Anspannung aus seinem Gesicht und aus seinen Bewegungen gewichen war, und berührte sanft seinen Schnauzbart.

»Hat ja reichlich lange gedauert, bis dir das aufgefallen ist«, sagte sie leise.

Bei dem Gedanken, wie gut ihnen manche Dinge gerade zu zweit gelangen, verschleierte sich Lincs Blick wieder. Er wollte sie berühren, zog sich aber sofort leise fluchend zurück.

»So werden wir wohl nie nach Hause kommen«, meinte er.

»Je nachdem, was du unter zu Hause verstehst.«

»Ein Bett, das dir gehört«, lautete der Bescheid.

»Das haben wir eben erst im Jeep verstaut.«

»Richtig. Ich habe sogar darauf geachtet, daß unsere Lagerstatt als erstes eingepackt wurde ... wegen heute morgen ...«

Er schüttelte den Kopf und konnte einfach nicht glauben, wie drängend heiß sein Verlangen nach Holly gewesen war.

»Linc, was soll das?«

»Ich habe mich in dieser Hinsicht einfach nicht unter Kontrolle«, machte er ihr klar. »Wenn es dann soweit ist, muß ich mich wirklich bemühen, nicht zu schnell zu sein. Falls mir das nicht gelingen sollte, erfolgt später der Ausgleich, okay?«

Sie konnte sich zwar keinen rechten Reim auf seine Worte machen, nickte aber dennoch zustimmend.

»In Ordnung«, sagte sie. »Wann immer es dir, äh, nicht gelingen sollte, gib mir Bescheid.«

Linc lachte schallend und schüttelte den Kopf. Es amüsierte ihn, daß Holly eine Situation einfach so hinnahm, die ihn selbst aus dem Gleichgewicht warf.

Allein schon der Gedanke daran erregte ihn bereits wieder. Unter leisen Verwünschungen wandte er sich von ihr ab und blickte prüfend in den Himmel.

»Die Antilopenschlucht ist meiner Meinung nach zu riskant!« Er wiegte den Kopf.

Holly blickte hinauf. Ein blauschwarzer Streifen zeichnete sich zwischen den Wolken und der Landschaft ab und deutete auf Gebirgsstürme in den oberen Regionen hin. Er hatte recht. Diese Strecke konnten sie vergessen. Das wiederum bedeutete, daß sie in Hidden Springs festsaßen.

Eine höchst prekäre Situation!

»Also müssen wir doch hierbleiben«, stellte Holly fest.

»Nein. Wir reiten beide auf Sand Dancer. Ich werde morgen ein paar Leute herschicken, um deinen Wagen zu holen.«

»Das kann ich am Montag nach dem Fototermin auch selbst besorgen.«

Augenblicklich bereute sie, daß sie Linc an ihre Arbeit als Model erinnert hatte.

»Elende Typen!« wütete er. »Dieser zahme Wikinger und seine schwarzhaarige Puppe.«

Trotz ihres Entsetzens konnte er seine Zunge nur mit Mühe im Zaum halten.

»Tut mir leid«, sagte er. »Ich habe vergessen, daß du ja mit denen arbeitest. Ihr paßt doch gar nicht zusammen...« Abrupt hielt er inne, schüttelte den Kopf und rang sich ein Lächeln ab.

Tränen der Wut und Angst würgten Holly buchstäblich und veränderten ihre Stimme, daß sie völlig fremd klang.

»Models bei Royce sind nichts weiter als das: nämlich Models. Und ich bin eine von ihnen.«

Linc spürte mehr ihre Bedrängnis, als daß er ihren Worten folgte, und umarmte sie zärtlich.

»Ich würde einen besonders miserablen Diplomaten abgeben«, murmelte er in ihre dunkle Mähne. »Meine eigenen Abmachungen durchkreuze ich und fasele dann auch noch dumm daher.«

Holly gab einen erstickten Laut von sich.

»Ich möchte dich auf keinen Fall kränken.« Linc küßte ihre Stirn. »Fangen wir noch mal von vorne an, einverstanden?«

»Was Rogers Models betrifft, irrst du dich aber«, beharrte sie.

»Was Rogers Models betrifft, irre ich mich«, wiederholte Linc artig. »Feuerpause?«

Natürlich hatte er seine Meinung nicht geändert. Worte allein reichten nicht aus, um die schmerzlichen Erfahrungen seiner Kindheit auszulöschen.

»Überredet«, willigte sie ein. »Aber eines Tages werde ich mich doch um deine Vorurteile kümmern müssen.«

Lincs Blick verlor sich in der Ferne. »Es hat ein Leben lang gedauert, sie mir anzueignen.«

»Was kann ich dagegen in zwei Tagen ausrichten...«

»Du hast auch ein Leben lang Zeit, *niña*. Das hängt ganz von dir ab.«

»Ist dem so?«

Er spürte ihre Verzweiflung, wenn er auch deren Ursache nicht verstand. Er umarmte sie fest, um die Angst, die in ihren goldenen Augen flackerte, zu vertreiben.

Sie lehnte sich an ihn und genoß seine Bartstoppeln an ihrer Wange. Erst schlang sie ihre Hände um seine, dann ihre Arme. Für eine Frau griff sie erstaunlich kräftig zu.

Holly und Linc standen eng aneinandergedrängt und sogen die Gegenwart des anderen ein wie Verschmachtende. Ihre Umarmung hatte nichts Erotisches, sondern drückte nur ein ganz elementares Verlangen aus, dem anderen beizustehen.

So verlief auch der lange Ritt zu seiner Ranch in Garner Valley, eine Zeit der Nähe, eine Zeit des Zuspruchs, der schweigend gegeben und ebenso schweigend akzeptiert wurde.

Sie legte ihre Wange an seinen warmen Rücken und genoß die rhythmischen Bewegungen des Pferdes.

Holly spürte trotz ihrer ungewissen Zukunft mit Linc eine tiefe Zufriedenheit in sich. Die ihr so vertraute Wüstenlandschaft zog an ihnen vorbei. Das Tal lag zwischen zwei Bergkämmen des San-Jacinto-Gebirges. Der Kontrast zwischen der steinigen Sandwüste und den Weiden und Kiefernwäldern des Tals erstaunte sie stets aufs neue.

»Es hat sich kein bißchen verändert«, sagte Holly träumerisch.

»Was hat sich nicht verändert?«

»Die Berge. Und die Ranch ist sogar noch schöner, als ich sie in Erinnerung hatte.«

Linc lächelte zufrieden, daß ihr sein Zuhause gefiel. Er hatte fast befürchtet, daß die Ranch nach sechs Jahren in Manhattans neonglitzerndem Betondschungel etwas von ihrer Anziehungskraft für Holly verloren haben könnte.

»Das Anwesen beansprucht viel Zeit und kostet viel Geld«, sagte Linc.

»Es ist jede Sekunde und jeden Pfennig wert.«

Die weiße Umzäunung und die Säulen am Eingang waren so makellos wie die Wolken, die sich vor dem Gebirge auftürmten. Prächtiges Grün überzog die bewässerten Weiden. Dort grasten schlanke, elegante, lebendige Araberpferde, die nur so strotzten vor Gesundheit.

Auf beiden Seiten der Berge befanden sich noch andere Pferderanches, denn das Tal war bekannt für seine sorgsam gezüchteten, teuren Rassetiere.

Ein großer gelber Hund jagte aus der Scheune hervor, blieb hechelnd neben Sand Dancer stehen und wedelte mit seinem buschigen Schwanz zur Begrüßung. Linc hob sein rechtes Bein über den Hals des Pferdes, glitt zu Boden und kraulte liebevoll seinen vierbeinigen Freund.

»Hallo, Freedom«, sagte er und blickte sich um. »Hast du etwa Beth verloren?«

Holly landete neben Linc. Sowie sie Boden unter den Füßen hatte, wurde sie von Freedom begeistert abgeleckt.

Linc hielt weiter Ausschau nach seiner jungen Schwester.

»Beth wird sich freuen, dich zu sehen«, sagte er. »Sie hat dich fast so vermißt wie ich.«

»Mir fehlte sie auch. Von all den Kindern, auf die ich aufgepaßt habe, war sie die einzige, die ich hätte behalten wollen.«

Linc drohte mit dem Finger.

»Gottlob hast du das nicht wahr gemacht.« Er schluckte. »Mein Vater und meine Stiefmutter haben Beth immer das Gefühl vermittelt, daß sie sie dem nächstbesten Menschen mitgeben würden, der an der Tür klingelt.«

»Aber du hättest es doch niemals zugelassen.«

»Das würde ich auch immer noch nicht, obwohl sie mich wahnsinnig macht.«

»Beth?« fragte Holly erstaunt.

»Jawohl, sie!« Linc nickte zur Bekräftigung.

Er seufzte tief, gab dem Hund einen Klaps und wandte sich zu ihr um.

»Beth ist jetzt in einem Alter, wo sich all ihre Freunde in der Stadt herumtreiben«, erläuterte er. »Sie würde viel lieber in unserem Haus in Palm Springs wohnen als auf der Ranch.«

»Sicherlich ist es hier draußen etwas einsam für sie.«

»Jetzt fang du nicht auch noch an«, blaffte er.

Besorgt blickte Holly zu ihm auf.

Er verzog das Gesicht.

»Entschuldigung«, murmelte er. »Beth und Frau Malley betonen ständig, wieviel schöner es doch in der Stadt ist.«

»Hm«, sagte Holly. »Wenn du meinst.«

»Nicht ich meine das, sondern sie.«

»Dann schick sie doch für ein paar Wochen hin.«

»Frau Malley hält Beth nicht kurz genug an der Leine«, beschwerte Linc sich. »Und ich kann es mir nicht leisten, wochenlang von der Ranch fernzubleiben.«

»Früher hat Beth die Ranch auch geliebt.«

»Damals hatte sie noch nicht die Jungs entdeckt. Jetzt denkt sie nur noch daran, wie sie sich anmalen soll und welchen Fummel sie kaufen will.«

Holly berührte Lincs Arm.

»He«, sagte sie lächelnd. »Das ist doch mit fünfzehn ganz normal.«

»Du warst nicht so!«

Sie zuckte die Schultern und machte eine abwehrende Handbewegung.

»Ich war fast ein Junge«, gab sie zu bedenken.

»Nachdenklich schaute er sie an.

»Ist Beth denn gut in der Schule?« fragte Holly.

»Sie hat fast nur Einser.«

»Benehmen sich ihre Freunde irgendwie auffällig?«

»Ihre Freundinnen tragen zuviel Farbe auf«, fand er, »aber unter dem ganzen Zeugs sind es sehr nette Kinder.«

»Dann machst du dir vollkommen unnötige Sorgen.«

»Das will ich hoffen!«

Linc fuhr sich mit einer frustrierten, Holly allmählich vertrauten Geste durch die Haare. Dann zogen sich seine Lippen zu einer unnachgiebigen Linie zusammen.

»Manchmal erinnert mich Beth so sehr an ihre Mutter, daß ich es richtig mit der Angst zu tun bekomme«, vertraute er Holly an. »Aber so wird Beth nicht enden, und wenn ich sie in ihrem Zimmer einsperren und den Schlüssel verschlucken muß.«

Sie zuckte zusammen. Noch bevor sie antworten konnte, sprang die Haustür auf, und ein Mädchen, fast so groß wie Holly, rannte auf sie zu. Sie erkannte Beth an den langen, honigfarbenen Zöpfen, die hinter ihrem Kopf herflogen.

»Holly! Kann das denn wahr sein!« schrie Beth.

»Ja, es ist wirklich wahr.«

Beth warf sich Holly mit beinahe derselben Heftigkeit in die Arme, wie es Linc getan hatte.

»Ich habe meinem Bruder immer gesagt, daß du zurückkehren wirst«, sprudelte Beth hervor. »Wo kommst du her? Und wie hat Linc dich gefunden? Warum seid ihr zu zweit auf einem Pferd geritten? Wirst du jetzt immer hierbleiben? Und …«

Lachend legte Linc seine Hand auf Beth' Lippen.

»Langsam, langsam, Kleine«, mahnte er.

»*Kleine!*« stieß Beth hitzig Lincs Handfläche beiseite. »Ich bin fast *sechzehn* Jahre alt!«

Holly betrachtete Beth' klares, schimmerndes Gesicht und kam sich selbst wie ein alter Erdklumpen vor.

»Ich gehe mal lieber ins Badezimmer.« Holly wollte sich nicht einmischen.

»Wir könnten zusammen baden«, erwiderte Linc, nur halb im Scherz.

Holly blickte erschrocken zu Beth hinüber.

Das junge Mädchen schien im ersten Moment überrascht, dann lachte sie.

»Du kannst mein Schaumbad benutzen«, bot sie an.
Holly schüttelte den Kopf.
»Spielverderber«, brandmarkte Linc sie.
»Was, ich?« fragte Holly trotz ihrer entflammten Wangen.
»Ich kann mich an einen gewissen Mann erinnern, der nicht nein sagen konnte, als ich...«
»Benutze das große Bad«, unterbrach Linc sie hastig.
»Beth und ich werden uns um Sand Dancer kümmern.«
»Wie bitte?« fragte Beth. »Aber ich will mich doch mit Holly unterhalten.«
»Später«, winkte er ab. »Jetzt kannst du mir erst einmal das Kleid beschreiben, das du für unsere Tausend-und-eine-Nacht-Party kaufen willst.«
»Welches meinst du?«
»Das, welches um Jahre zu alt für dich ist.«
»Wie hast du das denn erraten?« keifte Beth.
»Siebter Sinn«, gab Linc trocken zurück.
Ohne sich umzudrehen, führte er Sand Dancer auf die Scheune zu.
»Los, pack ihn dir, Schätzchen«, murmelte Holly in Richtung Beth. »Ich weiß schon, wo das Badezimmer ist.«
Beth' Augen glänzten. Sie rannte ihrem Bruder hinterher. Als sie ihn eingeholt hatte, konnte Holly ihre klare Stimme vernehmen.
Kleider waren nicht das Thema.
»Hör mir mal zu, großer Bruder«, begann sie. »Gestern bist du allein mit einem Hemd und einem Sattel ausgeritten. Und heute kommst du ohne Hemd und ohne Sattel, aber mit Holly zurück. Nun aber raus mit der Sprache!«
Lächelnd näherte sich Holly dem Eingang.
In Lincs Haus hatte sich nichts verändert. Die Räume waren groß, sauber und kühl, auf den Böden lagen immer noch die erdfarbenen Teppiche der Navajoindianer, die sein Vater gesammelt hatte.

Holly war zwar niemals in dem Teil des Hauses gewesen, wo sich das große Badezimmer befand. Sie wußte jedoch, daß es neben den Schlafräumen liegen mußte. Seine Größe beeindruckte sie zutiefst.

»Mein Gott«, sagte sie laut. »Das ist ja so groß wie meine ganze Wohnung in Manhattan.«

Die in den Boden versenkte Wanne mit Whirlpool war fast ein Becken, in das man hätte hineinspringen können. Und ganz wie in einem Schwimmbad bedeckte die mit heißem Wasser gefüllte Wanne eine Plastikplane.

Holly blickte sehnsüchtig darauf. Aber sie brachte es nicht über sich, all das Wasser zu verschwenden, nur um einen einzigen Körper zu reinigen.

Sie suchte sich Seife und Shampoo, zog sich aus und stieg in die geräumige Dusche. Vor Wonne seufzend ließ sie das warme Wasser den Staub der letzten vierundzwanzig Stunden von ihrer Haut spülen.

Schließlich trennte sie sich von der warmen Berieselung, rieb sich trocken und benutzte die noch trockene Hälfte des Handtuchs, um ihre Haare zu rubbeln.

Als sie damit fertig war, flocht sie die kürzeren Haare an den Schläfen und legte sie sich um den Kopf, während die langen Strähnen offen trocknen konnten. Ihr Spiegelbild machte ihr ein wenig zu schaffen. Sie erinnerte sich an Cyns entgegenkommende Schönheit. Holly zupfte ein paar Strähnchen um ihr Gesicht, damit ihre mandelformigen Augen und die hohen Wangenknochen ein wenig sanfter wirkten.

Aber ein paar Löckchen veränderten sie nicht grundlegend. Sie sah immer noch zu jung und durchschnittlich aus, um einen Mann wie Linc anzuziehen.

Murmelnd schlang sie das Handtuch mehrmals um ihren Körper und hob ihre Wäsche auf. In dieser Aufmachung spazierte sie hinaus, um nach einer Waschmaschine Ausschau zu halten.

Linc trat ihr durch eine der Schlafzimmertüren entgegen.
»Du kommst gerade richtig«, sagte sie.
»Mir erscheint es eher ein wenig zu spät!«
Seine braunen Augen wanderten über das Handtuch, das Holly von den Schulterblättern bis zu den Knöcheln bedeckte.
»Ich wollte dir gerade anbieten, dir den Rücken zu schrubben – unter anderem«, meinte er galant.
Sie zögerte. So sehr sie sich auch Lincs leidenschaftlichen Liebkosungen hingeben wollte, sie waren jetzt nicht mehr allein.
Jedenfalls nicht so allein wie in Hidden Springs, wo nur Sand Dancer und der Sturm ihnen Gesellschaft geleistet hatten.
»Was ist mit Beth?« fragte Holly.
»Sie möchte dich nicht halb so gerne schrubben wie ich«, zerstreute er, sie absichtlich mißverstehend, ihre Skrupel.
»Linc...«
»Mach dir um Beth keine Sorgen«, unterbrach er sie leise. »Sie würde Himmel und Hölle in Bewegung setzen, um dich in mein Bett zu verfrachten.«
Holly konnte ihre Entrüstung nicht verbergen.
Sein Lächeln war echt, wenn auch ein wenig schmal.
»Es sollte dich nicht überraschen, daß Beth über Männer, Frauen und Betten Bescheid weiß«, informierte er die Besucherin. »Sie ist früh erwachsen geworden. Mit so einer Mutter hatte sie keine andere Wahl.«
»Das meine ich nicht«, druckste Holly. »Es schockiert mich nur, daß du deine... Gespielinnen... mit nach Hause bringst.«
Lincs Augenbrauen schossen in die Höhe.
»Ganz egal wie erwachsen Beth auch wirken mag, ich glaube nicht, daß sie am nächsten Morgen gerne mit deiner jeweiligen Eroberung zusammen frühstückt.«
»Wenn ich mit jemandem schlafe, dann passiert das woanders.«

Damit war für ihn die Sache erledigt.

»Ach so.«

»Du wirst die erste in meinem Bett zu Hause sein, *niña*. Und die letzte.«

Seine Finger vergruben sich in ihrem langen schwarzen Haar. Sachte zog er sie zu sich heran, bog ihren Kopf zurück und küßte sie.

Kurz bevor seine Lippen sie berührten, flüsterte er: »Heirate mich noch heute. In weniger als einer Stunde könnten wir in Mexiko sein.«

Er wartete nicht lange Hollys Antwort ab, sondern umschlang sie und küßte sie so heftig, daß sie nach Luft rang. Sie erwiderte seinen Kuß mit einer Leidenschaft, die sie beide erzittern ließ.

Als er sich schließlich von ihr löste, blickte er sie mit klaren, überzeugten Augen an.

»Außer einem Ja werde ich nichts gelten lassen«, bestimmte er.

»Wenn du darüber streiten willst, dann wirst du bis nach der Party warten müssen. Feuerpause, erinnerst du dich?«

Holly wollte mehr sagen, als je zuvor in ihrem Leben. Sie hatte schon immer gewußt, daß sie Linc liebte. In dieser Sekunde aber erkannte sie endgültig, wie sehr. Doch solange er nicht wußte, daß Holly auch Shannon war, konnte sie keinerlei Vereinbarungen akzeptieren, die er später vielleicht bereute.

»Ich warte bis nach der Waffenruhe mit einem Ja«, schlug sie vor. »Dann können wir nach Mexiko oder auf den Mond oder sonstwohin gehen. Hauptsache, wir sind zusammen.«

Lincs Gesichtszüge erstarrten.

»Warum warten, wenn die Antwort von vornherein positiv ist?« drang er in sie.

»Nach unserer Schonzeit möchtest du dein Angebot vielleicht zurückziehen.«

»Meinst du denn, wir werden sofort danach einen ganz

schrecklichen Streit haben?« fragte er und sah sie bekümmert an.

»Da bin ich mir sogar ganz sicher«, sagte sie, ohne die Miene zu verziehen. »Wenn du mich dann immer noch haben willst, diskutieren wir wieder.«

Linc fuhr mit den Fingern zwischen das Handtuch und Hollys Brüste.

»Mußt du mich wirklich so lange zappeln lassen?« fragte er und streichelte sie zärtlich.

Sie sog hastig die Luft ein.

»Nur soweit es die Hochzeit betrifft«, wisperte sie ihm zu. »Die Frau hättest du seit dem Morgengrauen jederzeit haben können.«

Beth' Stimme ertönte im Flur.

»Linc?« rief sie. »Bist du schon unter der Dusche?«

Er zog langsam seine Hand zurück, machte aber sonst keinerlei Anstalten, von Holly abzurücken.

»Ich bin hier«, meldete er sich.

Beth rauschte herein und grinste erfreut.

»Heißt das nun, daß Holly nach sechs Jahren endlich meine Schwester wird?« erkundigte sich Beth eifrig.

»Ich bemühe mich ja«, sagte er. »Aber sie ist fast genauso starrköpfig wie wir beide.«

»Dann versuche es doch mit einer von deinen berühmten Feuerpausen«, empfahl ihm Beth.

»Habe ich schon. Morgen um Mitternacht sagt sie ja.«

Beth jauchzte auf und legte die Arme um Linc und Holly, die sich ebenfalls in die Arme fielen.

»Um Mitternacht?« vergewisserte sich Beth. »Super. Genau wie bei Aschenputtel!«

Linc lachte schallend, Hollys Lächeln wirkte dagegen ein wenig gequält.

Die erste Mitternacht war nicht gerade Aschenputtels beste Stunde gewesen.

11

»Holly?« Beth bumperte an die Tür. »Kann ich hereinkommen?«

Holly blickte sich um. Sie hatte sich lieber im Gästezimmer als gleich gegenüber in dem großen Schlafzimmer eingerichtet.

Es war eine Sache, mit Linc verlobt zu sein.

Aber es war etwas ganz anderes, wenn Linc seine kleine Schwester »an der kurzen Leine« hielt, während er sich selbst keinerlei Zügel anlegte.

»Komm schon«, erlaubte Holly ihr.

Die Tür wurde aufgerissen, und Beth kam hereingestürzt.

»Linc läßt dir ausrichten, daß er noch ein Weilchen in der Scheune sein wird«, sagte Beth. »Eines seiner besten Pferde braucht seine Hilfe.«

»Ein Weilchen?« fragte Holly aus Erfahrung. »Ich erinnere mich noch gut an Linc und seine preisgekrönten Araber. Das kann fünf Minuten oder aber fünf Stunden dauern, habe ich recht?«

»Eine Stute fohlt zum ersten Mal«, erklärte Beth. »Sie kann sich nicht entscheiden, ob sie sich hinlegen oder stehen bleiben soll. Es könnte die ganze Nacht dauern.«

Holly seufzte und knöpfte ihre frisch gewaschene Bluse zu.

»Dann kümmern wir uns am besten darum, Linc etwas zu essen zu bringen.« Holly fügte noch hinzu: »Das Frühstück ist ja schon ein Weilchen her.«

Beth grinste. »Ich habe ihn bereits mit drei Sandwiches und einem halben Liter Kaffee verwöhnt.«

»Er hat wirklich Glück, daß er dich zur Schwester hat.«

»Das sage ich ihm ja auch immer.«

Holly lächelte und prüfte dann ihre Haare.

»Na endlich«, murmelte sie. »Trocken genug, um einen Zopf zu flechten.«

Ihre Finger machten sich eilig daran, ein kompliziertes Zopfmuster zu fabrizieren.

»Bei dir sieht das alles so leicht aus«, bewunderte Beth sie.

»Was?«

»Dein Zopf. Er sieht so besonders aus. Aber meiner – puh!«

Beth hielt einen ihrer langen Zöpfe wie eine tote Schlange in die Luft.

»Du hast schönes Haar«, lobte Holly.

»Ha«, erwiderte Beth. »Entweder doof geflochten oder ein Pferdeschwanz, igitt.«

»Es gibt noch andere Frisuren, die du dir mit langem Haar machen kannst, wenn du es nicht abschneiden möchtest.«

»Ich will es ja abschneiden, aber Linc läßt mich nicht.«

Hollys Brauen formten zwei schwarze Bögen.

»Kein Make-up«, maulte Beth weiter. »Keine schicken Klamotten und dazu dieselbe Frisur, die ich schon seit sechs Jahren trage.«

»Hast du das alles Linc zu verdanken?«

Die vollen Lippen des jungen Mädchens verzogen sich zu einer Grimasse.

»Nur ihm«, stimmte sie zu. »Früher hat es mich nicht weiter gestört, aber jetzt …«

Ihre Stimme brach ab. Der Ausdruck sehnsüchtigen Verlangens erschien auf ihrer Miene.

»Ein Junge?« fragte Holly, die bereits die Antwort kannte.

Beth lächelte schüchtern und nickte.

»Wer ist es denn?«

»Jack. Der ältere Bruder meiner besten Freundin.«

»Wieviel älter ist er denn?«

»Du redest schon genauso wie Linc!«

Holly kräuselte die Lippen. »Das kommt daher, daß wir dich eben beide lieben.«

»Er ist gerade achtzehn geworden. In ein paar Monaten werde ich sechzehn sein, also sind es nur zwei Jahre. Er ist nicht zu alt für mich!«

»Natürlich nicht.«

Beth atmete erleichtert auf.

»Ich bin froh, daß du so denkst«, sagte sie. »Linc denkt nämlich anders. Und so, wie er meine Kleidung aussucht, sehe ich aus, als ginge ich noch in den Kindergarten.«

»Wenn Jack wirklich etwas taugt, dann sind ihm deine Kleider und deine Frisur vollkommen egal«, klärte Holly sie auf.

Beth kniff den Mund zusammen, was Holly an Linc erinnerte.

»Das sagt mein Bruder auch immer«, murmelte das unverstandene Kind.

»Da hat er recht.«

»Vielleicht. Aber warum muß ausgerechnet *ich* diejenige sein, die *Lincs* Theorien in der Praxis bestätigen soll? Mal ganz abgesehen davon, daß er sich ja auch nicht gerade für die unansehnlichsten Frauen entscheidet«, fuhr sie bitter fort.

Holly erinnerte sich an Cyn und konnte Beth unmöglich widersprechen.

»Aber du bist von Natur aus nicht unansehnlich«, sagte Holly.

Das junge Mädchen drehte sich um und blickte Holly direkt in die Augen.

»Ich bin so unansehnlich wie ein Telegrafenmast«, platzte es aus ihr heraus.

Die Art, wie sie das sagte, und ihr Tonfall überzeugten Holly, daß sie jedes ihrer Worte wirklich ernst meinte.

»Du siehst dich nicht richtig«, konterte Holly bestimmt.

Beth warf ihr einen Seitenblick zu und schwieg.

»Schon allein dein Lächeln ist schön genug, daß sich die Leute danach sicher umdrehen«, bekam sie zu hören.

»Na gut, meine Zähne sind gerade, und meine Haut ist rein, aber abgesehen davon bin ich wirklich nichts Besonderes«, murrte das Mädchen.

Holly betrachtete Beth, als ob sie sie das allererste Mal vor sich hätte.

Die Augen des jungen Mädchens hatten eine intensive blaue Farbe, wie der Himmel über der Wüste nach einem Regenfall. Sie besaß volle Lippen und einen leicht gebräunten, vor Gesundheit strotzenden Teint. Und für eine Fünfzehnjährige hatte sie eine hübsche, schlanke, weibliche Figur.

Mit einem dezenten Make-up, der richtigen Kleidung und einer anderen Frisur... doch, sie würde einfach umwerfend aussehen, dachte Holly.

»Holly?« Beth wedelte mit den Händen vor Hollys Gesicht. »Wo bist du denn?«

»Komm mit«, sagte Holly und streckte ihr die Hand entgegen.

Beth griff, ohne zu zögern, danach.

»Wohin gehen wir?« fragte sie.

»Nach Palm Springs.«

»Warum das denn?«

»Wenn wir uns beeilen, dann haben wir noch ein oder zwei Stunden, ehe die Läden dichtmachen.«

»Welche Läden?«

»Bekleidungsgeschäfte«, lautete Hollys Auskunft.

»Ich fasse es nicht. Mal abgesehen von der Frisur siehst du mit deinen Sachen ungefähr so alt aus wie ich.«

Holly starrte in den Spiegel: eine verknitterte Bluse, ebenso verknitterte Jeans, Cowboystiefel, kein Make-up und aus dem Gesicht gekämmte Haare.

Sie hat recht, dachte Holly. *Ich sehe kaum alt genug aus, um einen Führerschein zu besitzen.*

Achselzuckend durchsuchte Holly ihre Taschen, ob sie auch ihre Kreditkarten dabeihatte.

»Wenn mich Roger so sieht, wird er mich feuern«, orakelte sie.

»Wer ist Roger?« hakte Beth sofort nach.

»Mein Boß.«

»Ach so. Was für eine Arbeit machst du denn?«

»Ich bin Fotomodell.«

Beth atmete tief durch. Ihr junges, klares Gesicht blickte Holly ungläubig an.

»Weiß Linc das?« flüsterte sie.

»Ja«, sagte Holly. »Allerdings glaubt er mir nicht so ganz.«

»Holly ...« Beth' Stimme erstarb.

»Schon klar!«

»Tatsächlich?« fragte sie gepreßt. »Linc haßt Models. Seine Mutter und meine Mutter waren beide welche.«

»Ja, ich bin im Bilde.«

Beth grunzte bedrückt.

Holly lächelte Lincs Schwester mit einer Fröhlichkeit zu, die der reinste Bravourakt war.

»Laß uns jetzt einkaufen gehen«, sagte Holly. »Kommst du denn auch auf die Tausend-und-eine-Nacht Party?«

»Würde ich nie und nimmer ausfallen lassen.«

»So, wie ich Linc kenne, brauchst du noch etwas für das Fest.«

Beth nickte beklommen. »Er läßt mich aber nichts einkaufen, wenn er nicht selbst dabei ist.«

»Du würdest doch ein Geschenk von mir nicht ablehnen, oder?«

»Ein Geschenk?«

»Für die Party.«

Die Augen des jungen Mädchens leuchteten auf.

»Oh«, sagte Beth. »Ist das wirklich dein Ernst?«

»Aber sicher. Hebt Linc seine Autoschlüssel immer noch in der Schüssel an der Hintertür auf?«

»Ja.«

Holly wählte einen von Lincs Wagen, ein bronzefarbenes BMW-Coupé, das sich für kurvenreiche Gebirgsstraßen besonders eignete. Die Luft war schwül. Hinter den Wolkenbergen kündigte sich entfernter Donner an.

Als sie Palm Springs erreicht hatten, wandte sich Holly an Beth.

»Wohin jetzt?« fragte sie.

»Ach, da gibt es viele Läden.«

»Klar, aber welcher ist der beste?«

»Für dich?« fragte Beth.

»Für uns beide.«

Das Mädchen blinzelte erfreut.

»An der nächsten Ampel links ab«, dirigierte sie aufgeregt.

Beth hatte sich das »Elegance« ausgesucht, eine kleine, exklusive Boutique, die Kleidung für Teenager und auch Frauen in den Zwanzigern führte.

Holly überflog das Angebot der Designs und der Farben. Erleichtert stellte sie fest, daß selbst die modischste Avantgarde auch auf Qualität und nicht nur auf Schockwirkung setzte.

Beth wanderte von einem Ständer zum nächsten. Ihr Interesse war so unschuldig, daß Holly lächeln mußte.

»Hast du etwas gefunden, das dir gefällt?« fragte Holly.

»Einfach alles«, seufzte Beth. »Dies ist der angesagteste Laden, aber Linc läßt mich hier niemals etwas einkaufen.«

»Zu teuer?«

»Zu avantgardistisch«, äußerte Beth betrübt.

»Vertraue mir«, sagte Holly. »Wenn ich Hand anlege, dann wirst du nicht nach mehr und nicht nach weniger aussehen, als du wirklich bist.«

Eine Stunde später verließen sie den Laden mit einer weitgeschnittenen, ecruweißen Seidenbluse und einem knöchellangen seidenen Rock, der genau Beth' blauen Augen entsprach. Feine, dazu passende Bändchen für ihr Haar waren auch mit dabei. Silberne Sandaletten mit einem leichten Absatz rundeten das Ganze perfekt ab.

Beth fühlte sich im siebten Himmel. Sobald sie auf den Bürgersteig hinausgetreten waren, drückte sie die Tüten an sich und wirbelte unentwegt freudestrahlend um ihre eigene Achse.

»Was für ein wunderbares Geschenk, Holly! Ich kann es kaum abwarten bis zur Party! Jack wird auch mit seinen Eltern dort sein! Warte nur, wenn er mich sieht! Er wird ...«

Ihr Freudengeheul brach plötzlich ab, als sie mit jemandem zusammenstieß.

»Paß auf deine großen Füße auf«, schnauzte Cyn sie an.

Holly und Beth drehten sich gleichzeitig nach ihr um.

»Tut mir leid«, murmelte Beth.

»Ihre Füße sind vollkommen in Ordnung«, bemerkte Holly kühl. »Und sie hat sie besser unter Kontrolle als Sie Ihre Zunge!«

Cyns zusammengekniffene Augen wanderten über Hollys Bluse, Jeans und Schuhe.

»Ist das eine neue Aushilfe auf der Ranch?« fragte Cyn an Beth gewandt.

Das junge Mädchen lächelte liebenswürdig.

»Hat dir das Linc heute morgen nicht erzählt, als er dich von der Scheune aus anrief?« fragte Beth mit Unschuldsmiene. »Holly wird Frau Lincoln McKenzie werden.«

Cyns Gesichtsausdruck veränderte sich, sie sah plötzlich hart und eingefallen aus.

»Wieder mal am anderen Apparat mitgehört?« schnappte sie.

Einen Augenblick lang schien es Beth unangenehm.

»Das wundert mich nicht«, höhnte Cyn. »So unscheinbare Mädchen wie du müssen wenigstens clever sein. Sie haben ja sonst nichts, was für sie spricht.«

Beth versuchte es sich nicht anmerken zu lassen, wie weh ihr

Cyns Worte taten. Es gelang ihr jedoch nicht. Sie war einfach noch nicht erfahren genug, um Beleidigungen dieser Art etwas entgegenzusetzen.

»Wenn Sie diese dunkelblauen Kontaktlinsen, die Sie offensichtlich tragen, einmal abnehmen würden, dann könnten Sie vielleicht Beth' Schönheit besser sehen«, ließ Holly sich deutlich vernehmen.

Cyns Lachen war so leicht und zart wie ihr Parfüm.

»Sie machen mir Spaß«, sagte Cyn. »Sie ist fast genauso gewöhnlich und unscheinbar wie Sie selbst! Wußten Sie denn nicht, daß Männer kleine Frauen, weich und mit Rundungen an den richtigen Stellen, bevorzugen?«

»Besonders an den Absätzen?« schlug Holly vor.

Cyn sprang sie wie eine Katze an.

»Nur weil Sie Lincs Leben gerettet haben, heißt das noch lange nicht, daß er Sie begehrt.« Ihre Stimme überschlug sich vor Wut. »Er wird schon bald Ihrer Bauernunschuld überdrüssig werden. Schließlich ist er ein astreiner Mann. Sehen Sie der Tatsache einfach ins Auge: Sie haben den Sex-Appeal einer Zaunlatte.«

»Einer Zaunlatte?« echote Holly.

Ihre Augen wurden schmal und genauso hart wie die von Cyn.

»Kommen Sie doch auf die Tausend-und-eine-Nacht-Party«, lud Holly sie ein. »Dort können Sie sich von den verschiedenen Sorten Sex-Appeal ein ganz neues Bild machen. Sie werden Ihre Blindheit verfluchen, Beth als unscheinbar zu bezeichnen. Haben Sie begriffen, was ich Ihnen sage?«

Cyn starrte Holly ungläubig an.

»Sie könnten nicht einmal einen Spiegel dazu überreden, Ihnen ein Kompliment zu machen, und erst recht keinen Mann«, geiferte Cyn.

Holly lächelte. Das Lächeln war ebenso unterkühlt wie ihr Blick.

»Ich werde auf den Ball kommen«, säuselte Cyn. »Dann sehen wir, wen die Männer umschwärmen! Ich freue mich darauf, Sie dort zu treffen. Schade, aber unter Umständen entdecken Sie mich gar nicht, da ich ziemlich belagert sein werde.«

Cyns Lachen war noch zu hören, als sie schon die Straße hinuntergetrippelt war.

»Ich hasse sie«, sagte Beth mit gepreßter Stimme. »Wie kann Linc nur an ihr etwas finden!«

Holly verzog das Gesicht. Sie wußte genau, was ihm an Cyn gefiel.

»Er hat sich halt an ihr ... Gesicht gewöhnt«, besänftigte sie die Kleine.

Beth berührte zaghaft Hollys Arm.

»Tut mir leid.« Sie fiel ein wenig zusammen. »Du hättest mich nicht wie eine Löwin verteidigen müssen. Ich weiß ja, wie ich aussehe.«

»Du bist etwas Besonderes«, versicherte Holly ihr, wobei sie jedes Wort einzeln betonte.

Ein mattes Lächeln huschte über Beth' Gesicht.

Holly ahnte den Grund ihrer Sorgen und gab ihr einen Klaps.

»Komm schon«, sagte sie. »Laß uns im Hotel meine Sachen holen. Du wirst dich wundern, wie sich eine Raupe in einen Schmetterling verwandeln kann.«

Niemanden aber wird es mehr verblüffen als Linc, wenn eine Shannon und keine Holly North seinen Ball beehrt, dachte Holly.

Es war nicht unbedingt ein berauschender Gedanke.

Donner grollte über ihnen, und ein schwüler Wind fegte über das Land. Der Wind roch nach Sand und Staub und Regen.

Beth und Holly beeilten sich, zum Auto zurückzukommen. Sie schafften es gerade noch, vor dem Sturm die Ranch zu erreichen. Als Holly in die Einfahrt bog, durchzuckten bereits Blitze die Wolken über ihren Köpfen.

»Linc?« rief Holly, als sie in die Küche trat.

Keiner antwortete.

»Der ist bestimmt noch in der Scheune, da wette ich drauf«, sagte Beth.

Holly nickte seufzend. Auf der Rückfahrt von Palm Springs hatte sie sich dazu entschlossen, mit Linc zu reden. Sie mußte ihn irgendwie auf die beschlossene Verwandlung der unkomplizierten Jugendfreundin in das Topmodel vorbereiten.

Wenn ich bloß die richtigen Worte finde... und den Mut, zerbrach sie sich den Kopf.

Bestimmt wird er mir die Chance einräumen, ihm zu erklären, daß nicht alle Fotomodelle herzlose Luder sind.

Das würde er doch, oder?

»Holly, ist etwas mit dir? Du siehst irgendwie merkwürdig aus.«

»Nur ein wenig abgespannt.«

»Sonst nichts?«

Holly schüttelte den Kopf.

Beth zögerte, dann ging sie mit den Tüten im Arm auf ihr Zimmer zu. Im Flur hielt sie inne und blickte über ihre Schulter.

»Bist du sicher, daß ich dir das nicht zurückzahlen sollte?« fragte sie. »Papa hat mir Geld hinterlassen, das Linc bis zu meinem achtzehnten Geburtstag verwaltet.«

»Diese Kleider sind mein Rückkehrgeschenk an dich.«

»Es ist aber ein furchtbar teures Geschenk.«

»Mach dir keine Gedanken, Schätzchen«, erwiderte Holly lächelnd. »Jeder Pfennig davon stammt aus Sandras Tasche.«

»Ja, das hat mir Linc erzählt. Was für eine Hexe... Sie hat sogar meine Briefe an dich unterschlagen.«

Hollys Lächeln wich aus ihrem Gesicht. Und ohne ihre Freundlichkeit sah sie unnahbar, irgendwie fremd aus, ganz die Kämpferin, zu der sie das Leben geformt hatte.

»Du hast mir auch geschrieben?« fragte sie leise.

»Natürlich. Außer Linc warst du der einzige Mensch auf der Welt, der mich geliebt hat.«

Holly durchquerte die Küche und umarmte Beth mitsamt ihren Tüten heftig.

»Und ich liebe dich noch immer«, bekräftigte sie. »Ich habe dir auch geantwortet.«

Beth' Augen waren feucht vor Rührung.

»Ich liebe dich genauso«, sagte sie. »Sandra hätte nie hierherkommen sollen. Linc wäre glücklicher gewesen und ich auch.«

»Ganz abgesehen mal von mir«, sagte Holly und ließ Beth los.

Lächelnd blickte Beth sie an.

»Weißt du, wenn Sandra nicht gewesen wäre, dann wäre ich jetzt sicherlich schon Tante.«

Und Shannon wäre niemals geboren worden, schoß es Holly durch den Kopf.

Merkwürdig, aber diese Vorstellung mißfiel ihr.

Anfangs hatte sie die schillernde Maske von Shannon irritiert, weswegen sie auch nicht unter ihrem eigenen Namen arbeitete.

Aber der Name gehörte dennoch irgendwie zu ihr. Es war ihr mittlerer Name, der Mädchenname ihrer Mutter.

Shannon.

Grundsätzlich war Shannon einem Bedürfnis von Holly erwachsen, ob sie sich das damals eingestehen wollte oder nicht. Was auch immer Holly fehlte, Shannon hatte es. Shannon war nicht mit sechzehn elternlos geworden. Shannon mußte niemals weinen, weil sie mangels Schönheit von dem geliebten Mann übersehen würde. Shannon war nie unsicher oder zu groß gewesen. Und Shannon kannte keine Einsamkeit.

Die Liste ihrer Unterschiede ließ sich endlos fortführen. Aber waren sie wirklich so verschieden? Diese Frage stellte Holly sich zum allerersten Mal.

Shannon stieg nicht gleich mit Männern ins Bett noch verliebte sie sich in Typen, die Interesse an ihr zeigten. Genau wie Holly.

Shannon wollte nicht gekauft und dann wie ein lebensgroßes Schmuckstück am Handgelenk eines Millionärs getragen werden. Genau wie Holly.

Shannon träumte von Linc, spürte seine Haut unter ihrer Hand, schmeckte seine Lippen. Genau wie Holly.

Shannon war intelligent, fleißig und verantwortungsbewußt. Sie wollte die Beste sein und hatte es geschafft. Royce Design war mit ihr vollkommen identisch.

Das bin ich tatsächlich auch, dachte Holly.

Unmerklich waren die beiden Gegenpole ihrer Persönlichkeit miteinander verschmolzen.

Vielleicht ist es einfach das Erwachsenwerden, dachte sie. Endlich kann ich mich selbst akzeptieren. Einerseits bin ich die einfache Holly und andererseits die raffinierte Shannon, genau wie alle anderen Frauen.

Aber ihr Kern war ein fester Bestandteil, unabhängig von der äußeren Hülle, ob natürlich oder herausgeputzt. Die Frau selbst in der sich wandelnden Hülle blieb unverändert.

Und diese Frau liebte und wollte von einem einzigen Mann geliebt werden.

Lincoln McKenzie.

»Ist denn der Gedanke an Kinder so schrecklich?« unterbrach Beth ihre Überlegungen.

Holly blinzelte und tastete sich in die Realität zurück. Sie lächelte.

»Überhaupt nicht«, sagte sie. »Dann müßte ich Roger nur dazu bewegen, eine Kollektion für Schwangere zu entwerfen.«

»Der Boß entwirft Kleider?«

»Keinerlei Fragen mehr über meinen Boß oder meine Arbeit bis morgen um Mitternacht!« ordnete Holly energisch an.

»Wenn ich dir keine Fragen stelle, dann wirst du mir auch

keine Lügen erzählen!« Beth meinte es durchaus ein wenig provokativ.

»Ich würde dich nicht anlügen, genausowenig wie Linc.«

»Gott sei Dank«, atmete Beth auf. »Das kann er nämlich am allerwenigsten ausstehen.«

Holly seufzte.

»Nun, die gesamte Wahrheit habe ich ihm allerdings noch nicht präsentiert«, gab sie zu. »Aber wenn dein werter Bruder auch nur ein wenig Einsicht hätte, statt sich von seinen Vorurteilen einnebeln zu lassen, dann müßte ich das auch nicht!«

Beth blickte erst erschrocken drein, dann kicherte sie fröhlich.

»Du wirst ihm richtig guttun«, sagte sie. »Er hält sich nämlich andauernd für den großen Zampano.«

Darauf hüpfte Beth in ihr Zimmer, um ihre schönen neuen Stücke aufzuhängen.

»Wenn du fertig bist, komm wieder«, rief Holly ihr hinterher. »Ich will dir etwas zeigen.«

Sie trug ihr Gepäck und ihren Schminkkoffer in das Gästezimmer. Wenig später erschien auch Beth. Sie durchforstete die Verschönerungsutensilien, während Holly weiter auspackte.

Als Holly ihre Kleidung verstaut hatte, hatte sich Beth bereits eine volle Kriegsbemalung zugelegt. Als sie merkte, daß Holly ihr zuschaute, spiegelte sich auf ihrem Gesicht eine Mischung aus Zerknirschtheit und Trotz.

Anstatt etwas zu sagen, setzte sich Holly neben Beth auf das Bett.

»Nun?« begehrte das junge Mädchen auf.

»Nun was?«

Beth betrachtete sich in dem Spiegel des Köfferchens.

»Mir gefällt es«, sagte sie schnippisch.

Holly fand Beth' Aufmachung entsetzlich. Schwarze Augenbrauen, schwarze Wimpern, knallrote Lippen und Wangen, überall Puder, der ihren gesunden Teint zukleisterte.

Sie hatte das Make-up aufgetragen ohne ihr Alter, ihre natürliche Hautfarbe oder ihre Gesichtsform zu berücksichtigen.

Holly enthielt sich jedoch jeden Kommentars. Ihr war der korrekte Einsatz von Make-up beigebracht worden, so wie man auch kochen oder malen erlernen konnte, als Handwerk nämlich. Kein Mensch wurde mit solchen Fertigkeiten geboren.

»Laß mich mal etwas ausprobieren«, sagte Holly freundlich.

Sie drehte den Spiegel zur Seite, damit Beth nicht sehen konnte, was mit ihr geschah. Dann entfernte Holly das Make-up auf der einen Gesichtshälfte, stöberte durch die Kosmetika und suchte verschiedene Farben heraus.

»In der Modeschule hat man uns damals aufgefordert, unser normales Make-up auf die eine Gesichtshälfte aufzutragen. Dann kam der Lehrer und schminkte die andere Hälfte«, erläuterte Holly.

Während sie erklärte, arbeitete sie nebenbei mit Routine. Jede ihrer sicheren Handbewegungen zeugte von jahrelanger Übung.

»Weißt du, Make-up ist so individuell wie die Person, die es trägt. Wie ich dich jetzt schminke, das würde bei einer Frau Mitte Zwanzig bereits merkwürdig aussehen, bei einer Fünfunddreißigjährigen lächerlich und wenn sie fünfundvierzig ist, einfach nur noch bemitleidenswert.«

Beth blickte weiterhin stur geradeaus.

Linc und sie sind ein nettes Gespann, dachte Holly trocken. *Aber ich selbst bin ja auch kein Schoßhündchen.*

»Jedes Alter hat seine eigenen Ansprüche und seine eigene Schönheit«, fügte Holly hinzu. »Aber was jetzt bei dir paßt, würde bei mir schon immer schlimm ausgesehen haben, auch als ich so alt war wie du.«

»Warum?«

»Aus demselben Grund, aus dem auch die Farben meiner Garderobe dir nicht stehen würden.«

»Wie meinst du das?« fragte Beth.

»Ich bin ein dunkler Typ«, erläuterte Holly. »Du bist blond. Ich habe hellbraune Augen, du hellblaue. Meine Nase ist ein wenig schief, deine dagegen perfekt. Du hast schöne volle Lippen. Ich nicht. Meine Augen und meine Wangenknochen liegen zu schräg…«

»Zu schräg!« unterbrach sie Beth ungläubig. »So etwas gibt es gar nicht.«

Holly lächelte.

»Mein Gesicht ist dreieckig«, fuhr sie fort, »deines ist oval. Kurzum, wir brauchen jeder ein vollkommen anderes Make-up, um unsere jeweiligen Vorzüge zu betonen.«

»Bei mir gibt es keinerlei Vorzüge zu betonen«, murmelte Beth verzagt.

»Gibt es wohl! Aber du siehst sie nicht, wenn du sie unter Bergen von Make-up versteckst.«

Holly arbeitete schweigend und konzentrierte sich auf die Wimperntusche. Sie trug ein wenig Rouge auf, damit Beth' Wangenknochen besser zur Geltung kamen. Dann überprüfte sie ihr Werk und nickte.

»Darf ich mich jetzt ansehen?« fragte Beth.

»Klar.«

Beth griff nach dem Köfferchen und hob den Deckel. Eine lange Zeit betrachtete sie ihre beiden Gesichtshälften.

»Also, du hast echt eine Menge mehr Ahnung als ich«, gestand sie schließlich.

Mit dieser Bemerkung griff das junge Mädchen nach einem Taschentuch und wischte sich die eigenen Tuschereien ab. Dann betrachtete sie sich wiederum. Aufmerksam verglich sie die rechte, geschminkte Seite mit der linken, ungeschminkten. Während Beth in den Spiegel schaute, löste Hollys Beth' rechten Zopf auf, rührte den linken jedoch nicht an. Sie bürstete die Hälfte des glänzenden, taillenlangen Haars, bis es glatt war. Dann zog Holly es ihr aus dem Gesicht und versuchte mehrere Frisuren.

Schließlich wand sie ein paar Strähnen lose um Beth' Stirn und steckte sie auf ihrem Kopf fest, damit sie nicht von der Masse erdrückt wurden. Den Rest des Haares auf der rechten Seite ließ sie offen auf ihren Rücken fallen. Das Resultat war ein einfacher und doch ungewöhnlicher Stil, der das perfekte Oval von Beth' Gesicht betonte.

»Einmal Shampoo und ein paar heiße Wickler würden den Knick beseitigen, der von den Rattenschwänzen geblieben ist«, instruierte Holly sie. »Und ich habe ein paar Ohrringe, die ausgezeichnet zu deinem neuen Rock passen.«

Etwas spät merkte sie, daß Beth ihr gar nicht zuhörte.

»Beth?«

»Ja?«

Dann blinzelte Beth, als ob sie gerade aus einem Traum aufwachte und wandte ihren Blick vom Spiegel ab.

»Bin das wirklich ich?« flüsterte sie. »Meine Augen sehen so blau aus, so groß! Und auf einmal mag ich sogar mein Haar! Was hast du nur mit meinen Wangenknochen gemacht? Ich sehe überhaupt nicht mehr aus wie ein Kind. Wie funktioniert so was?«

»Das frage ich mich auch«, ertönte Lincs Stimme aus dem Flur. »Erkläre mir bitte, wie du ein süßes sechzehnjähriges Mädchen in ein Flittchen verwandelst.«

12

Beth schwankte zwischen Schuldgefühlen und Rebellion.

Holly blieb mit dem Rücken zur Tür sitzen und sprach weiter, als hätte sie Linc gar nicht bemerkt.

»Halte den Spiegel so, daß du dich sehen kannst«, sagte sie zu Beth. »Ich erkläre dir jetzt, wie ich vorgegangen bin.«

Sie legte ihre Finger unter Beth' Kinn und drehte die ungeschminkte Seite mit dem Rattenschwanz Richtung Linc. Er holte tief Luft, als er den Unterschied der beiden Gesichtshälften seiner Schwester bemerkte.

Seine Miene wurde feindselig, und seine gesamte Körperhaltung glich einem Stahlträger. Wieder war er jener Fremde, der wutentbrannt eine Frau anstarrte, deren Schönheit ihn verletzte.

In Hollys Magen formte sich der bereits bekannte Eisklumpen.

Mein Gott, dachte sie. *Linc kennt doch Beth! Er weiß doch, daß sie weder selbstsüchtig noch gemein ist. Dennoch sieht er sie an, als ob er sie hassen würde.*

Mit demselben Blick hatte er auch Shannon bedacht.

Und genauso wird er mir gegenübertreten, wenn er die Wahrheit erfährt.

Nur Beth' hilfloses Flehen hielt Holly davor zurück, ihre Wut herauszulassen oder in verzweifelte Tränen auszubrechen.

Sie zwang ihre Hände zur Ruhe und trug eine helle Tonung auf Beth' linke Gesichtshälfte auf.

»Du machst aus ihr eine Billigware!«

Beth' Aufstöhnen ließ ihn zusammenfahren. Leise fluchend versuchte er sich in den Griff zu kriegen, was ihm noch niemals in seinem Leben so schwergefallen war wie in diesem Moment.

Ohne die Zöpfe und das geschrubbte Gesicht war Beth das Ebenbild ihrer schönen, untreuen Mutter.

Als sei nichts gewesen, pinselte und puderte Holly weiter.

»Das reicht jetzt«, befahl Linc barsch.

Holly hielt weder inne, noch sah sie von Beth' Gesicht auf.

»Holly, zum Donnerwetter!«

»Willst du unsere Feuerpause brechen?« erkundigte sie sich.

»Wenn hier irgend jemand etwas bricht, dann bist du es«, zischte Linc in kalter Wut.

Schweigend verglich sie das Make-up, das sie bereits aufgetragen hatte, mit dem übrigen Gesicht von Beth. Es harmonierte gut. Holly nahm einen hellbraunen Augenbrauenstift.

»Ich streite mich nicht«, fuhr sie ruhig fort. »Im Gegensatz zu dir habe ich nicht einmal meine Stimme erhoben.«

Es kostete sie ihre ganze professionelle Willenskraft, gelassen zu bleiben, während sie den Augenbrauenstift beiseite legte, einen bläulichen Lidschatten hervorkramte und sich wieder Beth zuwandte.

»Das Make-up eines Flittchens wird zentimeterdick mit einem Spachtel aufgetragen.«

»Eindeutig«, bellte er.

»Dieses Make-up jedoch wurde aufgrund seiner dezenten Transparenz gewählt, und ein Spachtel ist weit und breit nicht zu sehen.«

Seine Gesichtsmuskeln erstarrten. Mit verschränkten Armen lehnte er im Eingang, wo er unverhältnismäßig groß wirkte und die ganze Tür ausfüllte.

»Schönheit ist, was Schönheit tut!« Er stemmte die Fäuste in die Taille.

»Das sehe ich auch so«, gab sie zurück.

Sie griff nach einem Metalliclidschatten, um ihn mit dem Blau zu mischen.

»Du hast aber dein möglichstes getan, damit Beth so unscheinbar wie nur irgend möglich bleibt, nicht wahr?« mutmaßte Holly im folgenden.

»Darauf kannst du jede Wette eingehen.«

»Warum?« bohrte Holly nach. »Vertraust du ihr nicht?«

»Was soll das denn nun wieder heißen?«

Beth zuckte bei dem schneidenden Tonfall ihres Bruders zusammen.

Holly drückte sie sanft auf den Stuhl zurück.

»Ich meine damit, daß du sowohl Beth' Kleidung als auch ihre Frisur mit einem untrüglichen Gespür für ...«

»Herzlichen Dank«, unterbrach Linc sie sarkastisch.

»... mit einem untrüglichen Gespür dafür, ihre natürliche und mit den Jahren wachsende Schönheit zu verstecken, bestimmst«, beendete Holly ihren Satz.

Sein Gesicht versteinerte noch mehr.

»Sie sah gut aus, wie sie aussah«, fuhr er sie eisig an.

»In deinen Augen schon. Beth selbst aber möchte sich verändern.«

»Sie ist noch zu jung, um zu wissen, was für sie gut ist.«

»Schönheit jedenfalls kann auf keinen Fall gut für sie sein?« fragte Holly leise. »Ist es das, was du damit meinst?«

Lincs Lippen preßten sich zusammen und sahen so unnachgiebig aus, als seien sie aus Kunststoff.

»Kannst du denn nicht sehen, daß sich zwar das äußere Erscheinungsbild von Beth ändert, sie aber genauso liebenswert geblieben ist?« fragte Holly ruhig.

Linc schwieg.

»Mein Gott, Linc«, wollte sie ihn aufrütteln. »Du hast Beth großgezogen. Sie ist wie deine Tochter!«

»Sie ist auch die Tochter ihrer Mutter«, entgegnete er beißend. »Und ihre Mutter war eine niederträchtige Hure.«

»Ich hasse dich!« schrie Beth.

Sie sprang auf. Tränenüberströmt rannte sie hinaus. Schweigend hörten Linc und Holly, wie ihre Schritte in Richtung ihres Zimmers polterten. Dann krachte eine Tür ins Schloß.

Mit zitternden Händen packte Holly ihre Schminksachen zusammen.

»Bist du ernsthaft der Ansicht, daß Beth wegen ein bißchen Make-up ein Flittchen wird?« fragte sie mit vor Wut bebender Stimme.

»Natürlich nicht!«

»Dann würde ich vorschlagen, daß du ihr das auch sagst, wenn ihr euch beide ein wenig beruhigt habt.«

Holly ließ das Köfferchen zuklappen. Dann wandte sie sich Linc zu, wobei sie das Corpus delicti schützend vor sich hielt. Ihr Gesicht zeigte dieselbe Entschlossenheit wie seines.

»Und wie steht es mit mir?« fragte sie.

»Wie meinst du das?«

»Wenn ich aus meiner Kinderkleidung steige und mehr als nur Seife mein Gesicht berührt, werde ich dann automatisch in deinem Ansehen sinken?«

»Holly ...«

»Werden ein schickes Kleid und ein paar Striche mit dem Farbstift mich in ein wertloses, verlogenes, betrügerisches Subjekt verwandeln?« fuhr sie unnachgiebig fort.

»Holly ...«

»Werden sie das?« fragte sie mit lauter werdender Stimme.

»Mach dich nicht lächerlich.«

»Schönheit ist, was Schönheit tut, nicht wahr?«

»Immer!« schnaubte er.

»Außer wenn Schönheit mit deinen Vorurteilen in Konflikt gerät. Dann ist es vollkommen gleichgültig, was Schönheit tut, dann ist Schönheit ein himmelschreiender Frevel.«

»Ich dachte eigentlich, daß wir eine Feuerpause vereinbart hätten«, erwiderte er kühl.

»Meine eigene Zukunft würde ich dafür gerne aufs Spiel setzen «, erteilte Holly ihm Bescheid. »Aber verdammt noch eins, nicht die von Beth!«

»Was willst du damit sagen?«

»So, wie du Beth triezt, treibst du sie, noch bevor das Jahr rum ist, zu aufreizender Kleidung und auf die Rücksitze irgendwelcher Autos.«

»Das ist doch vollkommener Blödsinn!«

»Es ist die Wahrheit«, unterbrach ihn Holly. »Beth wird soeben erwachsen.«

»Glaubst du etwa, das wäre mir nicht aufgefallen?«

»Dann versuche nicht länger, die Uhr zurückzustellen.«

»Sie ist erst fünfzehn!« fuhr Linc sie an.

»Fast sechzehn. Wie alt war ich deiner Erinnerung nach, als du mich zum ersten Mal nicht mehr als Kind wahrgenommen hast? Vierzehn?«

»Das hat mit Beth nicht das geringste zu tun.«

»Da täuschst du dich aber. Mädchen werden nun mal eher erwachsen als Jungen. Beth möchte so schön wie nur irgend möglich für ihren jungen Mann sein.«

»Ich will ja nur, daß sie Beth bleibt, mehr nicht«, murmelte Linc. »Einfach Beth. Das sollte für jeden Mann ausreichen.«

»Wir reden aber nicht über Männer, sondern über Beth«, erwiderte Holly. »Ihr Wunsch, Jacks Aufmerksamkeit zu erringen, ist so selbstverständlich und normal wie das Atmen. Wenn du ihr die Luft abschneidest, dann wirst du eine Panikreaktion provozieren, die vielleicht ihr ganzes Leben zerstört.«

»Genau das versuche ich ja zu vermeiden – wie du sehr wohl weißt!«

»Ja, schon. Aber du machst absolut das Falsche. Beth ist eine hinreißende und sehr eigenwillige Person. Zeige ihr lieber, wie sie die Art von Frau wird, der ein Mann von Herzen vertraut.«

»Da bin ich ja dabei«, verteidigte er sich.

»Indem du sie zu Rattenschwanzfrisuren zwingst?«

»Indem ich sie davon abhalte, so zu werden wie ihre Mutter.«

»Hast du mir überhaupt zugehört? Beth ist nicht ihre Mutter.«

»Warum willst du dann, daß sie so aussieht?« gab Linc zurück. »Jeder Mann, der etwas taugt, wird durch ihr äußeres Erscheinungsbild hindurchsehen.«

»Vorausgesetzt, er nimmt Beth überhaupt wahr.«

»Wie bitte?«

»Wie viele gute, freundliche und *unscheinbare* Frauen hast du denn ein zweites Mal angesehen?« fragte Holly mit zuckersüßer Stimme. »Von mir abgesehen, selbstverständlich.«

Dazu gab es nichts zu sagen. Und er war sich dessen nur zu bewußt.

Sie lachte auf.

»Übrigens ist da ja noch Cyn«, sagte Holly. »Sie hat so viel Farbe auf dem Gesicht, daß man eine Scheune damit streichen könnte. Warum ist ihre Schönheit akzeptabel, Beth' und meine jedoch nicht?«

»Cyn darf so viel Make-up und enge Kleidung tragen und sich den Männern an den Hals werfen, weil sie ein ... ein Spielzeug ist. Ernsthaft würde sich keiner in ein Spielzeug verlieben, ganz gleich, wie hübsch es auch eingewickelt sein mag.« Lincs Lächeln wurde schmal. »Warum aber sollte man die Verpackung nicht genießen?«

»Ich verstehe, was du meinst«, murmelte Holly. »Eine unscheinbare Frau zu haben, wäre für einen Mann so langweilig, daß er von Zeit zu Zeit ein paar nette Spielzeuge auswickeln muß.«

»Du interpretierst mich völlig falsch!«

Linc durchquerte das Zimmer und legte seine Hände auf Hollys Arm, als befürchte er, auch sie würde noch davonrennen.

»Und du bist nicht unscheinbar, Holly.«

»Das weiß ich«, entgegnete sie ruhig. »Aber weißt du es? Glaubst du wirklich, daß ich mich nicht genauso gerne verpacke wie Cyn?«

»Das hast du doch gar nicht nötig«, beschwor er sie. »Ehefrauen haben auch so jede Menge Einfluß auf ihre Gatten.«

Linc legte seine Hand mit einer gleichzeitig besitzergreifenden wie auch zärtlichen Geste auf ihren Bauch.

»Was glaubst du wohl, was in einem Mann vorgeht, wenn er weiß, daß eines Tages sein Baby in dieser Frau heranwachsen wird?« fragte er.

Holly flüsterte zitternd seinen Namen.

»Was glaubst du wohl, wie es einen Mann berührt, wenn eine Frau bei Sturm und Wetter Kopf und Kragen für ihn riskiert?« hielt Linc ihr vor. »Was, glaubst du, geht in einem Mann vor, wenn er mit ihrem Geschmack auf den Lippen einschläft und neben ihrem verschlafenen Lächeln aufwacht? Mein Gott noch mal, Holly! Dagegen nimmt sich Schönheit wie Theaterdonner aus!«

»Äußerlichkeiten spielen natürlich nicht die Hauptrolle«, sagte sie verzweifelt. »Schönheit ist nicht die Ursache von Glück, aber sie verhindert es auch nicht.«

»Da irrst du dich leider«, erwiderte er tonlos. »Ich weiß viel mehr als du über diese makellosen Hexen.«

»*Makellos* und *Hexe* sind nicht ein und dasselbe!«

Linc ließ von Holly ab und stampfte zur Kommode. Er riß eine Schublade auf, entnahm ihr ein gerahmtes Bild und kam wieder auf sie zu.

»Hier«, sagte er und legte ihr das Foto in die Hand. »Meine Mutter!«

Die Frau war außergewöhnlich schön.

Sie hatte eine makellose Haut, die sich glatt über eine Knochenstruktur zog, die ihr bis ins hohe Alter Eleganz verleihen würde. Ihr Haar war dicht und lang und umgab ihre perfekten Gesichtszüge mit haselnußbraunen Locken. Ihre jadegrünen

Augen lagen aufregend weit auseinander. Ihr Mund wies einen verlockenden Schwung auf, als müsse sie ein wenig lächeln, oder als würde sie zu einem Kuß ansetzen.

Und doch war da noch mehr als nur das. Die Frau besaß eine durch und durch sinnliche Ausstrahlung mit einer unterschwelligen Herausforderung, die jede männliche Vorstellungskraft reizen mußte.

»Sie ist... die schönste Frau, die ich jemals gesehen habe«, bemerkte Holly schließlich.

»Klar.« Seine Mund zog sich bitter zusammen. »Meine Mutter hat mich fünf Monate nach der Hochzeit mit meinem Vater geboren. Damals war mein Vater ein einflußreicher Agent in Hollywood – und sie ein Fotomodell, das Filmstar werden wollte.«

»Ich verstehe warum. Die Kamera schmeichelt ihr.«

Grimmig starrte er auf das Bild.

»Schwangere Filmschauspielerinnen waren nicht besonders gefragt, demnach mußte ich ein Versehen gewesen sein«, schnaubte er. »Ich war gerade fünf Wochen alt, als mein Großvater starb und meinem Vater seine Ranch vermachte.«

Holly blickte zu Linc auf. Er erschien ihr wie eine große, männliche Version des Fotos in ihrer Hand. Mit demselben Charisma, demselben Lebenshunger, auch wenn er den bösen Mann spielte.

»Paps war froh hierherzukommen«, berichtete Linc weiter. »Er hatte nicht gerne als Agent gearbeitet, aber mein Großvater und er sind nie gut miteinander klargekommen.«

»Und deine Mutter?«

»Sie langweilte sich hier. Meine frühesten Erinnerungen sind Auseinandersetzungen, bei denen sie sich um die jeweiligen Vorzüge von der Ranch oder Hollywood stritten.«

Linc fuhr sich durchs Haar, das demjenigen seiner Mutter ähnelte: dicht, braun, glänzend. Sogar sein Blick ähnelte ihrem, grün und hoffnungsvoll.

»Als ich drei war, war meine Mutter schon lange wieder Fotomodell. So nannte sie es jedenfalls. Dann und wann hat sie wohl auch mal Kleider vorgeführt, die allerdings nicht von meinem Vater stammten.«

Hollys Lider zuckten, als Lincs schmerzverzerrte Stimme in ihr Ohr drang.

»Die fällige Erbschaftssteuer hat ihm fast das Genick gebrochen«, sagte er. »Er hat die Ranch behalten, aber sonst nichts! Und er hat geschuftet. Allmächtiger, das hat er wirklich! Von früh bis spät und oft nach Sonnenuntergang.«

»Für sie ist es sicherlich auch nicht einfach gewesen«, warf Holly zögernd ein.

»Sie war davon gar nicht betroffen. So eine doch nicht. Sie ging nach Palm Springs. Da es kein Geld für Babysitter gab, hat sie mich zu ihren angeblichen Studioterminen mitgenommen.«

Holly atmete tief durch. Die Wut in seiner Stimme hätte Metall ätzen können.

»Ich weiß nicht mehr genau, wie alt ich war, als ich merkte, daß meine Mutter überhaupt nicht für Garderobe Modell stand«, sagte Linc. »Ich habe dann viele Stunden in abgeschlossenen Autos auf den Motelparkplätzen verbracht.«

Tränen brannten in Hollys Augen, aber sie schwieg. Denn, wenn sie ihn jetzt unterbrechen würde, spräche er vielleicht nie wieder darüber.

»Mit sieben Jahren sperrte sie mich das letzte Mal ein«, setzte er fort.

Er sah durch Holly hindurch, fixierte auf eine Vergangenheit, die zu schmerzhaft zum Erinnern und zu brutal zum Vergessen war.

»In dem Auto kochte es«, sagte er. »Himmel noch mal, war das heiß! Ich wartete und wartete, daß sie endlich zurückkame. Schließlich bin ich eingeschlafen. Als ich aufwachte, war es dunkel, und mich fröstelte.«

Sieben, dachte Holly entsetzt. *Er war erst sieben Jahre alt und in einem Auto mutterseelenallein eingeschlossen. Er hätte darin umkommen können.*

»Ich wartete.« Linc stockte kurz. »Niemand kam. Ich wollte aussteigen, aber für solche Eigenmächtigkeiten pflegte meine schöne Mutter mich zu schlagen.«

Holly biß sich auf die Unterlippe, um die aufsteigenden Kommentare und ihren Schrecken zu unterdrücken. Jetzt wurde ihr klar, wie tief sein Haß auf weibliche Schönheit saß. Und durch welch harte Lektionen er entstanden war.

»Es ist kaum zu glauben, wie sehr sich ein Kind ängstigen kann«, fuhr Linc mit gleichmäßiger Stimme fort. »Als mich mein Vater am nächsten Morgen fand, war ich vollkommen außer mir.«

Am liebsten hätte Holly ihm verboten weiterzusprechen, denn das Wissen von seinem Schmerz und seinen Verletzungen tat ihr unbeschreiblich weh.

Tränen rannen ihre Wangen herunter, aber sie tat keinen Schritt auf Linc zu. Sie sagte kein Wort, bewegte sich nicht. Sie hörte ihm nur mit einem Schmerz in der Brust zu, der dem seinen in nichts nachstand.

Er hatte die Worte und den Haß viel zu viele Jahre in sich aufgestaut. Und dieser Haß auf die falschen Frauen seines Vaters hatte seine eigene Liebesfähigkeit erstickt.

Schöne Frauen.

»Ich habe meine Mutter nie mehr gesehen«, nahm er den Faden wieder auf. »Sie ist mit einem ihrer Männer durchgebrannt. Ich weiß nicht einmal, ob sie noch lebt. Aber das ist auch vollkommen gleichgültig. Sie hat mich nie haben wollen, und ich habe gelernt, ohne sie zurechtzukommen.«

Er zuckte mit den Schultern, aber sein Blick war immer noch auf seine Vergangenheit gerichtet. »Paps hat leider gar nichts daraus gelernt. Drei Jahre später heiratete er Jan. Von Beth' Mutter habe ich kein Foto, wäre ohnehin überflüssig…

Honigblond, schlank und doch kurvenreich, türkisfarbene Augen. Sie war achtzehn bei der Hochzeit. Schön? Okay, zugegeben.«

Holly zwang sich trotz des stechenden Schmerzes in ihrer Brust, Luft zu holen. Linc sprach das Wort »schön« so aus, als ob es gleichbedeutend wäre mit kaltherzig, selbstsüchtig und unmoralisch.

Gemein.

»Ich war fünfzehn Jahre alt, als Beth auf die Welt kam«, fuhr er fort. »Jan hatte in ein paar der besseren Läden in Palm Springs als Model gearbeitet, bevor sie schwanger wurde. Zwei Monate nach Beth' Geburt hat sie ihre Arbeit wiederaufgenommen.«

Holly wartete stumm und geduldig.

»Jan hatte Gefallen an dem Geld, das die Ranch nun endlich einbrachte«, sagte er. »Aber die Ranch selber mochte sie nicht. Sie kümmerte sich auch nicht um Beth. Andererseits konnte sie es nicht ertragen, wenn Paps seine Tochter auf den Arm nahm. Höchstwahrscheinlich war Jan auf ihr eigenes Kind eifersüchtig.«

Holly blickte auf ihre Hände herab. Sie schmerzten, weil sie sie fest ineinandergekrallt hatte, damit sie nicht Linc um den Hals fiel. Sie wollte ihn umarmen, ihn trösten und ihm ihre Liebe zeigen. Wie gerne hätte sie die ganze häßliche Vergangenheit weggezaubert, damit sie ihre grotesken Schatten nicht mehr auf seine Zukunft werfen konnte.

Hollys Zukunft.

Ihre gemeinsame Zukunft.

Aber dazu war es zu spät. Es war bereits zu spät gewesen, bevor Holly überhaupt existierte.

»Beth habe mehr oder weniger ich aufgezogen«, sagte Linc. »Jan war zu beschäftigt mit ihrem Äußeren, um überhaupt irgendwen oder irgendwas außerhalb ihres eigenen Dunstkreises wahrzunehmen. Und Paps...«

Linc hielt abrupt inne. Dann hob er wieder die Achseln. Es sah aus, als ob er eine Last verlagern wollte, damit sie nicht mehr so drückte.

»Paps hat zu dem Zeitpunkt schon ziemlich viel getrunken«, ging es weiter. »Die Ranch habe nach und nach ich übernommen. Jan verbrachte mehr und mehr Zeit vor dem Spiegel und hielt nach ihren ersten Falten Ausschau, während Paps jede Menge Flaschen leerte.«

Holly schluckte und kämpfte gegen die Tränen an, die ihr die Kehle zuschnürten.

Und gegen die Angst.

»So um diese Zeit herum bandelte Jan mit anderen Männern an. Paps hat sie wohl nicht häufig genug bewundert. Und ganz sicher habe ich sie nicht ausreichend bewundert, auch dann nicht, als sie eines Nachts splitternackt in meinem Schlafzimmer erschien.«

Holly machte ein ersticktes Geräusch, aber er hörte es nicht. Sein Gesichtsausdruck war eiskalt und in Verachtung erstarrt.

»Sie trieb es wirklich auf die Spitze«, stellte er kühl fest. »Als es ihr nicht gelungen war, Paps und mich gegeneinander um ihre Gunst aufzuhetzen, fing sie an, vor uns mit ihren Männern zu prahlen. Alles erzählte sie uns, bis ins letzte Detail. Das ist wörtlich zu nehmen!«

Holly murmelte Lincs Namen.

Er hörte sie aber nicht, da er mit seinen Gedanken ganz und gar in der Vergangenheit weilte.

»Eines Abends hat sich Jan dann mit dem Falschen eingelassen.« Linc näherte sich dem Ende. »Der hat sie geschlagen. Dann hat sie Paps angerufen, und er ist zu ihr gefahren, um sie zurückzuholen. Auf dem Nachhauseweg verlor Paps in einer scharfen Kurve die Kontrolle über den Wagen.«

Zum ersten Mal blickte er Holly an.

»Deine Eltern starben, weil meine Stiefmutter bis in den letzten Winkel ihrer korrupten Seele eine Hure war. Wenn sie bei dem Unfall nicht ums Leben gekommen wäre, dann hätte ich sie mit meinen eigenen Händen umgebracht. Sie ist nicht eine einzige Träne von dir wert, *niña*. Weder damals noch heute.«

»Ich weine ja nicht ihretwegen«, flüsterte Holly.

Sie ging auf Linc zu, vergrub ihr Gesicht an seiner Brust und umarmte ihn so fest, daß beide ächzten.

»Bitte«, begann sie mit erstickter Stimme, »bitte, schließe morgen nicht von diesen Frauen auf mich.«

»Du bist ja nicht eine von denen.«

»Dann merke dir das gut. Und du bist nicht dein Vater. Du bist stark. Er war es nicht.«

»Holly ...«

»Nein«, unterbrach sie ihn stürmisch. »Du mußt mir jetzt zuhören. Ich bin weder wie deine Mutter noch wie deine Stiefmutter. Das mußt du mir glauben. Und wenn du mich morgen siehst, *mußt du unbedingt daran denken!*«

Lincs Lippen fuhren zärtlich über Hollys Lippen und kosteten ihre Tränen.

»Aber natürlich denke ich daran«, beteuerte er.

»Wirst du das?« fragte sie verzweifelt. Sie fühlte sich völlig ausgehöhlt vor Angst. »Ach Linc, du hast ja keine Ahnung, wie schön ich sein kann.«

Noch bevor er das richtig begriff, klingelte im Arbeitszimmer nebenan das Telefon.

»Das wird wohl wieder Shadow Dancer sein«, vermutete er. »Dieser Apparat ist jedenfalls direkt mit dem Pferdestall verbunden.«

Holly nickte und ließ ihn los.

Langsam löste auch er sich von ihr und ging zum Telefon. Sie konnte seine Stimme gut hören, denn das Arbeitszimmer lag, wie gesagt, nur eine Türe weiter.

»Wie bitte?« fragte er. »Shadow Dancer hat sich wieder hingelegt? Und das Fohlen? Gut, ich komme.«

Er legte auf und ging zur Tür. Im Flur zögerte er.

»Ist schon gut«, sagte Holly. »Geh ruhig zu deiner Stute.«

»Ich würde dich ja bitten, mitzukommen. Aber es könnte … Komplikationen geben.«

»Geh nur«, sagte Holly leise. »Ich verstehe das.«

Linc betrachtete sie aufmerksam, nickte und entfernte sich eilig.

Eine lange Weile stand Holly vollkommen regungslos, während die Tränen über ihre Wangen strömten. Sie hatte das Gefühl, daß Mitternacht wie ein Schnellzug auf sie zuraste.

Und sie konnte nichts weiter tun, als zu warten, bis er sie mit sich riß.

Die Zeituhr tickte wie beim Countdown. Und jetzt war nur noch eine kleine Frist übrig.

13

»Holly, bist du wach?«

Beth' Stimme riß Holly aus ihrem unruhigen Schlaf. Sie rollte sich in dem riesigen Bett auf die Seite und stieß die Decke von sich.

»Jetzt bin ich es«, nuschelte Holly.

»Kann ich hereinkommen?«

»Aber natürlich.«

Holly rieb sich ihren Nacken, um ihre verkrampften Muskeln zu entspannen.

Ihr ging es miserabel. Ihre Kleidung war ganz verknittert und sah schrecklich aus. Während sie auf Lincs Rückkehr aus dem Stall gewartet hatte, war sie eingeschlafen. Sie hatte ihm eröffnen wollen, daß Holly North dieselbe Person wie das Fotomodell Shannon war.

Aber Linc ließ sich nicht blicken.

Beth kam ins Zimmer, in der Hand ein schnurloses Telefon. Sie betrachtete Holly und blieb stehen.

»Bist du auch wirklich wach genug, um mit deinem Chef zu sprechen?« fragte Beth zweifelnd.

Holly streckte sich und ließ zur Lockerung ihren Kopf kreisen.

»Klar, warum nicht?« entgegnete sie müde und streckte ihre Hand nach dem Hörer aus.

Beth legte den Apparat auf das Bett und wollte wieder gehen.

»Bleib doch«, bat Holly sie. »Vielleicht brauche ich ja Erste Hilfe, wenn ich mit ihm geredet habe.«

Sie lächelte, aber ihre Stimme klang nicht lustig. Zweifellos würde Roger von ihrem neuen Aufenthaltsort nicht begeistert sein.

Alleine zelten zu gehen ist eine Sache.

Mit einem Mann zusammenzuziehen war aber etwas vollkommen anderes.

Gestern hatte sie im Hotel für Roger eine Nachricht hinterlassen, daß sie bei Lincoln McKenzie erreichbar wäre und daß er sie bitte fortan mit Holly ansprechen möge.

Wenn schon jemand Linc von Shannon erzählte, dann sollte es bitte nicht der »zahme Wikinger« sein.

»Solltest du jetzt eigentlich arbeiten?« fragte Beth. »Ist dein Chef deswegen sauer?«

»Nein. Aber Roger ist vermutlich nicht gerade glücklich darüber, daß ich bei Linc bin.«

»Ist Roger dein Liebhaber?«

Holly schüttelte den Kopf.

»Er bildet es sich immer ein«, erklärte sie. »Im Grunde will er das natürlich nicht, ich habe aber manchmal Schwierigkeiten, ihn davon zu überzeugen.«

»Wird er dir Lincs wegen kündigen?« fragte Beth mit aufgerissenen Augen.

Holly griff lächelnd nach dem Telefon.

»Das möchte ich bezweifeln«, sagte sie. »Dazu bin ich in meiner Arbeit einfach zu gut. Roger wird nur ein wenig eingeschnappt sein.«

Sie drückte auf den Knopf, der den Hörer aktivierte und stellte die Lautsprechertaste ein. Rogers Stimme würde gleich durch den Raum schallen.

»Hallo, Roger«, begrüßte Holly ihn. »Du bist aber schon früh auf den Beinen.«

»In Manhattan ist es bereits zehn. Deshalb hänge ich seit sechs Uhr am Draht mit Sandra«, antwortete Roger.

»Wie war dein Campingausflug?«

»Na, stürmisch und wunderbar.«

Eine Pause folgte.

»Kenne ich den Namen Lincoln McKenzie?« fragte Roger.

»Er betreut Hidden Springs«, erklärte sie gähnend. »Erinnerst du dich?«

»Neulich hieß es, zwischen dir und diesem kaltschnäuzigen Cowboy sei nichts.«

Beth lachte hinter vorgehaltener Hand, weil sie vollkommen richtig mutmaßte, wer mit dem kaltschnäuzigen Cowboy gemeint war.

Holly zwinkerte ihr zu.

»Da ahnte ich das auch noch nicht«, äußerte sie freimütig.

»Und jetzt?«

»Jetzt ja.«

Eine ausgedehnte Pause folgte.

Dann fragte Roger leise: »Tut er dir gut?«

Plötzlich zogen aufsteigende Tränen Hollys Kehle zusammen. Roger machte sich Sorgen um sie, anstatt ihr böse zu sein. Er wäre vielleicht gerne ihr Liebhaber gewesen, aber er war auch ihr Freund.

»Ich liebe Linc seit meinem neunten Lebensjahr«, bekannte Holly geradeheraus. »Wir wurden nach dem Tod meiner Eltern auseinandergerissen, als Sandra mich nach New York mitgenommen hat.«

»Erste Liebe. Alle Achtung.« Roger lachte kurz auf. »Wer kann damit schon konkurrieren?«

»Es ist keine Frage der Konkurrenz«, berichtigte sie. »Und das ist es auch niemals gewesen. Nie.«

»Bist du dir da wirklich so sicher? Um ganz ehrlich zu sein, auf mich hat er einen ziemlich ungehobelten Eindruck gemacht.«

»Das mag stimmen.«

»Nun«, fuhr Roger etwas deprimiert fort. »Solange du weiter für mich arbeitest, werde ich mich bemühen, die Sache mit Humor zu nehmen.«

»Roger, für dich würde ich sogar dann noch arbeiten, wenn ich keinen Vertrag mehr hätte. Nicht nur mag ich dich sehr gerne, du entwirfst auch die wunderbarsten Kleider auf der ganzen Welt. Es ist einfach aufregend, da mitzumachen.«

»Gott sei es gedankt! Es ist nämlich zu spät, um dich jetzt noch zu ersetzen, Shan... äh, Holly.«

»Wehe der Person, die es versuchen würde!«

Roger lachte zufrieden und erleichtert.

»Wenn du das Zusammenleben mit dem Satan leid bist, dann gibt es immer noch einen blonden Erzengel, der deine Wunden pflegen wird«, sagte er.

»Linc ist kein Satan.«

»Das sah aber neulich ganz anders aus«, bemerkte er trocken.

»Roger«, begann sie.

»Ich habe nicht angerufen, um mich mit dir über McKenzies höllisches Aussehen zu streiten«, unterbrach ihr Chef sie.

Holly seufzte leise.

»Also gut«, sagte sie. »Was steht denn an?«

»Der Fototermin in Hidden Springs wird vorerst vertagt.«

»Warum denn?«

»Wegen des Wetters!«

Holly runzelte die Stirn.

»Statt dessen werden wir nach Cabo San Lucas gehen«, sagte Roger. »Sowohl die Wettervorhersage als auch die Satellitenbilder versprechen, daß es dort heiß, trocken und sandig ist.«

»Im Gegensatz zu heiß, naß und sandig hier?« fragte sie beiläufig.

»Genau.«

Holly knetete den Zipfel ihrer Bluse zwischen ihren Fingern und überlegte, was sie jetzt machen sollte. Sie liebte ihre Arbeit, aber sie wollte Linc in diesem Stadium nicht verlassen.

Vor allem deshalb, weil so vieles zwischen ihnen noch nicht bereinigt war …

»Um welchen Termin geht es, und wie lange bleiben wir?« fragte sie schließlich.

»Irgendwann innerhalb der nächsten Woche fahren wir ab«, meinte Roger. »Genaueres kann ich jetzt noch nicht sagen, da ich etwas Schwierigkeiten habe, ein männliches Model zu finden.«

»Was ist denn mit dem letzten Schönling passiert? Er hatte hübsche graue Augen.«

»Er hat sich die Handgelenke gebrochen, als er für eine Zigarettenmarke agierte.«

Holly schüttelte nur den Kopf.

»Ich werde mir heute mehrere Leute ansehen«, fuhr Roger fort. »Wenn ich niemanden finde, dann probieren wir jemand ganz neuen.«

Sie verzog das Gesicht. Allzu gut erinnerte sie sich an das letzte Mal, als er »jemand ganz Neuen« ausprobiert hatte.

»Nicht wieder so einen Idioten«, bat Holly. »Diesmal, wenn's geht, etwas Intelligenteres.«

»Du bist doch sonst so souverän! Dieser Idiot, wie du ihn nennst, hat jede Menge Joggingkleidung an den Mann gebracht.«

»Und mich hat er ständig angemacht«, maulte sie.

»Dann ist seine Sehkraft ausgeprägter als sein Verstand.«

»Hast du schon mal an meinen Freund Linc gedacht?« fragte Holly nur halb im Scherz.

»Liebe macht offenbar wirklich blind.«

»Wie bitte?«

»Lincoln McKenzie sieht aus wie dein Wüstengebirge«, nahm Roger sich kein Blatt vor den Mund. »Unnahbar, hart und ganz sicher nichts für gepflegte Bürger. Ich bilde mir ein, daß meine Produkte doch ein klein wenig filigranere Geschmäcker ansprechen.«

Beth wußte nicht, ob sie beleidigt sein oder sich totlachen sollte. Der Humor gewann die Oberhand. Sie bohrte ihr Gesicht in das Kopfkissen.

»Was ist denn?« fragte er. »Hört sich an, als ob du grade an deinem Frühstück erstickst.«

Holly lachte.

»Das ist Lincs kleine Schwester«, erklärte sie.

»Oje«, erwiderte Roger. »Tut mir leid, meine Liebe.«

»Macht nichts. Beth findet auch, daß Linc manchmal ganz schön finster aussehen kann. Aber das tut er nur, wenn er wütend ist. Ansonsten ist er eine Art Schmusekatze.«

»Zu der Familie gehören auch Löwen«, ergänzte Roger nüchtern. »Diese Sorte habe ich auf einer Safari in Afrika schon einmal gesehen. Oder eben hinter Gittern, das ist sicherer.«

Holly seufzte und gab auf.

»Dann komm doch wenigstens auf die Party bei uns heute abend«, sagte sie.

»Tut mir leid«, meinte er bedauernd. »Ich kann leider nicht. Frau L'Acara – falls du dich an sie erinnerst, die mit den Diamanten – rief an und hat mich, vier Models und dich zu einem Rodeo oder irgend so etwas eingeladen.«

Holly blinzelte. »Rodeo? Bist du dir da ganz sicher?«

»Eine Pferdeauktion, Barbecue, dann ein Ball mit Schlips und Pipapo, so hat sie es beschrieben. Es hörte sich alles ziemlich merkwürdig und hundertprozentig amerikanisch an.«

»Vor allem hört es sich so an, als ob ich dich in ein paar Stunden doch sehen würde«, sagte Holly und blickte zu Beth hinüber.

Beth nickte und flüsterte: »Frau L'Acara hat gestern telefonisch noch fünf weitere Personen angekündigt.«

»Was ist?« wollte Roger wissen.

»Frau L'Acara wird dich heute zu der Tausend-und-eine-Nacht-Party der McKenzies mitnehmen«, erklärte ihm Holly.

»Wenn man vom Teufel spricht«, murmelte Roger. »Nun, ich werde meine Hörner polieren und mich schon ein bißchen warmlaufen.«

»Roger...«, ermahnte sie ihn.

»Schon gut, meine Liebe. Ich höre jetzt auf zu stänkern.«

»Das möchte ich aber auch hoffen.«

»Und reserviere einen Tanz für mich, schöne Frau.«

Noch bevor Holly antworten konnte, hatte Roger aufgelegt.

»Dein Chef hat dich wohl wirklich sehr gern?« fragte Beth.

»Er ist ein Freund, mehr nicht.« Sie lächelte. »Allerdings auch nicht weniger. Du wirst ihn mögen, Beth. Und ich weiß, daß du ihm auch gefällst.«

»Warum?«

»Roger mag schöne Frauen.«

Wieder mußte sie gähnen. »Was steht denn für heute morgen auf dem Programm?«

»Linc ist immer noch bei der Stute. Ständig kommen Wehen, aber dann hören sie plötzlich wieder auf.«

»Armer Linc.«

»Wir sind alle arm dran. Er wird heute abend auf der Party eine beknackte Laune haben.«

»Er war von Parties ohnehin noch nie so recht begeistert, wenn ich mich recht entsinne«, bemerkte Holly.

»Das ist aber nicht das Schlimmste«, erwiderte Beth.

»Was könnte schlimmer sein, als wenn Linc miserabel drauf ist?«

»Gestern abend hat Frau Malley angerufen«, sagte Beth. »Ihre Schwester liegt auf der Intensivstation. Ich habe ihr geraten, in Palm Springs zu bleiben.«

Holly blickte das Mädchen von der Seite an.

»Das ist doch in Ordnung, nicht wahr?« fragte Beth ängstlich. »Wir können die Party auch ohne eine Haushälterin schmeißen, oder?«

»Sieht zumindest so aus, als ob wir es versuchen müßten«,

erwiderte Holly lächelnd. »Ich treffe dich in zehn Minuten in der Küche.«

»Hinter der Küche«, korrigierte Beth. »Ich bringe dir erst einmal etwas Granola und eine Tasse Kaffee zum Frühstück. Für mehr haben wir leider keine Zeit.«

»Eilt es so?«

»Noch viel mehr«, hechelte Beth und brach auf.

Zehn Minuten später war Holly frisch geduscht und angezogen. Sie traf Beth am hinteren Eingang. Schweigend überreichte ihr das Mädchen ihr Frühstück.

Holly kaute ihr Granola und nippte an ihrem Kaffee, während sie dabei die Arbeiter beobachtete. Im Augenblick schwirrten alle über die große Tanzfläche, die im Garten der McKenzies aufgebaut worden war. Sie errichteten soeben ein riesiges silbernes Zelt.

Holly sah Beth an.

»Wird Regen erwartet?« fragte sie.

»Ja, leider.«

Hinter dem aufwendig angelegten Pool hatte man zwei Grillkuhlen ausgehoben. Eine Rinderhälfte und ein ganzes Schwein rösteten langsam vor sich hin. Der Barkeeper hatte seinen Tresen an einer Seite der Terrasse zwischen Pflanzen und duftenden Blumen plaziert.

Obwohl die Versteigerung erst um eins anfing, trafen bereits ab neun Uhr Leute ein. Die meisten von ihnen hielten sich in der Verkaufsscheune auf, um sich die Pferde anzusehen. Dabei war es unvermeidlich, daß manche Typen mehr an einem Besuch als an einem echten Kauf interessiert waren.

Holly hatte ihre erste Tasse Kaffee noch nicht halb leer getrunken, als Arbeiter sie mit Fragen bestürmten. Gäste kamen vorbei und fragten ebenfalls alles mögliche. Beth kümmerte sich um die Besucher. Und Holly um den Rest.

Als die Mittagszeit herannahte, war Holly unzufrieden und ungeduldig. Sie hatte Lieferanten beruhigt, sich mit ungeladenen Gästen unterhalten, sich als Bademeisterin am Pool für zwei Kinder betätigt, deren Mutter nicht hatte nein sagen können, hatte einer anderen Familie bedeutet, daß deren fünf Pudel nicht inmitten der Araberpferde frei herumlaufen konnten – und überall dort die Buschfeuer gelöscht, wo sie ausgebrochen waren.

Sie hatte sich aufgearbeitet. Nur Linc, ihr ganz persönliches Buschfeuer, hatte sie nicht zu Gesicht bekommen.

Jedesmal, wenn sie sich in Richtung Scheune aufmachen wollte, hatte ein Arbeiter sie festgehalten und gefragt, wohin er dies und was er mit jenem tun solle. Sie mußte sich ständig zusammenreißen, damit ihre Anordnungen nicht unhöflich wurden.

Als es bereits drei Uhr nachmittags war, hatte Holly beschlossen, bis zur Scheune vorzudringen, ganz gleich, wer sich ihr in den Weg stellte.

Kaum aber hatte sie den Garten betreten, als sich eine Hand auf ihre Schulter legte. Wie eine Katze schnellte sie herum und gab sich nicht die geringste Mühe, ihren Ärger zu unterdrücken.

»Kann es denn nicht warten?«

Dann blickte sie in Beth' erschrockenes Gesicht.

»Tut mir leid«, bedauerte Holly. »Ich hatte keine Ahnung, daß du es bist. Seit heute früh um neun versuche ich zu Linc zu gelangen, aber jedesmal hindert mich irgend jemand daran.«

»Deswegen bin ich ja gekommen«, sagte Beth. »Er hat von der Scheune aus angerufen. Shadow Dancer hat es endlich geschafft.«

»Ein lebendiges kleines Fohlen?« fragte Holly begeistert.

»Ja, ein Mädchen. Mutter und Tochter sind wohlauf.«

»Gott sei Dank! Bei so einer langen Geburt kommt es oft vor, daß das Fohlen überfordert ist.« Holly rieb sich den Nacken und versuchte sich zu entspannen. »Wie hörte sich Linc denn an?«

»Müde«, erwiderte Beth. »Er hat sich für seinen Ausrutscher gestern abend entschuldigt. Ich habe mich auch entschuldigt, aber ...«

»Aber?«

»Es ändert nichts daran, wie wir beide darüber denken, nicht wahr? Ich möchte halt immer noch älter als zehn aussehen. Und er will, daß ich ein Baby bleibe. Es ist einfach nicht fair.«

»Vieles ist nicht fair«, brummte Holly. »Gib Linc noch etwas Zeit, Schätzchen. Er muß lernen, daß Schönheit nichts mit Gemeinheit zu tun hat.«

Beth blickte stur geradeaus.

»Soll das heißen, daß du mir für das Fest heute abend nicht meine Frisur und mein Make-up machen wirst?«

»Also, hör mal! Acht Uhr, wie abgemacht.«

Beth streckte ihre Hand aus. »Abgemacht.«

Holly drückte die Hand des Mädchens.

»Wir sind Komplizinnen bei einem Coup«, sagte sie ironisch.

»Um was für einen Coup handelt es sich denn?« ertönte eine tiefe Stimme in ihrem Rücken. »Etwa darum, ein paar Torten zu stehlen?«

Holly wandte sich um und lächelte Linc ein wenig ermattet zu.

»Wenn du unsere Vereinbarung nicht brechen willst, solltest du lieber nicht fragen«, warnte sie.

»Ich wollte sie schon gestern nacht nicht brechen. Und momentan bin ich noch weniger in der Verfassung für einen Streit.«

Gähnend fuhr er sich mit der Hand durch die Haare.

Die Schatten unter seinen Augen rührten Holly. Sie stellte sich auf die Zehenspitzen und küßte ihn zärtlich auf die Lippen.

»Dann halten wir unsere Vereinbarung allesamt aufrecht«,

faßte sie zusammen. »Ich fühle mich auch nicht gerade bärenstark.«

Er zog sie eng an sich.

»Schlecht geschlafen letzte Nacht?« fragte er.

»Allerdings.«

»Das kommt davon, weil du so alleine bist«, flüsterte er ihr ins Ohr, damit Beth es nicht hörte.

Der Partylieferant rief Holly über den Hof hinweg etwas zu. Sie beachtete ihn nicht.

Der Mann kam mit schnellen Schritten zielstrebig herbeigeeilt.

Sie stöhnte. »Verflucht soll er sein. Er hängt sich an einen wie eine Zecke.«

»Ich kümmere mich um ihn«, sagte Beth und ging dem Mann entgegen.

»Vermutlich hat er wieder etwas an der Küche zu beanstanden«, sagte Holly. »Wegen der einen Mikrowelle.«

»Wenn er zwei Mikrowellen braucht, dann hätte er noch eine weitere mitbringen sollen.«

»Das habe ich ihm bereits mitgeteilt«, gab Holly Auskunft.

»Dann wird er es eben noch einmal zu hören bekommen, und zwar von einer McKenzie!«

Aufrecht und für ihr Alter ausgesprochen selbstsicher trat Beth dem Herrn entgegen.

Linc ergriff Hollys Hand und zog sie Richtung Haus. Auf Zehenspitzen stahlen sie sich durch die Küche und stiegen die Treppe hoch, wobei sie jedes Zusammentreffen mit Gästen und Arbeitern gleichermaßen vermieden.

Als sie das Schlafzimmer erreicht hatten, legte Linc das schnurlose Telefon in den Flur und schloß die Tür. Dann streckte er sich und dehnte Arme und Beine.

Langsam knöpfte er sein Hemd auf. Er zuckte etwas zusammen, als er sich aus den langen Ärmeln schälte.

Holly erinnerte sich an das Unwetter, die Blitze und wie

Linc von dem fallenden Pferd gesprungen und auf einem Felsbrocken gelandet war.

»Tut es immer noch weh?« fragte sie.

»Nur ein wenig steif. Shadow Dancer wollte ihr Fohlen unbedingt stehend zur Welt bringen, weiß der Kuckuck, warum.«

»Schade, daß du nicht der Pferdesprache mächtig bist. Dann hättest du ihr einen besseren Rat erteilen können.«

Linc lächelte und bog seinen Rücken durch. »Letztendlich hat sie sich doch hingelegt«, sagte er. »Nach einer Weile hat sie es kapiert, dann brauchte ich ihren Kopf nicht mehr zu halten.«

Holly betrachtete die Spuren der Erschöpfung in seinen Zügen.

Jetzt ist nicht der richtige Zeitpunkt, um das Thema Shannon aufzugreifen, dachte sie unglücklich. *Linc ist inzwischen viel zu müde, bei einer solchen Erörterung sachlich zu bleiben.*

In dieser Hinsicht durfte er sich nicht verrennen, wenn eine gemeinsame Zukunft überhaupt eine Chance haben sollte.

»Was du brauchst, ist eine richtige Abreibung«, stellte Holly fest.

»Du meinst, wie ein Pferd, ja?«

»Glücklicherweise bist du ein wenig kleiner. Allerdings nicht viel.«

Linc lächelte. »Ich bin um einiges größer als das jüngste Pferd auf dem Hof.«

Prustend ging sie an ihm vorbei ins Badezimmer. Sie kam mit einer Flasche Duftöl zurück, das sie selbst nach dem Duschen benutzte.

»Hinterher wirst du etwas abwaschen müssen«, meinte sie. »Aber jetzt darfst du erst einmal die Nase dranhalten.«

Das tat er.

»Riecht frisch und sauber, so wie du«, sagte er.

Erschöpft legte er sich mit dem Gesicht nach unten auf das

große Bett. Sie konnte nur an ihn herankommen, wenn sie sich rittlings auf seine Rückseite setzte.

Sie machte es sich bequem, wärmte etwas Öl in ihren Händen und begann mit den großen, widerspenstigen Rückenmuskeln, knetete sie von der Taille aufwärts.

Es stellte sich als Schwerarbeit heraus, denn seine Muskeln waren ebenso kräftig wie verspannt.

Linc stöhnte.

»Zu heftig?« fragte Holly.

»Zu schön. Wer hat dir das beigebracht?«

»Mein Ballettlehrer. Wir haben uns damals immer irgend etwas verzerrt oder verstaucht, also hat er uns gezeigt, wie man diese Ärgernisse wegmassiert.«

Ein paar Minuten lang arbeitete sie schweigend weiter und bewunderte Lincs Rücken. Sein Rückgrat war eine Furche, durch die sie genau ihre Fingerspitze gleiten lassen konnte. Auf beiden Seiten erhoben sich stark ausgeprägte Muskelberge, die jedoch nicht massig wirkten.

Er hatte den Körper eines Profischwimmers. Seine langgestreckten Muskeln waren geschmeidig und kräftig. Vorsichtig setzte Holly ihren Ellenbogen auf eine besonders harte Stelle. Sie beugte sich vor und vermehrte langsam den Druck auf den verspannten Punkt.

Wieder stöhnte er auf, allerdings nicht vor Schmerz.

Sie wärmte noch etwas Öl und strich ihm über die Schultern, die Arme, die Hände bis hin zu den Fingerspitzen, wobei er anerkennend schnaufte.

Holly massierte Linc, bis ihre Hände und Handgelenke schmerzten, was ihr aber gar nicht weiter auffiel. Es war ein sinnliches, fast erregendes Vergnügen, ihn zu berühren.

Außer Linc hatte sie noch niemals einen Mann als wirklich schön empfunden. Gutaussehend, das ja. Das war ja in ihrem Beruf keine Seltenheit. Aber noch niemals war sie einem wirklich schönen Mann begegnet.

Linc besaß eine potente, männliche Schönheit, die sie auf dieselbe Weise beeindruckte, wie es die Wüste und die Berge taten.

Lange nachdem seine Muskeln sich unter ihren Fingern entspannt hatten, fing sie an, seine Beine zu massieren. Wenig später hielt sie unzufrieden inne. Der dicke Jeansstoff war nicht nur unangenehm, sondern verhinderte auch, daß sie die Muskeln wirklich anpacken konnte.

»Schläfst du?« flüsterte sie.

Sein Rücken zuckte, weil er lautlos in sich hineinlachte.

»Nicht sehr wahrscheinlich, *niña*.«

»Wenn der Rücken so überanstrengt ist, dann sind es in aller Regel auch Hüften und Beine.«

»Und was nun?«

Holly glitt an den Bettrand und stand auf.

»Du mußt die Jeans ausziehen«, bestimmte sie.

Linc rollte auf die Seite. Er stützte seinen Kopf auf und betrachtete sie mit verklärtem Blick.

»Wenn ich meine Hosen ausziehe, dann nicht, damit du meine Beine massierst«, stellte er in Aussicht.

»Aber ja doch.« Holly lächelte ihn an. »Vertrau mir.«

Er rollte auf den Rücken und streckte sich, wobei er sie aus halbgeöffneten Augen betrachtete. Ohne Vorwarnung streckte er seine Arme nach ihr aus.

Noch bevor sie wußte, wie ihr geschah, hob er sie hoch und zog sie wie eine Bettdecke über sich. Seine Beine wickelten sich um ihre Fußgelenke und hielten sie gefangen. Sie spürte die Wärme und die unmißverständliche Erregung seines an sie gepreßten Körpers.

»Ich bin es, dem ich nicht traue«, berichtigte Linc. »Du raubst mir einfach die Sinne.«

14

Holly öffnete den Mund, um zu protestieren, brachte aber kein Wort heraus. Er hatte sie zu sich heruntergezogen und küßte sie, daß sich ihr gesamter Körper wohlig anspannte. Sie wehrte sich nicht gegen die plötzliche Umarmung, sondern gab sich seiner Leidenschaft mit derselben Selbstverständlichkeit hin, wie sich die Wüste dem Regen hingibt.

Langsam erkundete seine Zunge ihren Mund, befühlte ihren Gaumen und neckte ihre weichen Lippen.

Dann seufzte er tief und wandte sich ab.

»Jedesmal, wenn ich dich ansehe, begehre ich dich noch mehr«, sagte er heiser. »Wenn mir das mit irgendeinem anderen Menschen als dir passieren würde, würde ich in Panik geraten.«

Holly wurde von ihrer Leidenschaft überflutet. Instinktiv ließ sie ihre Hüften zärtlich auf seinem stählernen Körper kreisen.

»Mir geht es genauso«, gestand Holly. »Und zwar seit Ewigkeiten. Ich träume von dir, Linc.«

Sie senkte ihre Lippen und kostete ihn mit langsamen Bewegungen. Seine Hände schlüpften unter ihre Bluse. Er fixierte ihre Brustwarzen zwischen seinen Fingern.

Seine Hände wanderten ihren Rücken hinab und preßten sie an sich. Mit langen, starken Armen drückte er ihre Hüften gegen seine. Sie fühlte sich wie eine einzige Liebkosung auf seinem klopfenden Körper an.

Verlangen und Wonne durchströmten Holly. Die Explosion der Gefühle verstärkten ihr Verlangen immer mehr. Frustriert grub sie ihre Fingernägel in Lincs Arme.

»Deine Hände sollen mich überall berühren«, flüsterte sie. »Und ich möchte dich ebenso anfassen. Ich möchte, daß dein Mund alles an mir kennenlernt. Und meiner alles an dir.«

»Holly«, brachte Linc mühsam hervor. »Himmel, noch mal!«

»Ich möchte, daß dein Körper sich mit meinem vereint«, fuhr sie mit zitternder Stimme fort.

Sein Kuß unterschied sich von all seinen bisherigen: Er war ungestüm, leidenschaftlich und fast etwas grob.

Holly gefiel es, denn sie verlangte ebenso heftig nach Linc wie er nach ihr. Sie wollte mit ihm verschmelzen, bis es keinen Linc und keine Holly mehr gab, sondern nur noch ihre Ekstase, die sie wie ein berstendes Gewitter umbrandete.

Plötzlich rollte er sich weg von ihr. Sie hätte weinen mögen vor Enttäuschung. Einen Augenblick lang hörte man nur ihrer beider Keuchen.

Er hielt die Augen geschlossen. Seine Kiefer mahlten, und er ballte seine Hände zu Fäusten.

»Begehrst du mich denn nicht, Linc?« fragte Holly stokkend. Ihre Stimme pendelte unentschlossen zwischen dem Wunsch zu weinen und ihrer Leidenschaft.

Mit einer schnellen, zupackenden Bewegung griff er nach ihrer Hand und preßte sie auf seinen Leib.

Unter ihrer Handfläche spürte sie den harten, eindeutigen Beweis seines Zustands.

»Wie siehst du die Sache jetzt?« fragte er mit zusammengebissenen Zähnen.

»Warum hast du dann aufgehört?«

Als Linc seine Augen öffnete, waren sie fast grün. Eine kaum gebändigte Leidenschaft brannte in ihnen. Diese Zügellosigkeit gegenüber Holly hatte ihn schockiert.

Sie ist noch Jungfrau, ermahnte er sich ständig. *Ich muß mein Verlangen unter Kontrolle halten, sonst tue ich ihr noch weh, anstatt sie zu verwöhnen.*

»Ich möchte, daß dein erstes Mal perfekt wird«, murmelte Linc.

»Von dem, was ich so gehört habe, ist das nicht sehr wahrscheinlich.«

Er widersprach ihr nicht, denn er befürchtete, daß sie damit gar nicht so falsch lag.

»Man sagt aber, daß das zweite, dritte und vierte Mal einen entschädige«, bemerkte Holly zuversichtlich. »Ganz abgesehen von all den Fortsetzungen.«

Linc zog bebend die Luft ein. Hollys Lächeln war wie ein Paradies in allernächster Reichweite.

»Ich will nicht mit dir schlafen, wenn ich mit halbem Ohr an der Tür hänge, ob irgendein Gast hier hereinspaziert«, sagte er widerstrebend.

»Wir schließen sie ab.«

»Es gefällt mir nicht, dich nur einmal zu lieben und dann ohne Überleitung für Hunderte von Leuten den Partydirektor zu spielen.«

»Immerhin ...«, begann sie.

»Und ganz sicher will ich nicht wie ein Pferdestall riechen, wenn ich dich erobere«, unterbrach er sie.

Holly vergrub ihre Nase in Lincs Brust.

»Für mein Empfinden riechst du nach Romantik pur«, zerstreute sie seine Bedenken.

Fragend lüftete er eine Braue.

Sie lächelte und zeigte auf die Flasche parfümierten Öls auf dem Nachttisch.

»Romantik«, sagte sie.

Mit einem tapferen Ruck schwang er sich aus dem Bett und entzog sich so jeder möglichen Versuchung.

»Nur die obere Hälfte riecht gut«, sagte Linc. »Meine Jeans sind so steif, daß sie auch ohne mich laufen könnten.«

»Hast du schon einmal von dieser neumodischen Einrichtung einer Dusche gehört?« fragte sie.

Sie stand auf und ging zu der Tür, die das Schlafzimmer mit dem Büro verband. Sie schob den Riegel vor. Ohne ihn anzusehen, ging sie zur anderen Tür. Wieder klickte ein Riegel.

Dann wandte sich Holly mit der Grazie eines Fotomodells um und kam auf Linc zu. Bei jedem Schritt öffnete sie einen weiteren Knopf ihrer Bluse.

»Also, was die Dusche betrifft…« Sie machte eine elegante Drehung.

Einen Moment lang hatte Holly den Eindruck, als ob Linc einlenken würde.

Und Linc erging es ebenso.

Dann verschwand er fluchend im Bad und riegelte hinter sich ab.

Holly nahm Zuflucht zu der Kühle der Holztür an ihrem erhitzten Körper.

»Linc?« flüsterte sie. Sie wußte, daß er sie nur dann hören konnte, wenn er sein Ohr ebenfalls an die Tür gepreßt hielt.

Genau das war der Fall.

»In zehn Minuten muß ich ein paar Pferde bei der Auktion vorführen«, sagte er. »Wenn dir die Zeit ausreicht…« Der Riegel schnappte auf. »Dann komm einfach rein.«

»Du bist hier der Fachmann«, erwiderte sie. »Meinst du denn, das ist lang genug?«

»Bei manchen Frauen wären es ganze neun Minuten länger, als ich mit ihnen verbringen wollte. Für dich aber möchte ich mindestens ein Leben vor mir haben.«

»Und wann beginnen wir damit?« stöhnte Holly. »Verdammt, Linc, du drückst dich permanent!«

Er lachte leise.

»Ich habe auch meine Schwierigkeiten, *niña*. Diese Nacht werde ich es wiedergutmachen. Für uns beide. Wollen wir es erst einmal dabei belassen? Du erinnerst dich doch an unsere Vereinbarung?«

Holly biß die Zähne zusammen und stieß sich von der Tür ab.

»Also gut, Waffenruhe!« Sie schickte ihm eine Verwünschung zu, knöpfte ihre Bluse wieder zu und machte sich auf die Suche nach dem Lieferanten.

Wenn der Mann sich immer noch wegen der fehlenden Mikrowelle beschweren wollte, dann wäre sie jetzt bereit, ihm ordentlich Bescheid zu erteilen.

Beth konnte ihre Aufregung kaum im Zaum halten.

»Darf ich jetzt gucken?« fragte sie.

Lächelnd zog Holly eine blonde Haarsträhne von einem dicken Wickler.

»Noch nicht«, sagte sie.

»Was machst du denn?«

»Ich bürste das Haar, das ich nicht zu Zöpfen geflochten habe.«

»Mir ist ganz schlecht vor Aufregung«, flüsterte Beth.

»Tatsächlich?« neckte Holly sie. »Du bist doch ein alter Hase.«

Beth verzog das Gesicht und versuchte, ruhig sitzen zu bleiben. Es wollte ihr aber nicht gelingen.

»Jack ist schon da«, sagte sie. »Findest du ihn nicht toll?«

Holly versuchte sich an ein besonderes Gesicht innerhalb der Gruppe von Teenagern zu erinnern, die gerade rechtzeitig zum Barbecue eingetroffen waren.

»Ich muß ihn wohl übersehen haben«, gestand sie. »Welcher ist es denn?«

»Der, der so gut aussieht.«

»Ich finde, sie sehen alle ziemlich gut aus.«

Beth kicherte. »Er stand neben der kleinen Rothaarigen«, setzte sie hinzu. »Sie ist meine beste Freundin.«

»Ach, der nette junge Mann!«

Holly nahm das Tuch weg, das sie um Beth' Schultern gelegt hatte während des Schminkens.

»Okay«, erlaubte Holly, »du kannst jetzt aufstehen.«

Mit einem unterdrückten Jubelschrei sprang Beth auf und huschte auf die verspiegelte Schiebetür des Gästeschranks zu.

»Oh …«, hauchte sie.

Mehr brachte sie einfach nicht heraus. Ihre Augen wurden ganz groß, als sie ungläubig ihr Spiegelbild anstarrte.

Ihre Haare hatten den Farbton der Sonne am späten Nachmittag. Sie kringelten sich über der sanften Schwellung ihrer Brüste. Der schimmernde Rock fiel wie eine Glocke von ihrer schmalen Taille bis zu ihren silbernen Sandalen. Kleine, tropfenförmige Ringe leuchteten in ihren Ohren in Harmonie mit ihren strahlend blauen Augen.

»Ich kann es einfach nicht glauben«, stotterte sie, »daß ich … so aussehe!«

Lächelnd zupfte Holly eine letzte blonde Strähne zurecht.

»Doch, das darfst du ruhig«, sagte sie. »Du bist eine Schönheit, Beth.«

Ein Schatten legte sich über das Gesicht des jungen Mädchens.

»Ich sehe aus wie meine Mutter«, sagte sie plötzlich niedergeschlagen.

Holly fuhr zusammen, als sie den Schmerz in Beth' Blick bemerkte.

»War sie eigentlich …« Beth zögerte. Dann sprach sie ganz schnell, als ob es dadurch weniger schmerzhaft wäre. »Sind solche Frauen wirklich so schlecht?«

Holly konnte einerseits nicht lügen, und andererseits wollte sie ihr nicht allzu weh tun.

»Deine Mutter war eine sehr unglückliche Frau«, sagte sie schließlich. »Unglückliche Menschen tun unglückliche Dinge.«

Vorübergehend sah Beth viel älter aus als ihre fünfzehn Jahre.

»Und ich bin ihr so ähnlich«, grollte sie.

»Nur äußerlich, Beth. Du bist ein guter Mensch. Wie auch

immer deine Mutter gewesen oder nicht gewesen ist, das hat nichts mehr mit dir hier und jetzt zu tun.«

»Linc denkt da ganz anders.«

»Zwei sehr schöne Frauen haben ihn zutiefst verletzt.«

»Ja«, flüsterte Beth.

»Also werden zwei andere wunderschöne Frauen ihm zeigen müssen, daß Schönheit und Gemeinheit nicht ein und dasselbe sind.«

Holly hob Beth' Kinn und blickte forschend in die klaren Augen des Mädchens.

»Wirst du mir dabei helfen?« fragte Holly.

Beth nickte ernst.

Sie bedankte sich und schaute auf die Uhr. »Oh, es wird Zeit, mit meiner Raupe-in-Schmetterling-Verwandlung zu beginnen. Wartest du auf mich?«

Beth schien zwar überrascht, nickte dann aber zustimmend.

»Klar«, sagte sie. »Kann ich dir helfen?«

»Nein. Dich will ich nämlich auch überraschen.«

Beth lachte, stellte aber, ohne zu murren, den kleinen Fernseher an.

Holly zog die Badezimmertür hinter sich zu. Geduscht und ihre Haare gewaschen hatte sie bereits. Jetzt mußte sie nur noch ihr Kleid anziehen, das Make-up auftragen und ihre Mähne ausbürsten.

Mit flinken Bewegungen zog sie ihr Lieblingskleid aus der Reisetasche. Wie immer gefiel ihr das lange Schwarze am besten. Es machte eine schlichte, aber elegante Figur. Das Top schmiegte sich wie ein Hüter ihrer Anmut an ihren Körper.

Der Rücken war frei, die schwarze Seide fiel lediglich von der Taille bis zu den Knöcheln hinab. Der Rock schwang aufregend bei jeder ihrer Bewegungen.

Die Schulterstücke bildeten jeweils ein umgekehrtes »V«, die mit einer unglaublich feinen Goldkette in die Halseinfassung übergingen. Die Applikation wiederholte sich in Form eines Krönchens in Hollys Dékolleté.

Das Gold erwärmte sich auf ihrer Haut und glitzerte bei jedem ihrer Atemzüge. Obwohl nur sehr wenig Haut durch die eng aneinanderliegenden Fäden sichtbar war, reizten sie doch die Finger eines Mannes dazu, unter dem sinnlichen Schimmer des hochkarätigen Metalls nach weiteren Schätzen zu forschen.

Holly strich erst das Kleid glatt, dann legte sie einen Umhang um, der ihr vom Kinn bis zu den Zehenspitzen reichte. Sie öffnete ihren Schminkkoffer. Zufrieden machte sie sich an die Arbeit.

Die Grundierung, die sie auftrug, war so transparent, daß man sie überhaupt nicht bemerkte. Wenig Rouge betonte die schräge Linie ihrer Wangenknochen. Etwas parfümiertes Öl ließ ihre schwarzen Augenbrauen glänzen.

Lidschatten betonte das goldene Braun ihrer Augen. Sie malte einen Lidstrich, der fast ganz in ihren Wimpern verschwand. Trotzdem verschaffte ihr dieser schmale Strich goldschimmernde Katzenaugen. Wimperntusche betonte die Dichte und ungewöhnliche Länge ihrer Wimpern, ein weicher, rosaroter Lippenstift und etwas Gloss brachten die Sinnlichkeit ihrer Lippen voll zur Geltung.

Das Resultat war atemberaubend, für Holly allerdings ein ganz gewöhnlicher Anblick. Mit diesem Gesicht trat sie in die Öffentlichkeit: ihre Rüstung, die sie der Welt gegenüber anlegte und die die sensible Holly dahinter schützte.

Mit geübten Bewegungen nahm sie die Lockenwickler aus ihrem Haar und bürstete es aus. Sie arbeitete mit kräftigen Strichen, wobei das Haar leise knisterte, als wäre es lebendig und wolle sich ihrem Zugriff entziehen. Ein paar Strähnen an den Seiten zupfte sie locker über die Ohren. Den Rest der Schläfenlocken steckte sie am Hinterkopf fest.

Die Haarspange war mit einem Strauß goldener Kettchen

dekoriert, die mit denen ihres Kleides korrespondierten. Abgesehen von dieser einzigen Zügelung ließ Holly ihre Haare offen über den Rücken fallen, so daß man ihr schwarzes Haar kaum von der schwarzen Seide unterscheiden konnte.

Sie schlüpfte in ein paar hochhackige goldene Sandalen, streifte das Cape ab und betrachtete sich kritisch im Spiegel.

Selbst ihr wurde nun etwas beklommen zumute.

Noch nie war ihre Verwandlung so erstaunlich und so makellos gelungen. Das sinnliche Begehren, das Linc ausgelöst hatte, glühte auf ihrer Haut und leuchtete im Gold ihrer Augen und der Ungeduld ihres Mundes.

Mit einer Mischung aus Stolz und Angst registrierte Holly, daß sie noch nie anziehender ausgesehen hatte.

Als sie aus dem Badezimmer trat, nahm Beth sie gar nicht wahr, denn das Mädchen starrte gerade gebannt auf den Fernsehschirm.

Bevor sie das Bild sah, hörte sie bereits den Text.

»... die duftende Haut einer Frau und Royce – sonst nichts!«

Es war der Werbespot, den Holly im letzten Jahr gedreht hatte. Damals wurde eine Kollektion diverser Dessous vorgestellt, die seither hervorragend gelaufen war.

»Beth?«

»Diesen Spot habe ich schon hundertmal gesehen«, erläuterte Beth, ohne sich umzudrehen. »Shannon ist die schönste Frau auf der ganzen Welt.«

»Danke.«

Überrascht drehte sich das Mädchen um und sah die Ältere eigentlich zum ersten Mal.

»Holly ...?« fragte sie mit schwacher Stimme.

»Ein und dieselbe.«

Vollkommen überrumpelt starrte Beth sie an.

»Nun, jedenfalls fast dieselbe«, ergänzte Holly. »Ein Kleid von Royce vollbringt an jeder Frau Wunder. Und Roger hat diese Robe extra für mich entworfen.«

»Ich... ich...« Beth schluckte und setzte noch einmal an. »Das kann doch nicht wahr sein. Warum hast du uns das nicht vorher gesagt?«

»Ich habe nie meinen Job verheimlicht. Und das da bin ich.«

Sprachlos schüttelte Beth den Kopf.

»Was hätte ich denn sagen sollen?« Holly schwenkte ihr Abendtäschchen. »Guten Tag, ich bin Shannon, das international gefragte Supermodel. – Wenn man berühmt ist, braucht man das doch nicht noch zu betonen, oder?«

Beth blinzelte. Dann gackerte sie los.

»Warte nur, bis Cyn dich sieht!« rief sie. »Oh, da muß ich dabeisein. Unbedingt und ganz bestimmt!«

»Das dachte ich mir«, erwiderte Holly. »Deshalb habe ich dich ja auch gebeten, auf mich zu warten.«

»Und Linc. Mein Gott, wenn Linc dich...«

Beth hielt abrupt inne, als ihr klarwurde, daß ihr Bruder sich kein bißchen darüber freuen würde.

Ganz im Gegenteil, Linc würde rasen vor Wut.

»Heiliger Bimbam, Linc wird ausrasten.«

»Genau«, sagte Holly und versuchte zu lächeln. »Das war der zweite Grund, warum du auf mich warten solltest. Ich glaube nicht, daß er mich vor den Augen seiner kleinen Schwester erdolchen wird.«

Beth war davon offenbar nicht so überzeugt.

Holly atmete tief durch und streckte ihre Hand aus.

»Aber das Wichtigste zuerst«, raffte sie ihre gute Laune zusammen.

»Und das wäre?«

»Mal sehen, wie weit Cyn ihren Mund heute aufreißen kann.«

15

Als Holly und Beth schließlich unten anlangten, war es bereits relativ dunkel. Vom Wind getriebene Wolken verdeckten den Mond bis auf gelegentliche blasse Strahlen.

Musik plätscherte durch die Nacht, ein klassischer Walzer erklang. Unzählige kleine weiße Glühbirnen glitzerten in den Bäumen und Zäunen und wiesen den Weg zum Tanzpavillon. Dort belebte sich gerade die Szene. Gutaussehende, fröhliche Paare zogen auf das Parkett.

Manche der Gäste hatten zunächst die Pferdeauktion und das Barbecue besucht und waren dann noch einmal nach Hause gefahren, um sich für den Abend umzuziehen. Andere wiederum hatten ihre Garderobe mitgebracht und wechselten sie in einem der sechs Gästezimmer der McKenzies. Wiederum andere hatten bereits der Auktion in ihrem Ausgehstaat beigewohnt und so herrschaftlich ausgesehen wie die Zuchtpferde, die zu bewundern und zu kaufen sie gekommen waren. Der Anblick der festlichen Menschen und der eleganten, mit silbernen Quasten verzierten Rösser vermittelte Holly das Gefühl, sie sei in eine Märchenwelt eingetaucht, wo sich verzauberte Geschöpfe ein Stelldichein gaben.

Holly war von der Verwandlung der Ranch sehr angetan. Ihr Blick wanderte über den Hof, dorthin, wo die Auktion stattfand. Die erhöhten Bretter nahmen sich wie eine Bühne aus, die bis auf die Spotlichter vollkommen im Dunkeln lag. Innerhalb des Lichtzirkels spazierte ein muskulöser, geschmeidiger Hengst umher, der lediglich einen feingeflochtenen Seidenzügel um den Hals trug. Jede Bewegung des Hengstes ließ die silbernen Quasten an seinem Zaumzeug erzittern und warf blinkende Schatten.

»Was für ein außergewöhnliches Pferd«, bemerkte Holly.

Beth folgte ihrem Blick.

»Das ist Night Dancer«, sagte Beth. »Der Bräutigam von Shadow Dancer. Deswegen war Linc auch wegen des Fohlens so besorgt.«

»Dieses Prachtexemplar wollt ihr doch nicht etwa versteigern?«

Beth mußte über Hollys Vermutung lachen.

»Aber nein«, erwiderte sie stolz. »Wir führen nur den besten Araberhengst der gesamten Gegend vor. Das macht Linc am Ende jeder unserer Auktionen.«

Hollys Blick verweilte noch eine Weile lang auf der erleuchteten Bühne. Ihre Aufmerksamkeit jedoch galt jetzt nicht mehr dem edlen Tier. Sie beobachtete den großgewachsenen Mann im Schatten, der die seidene Leine des Hengstes in der Hand hielt.

Aus der Entfernung konnte sie sein Gesicht nicht erkennen. Lediglich die Routine, mit welcher er den Bewegungen des Hengstes folgte, ließen auf Linc schließen.

»Er ist wirklich eindrucksvoll, nicht wahr?« fragte Beth.

»Ja.« Sie lächelte und fügte zwinkernd hinzu: »Das sind sie alle beide.«

Kichernd hob Beth ihren langen Rock und schritt auf den Pavillon zu. Holly folgte ihr. Sie raffte die fließende, dunkle Seide in ihren Händen, damit der Saum nicht im feuchten Gras schleifte.

Linc hatte weder seine Schwester noch Holly gesehen, als die beiden zum Tanzpavillon gingen, da er das wertvollste Tier der Ranch bereits wieder zurück in den Stall führte.

Holly und Beth mischten sich unter das schillernde Publikum. Die Band hatte sich an einem Ende aufgebaut, die Bar und das Buffet befanden sich am anderen; dazwischen hatte man Tische und Stühle zu Gruppen zusammengestellt. Plötzlich schüttelte Beth Holly am Arm und versuchte sie auf die linke Seite des Zeltes zu drängen.

Holly warf Lincs Schwester einen erstaunten Blick zu.

»Schnell«, flüsterte Beth. »Ich habe gerade Cyancali entdeckt.«

»Cyancali?«

»Ja, da drüben.«

Holly hielt kurz inne, um an Beth vorbei in die gezeigte Richtung zu blicken.

Auf der anderen Seite des Saales und von mehreren Männern umgeben stand eine kleine Blondine. Sie trug ein enganliegendes, langes, rotes Schlauchkleid. Es war vorne tief ausgeschnitten, hatte auf der einen Seite bis zum Oberschenkel einen Schlitz und war über und über mit dunkelroten Pailletten besetzt.

»Ach«, gluckste Holly. »Du meinst Cyn. Cyancali, ja?«

»Hast du denn einen besseren Namen?«

»Ich hätte schon noch ein paar Vorschläge. Aber du bist zu jung, um sie zu hören.«

Beth lächelte. »Ich wette, die sind mir auch schon eingefallen.«

Klugerweise hielt sich Holly zurück und schwieg.

»Laß uns hingehen!« Beth trippelte ungeduldig von einem Fuß auf den anderen. »Ich kann es kaum abwarten zu erleben, wie sie reagiert.«

»Gib Cyn noch ein klein wenig Zeit. Man muß ihr ja den Abend nicht gleich von Anfang an verderben.«

»Warum nicht? Sie hat mir ebenfalls ziemlich viele Abende verdorben.«

Holly verdrehte die Augen.

»Langsam, langsam, meine Liebe«, bremste sie Beth' Übermut. »Laß mich das mal auf meine Art erledigen.«

»Und die wäre?«

»Kaltblütig.«

Beth atmete tief ein und wollte unbedingt Hollys Gesichtsausdruck studieren. Diese aber hatte sich bereits abgewandt und schaute auf die Menschenmenge, die sich unter dem bunten Dach des Zeltes versammelt hatte.

»Also gut«, sagte Beth. »Ich warte.«

Dennoch warf sie Cyn in ihrem paillettenbesetzten Prunkkleid recht giftige Blicke zu. Die Frau strahlte jene Reizsignale aus, die jeden Mann in ihrem Umkreis auf sie aufmerksam machte.

Ihre Erscheinung ließ in Beth ein nagendes Gefühl der Unscheinbarkeit aufsteigen.

»Und jetzt?« seufzte sie.

»Bleib bei mir und stelle mich jedem vor, den du kennst.«

Beth seufzte noch einmal, diesmal etwas lauter. Sie war ganz offensichtlich von Hollys Rachestrategie Cyn gegenüber nicht sonderlich überzeugt.

»Wenn man Männer auf sich aufmerkam machen möchte – und diese Aufmerksamkeit auch anhalten soll –, dann braucht man dazu mehr als ein glitzerndes rotes Kleid«, erläuterte Holly.

»Mach das mal lieber Cyn begreiflich.«

»Irgendwann wird sogar bei ihr der Groschen fallen«, meinte Holly optimistisch.

»Auf die Plätze«, erwiderte Beth etwas boshaft. »Und wenn ich dich den Leuten vorgestellt habe, was dann?«

»Dann werde ich Cyn die Krallen schneiden und dir daraus ein Armband basteln.«

Beth hielt den Atem an. Sie betrachtete Holly aufmerksam. Unter der äußeren Liebenswürdigkeit spürte sie einen stählernen Kern.

Schlagartig wurde Beth bewußt, daß Holly eine ähnlich starke Persönlichkeit besaß wie Linc.

»Ich kann nur hoffen, daß du niemals wütend auf mich sein wirst«, meinte Beth nachdenklich.

»Wut empfinde ich nur gemeinen Menschen gegenüber... wie Cyn zum Beispiel.«

Holly lächelte, und ihre Züge wurden wieder weich.

»Komm schon, Beth. Ich habe jede Menge Leute kennenzulernen.«

»Jeden? Nicht nur die Männer?«

»Jeden.«

Beth sah sich stöhnend in dem Gewimmel um.

Holly lachte und stupste sie ermutigend vorwärts.

»Mit wem sollen wir anfangen?« murmelte Beth mißmutig.

»Kennst du den grauhaarigen Herrn mit der Frau in dem lavendelfarbenen Kleid?«

»Natürlich. Aber er ist alt.«

Holly lächelte.

»Kein Mann ist zu alt«, belehrte sie das »Kind«.

Beth warf ihr einen Blick zu, der wohl bedeuten sollte, sie hoffe, Holly wisse, was sie tue. Dann führte sie sie zu dem Paar.

»Hallo George, hallo Mary«, sagte Beth. »Das hier ist Holly North, Lincs...«

»Ich bin eine Freundin der Familie«, unterbrach Holly sie geistesgegenwärtig, bevor Beth das Wort »Verlobte« aussprechen konnte. Sie war sich nicht sicher, ob Linc sie noch sehen, geschweige denn heiraten wollte.

Aber daran denke ich später, ermahnte sie sich. *Jetzt will ich Beth zeigen, wie man mit Ludern wie Cyn umspringt.*

Solche Frauen würden noch oft in Beth' Leben aufkreuzen. Und in Lincs.

Trotz dieser Kümmernisse lächelte sie und streckte erst Mary, dann George die Hand entgegen. Es war nicht das erste Mal, daß Holly ihre Angst oder ihre Trauer mit einem atemberaubenden Lächeln kaschierte.

»Ich freue mich, Sie kennenzulernen, Herr und Frau...?« Holly zögerte.

»Johnston«, erwiderte der Mann und drückte ihre Hand. »Für Sie bin ich George.«

»Aber nur, wenn Sie mich Holly nennen.«

Nachdem sie seine Hand gedrückt hatte, wandte sie sich seiner Frau zu.

»Das ist eine wunderschöne Farbe, Frau Johnston. Ich beneide Sie. Wenn ich Flieder trage, dann sehe ich aus wie der Tod von Venedig.«

Das Kompliment war ehrlich gemeint, denn Holly verabscheute die gesellschaftlichen Lügen, die auch sie gelegentlich als unentbehrlich betrachtete.

Die aufmerksamen blauen Augen der Frau maßen Holly, dann vergaben sie ihr ihre ungewöhnliche Schönheit.

»Sagen Sie doch bitte Mary zu mir«, reagierte sie freundlich. Dann lachte sie. »Also, daß Sie etwas Besonderes an mir entdecken, ist wirklich rührend.«

»Finde ich gar nicht!« Es war Holly vollkommen ernst. »Ich mag Violettöne sehr gerne, aber sie stehen mir nicht.«

»George und Mary besitzen eine Ranch ungefähr drei Meilen weiter oben im Tal«, mischte Beth sich ein. »George züchtet Ackergäule.«

Holly blickte ihn von der Seite an.

»Man wird Sie in Acht und Bann tun, wenn man Sie auf einer Auktion für Vollblüter findet«, flüsterte Holly. »Aber ich verrate Sie nicht.«

George und Mary lachten.

»Um ehrlich zu sein, ich reite am liebsten auf den McKenzie-Rennern«, bekannte er.

Holly fing nun eine fundierte Diskussion über verschiedene Züchtungen und Kreuzungen an. Aus George und Mary sprudelte es nur so heraus. Ihr Leben, wie das vieler Leute in Garner Valley, drehte sich ausschließlich um Pferde.

Schon bald gesellten sich andere Leute zu ihnen. Sie wurden

von ihrem Gelächter und der charmanten Schönen in ihrer Mitte angezogen.

Wenn Holly neuen Leuten begegnete, merkte sie sich die Namen und Gesichter. Oftmals machte sie den Frauen irgendein Kompliment über ihr Äußeres. Und immer lenkte sie die Unterhaltung so, daß sich niemand ausgeschlossen fühlte.

Als die Gruppe für ein Rundgespräch zu groß geworden war, gab Holly Beth ein Zeichen und zog sich geschickt zurück.

Beth flüsterte aufgeregt: »Cyn ist dort drüben beim Käsekuchen.«

»Kann man nur hoffen, daß er nicht Soße wird!«

Beth kicherte. »Komm schon, laß uns zu ihr gehen.«

»Noch nicht. Es gibt so viele Menschen, die ich vorher kennenlernen möchte.«

Beth stöhnte.

»Nun mach nicht so ein enttäuschtes Gesicht.« Holly hakte sich bei ihr unter. »Ich treffe eben gerne neue Gesichter.«

»Aber dein Geplauder mit alten Ehepaaren wird Cyn mitnichten zusetzen«, bemerkte Beth kritisch.

»Dann paß jetzt mal gut auf.«

»Als ob mir etwas anderes übrigbliebe«, schmollte Beth.

Holly blickte sich um. Sie bemerkte ein junges Paar, das einsam und etwas unsicher am Rande der Tanzfläche stand.

»Kennst du sie?« fragte Holly.

Beth knurrte. »Ich kenne sie alle.«

»Dann stell mich ihnen vor.«

Pflichtbewußt begleitete sie die große Freundin zu den beiden.

Holly lockte das junge Paar rasch aus seiner Reserve. Schon bald gesellten sich auch andere Männer und Frauen, die alleine gestanden hatten, zu ihnen.

Die Unterhaltung spannte den Bogen von Pferden über Politik weiter zu den Widrigkeiten des Skifahrens bis hin zum

Wandern per Mountainbike. Wieder war Holly der Mittelpunkt eines lebhaften Kreises. Und auch hier zog ihr echtes Interesse an anderen Menschen mehr als ihre Schönheit an.

Als die Gruppe so groß geworden war, daß sie keine zentrale Person mehr benötigte, entfernte sich Holly vorher.

Beth führte sie in eine andere Ecke und lächelte dabei zufrieden wie eine Katze, die Sahne genascht hatte.

»Langsam begreife ich«, meinte sie.

»Wirklich?«

»Mindestens zwei Männer haben Cyns Gruppe verlassen, um sich zu uns zu gesellen.«

Holly blickte sich im Raum um.

Von Linc fehlte immer noch jede Spur.

Sie hatte gehofft, daß er zum Pavillon käme und sähe, wie sie sich mit allen anfreundete, und daß er sich dann über ihre Shannon-Erscheinung nicht mehr so aufregte. Aber wohin Holly auch blickte, sie konnte keinen Mann entdecken, der Linc auch nur von weitem ähnelte.

Ich werde wohl das Pech haben, daß er nicht eher hier aufkreuzen wird, bis wir die feschen alleinstehenden Männer von Cyn weggelotst haben, dachte sie unglücklich.

Holly verzog das Gesicht. Sie machte gerne neue Bekanntschaften, war aber ungern Mittelpunkt.

Dennoch hatte sie durch ihre Arbeit bei Royce Design beides recht gut gelernt.

Ich zögere es einfach ein wenig hinaus, sprach sie sich Mut zu. *Und dann tue ich, was getan werden muß.*

Nachdem Holly zwei weitere Gruppen um sich geschart und wieder verlassen hatte, war Linc immer noch nicht aufgetaucht. Schlimmer sogar, langsam wurde es schwierig, neue Leute zu finden.

Holly konnte keine zehn Schritte gehen, ohne nicht zum Tanz aufgefordert zu werden. Ihr Ziel, die Menschen in Lincs Umkreis näher kennenzulernen, hatte sie voll und ganz erreicht. Und es hatte ihr ebensoviel Spaß gemacht wie ihnen, die sich in ihrer Gesellschaft wohl fühlten. Nur Linc hatte davon nichts mitbekommen.

»Also dann«, raunte sie Beth zu. »Bringen wir es hinter uns.«

»Cyn?«

»Cyn.«

»Super. Sie steht immer noch beim Käsekuchen!«

Gemeinsam gingen sie auf die Dame zu. Für die kurze Strecke benötigten sie ungefähr zehn Minuten, weil Holly ständig Tanzaufforderungen oder Gesprächsangebote höflich zurückweisen mußte.

»Holly unterbreitete Beth ihren Plan. »Könntest du sie bitte etwas ablenken! Ich werde dann von hinten an sie herantreten.«

»Sie ablenken? Wie denn?«

Holly lächelte. »Erinnerst du dich, was du im Spiegel sahst?«

Beth nickte.

»Zwei von den Männern sind offenbar nicht viel älter als du«, stellte Holly fest.

Beth sah sie überrascht an.

»Kennst du sie nicht?« Holly wartete.

»Doch, aber was soll ich denn tun?« fragte Beth ratlos.

»Gefällt dir einer von ihnen?«

»Klar. Jim ist ein netter Kerl. Obwohl er erst neunzehn ist, ist er – abgesehen von Linc natürlich – einer der besten Züchter hier im Tal.«

»Dann sage ihm das doch.«

Beth blinzelte und knabberte an ihrer Unterlippe.

»Nun mach schon«, schob Holly sie vorwärts. »Keiner wird dich beißen, nur weil du ehrlich bist. Außer Cyn, natürlich. Bei ihr ist Ehrlichkeit für die Katz. Ignoriere sie einfach!«

Holly beobachtete, wie Beth langsam auf Cyn zuging. Als

sie wenige Meter vor ihr stand, hob sie ihr Kinn und straffte die Schultern.

Cyns Verwunderung war nicht zu übersehen, als sie Beth erkannte.

»Na, schau mal einer an«, flötete diese Schlange. »Seit wann gestattet dir Linc, dich so herauszuputzen?«

Holly hielt den Atem an. Sie konnte nur hoffen, daß Beth nicht darauf reagieren würde.

Beth beachtete Cyn nicht, sondern wandte sich lächelnd an ihren Bekannten Jim neben der herausfordernden Blondine.

Verstehen konnte Holly zwar nicht, was die beiden zueinander sagten, aber es war offensichtlich, daß die Aufmerksamkeit des jungen Mannes nicht mehr Cyn galt.

»Wo ist denn deine Freundin?« spottete die Dame. »Eure komische neue Farmbewohnerin!«

Beth blickte auf und lächelte. »Unmittelbar hinter dir, Cyancali.«

Cyn wandte sich um und sah an Holly vorbei, die sie nicht erkannte.

Dann weiteten sich Cyns Augen. Ihr Mund öffnete sich, schloß sich wieder und öffnete sich ein weiteres Mal.

»Hallo, Cyn«, sagte Holly beiläufig.

Dann richtete sie ihr professionellstes Strahlen auf den Mann, der seinerseits seine Hand soeben besitzergreifend auf Cyns Arm gelegt hatte.

»Ich hätte es mir sicherlich gemerkt, wenn man uns bereits vorgestellt hätte«, murmelte Holly und streckte ihre Hand aus. »Mein Name ist Holly.«

Der Mann musterte sie von oben bis unten, was ihr nicht angenehm war. Dennoch lächelte sie unbeirrt weiter, als er ihre Hand mit seinen beiden umspannte und sie zu sich zog.

»Ich heiße Stan«, sagte er. »Wo, in aller Welt, kommen Sie denn her? Aus Hollywood vielleicht?«

»Aus Manhattan.«

Hoffentlich fiel es niemandem auf, daß ihr Lächeln ebenso nahe am Reißen war wie ihre Geduld mit solchen Knaben. Sie wandte sich dem Mann zu, der auf Cyns anderer Seite stand. Holly produzierte einen gekonnten Augenaufschlag. Da ihre rechte Hand fest in der von Stan verankert war, reichte sie ihm ihre Linke.

»Und Sie sind ...?« fragte sie.

Er hieß Gary und schüttelte ihre Hand. »Ich bin nur so zum Vergnügen mitgekommen.«

Sie betrachtete den Mann näher, dann schenkte sie ihm ein herzliches Lächeln.

»Sind wir das denn nicht alle?« äußerte sie ebenso geradeheraus wie er.

Er maß Holly kurz, dann nickte er zustimmend und steckte ihre Hand unter seinen Arm.

»Sie sehen durstig aus«, sagte er und zog sie mit sich.

Stan aber wollte Hollys andere Hand nicht loslassen.

»Nicht so eilig, mein Bester«, protestierte er.

Holly bekam gerade noch rechtzeitig mit, daß nun Beth mit Jim und Stan unauffällig das Buffet ansteuerte.

»An der Bar gibt es sicherlich ausreichend Champagner für uns alle«, meinte Gary. »Gehen wir doch zusammen!«

Dazu mußte er sie nicht zweimal auffordern.

Weniger als drei Minuten waren vergangen, seit Holly Cyn begrüßt hatte und letztere nun ganz allein zurückblieb.

Als sich Holly dann von dem enttäuschten Galan befreite, rückten Roger, Harry und drei weitere Royce-Models an.

Rogers tadellose Erscheinung zog ebenso viele Frauenblicke auf sich, wie es bei Holly Männerblicke waren. Als die beiden miteinander tanzten, verstummten die Gespräche ringsum. Die Verbindung von Eleganz und Schönheit war absolut hinreißend.

Wie immer gefiel Holly Rogers Witz und seine Unterhaltung, aber ihre Augen suchten den Pavillon weiterhin nach Linc ab.

»Suchst du jemanden?« erkundigte sich Roger angelegentlich, beobachtete sie aber genau.

»Mmm«, brummte sie abwesend.

Sie beobachtete, wie Cyn wieder eine Gruppe von Männern um sich geschart hatte.

»Entschuldige mich«, sagte Holly. »Ich habe noch ein Hühnchen mit jemandem zu rupfen.«

»Wird es lange dauern?«

Ihre Lippen lächelten eisig.

»Fünf Minuten«, kalkulierte sie. »Höchstens zehn.«

»Ich bin untröstlich.«

»Nun, ja«, erwiderte sie unbeeindruckt. »Warum beglückst du nicht ein paar Anbeterinnen und tanzt mit denen?«

Noch bevor er wußte, wie ihm geschah, hatte sie sich abgewandt und schritt eilig auf Cyn zu. Wenige Minuten später verließ Holly Cyn erneut, einen Trupp Herren im Schlepptau. Und wieder stand das Blondchen ganz alleine da.

Innerhalb der nächsten anderthalb Stunden wiederholte sich diese Szene mehrmals in unterschiedlicher Besetzung. Nur zwei Dinge blieben unverändert: Rogers Anwesenheit und Hollys Nervosität über Lincs Abwesenheit.

Roger beobachtete mit steigender Belustigung, wie Holly Cyn mehrmals ihre Bewunderer stahl, sie zum anderen Ende des Pavillons brachte und sich dann wieder auf die Suche machte.

Es war aussichtslos. Sie konnte ihn nirgendwo auftreiben.

Holly vermeinte, seine Anwesenheit zu spüren. Aber jedesmal, wenn sie nach ihm Ausschau hielt, war es vergebens.

Roger erschien neben ihr, als sie die letzte Schar von Cyns Bewunderern weggelotst hatte.

»Warum nur drängt sich mir irgendwie das Gefühl auf,

daß du die kleine Blonde mit den großen... Pailletten nicht magst?« fragte er anzüglich.

Holly schnitt eine Grimasse. »Du hast es erraten.«

»Ist sie die Konkurrenz bei dem Cowboy?« hakte Roger nach.

Bevor sie antwortete, schaute sich Holly nochmals im Pavillon um. Die Gewißheit über Lincs Anwesenheit zerrte an ihren Nerven. Er war ganz sicher in ihrer Nähe. Dennoch konnte sie ihn in dem hell erleuchteten Zelt nicht finden.

Holly blickte über ihre Schulter. Draußen war es inzwischen Nacht. Niemand befand sich auf dem erleuchteten Weg, der zu dem Zelt führte.

Bedrückt kehrte sie zu Roger zurück.

»Das ist eine lange Geschichte«, wehrte sie ab.

Einer seiner Mundwinkel bog sich himmelwärts.

»Prima«, sagte er. »Es wird noch zehn oder fünfzehn Minuten dauern, bis Cyn wieder so viele Männer um sich versammelt hat, daß sich der Gang zu ihr lohnt.«

»Solange warte ich.«

Roger blickte über Hollys Schulter und lächelte zynisch.

»Das könnte sich aber ganz schön hinziehen«, sinnierte er. »Sie hat es wohl allmählich mitbekommen.«

Holly drehte sich um und sah, wie Cyn den Pavillon an Jerrys Arm verließ. Der Fotograf war Feuer und Flamme.

»Möchtest du einen letzten Vorstoß wagen?« fragte Roger.

»Aber nicht doch.« Befriedigt sagte sie: »Die beiden haben einander wirklich verdient.«

»Was hat Cyn denn so Schlimmes getan, daß sie Jerry verdient?« wollte Roger wissen.

Holly lächelte. Von all ihren Bekannten war es Roger, den die Geschichte mit Cyn am meisten freuen würde.

Aufgetakelte Frauen irritierten seinen fein ausgeprägten Sinn für Stil.

»Cyn und Beth, Lincs kleine Schwester, mögen sich nicht

besonders«, sagte Holly. »Beth und ich waren zusammen einkaufen. Als wir Cyn auf der Straße trafen, hat sie Beth ein unscheinbares Mauerblümchen tituliert.«

»Beth? Welche ist das denn?«

»Die junge Dame mit dem türkisfarbenen Rock und dem goldenen Haar, die neben dem großen Rotschopf steht.«

»Sie sieht wunderschön aus, wie eine noch nicht erblühte Rose.«

»Beth selbst ist der Ansicht, sie sei eine blasse Null.«

Roger schaute Holly ungläubig an.

»Ich habe Cyn aufgeklärt, daß Beth alles andere als unscheinbar ist. Daraufhin hat sie mich gefragt, wie ich mir eine Meinung darüber erlauben könne, wo ich doch selbst verwandt sei mit einer Zaunlatte.«

Ihr Chef riß erstaunt die Augen auf.

»Mir verschlägt es die Sprache«, sagte er, und das traf auch zu.

»Am Ende habe ich schließlich behauptet, daß beim Ball die Männer Schlange stehen würden für einen Tanz mit mir.«

Roger konnte gar nicht aufhören zu lachen.

»Ausgerechnet euch beiden soll man übersehen?« fragte er ungläubig. »Ich habe mir schon gedacht, daß sie nicht sehr schlau ist. Aber daß sie blind ist, ahnte ich nicht.«

Hollys Lächeln spiegelte sich in ihren leuchtenden Augen.

»Ich sehe ja tatsächlich ein wenig anders aus, wenn ich mich zurechtmache«, schränkte sie ein.

»Das wiederum ist die Untertreibung des Jahrhunderts«, vernahm sie Lincs eisige Stimme hinter sich.

16

Rogers Blick wanderte von Hollys Blässe zu den gefährlich zusammengekniffenen Augen von Linc.

Holly schaute den von ihr so geliebten Mann an. Trotz seiner rasenden Wut war er immer noch herzzerreißend schön. Sein Abendanzug betonte perfekt seine langen, schlanken Glieder. Bei jeder Bewegung unterstrich das feine Material seine männliche Eleganz und Kraft.

Roger betrachtete das Paar. Sie waren so sehr aufeinander fixiert, daß nur sie füreinander zu existieren schienen. Doch der Designer war sich deutlich bewußt, daß Lincs Wut unter Umständen hervorbrechen konnte wie ein Orkan.

Hilfsbereit legte Roger seinen Finger unter Hollys Kinn und drehte ihren Kopf von Linc weg.

»Ich kenne nicht den Grund seiner Erbitterung«, schaltete er sich dazwischen. »Aber mein Gefühl sagt mir, daß sein Biß schlimmer als jedes Bellen ist, das mir jemals zu Ohren gekommen ist. Wenn du Unterstützung brauchen solltest, hast du ja meine Telefonnummer.«

Sie schwieg.

»Hörst du mir überhaupt zu, Shannon?« fragte er leise.

Sie nickte.

Er warf Linc einen undefinierbaren Blick zu.

»Sollte sie tatsächlich zu mir kommen, dann haben Sie sich wirklich wie ein Idiot benommen«, bemerkte er kühl.

»Ich hülle sie sofort in Samt und Seide, und Sie werden sie niemals wiedersehen.«

Roger starrte in Hollys goldgesprenkelte Augen.

»Manche Männer sind tatsächlich so hitzig, wie sie aussehen«, sagte ihr Chef. »Sei also vorsichtig, meine Liebe.«

Er küßte sie zart auf die Lippen, Schritt an Linc vorbei und verschwand in der Dunkelheit.

Der Hausherr räusperte sich.

»Ein Wunder, daß der zahme Wikinger gegen schöne Models noch immer nicht immun ist«, schnarrte er.

Unter seinem intensiven Blick wurde sie schwach.

Seine Augen blieben an den feinen Goldkettchen hängen, die bei jedem ihrer Atemzüge leicht vibrierten.

»Noch bevor ich überhaupt das Haus verlassen hatte, kamen bereits Leute auf mich zu und erzählten mir, wie charmant Beth' Freundin Holly North sei. Und zwar nicht nur die Männer, auch die Frauen. Sie haben sich allesamt in dich verliebt!«

Holly hielt hoffnungsvoll den Atem an.

»Also bin ich herbeigeeilt, um mich mit dir zusammen zu vergnügen. Dich allerdings konnte ich nicht finden. Dafür habe ich jemand anders gefunden. Wie war doch gleich der Name? Shannon?«

»Richtig«, antwortete sie leise. Und dann etwas deutlicher: »Ja, Shannon. Das ist der Mädchenname meiner Mutter. Shannon bräuchte dir kein Geheimnis zu sein, Linc. Du kanntest den Namen bereits damals.«

»Kein Geheimnis?« zischte er. »Himmel, für wie blöd hältst du mich eigentlich?«

Er hörte seine eigenen Worte und lachte mit einer Bitterkeit auf, die sie zusammenzucken ließ. Dann blickte er sie kalt und verlangend an, wie ein Raubtier seine Beute.

»Die Frage brauchst du mir aber gar nicht mehr beantworten, denn ich weiß bereits, was für ein Idiot ich bin. Ich bin der Trottel, der an deine Jungfräulichkeit glaubte.«

»Das ist auch berechtigt.«

»Aber klar doch.«

Holly wollte etwas sagen, ihr stockte jedoch der Atem, als sich seine Hände um ihre Handgelenke schlossen.

»Nein«, verbot Linc ihr den Mund. »Keine weiteren Lügen. Ich sehe dich dann um Mitternacht, *Shannon*.«

Er ließ ihre Hände fallen und entschwand, ohne sich umzublicken, in der Menge.

Den Rest des Abends verbrachte Holly wie unter einer Nebelglocke. Sogar über Beth' offensichtliche Genugtuung wegen Cyn entrang sich ihr lediglich ein schmales Lächeln. Sie hielt ihre fröhliche Fassade aufrecht, so gut es ging, aber ihr Herz zählte die Minuten bis Mitternacht.

Linc war wie Musik, nämlich überall gleichzeitig. Ganz gleich wie oft sie sich auch umdrehte, er war da und beobachtete sie wie die Katze den Schmetterling, der just außer ihrer Reichweite ist.

Sie konnte nur hoffen, daß er bis Mitternacht wieder bereit war, ihr zuzuhören.

Wenn ich ihm erzähle, daß ich nur deswegen getanzt und geflirtet habe, um für Beth eine Wette zu gewinnen, dann wird er Verständnis zeigen, tröstete sie sich.

Außerdem erkläre ich, daß ich nur wegen unserer vereinbarten Feuerpause nicht über meine Karriere als Model gesprochen habe, sein Ärger wird dann verpuffen.

Vielleicht erzähle ich ihm dann, wie sehr ich ihn liebe …

Ihre Gedanken stoben davon, als sich eine Hand etwas unterhalb der goldenen Kettchen auf ihren Arm legte.

»Es ist zwölf Uhr«, sagte Linc mit unbeteiligtem Gesichtsausdruck.

Er zerrte sie so unnachgiebig auf die Tanzfläche, daß es beinahe schmerzte. Als sie mitten auf dem Parkett standen, wirbelte er Holly zu sich herum.

»Lächle, Shannon«, sagte er. »Du hast inzwischen jeden verdammten anderen hier angelächelt, warum nicht auch mich?«

Ihre Lippen zitterten.

»Du bist mir viel zu wichtig, als daß ich an dir meine Profiallüren ausließe.«

Lincs Lippen verzogen sich zu einem zynischen Grinsen.

»Gut pariert, Shannon«, sagte er. »Da muß ich Roger ein Kompliment machen. Er hat dich zum besten Pferd seines Stalls herangezogen.«

Die Doppelzüngigkeit der Bemerkung verletzte Holly wie ein Messerstich.

»Roger ist niemals mein Liebhaber gewesen!« fauchte sie.

»Mach nur weiter so, Shannon. Führe hier eine der Szenen auf, wie es meine Schwiegermutter aus dem Effeff verstand. Ich werde dir dafür die Leviten lesen, daß du es niemals mehr vergißt.«

»Du solltest auf Beth Rücksicht nehmen«, brachte Holly angestrengt leise hervor.

»Ist das das Mädchen, das heute abend ihrer Mutter auf das Haar gleicht?« fragte er. »Um die brauchst du dir nicht den Kopf zu zerbrechen.«

Linc legte seinen Arm um Holly. Sie fügte sich zwangsläufig seinen Bewegungen. Sie tanzten den traditionellen Walzer, mit dem der Abend auch eröffnet worden war.

Ihre Bewegungen waren völlig verkrampft, schon allein deswegen, weil sie ihren Kopf zurückgeworfen hatte und Linc sie in dieser Stellung hielt, indem er seinen Arm auf ihre langen Haare legte. Sie stolperte und zuckte zusammen, als ihre Locken in seiner Umklammerung nach hinten gerissen wurden. Mit ihrer freien Hand wollte sie ihr Haar befreien, aber er hob sie einfach vom Boden hoch.

Ihr war Lincs Körperkraft schon immer bewußt gewesen. Daß er jedoch diese Stärke einmal gegen sie verwenden würde, das war ihr nie in den Sinn gekommen. Seine Umarmung war gerade so bemessen, daß sie noch Luft bekam und ihre Lage niemandem auffiel.

Kaum wollte sie ihren Mund öffnen und etwas sagen, als er sie heftig an sich riß. Mühsam versuchte sie zu atmen.

»Sag jetzt nichts«, herrschte Linc sie an.

Sein dunkler Blick glühte vor Zorn.

»Wenn ich auch nur noch eine einzige Lüge von deinen schönen Lippen...« Abrupt hielt er inne.

Sein Griff wurde noch fester und erstickte sie beinahe. Seine Hand quetschte die ihre gnadenlos. Tränen standen in Hollys goldenen Augen. Bleich und ermattet blieb sie stumm. Sie wollte Beth' Triumph nicht dadurch verderben, daß sie jetzt eine Szene machte. Außerdem wollte sie sich nicht auf eine Stufe mit Lincs Stiefmutter begeben.

Holly biß die Zähne aufeinander. Sie wartete den Moment ab, wo sie ihm sagen konnte, was für ein dummer, sturer Idiot er doch war.

Er bemerkte den veränderten Ausdruck ihrer Augen und spürte den Widerstand ihres Körpers, der sich sonst immer so willig an ihn geschmiegt hatte. Jetzt wurde auch ihm bewußt, daß er sie viel zu derb anfaßte.

Warum sollte mich das scheren? fragte er sich. *Seit Tagen mache ich mir Sorgen, daß ich einer Jungfrau mit meinen Gelüsten Angst einjage. Diese Sorgen hätte ich mir gründlich sparen können.*

Plötzlich lockerte er seine Umklammerung.

Holly atmete tief durch und versuchte vorsichtig ihren Hals zu bewegen, um die unnatürliche Stellung zu verändern.

Er ließ ihre Haare frei. Dann glitt seine Hand darunter und streichelte die nackte Haut ihres Rückens. Versteckt von ihrer Mähne wanderten seine Finger unter die Taille ihres Kleides, bis er ihre festen Hüften spürte.

Mit einem erstickten Laut zwang Linc Hollys Hüften an seine. Seine Erregung war durch die dünne Seide ihres Gewands eindeutig zu spüren, auf seinem Gesicht jedoch malte sich nichts als Verachtung.

Sie gab sich Mühe, etwas Abstand zwischen ihnen zu schaffen. Aber es gelang ihr lediglich, sich an ihm in einer Weise zu reiben, die sie beide erregte und die ihr peinlich war.

»Nein, Linc, bitte!« Erfolglos stemmte sie sich gegen ihn.

»Du hast mit allen anderen Männern getanzt«, erinnerte er sie, während seine Finger sich einen Weg unter ihr Kleid bahnten. »Warum nicht auch mit mir?«

»So wie jetzt mag ich es nicht!«

Wieder zog er sie so heftig zu sich heran, daß sie keuchte.

»Keine Lügen mehr, Shannon.«

»Ich bin keine…«

»Lügnerin?« unterbrach er sie kalt. »Nein, natürlich bist du das nicht. Schönen Frauen ist alles erlaubt!«

Holly übermannte die Wut.

»Das hier ist deine Party, Linc«, schnaubte sie. »Wenn du deinen großen Auftritt möchtest, so ist es für mich kein Problem, ihn zu veranstalten.«

»Zweifellos könntest du einen sensationellen Striptease hinlegen.«

»Die Wette hast du verloren«, knurrte sie. »Ich dachte eher an eine waschechte Streiterei. Es interessiert mich auch nicht mehr, ob ich Beth damit etwas verderbe oder irgendwelche Erinnerungen an deine Stiefmutter auslöse!«

Hollys Stimme war laut genug, daß mehrere andere Paare sie neugierig musterten.

Er lächelte sie ausdruckslos an, hob sie aber wiederum vom Boden in die Luft.

Weder wehrte sie sich, noch sagte sie Linc, daß er zu weit ging.

Ohnehin wußte er genau, was er tat.

Mit voller Absicht wanderte ihre linke Hand von seiner Schulter bis zu der Stelle, wo sein Kopf vor zwei Tagen auf den Felsen geprallt war. Ihre Fingernägel strichen sehr sachte über die verletzte, immer noch empfindliche Haut. Obwohl sie weiter nichts tat, war die Drohung klar.

Seine Augen weiteten sich überrascht. Einen Augenblick lang betrachtete er ihre entschlossene Miene. Er stellte sie wieder auf die Füße und lockerte ein wenig den Griff.

»Wer hat dir denn beigebracht, mit solch unfairen Methoden zu kämpfen?« Er sah mehr als ungemütlich aus.

»Du. Und zwar gerade eben!«

Wider Erwarten lächelte er.

»Es gibt da noch andere Möglichkeiten«, deutete er an.

Holly war sich nicht klar, was Linc damit meinte. Sie wollte ihn aber nicht fragen, weil sie ihn damit nur noch mehr provoziert hätte. Sie ahnte, daß ein Streit unausweichlich war, wollte ihn aber auf keinen Fall vor den Augen der Öffentlichkeit austragen.

Linc lockerte nochmals seinen Griff und gab ihr mehr Spielraum, um zivilisiert zu tanzen. Zunächst bewegte sie sich etwas verkrampft. Sie war zu wütend und zu mißtrauisch, um sich seiner Führung zu überlassen.

Er zog Hollys Körper mit einer langsamen, sinnlichen Behutsamkeit zu sich heran, die seine Wut Lügen strafte.

»Weißt du«, hauchte er in ihr Haar, »ich kann mich einfach nicht entscheiden, was an dir am seidigsten ist: dein Kleid, dein Haar oder deine Haut.«

Seine Fingerspitzen fuhren sacht ihr Rückgrat entlang und erzeugten Hitzewellen in ihrem ganzen Körper. Linc spürte Hollys Zittern und lachte leise. Er drückte sie mit seiner linken Hand an sich, so daß sich ihre rechte Hand an seiner Brust abstützte.

Sein Handrücken glitt bei jedem ihrer Atemzüge ganz leicht über ihren Busen.

»Nicht alles an dir ist seidig weich«, murmelte er.

»Manches wird auch erfreulich fest.«

Holly hielt den Atem an, als Lincs Hand langsam ihre Brustknospe umspielte. Lustvolle Schauder durchfuhren sie und brachten sie auf Hochtouren.

Jetzt war es nicht mehr seine Hand an ihrer Taille, die sie an sich preßte, sondern vielmehr ihr eigener Wunsch, seine Wärme durch das dünne Seidenkleid hindurch zu spüren. Linc machte sich los und ließ die ganze süße Schwere ihrer Brust in seiner Hand ruhen.

Sie wußte, daß sie hätte protestieren sollen, aber sie konnte vor Erregung und Wonne nur den Atem anhalten. Ihr nun frei herabwallendes Haar legte sich wie ein dunkler Vorhang um sie und verbarg seine Hand darunter.

Ihre weichen Locken brannten wie Feuer auf seiner Haut. Er stöhnte leise in ihr Ohr. Seine Fingernägel streichelten leicht über den zarten Seidenstoff, dann schlossen sie sich über ihrer Knospe.

»Linc«, rief Holly ihn leise zur Ordnung.

»Psst. Keiner kann es sehen.«

Lincs Hand bewegte sich auf die warmen goldenen Kettchen zu, die ihren Ausschnitt bedeckten. Seine Finger durchdrangen alle Hindernisse und suchten ihre nackte, weiche Wärme.

»Das wollte ich schon tun, seit ich hierhergekommen bin und dich erblickte«, sagte er mit vor Erregung rauher Stimme.

Einen Augenblick lang erstarrte Holly. Sie konnte es kaum glauben, daß sie in einem Raum voller Menschen war, während seine Finger ihre nackten Brüste liebkosten.

Falls sie etwaige Einwände hätte vorbringen wollen, die Gefühle, die von ihrem Bauch aus ihren Körper in langsamen, lustvollen Wellen durchströmten, verdrängten jede andere Empfindung.

Ihr Leib bog sich seiner Berührung reflexartig entgegen. Sie spürte das Zittern, das auch ihn ergriff. Auf einmal spannten sich seine gesamten Muskeln an, was, wie sie nun wußte, seine Sehnsucht verriet.

»Ich möchte dich kosten«, sagte Linc mit belegter Stimme

und drückte sie eng an sich. »Ich möchte über dich gleiten wie dieses verdammte Hexenkleid, und dann will ich…«

Ruckartig zog er seine Hand zurück, hörte auf zu tanzen und bugsierte sie die nächstliegende Treppe hinunter.

»Und was ist mit den Gästen?« erinnerte sie ihn an seine Pflichten.

»Ich habe mich bereits vor Mitternacht von allen verabschiedet.«

»Beth…«, mahnte Holly.

»Beth ist vor einer Stunde mit einer Freundin abgezogen. Sie wird erst morgen zurück sein. Und zwar nicht besonders früh.«

Holly machte keine weiteren Einwände. Ihr Körper glühte voller Verlangen, das Linc in ihr stimuliert hatte.

Dicke Wolken hingen am nächtlichen Himmel. In der Ferne hörte man das Grollen des Donners. Ein kurzer Schauer hatte auf den Rabatten Wassertropfen hinterlassen, die wie kristalline Tränen schimmerten.

Als Holly stehenblieb, um ihren Saum anzuheben, damit er in den Pfützen nicht naß wurde, zerrte Linc sie mit kaum verhohlener Ungeduld in seine Arme und eilte in großen Sätzen auf das Haus zu.

Etwas Seide entglitt ihren Fingern und fiel schleppend auf den nassen Weg. Sie wollte den Stoff wieder anheben, aber er hielt sie so fest, daß sie sich nicht rühren konnte.

»Linc…!« Sie versuchte ihn zum Anhalten zu bewegen.

»Schluß jetzt mit den Ausflüchten«, unterbrach er sie barsch. »Beth ist nicht hier, die Gäste finden ihren Weg auch alleine nach Hause, und ich will und kann nicht mehr länger warten.«

Von seiner spröden Stimme überrascht, blickte sie ihm ins Gesicht. In dem sparsamen Laternenlicht sah sie in das Antlitz eines Fremden, dem sowohl Zärtlichkeit als auch Liebe vollkommen fremd waren.

»Sieh mich nicht so an«, brauste er auf. »Schließlich kennen wir beide die Spielregeln. Dein Spielchen, erst zu locken und dich dann zurückzuziehen, ist vorbei, *Shannon*. Jetzt bin ich an der Reihe!«

17

Noch bevor Linc Holly wieder freigab, schloß er die Schlafzimmertür ab und schob den Riegel vor. Ungeduldig riß er sich den Schlips vom Hals, legte ihn über die Stuhllehne und knöpfte sein Hemd auf. Er zog eine eingeschweißte Packung aus seiner Hosentasche, riß den Reißverschluß seiner Hosen auf und stieß sie beiseite. Holly beobachtete ihn mit einer Mischung aus Verlangen und Verwirrung.

»Worauf wartest du noch?« fragte Linc. »Zieh dich aus.«

Er schlüpfte aus seinen Unterhosen, kickte sie von sich und riß die eingeschweißte Packung auf.

Schnell drehte sie ihm den Rücken zu. Sie hatte ihn bereits im Zelt nackt gesehen, aber damals war es anders gewesen. Nah und warm und aufregend.

Jetzt aber schien es ihr, als ob sie einen Fremden beobachtete, der sich vor ihr auszog.

Plötzlich spürte sie Linc in ihrem Rücken. Sein entblößter Körper preßte sich an sie, während seine Finger besitzergreifend über die straffen Kurven ihrer Hüften wanderten.

»Beeile dich«, krächzte er. »Oder aber ich nehme dich hier an Ort und Stelle. Vielleicht ist das ja sogar deine Lieblingsstellung?«

Ihre Hände bewegten sich zitternd auf den Reißverschluß zu, der in einer der Falten versteckt lag. Versehentlich berührte sie seine steife Männlichkeit und zuckte zurück, als ob sie sich verbrannt hätte.

»Zier dich nicht so, Shannon«, fuhr er sie an. »Du bist ebensowenig unschuldig wie ich!«

Sie schnellte zu ihm herum und blickte ihm in die Augen.

»Ich habe dich nicht belogen«, sagte sie. Ihre Stimme zitterte vor Anspannung. »Ich habe mich noch niemals mit jemandem geliebt außer mit dir.«

»Sicher, doch«, erwiderte er.

Sein Tonfall jedoch besagte das genaue Gegenteil.

Lincs Hand fand den Reißverschluß von Hollys Kleid und zog ihn mit einem Ratsch auf. Die schwarze Seide fiel zu Boden.

Darunter trug sie nichts außer einem Bikini aus schwarzer Spitze.

Der letzte Rest seiner Beherrschung wurde von brennendem Verlangen weggefegt.

Entschlossen machte er weiter. Seine ungeduldigen Finger zerrten die Spitze von ihrem Leib. Sein Mund näherte sich ihr und zwang ihre Lippen auseinander. Seine Arme umfaßten ihre Hüften und hoben sie mit derselben Leichtigkeit hoch, mit der er sie vorhin von der Tanzfläche getragen hatte.

Der intime Kontakt überraschte Holly. Sie wußte nicht, wie sie reagieren sollte oder was genau er von ihr erwartete. Ihr anfängliches Verlangen war nun völliger Verwirrung gewichen.

»Was soll ich denn jetzt tun?« fragte sie unsicher.

Linc stöhnte abfällig.

»Na, was glaubst du denn wohl?«

»Ich weiß es nicht!«

»Mach dich nicht lächerlich. Unsinn.«

Damit schleppte er sie quer durch den Raum und ließ sie auf das Bett fallen. Noch bevor sie ein Wort hervorbringen konnte, hatte er sie mit seinem ganzen Gewicht niedergedrückt.

»Linc...«, begann sie.

Aber sein Mund schloß sich über ihren Lippen und erstickte ihre Abwehr. Seine Hände wanderten über ihre Kurven und erwarteten eine Reaktion, die sie in ihrer Unerfahrenheit nicht bieten konnte. Sein Gewicht und seine Intensität überwältigten sie.

Nach kurzer Zeit bewegte sich Holly überhaupt nicht mehr.

Fluchend stützte er sich auf die Ellenbogen und blickte sie an. Seine Augen hatten jegliche Farbe verloren, sie waren nur noch düster.

»Er würde die Sache vereinfachen, wenn du dich nicht verweigern würdest«, bemerkte er entnervt.

»Ich weiß doch gar nicht, was du willst«, erwiderte sie verzweifelt.

»Und ob du das weißt, Shannon. Ich will genau das, was du versprochen hast, als du mir vor wenigen Stunden die Arme entgegengestreckt und mich gebeten hast, *das hier* zu tun.«

Seine Hüften bohrten sich Holly entgegen. Ein heftiger, reißender Schmerz ließ sie aufschreien.

Auf Lincs Gesicht spiegelte sich das blanke Entsetzen. Einen langen Moment lang starrte er in ihr bleiches Gesicht.

Schmerzlich aufstöhnend zog er sich zurück und rollte von ihr herunter.

»Mein Gott, Holly«, sagte er mit brüchiger Stimme. »Es tut mir so unendlich leid. Ich dachte, du …«

Seine Stimme brach ab. Mit einem erstickten Schluchzen wollte er sie in seine Arme schließen.

»Nein«, wehrte sie ihn hastig ab.

Holly rollte auf ihre Seite des Bettes, mit dem Rücken zu Linc. Zitternd lag sie da wie ein Kind.

Ohne sie zu berühren, versuchte er, die auf ihn einstürmenden Gefühle zu ordnen.

Er hätte geschworen, daß sie keine Jungfrau mehr war.

Und er hatte sich so gründlich geirrt.

Diese Erkenntnis ließ ihn fast irre werden.

»Holly«, flüsterte er. »Ich …«

Als seine Hand ihr Haar aus dem Gesicht strich, zuckte sie zurück und wandte sich ab.

Unendlich zärtlich drehte er ihren Körper herum, so daß sie ihm wieder in die Augen sah.

»Holly«, begann er.

»Wenn du jetzt fertig bist«, unterbrach sie ihn mit klarer, kindlicher Stimme, »würde ich mir gerne ein Bad einlassen.«

Bitteren Sarkasmus oder Gebrüll oder auch Tränen hätte er dieser einfachen Bitte Hollys tausendmal vorgezogen.

Seinetwegen fühlte sie sich schmutzig!

»Holly ... das darfst du nicht ...«

Seine Stimme war so brüchig, wie ihre klar gewesen war. Seine Hände zitterten, als er sie zu streicheln versuchte. Mit einem Aufschrei stieß sie ihn von sich und rannte auf das Badezimmer auf. Sie war viel zu aufgewühlt, um zu merken, daß ein Riegel die Tür blockierte. Mit beiden Händen rüttelte sie daran.

Sie arbeitete mit aller Kraft und riß sich einen Fingernagel ein, ehe sie die Tür endlich aufbekam.

Bevor sie jedoch das Bad betreten konnte, schnellte Lincs Hand über ihre Schulter und knallte die Tür wieder zu. Seine andere Hand stemmte er gegen die Wand. Auf diese Weise hielt er Holly gefangen, ohne sie anzufassen. Sein ungleichmäßiger Atem strich wie eine Liebkosung über ihr Haar.

Es ging ihr durch Mark und Bein.

»Genug«, beschied sie ihm. »Ich hätte dir sagen sollen, daß ich Shannon bin. Und du hättest mir glauben müssen, daß ich noch Jungfrau war. Weder du noch ich haben uns richtig verhalten. Jetzt sind wir quitt! Also laß mich gehen.«

Ihm entrang sich ein jammervolles Wimmern. Seine Hand zitterte, als er ihre nachtschwarzen Haare berührte.

»Holly ...«

»Ich heiße Shannon«, brauste sie auf.

Linc machte ein Geräusch, ähnlich dem, das Holly angesichts des verschlossenen Riegels von sich gegeben hatte. Aber er wich nicht von der Stelle.

Lange Zeit war nur sein stoßweiser Atem zu vernehmen.

Schließlich sprach er mit so veränderter Stimme, daß Holly Tränen in die Augen stiegen.

»Ich kann dich jetzt nicht gehen lassen«, flehte Linc bebend. »Du würdest niemals wieder zurückkommen.«

Wieder schauderte Holly es.

»Damit kann ich nicht leben.« Er schluckte. »Was ich dir angetan habe, wie ich dich verletzt habe, weil ich dir nicht glaubte! Seit Ewigkeiten begehre ich dich nun. Viel zu lange und viel zu heftig. Es tut mir wahnsinnig leid, daß ich dir weh getan habe. So gottverdammt leid ...«

Er gab ein ersticktes Geräusch von sich und rang um seine Fassung – was ihm nicht hundertprozentig gelang.

Eine einzige Träne, die auf Hollys Schulter tropfte, berührte sie bis ins Innerste ihrer Seele.

Langsam ließ sie sich gegen die Tür sinken, als ob sie mit dem Holz verschmelzen wollte.

»Es heißt immer, daß es beim ersten Mal schmerzhaft ist«, sagte sie tonlos.

»Aber nicht furchtbar ... Nicht, wenn ich mir mehr Zeit genommen hätte, dich zu erregen.«

Holly spürte das harte, kühle Holz der Tür an ihrer Stirn. Nur seine gebrochene Stimme verlieh ihr genügend Mut weiterzusprechen.

»Es ist sowieso nicht so wichtig«, wiegelte sie ab.

»Und ob es das ist.«

»Schwamm drüber«, beharrte sie. »Es ist nicht nur deine Schuld. Man hat mir wieder und wieder gesagt, ich sei frigide. Wahrscheinlich stimmt es.«

»Frigide?«

Zunächst dachte Linc, Holly würde scherzen.

Aber ihr Schlottern zeugte vom Gegenteil. Wäre er selbst nicht so geschockt gewesen, hätte er darüber gelacht.

»Holly, du bist die sinnlichste Frau, die mir jemals begegnet ist«, flüsterte er ihr zu.

»Mag sein.«

Ihre zynische Antwort war das exakte Echo seiner früheren Reaktion, als sie ihm erklärt hatte, daß sie noch Jungfrau sei.

»Es ist wahr«, sagte Linc. »Mir ist es schon ziemlich schwergefallen, dir die Unberührtheit abzunehmen, als du noch Holly warst. Aber als du dann Shannon... Kreuzdonnerwetter noch mal...« Er atmete tief ein. »Unmöglich!«

»Was glaubst du wohl, warum sowohl die gute Holly als auch die schöne Shannon noch Jungfrau waren?« fragte sie bitter. »Ich habe Männer einfach nicht begehrt.«

»Mich wolltest du aber.«

»Nicht genug.«

»Heute nacht nicht. Dazu habe ich dir allerdings auch keine Gelegenheit gegeben.«

Wie ein Kind und ohne ihre Proteste und ihren verkrampften Körper weiter zu beachten, hob er sie in seine Arme.

»Bitte, Linc«, sagte sie heiser. »Bitte, hör auf. Mehr ertrage ich einfach nicht.«

Er strich ihr leicht mit den Lippen übers Haar.

»Ich werde dir nicht weh tun«, versprach er. »Es wird nie wieder so sein.«

»Es wird niemals mehr sein und Punkt. Begreifst du es denn nicht, ich bin frigide!«

Holly konnte Lincs wundes Lächeln nicht sehen.

»Laß mich runter«, befahl sie.

»Noch nicht. Ich werde nichts tun, was du nicht willst. Ehrlich. Vertraue mir, Holly.«

»Einmal habe ich dir bereits vertraut...«

Es war kaum mehr als ein Flüstern, aber er hörte es.

Er erstarrte und beendete in Gedanken ihren Satz, den sie nicht beendete.

Sie hat mir einmal vertraut, und dann habe ich dieses Vertrauen mißbraucht.

Lincs Atem kam stoßweise.

»Ich kenne jemanden namens Holly«, sagte er, als er sich wieder gefangen hatte. »Und ich möchte ihr auch wieder vertrauen. Es ist so einfach, zum ersten Mal sein Herz zu öffnen, aber zum zweiten …?«

Sie stand ganz regungslos, als sie begriff, was er von ihr verlangte.

Nicht Sex.

Vertrauen.

Noch einmal von vorn beginnen.

Genauso, wie sie wollte, daß er sich auf sie verließ.

Noch einmal …

Vollkommen regungslos wartete Linc die längsten Momente seines Lebens auf Hollys Antwort.

Sie gab sie ihm nicht mit Worten. Ganz langsam entspannte sie sich in seinen Armen. Sie legte zwar nicht ihr Gesicht an seine Brust, aber wandte es ihm endlich wieder zu.

Tief erleichtert seufzte er auf und trug sie durch die Tür ins Bad.

Der von üppigem Farn und exotischen Blumen umgebene Whirlpool dampfte friedlich vor sich hin. Die in dem Grün versteckten Lampen glitzerten wie Sternschnuppen.

Vorsichtig stellte Linc Holly hin und stützte sie so lange, bis sie sich gefaßt hatte. Dann öffnete er eine Schublade nach der anderen, auf der Suche nach einer Haarbürste.

Vorsichtig bürstete er die Knoten aus ihren glänzenden Strähnen. Mit kräftigen Bewegungen flocht er die Haare zu einem festen Zopf.

»Das kannst du gut«, murmelte sie.

Ihre Stimme klang dünn und war fast nicht wiederzuerkennen, aber Linc störte sich nicht daran. Er war froh, daß sie überhaupt wieder willens war, mit ihm zu reden.

»Ich habe bei Beth geübt«, erklärte er.

Eine Weile blieb Holly regungslos stehen und betrachtete sowohl ihres als auch Lincs Spiegelbild, das ihr aus dem Wandspiegel entgegenblickte. Ihre eigene Schönheit fiel ihr nicht weiter auf, die weiblichen Rundungen ihrer Brüste, ihrer Hüften unter der Taille, die bräunlichrosa Brustwarzen, die sich von ihrer weichen, goldenen Haut abhoben, das üppige, nachtschwarze Haar unter ihrem Nabel.

Holly sah nur Lincs Gesicht, das zärtlich auf sie gerichtet war. Sie bemerkte auch die Kraft, die bei jeder seiner Bewegungen unter seiner Haut spielte.

Er befestigte den Zopf mit derselben goldenen Spange auf ihrem Kopf, die sie vorher schon getragen hatte. Nach dieser Verrichtung legte er seine Hände sacht auf ihre Schultern.

Ihre Blicke begegneten sich einen Augenblick lang im Spiegel. Dann betrachtete er ihren Körper voller Andacht.

Holly stockte der Atem. Sie wartete darauf, daß Lincs Hände seinem Blick folgen würden.

Als sie jedoch weiterhin auf ihren Schultern ruhten, hätte sie nicht sagen können, ob sie Enttäuschung oder Erleichterung verspürte.

Beides, gestand sich Holly ein. *Aber eher Erleichterung*.

Sie hatte jetzt gehörige Angst vor seinem Schwung bekommen. Linc bemerkte die gespannte Abwehr in Hollys Blick. Es schmerzte ihn zwar, gleichzeitig war er sich wohl bewußt, daß er sie verdient hatte.

Zärtlich ließ er seine Finger zwischen Hollys gleiten. Als er sie auf die Wanne zuführte, knipste er einen Schalter an.

Plötzlich schossen silbern glitzernde Strudel durch das Wasser. Blasen zischten, als ob sie sich verschwörerisch miteinander amüsierten.

Ohne anzuhalten stieg Linc ins Becken. Erst als er bis zur Taille von den funkelnden Perlen umspült wurde, drehte er sich zu ihr um.

Die Anspannung fiel ein wenig von ihr ab. Bis zu diesem Augenblick war ihr nicht klargewesen, daß sie sich vor seiner Nacktheit fürchtete.

Dann begriff sie, daß er ihre Gemütslage inzwischen richtig einschätzte.

»Vorsichtig bei deinem ersten Schritt«, sagte Linc. Er lächelte und hob ihre Fingerspitzen an seine Lippen. »Es ist nämlich ziemlich glatt.«

Als er sicher war, daß sie ihr Gleichgewicht zurückgewonnen hatte, ließ er ihre Hand los. Er wollte nicht, daß sie sich von ihm in irgendeiner Weise bedrängt fühlte. Dieses Gefühl sollte sie nie wieder quälen.

Der Gedanke daran, wie er vorhin über sie hergefallen war, schnitt ihm wie ein Messer ins Fleisch.

»Die Bänke sind hier auf zwei Ebenen eingerichtet«, machte Linc sie mit der Anlage bekannt und setzte sich auf die tiefer liegende Stufe. »Du bist vermutlich groß genug, daß du, ohne in den Fluten zu ertrinken, auch hier unten sitzen kannst.«

Holly zögerte, dann nahm sie in der Mitte der unteren Bank Platz. So saß sie weder neben ihm, noch hatte sie sich unnötig weit entfernt.

Linc registrierte diesen feinen Unterschied.

Bläschen stiegen bis zu Hollys Kinn und versteckten sie unter ihrem silbernen Sprudeln.

»Zu kalt?« fragte er, weil ihre Lippen zitterten.

»Nervensache«, erwiderte sie in der Tat nervos.

»Du brauchst dich nicht…«

»Ich weiß«, unterbrach sie ihn.

Aber wußte sie es wirklich?

Er streckte seine langen Beine in dem Wasser aus, wobei er sich seitlich abstützte. Dann bettete er seinen Kopf auf den gepolsterten Rand und schloß die Augen.

Eine Weile lang beobachtete Holly ihn verstohlen und verglich seine Gesichtszüge mit dem abweisenden Fremden, den Linc Shannon gegenüber herausgekehrt hatte.

Jetzt aber waren seine Lippen nicht mehr der sarkastisch verzogene Strich. Seine männliche Aggressivität hatte er abgelegt, und seine ungemeine Kraft blieb unter den blubbernden, sich ständig bewegenden Blasen versteckt.

Wieder zitterte Holly. Es waren Muskelzuckungen, denen eine langsame Entspannung folgte. Seufzend legte auch sie ihren Kopf auf den gepolsterten Rand des Whirlpools und ließ sich von den heißen Wellen verwöhnen.

Ein paar Minuten lang hörte man nichts außer dem Plätschern des glitzernden Wassers um ihre Körper.

Die heißen Wirbel waren voller Überraschungen. Sie neckten Hollys Beine und würden sie in die Mitte des Pools befördern, wenn sie sich treiben ließe.

Aber sie hielt sich am Rand fest. Eine Gänsehaut überzog ihre Arme, als die kühlere Luft des Badezimmers über ihre Haut strich. Ihre Beine glitten in die Mitte und stießen mit Lincs zusammen.

Sie erstarrte.

Weder öffnete er die Augen, noch veränderte er seine Position. Selbst wenn er die versehentliche Berührung mit ihr bemerkt haben sollte, ließ er sich nichts anmerken.

Als ihre Füße den seinen zum dritten Mal in die Quere kamen, stieß sie einen entnervten Laut aus. Der Whirlpool war für Lincs fast zwei Meter langen Körper konzipiert worden. Er konnte sich leicht gegen den Auftrieb behaupten, sie jedoch nicht.

»Stütz doch einfach deinen Fuß an meinem Bein ab«, bot Linc ihr an. »Das ist dann viel bequemer für dich.«

Überrascht blickte sie zu ihm auf.

Er hielt die Augen immer noch geschlossen.

Nach kurzem Zögern ließ sie ihre Füße wieder treiben.

Lincs Körperbehaarung kitzelte sie leicht, als sie ihre Fußsohlen auf seinem muskulösen Schenkel absetzte. Sie wartete darauf, daß das Wasser sie wieder forttragen würde. Linc hat recht, dachte sie. So geht es erheblich besser.

Die Hitze und das ruhige Gemurmel des Wassers beruhigten sie allmählich. Aufatmend machte sie es sich gemütlich und ließ ihren Gedanken freien Lauf.

Nach einer Weile öffnete sie die Augen. Linc beobachtete sie mit einer Zärtlichkeit und einer Reue, bei der sich ein Kloß in ihrem Hals bildete.

Sein Arm tauchte aus dem Wasser auf und streckte sich nach ihr aus.

Sie war auf der Hut, zuckte aber nicht zurück.

Er berührte sie auch nicht.

Statt dessen hangelte er sich an ihr vorbei und nahm ein Handtuch von einem Haken zwischen zwei blühenden Pflanzen. Rasch stand er auf, wickelte sich das Handtuch um die Hüften, stieg aus dem Wasser und schützte sie so wieder vor seiner körperlichen Blöße.

Als er den letzten Schritt aus dem Becken tat, schaute er sich nach ihr um.

»Besser jetzt?« fragte er leise.

Sie nickte.

Aus einem Schrank holte er ein riesiges Badelaken hervor.

»Dann ist es jetzt Zeit herauszukommen«, riet er ihr. »Zu langes Baden macht das Gehirn matschig.«

»Und die Haut verwandelt sich in ein Reliefbild«, ergänzte Holly und hielt ihm ihre verschrumpelten Hände entgegen. Dennoch zögerte sie, bevor sie sich von Linc einhüllen ließ.

Gänzlich unbeteiligt rieb er sie trocken. Dann umwickelte er sie mit dem Handtuch, das sie von den Schulterblättern bis hin zu den Knöcheln bedeckte.

Erschauernd paßte sich Hollys Körper wieder der Temperatur außerhalb des Whirlpools an.

Oder zittere ich, weil ich ihm so nahe bin, daß ich die Tropfen auf seiner Brust zählen könnte? fragte sie sich.

Ganz spontan drängte es sie, jeden Tropfen auf Lincs Haut mit ihrer Zungenspitze aufzulecken. Der Gedanke war genauso verführerisch, wie es das heiße Wasser gewesen war.

»Wo ist denn das Öl geblieben, das du gestern bei mir benutzt hast?« Inzwischen ragte er in der Schlafzimmertür auf.

Es dauerte eine Weile, ehe Holly merkte, daß er mit ihr sprach.

»Wie bitte?« fragte sie.

Sie zwang ihren Blick weg von den Wasserbächen, die seinen flachen Bauch hinunterrannen und sich in dem feinen Haar unterhalb seines Bauchnabels verfingen.

»Öl«, wiederholte Linc geduldig.

»Öl. Ach so.«

Holly sah sich im Bad um. Außer Linc konnten ihre Augen aber einfach nichts wahrnehmen.

»Ich glaube, ich habe dich doch zu lange im Wasser gelassen«, bemerkte er.

»Wie bitte?«

»Dein Verstand scheint ein bißchen aufgeweicht.«

Seinen belustigten Tonfall beantwortete sie mit einem Lächeln. Dann entdeckte sie irgendwo in der Ferne einen bernsteinfarbenen Flakon.

»Dort«, sagte sie.

Linc nahm die Flasche und ging auf das Bett zu. Als er sich nach Holly umdrehte, stand sie immer noch beim Pool.

Schweigend wartete er auf sie.

Sie stakste auf ihn zu.

»Wenn du lieber stehen bleiben möchtest, ist mir das auch recht«, sagte er. »Aber so oder so wirst du eingerieben, sonst hast du morgen eine Haut wie eine Kröte.«

Ihr Blick begegnete seinem, dann sah sie auf ihre Zehenspitzen, die unter dem Handtuch hervorlugten.

»Und was ist mit dir?« fragte sie leise.

Ganz kurz stutzte er, aber das bemerkte sie nicht. Er wandte sich ab, noch bevor sie wieder zu ihm aufsah.

Wortlos übergab Linc Holly das Öl und ließ sich bäuchlings auf das Bett fallen.

»Ich bin soweit, wenn du es bist«, sagte er sachlich.

Sie schüttete Öl in ihre Hände, wärmte es an und beugte sich über Linc, ohne sich neben ihm auf das Bett zu setzen. Schweigend verrieb sie die Lotion auf seinem Rücken und seinen Schultern, und versuchte das Wechselspiel seiner glänzenden Muskeln und das Kribbeln in ihren Händen und Armen zu ignorieren.

Als sie mit ihrer Massage bis zu seinem Handtuch an den Hüften vorgedrungen war, hielt sie inne.

Linc mußte sich auf die Zunge beißen, damit er sie nicht um eine Fortsetzung anbettelte.

Ich kann mich glücklich schätzen, daß sie mich überhaupt noch berühren mag, sagte er sich bitter. *Und wenn ich mehr will, habe ich verdammtes Pech gehabt.*

Ich hatte jede Chance, aber habe alles verpatzt.

Er setzte sich auf.

»Bleib liegen«, sagte sie. »Ich bin noch nicht fertig.«

Wortlos legte sich Linc zurück.

Holly ging zum Fußende und verrieb Öl auf seinen Füßen und Unterschenkeln. Sie knetete ihn genauso, wie sie auch seinen Rücken geknetet hatte: schnell und ohne sinnlichen Genuß.

Je weiter sie sich seine Beine hocharbeitete, desto schwieriger wurde es für sie. Kurz über seinen Knien hörte sie auf.

Linc rollte auf die Seite.

»Danke«, sagte er leichthin. »Den Rest erledige ich selbst.«

Holly beobachtete ihn durch halbgeschlossene Lider. Sie war fasziniert von dem glitzernden Film, der sich über seine Schenkel zog, als er sich weiter einrieb.

»Jetzt bist du dran«, bestimmte Linc.

Er blickte ihr in die Augen und wartete ihre Entscheidung ab, ob sie sich abwenden oder aber ihm anvertrauen würde. Noch einmal...

18

In Lincs Blick konnte Holly nur Zärtlichkeit und Reue erkennen. Auch seine Stimme war zurückhaltend. Und seine Körperhaltung signalisierte ihr, daß er ihre Entscheidung akzeptieren würde, ganz gleich, wie sie ausfiel.

Nach einer Weile schweifte sein Blick ab, da er sie in keinerlei Weise bedrängen wollte. Mit übertriebener Vorsicht schüttete er ein wenig Öl in seine Handflächen zum Wärmen und wartete.

Still ging Holly auf das Bett zu und legte sich auf den Bauch. Abgesehen von ihren Schultern, Armen und Füßen bedeckte das flauschige Handtuch ihren gesamten Körper.

Linc machte keinerlei Anstalten, ihre Hülle zu verschieben, um mehr Zugang zu ihrer Haut zu erhalten. Behutsam verteilte er das Öl auf die Stellen, die unter dem Tuch hervorlugten. Er knetete ihre Arme bis zu den Fingerspitzen und wieder zurück. Deutlich bemühte er sich, seine Berührungen kraftvoll und unpersönlich zu halten, die Berührung eines Freundes eher denn eines Liebhabers.

Linc massierte mehrmals Hollys Arme. Endlich spürte er, wie sich ihre Verkrampfungen ein wenig lösten und sie nicht mehr ganz so steif auf der Matratze lag.

Erst dann setzte er sich neben sie hin. Als sie sich ein wenig zur Seite bewegte, um ihm Platz zu machen, seufzte er erleichtert auf. Seine Hände wanderten zwischen ihre Schulterblätter und lockerten das Handtuch. Sofort spannte sich ihr Nacken wieder an.

»Erinnere mich daran, daß ich dir morgen Shadow Dancers

neues Fohlen zeige«, sagte Linc. »Es ist eine richtige Schönheit.«

Während er sprach, verteilte er mit langsamen, routinierten Bewegungen Öl auf ihrem Rücken.

Die Massage beruhigte und besänftigte sie, und sie entspannte sich erneut.

»Shadow Dancer ist wie ein heidnischer Gott«, murmelte Holly in die Matratze.

»Wann hast du ihn denn gesehen?«

»Beth und ich sind gerade in dem Moment hinzugekommen, als du ihn auf der Auktionsbühne vorstelltest. Ich hatte schon befürchtet, du wolltest ihn verkaufen.«

Linc lachte. »Mein bestes Pferd im Stall? Wohl kaum.«

»Das hat Beth auch gesagt.«

Vor lauter Behagen lockerte sich Holly nach und nach. Das neutrale Gesprächsthema und die Tatsache, daß Linc nicht unter ihre Taille drang, gaben ihr Sicherheit.

Er atmete erleichtert aus. Offenbar schien sie sein Begehren, das bei jedem Strich über ihren Körper zunahm, gar nicht zu bemerken.

Sein Bestreben war es, sie gänzlich zu entspannen. Denn würde sie das Ausmaß seiner Erregung kennen, würde sie augenblicklich die Flucht ergreifen. Bei ihrem Anblick konnte er kaum glauben, daß sie die exotische Verführerin namens Shannon war.

Nein, ermahnte er sich barsch. *Ich darf jetzt nicht an Shannon denken. Damit kann ich momentan nicht fertigwerden.*

Widerstrebend gestand er sich ein, daß er auch mit Hollys Unschuld nicht klarkam. Genausowenig wie mit seinem Verlangen nach ihr und seinem Haß auf alle schönen Models.

Ich darf jetzt nur an diesen Augenblick denken, ermahnte er sich. *Und weder an Shannon noch an den morgigen Tag oder an die Zukunft...*

Denn ein zweites solches Desaster würde er nicht überleben, soviel war ihm klar.

Mit gleichmäßigen Bewegungen walkte er ihren eingeölten Rücken. Seine Hände glitten die Muskeln beidseitig ihrer Wirbelsäule hinab zu ihren Hüften.

Holly stöhnte ein wenig, woraufhin Linc seine Hände sofort zurückzog.

»Laß doch«, sagte sie. »Es ist schon in Ordnung. Ich habe nichts dagegen. Es … es fühlt sich gut an.«

»Mir geht es genauso.«

Linc fuhr mit der Massage fort.

Seufzend und mit geschlossenen Augen ließ sie, genau wie vorher in der Hitze des Dampfbades, ihre Gedanken treiben. Seine kräftigen, zärtlichen Hände empfand sie in keiner Weise fordernd.

Und dennoch bereitete er ihr ein sinnliches Vergnügen, das ihre Knochen langsam in Honig verwandelte.

Holly stieß einen kurzen Laut der Enttäuschung aus, als Linc mit der Massage aufhörte.

»Schon fertig?« fragte sie.

»Nein, ich muß mich nur anders hinsetzen.«

Da sie die Augen immer noch geschlossen hatte, konnte sie Lincs begehrliches Lächeln nicht sehen. Sie spürte, wie die Matratze sich unter seinem Gewicht bewegte.

»Wie kitzlig sind eigentlich deine Füße?« fragte er.

»Wage es bloß nicht«, brabbelte Holly entspannt.

Sein Lachen war so zärtlich, wie es vorher seine Berührungen gewesen waren.

Er nahm einen ihrer Füße in die Hände und massierte ihn gerade kräftig genug, daß es nicht kitzelte. Dann wanderten seine Hände ihre Waden aufwärts und kneteten die Muskeln, die eher widerstrebend als verhärtet waren. Sie war auf eine weibliche Art sehr kräftig.

Holly stieß einen heiseren Laut aus und streckte ihr Bein

wohlig. Linc knetete Verspannungen aus ihren Waden, die sie bis dahin noch gar nicht bemerkt hatte, deren Ursprung sie aber nur zu gut kannte.

»Ich hasse hohe Absätze«, murmelte sie halb erstickt in die Matratze.

»Dann trage sie doch nicht.«

»Das gehört in meinem Beruf leider dazu.«

Shannon.

Linc verscheuchte den Gedanken aus seinem Kopf.

Es gibt nur die Gegenwart, ermahnte er sich. *Nur jetzt.*

Als er mit ihrer Wade fertig war, knetete er unter dem Handtuch die Muskeln über ihrem Knie.

Wieder zog sich Hollys Körper zusammen, aber sie ließ Linc gewähren.

Das Handtuch, das fest um sie gewickelt gewesen war, klaffte bei dieser Bearbeitung auf. Er knetete sie mit seinen Fingern und seiner Handfläche und übte einen warmen, gleitenden Druck auf ihren Schenkel aus. Doch er achtete darauf, nicht zu hoch zu rutschen, zu nah an die üppige Weichheit, die just außerhalb seiner Reichweite lag. Er erkannte den Punkt, wo er aufhören mußte, denn Holly versteifte sich jedesmal ein wenig, wenn er zu weit ging.

Linc arbeitete sich mit leichtem Druck wieder zu ihren Zehen zurück und erneut nach oben und machte keinerlei Anstalten, den Druck seiner gleitenden Hände intimer werden zu lassen.

Als er sich Hollys zweitem Fuß zuwandte, spannte sie sich nicht mehr bei jeder Berührung oberhalb ihres Knies an. Linc hatte ihr sowohl mit Worten als auch durch sein Vorgehen vermittelt, daß er ihr keinerlei Intimitäten aufzwingen würde.

Ich werde nichts tun, was du nicht willst. Das verspreche ich dir. Vertraue mir, Holly.

Seufzend verlagerte sie ihr Gewicht. Das Handtuch öffnete sich noch einen Spalt weiter.

Ihm vertrauen.

Wieder ließ sie sich, wie vorhin im Wasser, einfach treiben. Sie dachte an gar nichts, während es sie angenehm warm durchrieselte.

»Zeit, dich umzudrehen«, forderte Linc sie leise auf.

Noch während sie sich herumwälzte, murmelte sie ihr Bedauern darüber, daß sie gestört worden war.

Ihre Bewegung hatte das Handtuch vollkommen von ihr gleiten lassen. Zu spät merkte sie, was passiert war. Sie griff nach dem Tuch, erwischte es jedoch nicht mehr.

»Ich hole dir ein trockenes«, überbrückte Linc ihre Verlegenheit.

Er marschierte, ohne ihren glänzenden, nackten Körper zu betrachten, davon.

Holly war sich ihrer Blöße bewußt und fühlte sich ihm ausgeliefert, hatte aber nicht wirklich Angst.

Vertrauen…

Wenig später erschien Linc mit einer viel kleineren Bedekkung, die er lässig über sie warf. Sie reichte ihr von den Brüsten bis zu den Schenkeln.

»So, jetzt wirst du nicht frieren«, beruhigte er sie.

Seine Stimme war von dem in ihm lodernden Feuer ganz heiser. Dagegen konnte er ebensowenig ausrichten, wie er die Uhr zurückdrehen und seine vorherige Wut auf Holly zurücknehmen konnte, als er sie gesucht und statt dessen Shannon gefunden hatte.

Sein schlimmster Alptraum war ihm lächelnd entgegengetreten und hatte in seinem Körper eine wilde, ungebremste Gier ausgelöst.

War es Papa auch so ergangen? fragte er sich. *Daß das Verlangen ihn trieb, ganz gleich, was diese Hexen ihm antaten?*

Gott sei Dank ist Holly viel zu naiv, um ihre Macht über mich zu ahnen.

Aber Linc war sich bewußt, daß dieser Zustand nicht ewig

dauern würde. Unweigerlich würde Hollys Unschuld der Erkenntnis weichen.

Und dann würde das Leben eine Hölle für ihn werden, genau dieselbe Hölle, die auch sein Vater durchgemacht hatte.

Eisern unterdrückte Linc diese Gedanken. Mit dem Problem Shannon würde er sich morgen oder übermorgen oder erst viel später auseinandersetzen. Irgendwann, nur nicht jetzt.

Gegenwärtig war es Nacht, und die duftende Holly lag in seinem Bett.

Und vertraute ihm.

Die Matratze bewegte sich ein wenig, als Linc Holly wieder zu massieren begann. Jede seiner Handbewegungen streichelte den Schock aus ihr fort. Er bemühte sich, nicht in die Bereiche unterhalb der Schulterblätter zu geraten.

Schon bald hatte sie vergessen, daß sie, auf ihrem Rücken liegend, mit lediglich einem winzigen Handtuch und einem duftenden Ölfilm bedeckt war. Sie seufzte und gab sich endgültig dem wohligen Gefühl seiner Behandlung hin.

»Das ist angenehm«, ließ sie verlauten.

»Freut mich.«

»Mir war gar nicht bewußt, was mit meinen Muskeln los ist.«

Linc berührte liebevoll ihre Wange. Es war kein eigentliches Streicheln, sondern eher eine beschwichtigende Geste.

Genießerisch rieb sie ihre Wange an ihm.

Sein Herzschlag beschleunigte sich so sehr, daß seine Hand zu zittern begann. In so unmittelbarer Nähe von Hollys schönen Brüsten bangte er um seine Selbstbeherrschung, also stand er auf und ging wiederum zum Fußende des Bettes. Abermals goß er Öl auf ihre Füße und Beine. Er ließ seine Hände unter das Handtuch gleiten, knetete die sanften Kurven ihrer Schenkel und genoß das seidige Gefühl ihrer Haut.

Hollys zufriedenes Gemurmel entfachte ein Feuer in Lincs Lenden.

Behutsam setzte er sich auf sie, jedoch ohne sie einzuengen und ohne den gleichmäßigen Rhythmus seiner Massage zu unterbrechen.

In dem Nebel ihres wachsenden Verlangens spürte Holly, wie Lincs Hände von ihren Hüften über die flachen Muskeln ihres Bauches bis fast hin zu ihren Brüsten glitten.

Dann wanderte er wieder abwärts und hinterließ eine schwindelerregende Mischung von Gefühlen, die sich in einer sanften Röte ihrer goldenen Haut bemerkbar machten. Der sichere, langsame Druck von Lincs Händen auf ihrem Körper hätte von Holly aus in alle Ewigkeit andauern können. Sie wollte auf immer dahingleiten, während seine Berührungen sie gleichzeitig beruhigten und entflammten. Unbewußt murmelte sie seinen Namen und bewegte ihren Körper in seinem Rhythmus mit.

Linc schloß die Augen und kämpfte mit seinem wachsenden Begehren.

Es war unmöglich. Er sehnte sich mehr als je zuvor nach ihr, und mehr als überhaupt jemals nach irgendeiner Frau.

Dennoch veränderte er nichts an dem zärtlich festen Druck seiner Hände, während er die empfindlichen Stellen ihres Körpers massierte. Ihr Vertrauen in ihn war sowohl beschämender als auch erregender, als es die Berührung auch der erfahrensten Liebhaberin hätte sein können.

Holly erschien dieser therapeutische Liebesdienst endlos. Sie hatte sich ganz und gar ihren Gefühlen hingegeben. Lincs Hände machten zuweilen eine Bewegung auf sie zu, fuhren aber immer wieder zurück, bevor er zu intim wurde. Das Handtuch rubbelte bei jedem ihrer Atemzüge über ihren erregten Busen.

Heiße Wellen der Wonne stiegen von ihrem Bauch auf. Ihre Knospen zogen sich zusammen. Sie stöhnte unbewußt, während Lincs Hände sich langsam an den Innenseiten ihrer Schenkel hocharbeiteten und kurz vor dem weichen Nest zwischen ihren Beinen innehielten.

Unruhig bewegte sich Holly hin und her. Sie wollte von Linc wieder so wie damals im Zeltlager berührt werden: gleichzeitig verlangend, erregend und dennoch schonsam.

»Linc…«

Seine Hände hielten sofort inne. Holly spürte, wie sich seine Finger kurz an ihrem Bauch abstützten. Dann machte er Anstalten, vom Bett aufzustehen.

Eilig setzte sie sich auf, ohne darauf zu achten, wie das Handtuch von ihr abfiel und sie vollkommen nackt war.

»So habe ich es nicht gemeint«, stellte sie richtig.

»Sondern?«

Lincs Stimme war vollkommen ruhig. Er hatte den Blick abgewandt.

Holly nahm seine Hand und legte sie wieder auf ihren Bauch.

»Ich möchte mehr, nicht weniger«, flüsterte sie und legte sich wieder zurück.

Sie spürte, wie ein Beben seinen kräftigen Körper erschütterte. Erst jetzt begriff sie, daß er ihr mit seiner ruhigen Stimme und seinem fast beiläufigen Streicheln nur Sicherheit vermitteln wollte.

Er begehrte sie mit derselben Heftigkeit wie vorhin.

Es hätte Holly ängstigen müssen, aber statt dessen erregte es sie.

»Du mußt dich wirklich nicht zwingen«, beschwor er sie.

Dann blickte er ihr mit kaum verhohlenem Verlangen in die Augen.

Sie zitterte, als sie dieselbe süße, wilde Lust in seinem Blick gespiegelt sah, die auch in ihrem Leib tobte.

»Hast du Angst?« fragte er.

»Eigentlich nicht«, flüsterte sie.

Die Erwartung packte sie erneut.

»Ich meine es wirklich ernst mit dem, was ich dir vorhin erklärte«, sagte Linc mit tiefer Stimme. »Niemals werde ich dich mehr berühren, wenn du es nicht möchtest.«

Holly atmete bebend ein.

»Ich kann nichts versprechen«, erwiderte sie ehrlich, »weil ich nicht weiß, was ich machen soll.«

»Du mußt überhaupt nichts tun. Überlasse es einfach mir, dir Vergnügen zu bereiten.«

Linc beugte sich vor und küßte Hollys Lider. Dann fuhr er den Rand ihrer Wimpern mit der Spitze seiner Zunge nach.

Die ungewohnte Liebkosung ließ sie erzittern.

»Erschrocken?« fragte er heiser.

»Nein.«

Ihr Flüstern war leise, bebend, keuchend.

»Wenn du möchtest, daß ich aufhöre, gib mir Bescheid«, bat er sie.

»Ich glaube kaum, daß ich das will. Ich... begehre dich.«

Linc erging es nicht anders, aber er hielt den Zeitpunkt nicht geeignet für ein Geständnis.

»Tust du das?« fragte er leise. »Dem werde ich Abhilfe schaffen.«

Trotz ihrer Stimuliertheit konnte Holly es doch nicht verhindern, daß sie sich bei der Vorstellung dessen anspannte, was jetzt auf sie zukam. Beim ersten Mal hatte es weh getan. Sie hatte Angst, daß es beim zweiten Mal nicht anders sein würde.

Linc wärmte etwas Öl in seiner Hand, dessen Duft sie erregte. Er spürte, daß sie trotz ihrer mutigen Worte für eine Vereinigung noch nicht bereit war.

Also fing er erneut an mit dem Spiel der Verführung.

Beginnend von den Fingerspitzen wanderten seine Hände diesmal von den Schultern zu ihrer Taille.

Sie hielt die Luft an, als er über ihre Brüste glitt und so tat, als bemerke er ihre steifen Knospen gar nicht.

Seine Hände kneteten sich ihren Weg von ihrem Bauch bis zu den Schenkeln.

Holly streckte sich und wartete darauf, daß Linc sie zwischen ihren Beinen streichelte.

Wiederum enttäuschte er sie. Seine Hände fuhren auseinander und ergriffen ihre Schenkel. Ihre Haut brannte wie Feuer.

Als seine tastenden Fingerspitzen sich wieder nach oben bewegten, öffnete sie unbewußt ein wenig ihre Beine, um ihm ihre Bereitschaft zu signalisieren.

Fast hätte Linc der Versuchung nachgegeben. Aber er hatte beim ersten Mal zu vieles als selbstverständlich vorausgesetzt. Diesmal würde er bedächtig vorgehen, selbst wenn er sich dabei verzehrte.

Und das passiert mir wahrscheinlich, dachte er halb belustigt, halb überreizt. *Weil ich sie nicht noch einmal überrumpeln will, es sei denn sie verlangt nach mir ebenso heftig wie ich beim ersten Mal nach ihr.*

Linc durchfuhr ein Schauder. Er wußte nicht, ob es einer Frau möglich war, einen Mann so bedingungslos zu begehren, daß nichts anderes mehr zählte.

Aber genau das mußte er herausfinden.

Mit Holly.

19

Lincs Hände arbeiteten sich Hollys Schenkel empor.

Erst stockte ihr der Atem, dann stöhnte sie frustriert auf. Wieder hatte er lediglich seine Handflächen über sie gleiten lassen und ihr Schamhaar nur ein wenig in Unordnung gebracht.

»Linc?«

»Ja?«

Sie öffnete die Augen und beobachtete seine intensive Freude daran, einfach nur seine Hände auf ihrer Haut zu spüren.

Als er ihren Blick bemerkte, lächelte er und tastete sich langsam von ihrem Nabel zu ihren Brüsten hinauf.

Ihre Knospen wurden unter seiner Berührung noch härter und verrieten ihm, wie entbrannt sie war.

Linc nahm einen neuen Anlauf. Langsam senkte er seinen Kopf zwischen ihren Busen und küßte sie inbrünstig.

Erst in diesem Moment gestand er sich seine gräßliche Angst ein, sie auf immer zu verlieren.

Nach einer Weile hob Linc den Kopf und küßte Hollys Lippen so ausdauernd, daß sie erbebte. Dann beugte er sich über ihre Knospen, um sie mit langsamen Zungenbewegungen zu liebkosen. Seine Zähne schlossen sich sanft um ihre angespannte Haut. Lustvoll stöhnte sie auf. Langsam und vorsichtig verwöhnte er ihren Körper mit seinen Zähnen, seiner Zunge, seinen Lippen und hielt an jeder ihrer Kurven inne, um sie ganz auszukosten. Währenddessen streichelten seine Hände in einem stetigen Rhythmus weiterhin über ihre Haut.

Als Lincs Mund die Innenseiten von Hollys Schenkeln fanden, bäumte sie sich ihm entgegen. Ihre Finger flochten sich in sein dichtes Haar und zeigten ihm ihr überwältigendes Verlangen, ohne daß sie sich dessen überhaupt bewußt war. Sie spürte verzweifelte Entbehrung, als sich seine Lippen zunächst zögernd weiter nach oben arbeiteten. Er versenkte sich in ihrem schwarzen Haar und fand die duftende, schmelzende Hitze ihrer Erregung.

Zwischen ihren Beinen liegend, flüsterte Linc ihren Namen. Dann begann er langsam und behutsam ihre Weiblichkeit zu erkunden. Er spürte, wie sie von Wellen der Lust erfaßt wurde, hörte ihren stoßweisen Atem und erbebte, als sie mit jedem jähen Atemzug nach ihm rief.

Daraufhin kehrte Linc zu der köstlichen Erkundungsreise ihres Körpers zurück. Seine Zunge neckte ihren empfindlichen Bauchnabel, ließ ihre Brüste sich lustvoll heben und huschte über ihre Lippen.

Seine Hand streichelte sie von ihren Ohrläppchen bis zu der empfindlichen Kuhle ihres Halses. Er liebkoste ihre Brüste und ihren Nabel, dann versenkte er seine Hände in dem seidigen Haar zwischen ihren Schenkeln. Hingebungsvoll widmete er sich dem glatten, unendlich weichen Inneren.

Holly stöhnte tief auf und drängte sich suchend an ihn.

Linc erstarrte. Erleichterung einerseits und Verlangen andererseits drohten ihn zu übermannen.

Viele Frauen genossen das Vorspiel. Aber nicht so viele mochten einen Mann in sich spüren. Er hatte Angst, er könne Hollys Leidenschaft für immer abgetötet haben.

»Was ist?« fragte sie beklommen.

Ihre Hände streichelten über Lincs Gesicht. Sie umfaßte seinen Kopf und blickte ihm in die Augen.

»Ich hatte schon befürchtet, daß du mich nie wieder in dir haben wolltest«, sagte er mit brüchiger Stimme. »Aber dem ist nicht so. Dein Körper kann nicht lügen.«

Seine Finger glitten erneut in sie.

Der Rhythmus seines Streichelns entlockte Holly heisere Töne. Ihre Hüften kreisten mit solch flehendem Verlangen gegen seine Hand, daß er sich kaum noch unter Kontrolle hatte.

Linc schloß seine Augen und ermahnte sich angesichts ihrer unschuldigen Sinnlichkeit, sich zu beherrschen.

Als er seine Augen wieder öffnete, beobachtete sie ihn und streckte ihm ihre Arme entgegen.

»Ich habe keine Angst mehr vor deiner Kraft«, sagte sie unmißverständlich.

Linc preßte ihren Körper so zärtlich an seinen, als wäre sie noch zerbrechlicher als ihr neugewonnenes Vertrauen in ihn.

Hollys Hände umfaßten seinen bloßen Rücken, drückten ihn genießerisch an sich. Was für eine Männlichkeit, die er nur ihretwegen gänzlich zurückhielt.

Aber das wollte sie gar nicht mehr. Sie nahm seine Hand und führte sie an ihrem Körper hinab. Die Intimität seiner Berührung war kein Schock mehr, sondern eher eine Offenbarung ihrer eigenen erotischen Möglichkeiten.

Mit jeder gleitenden, forschenden Bewegung seinerseits verwandelte sich Hollys Hingabe in eine Spannung, die mit dem Gefühl von Angst nichts mehr zu tun hatte. Ein feiner Schweißfilm lag auf ihrer Haut, ihr Atem ging stoßweise. Sie bewegte sich an ihm, schmolz mit kleinen Seufzern an ihm hin.

Linc zitterte, als sein eigenes Begehren seine Beherrschung auf eine übermenschliche Probe stellte.

Ungeduldig suchten ihre Hände das Handtuch, das er immer noch um die Hüften geschlungen hatte, und rissen es herunter.

»Holly …«, hauchte Linc.

»Ich möchte deine Haut an meiner spüren. Und zwar von Kopf bis Fuß.«

Als Holly seinen zur Gänze erregten Körper berührte, zuckte sie nicht mehr zurück.

Und als ihre warmen Finger sich um ihn schlossen, konnte Linc ein Stöhnen nicht unterdrücken. Er lenkte seine Lust auf ihr feuchtes Zentrum und rieb sich an ihrem weichen, hochempfindlichen Fleisch.

Ein Feuer durchfuhr Holly. Sie wand sich an ihm, suchte danach, von der wunderschönen Tortur, der sie erlegen war, erlöst zu werden. Voller Verlangen flüsterte sie immer wieder seinen Namen und bettelte darum, sich mit ihr zu vereinen.

»Bist du dir auch sicher?« erkundigte Linc sich zweifelnd, während er sich gewaltsam zusammenriß. »Ich könnte nicht damit leben, dir noch einmal so weh zu tun.«

Sie drehte sich etwas und öffnete sich seinem Körper mit einer Kraft, die ihn fast umgeworfen hätte.

Mit zitternden Händen griff er in die Nachttischschublade und streifte sich eilig ein Kondom über.

»Linc?«

»Langsam, Holly. Ganz, ganz langsam.«

Er legte ihre Beine um seine Taille. Dann neckte er sie mit seinem Körper, bis sie aufschrie und in seiner Umarmung mit ihm verschmolz.

In diesem Moment begann Linc mit dem eigentlichen Liebesakt. Er ging dabei ebenso rücksichtsvoll vor wie bei der vorangehenden Verführung. Erst nach und nach drang er in sie ein, immer etwas weniger, als sie es sich wünschte.

»Linc«, erinnerte sie ihn bebend. »Du hast versprochen, meine Sehnsucht zu lindern. Aber statt dessen machst du nur alles noch schlimmer!«

Heiser stammelte er ihren Namen und ließ sich schließlich in sie hineinsinken.

Hollys Augen weiteten sich vor Überraschung darüber, wie tief sie miteinander verschmelzen konnten.

»Tut es... tut es weh?« brachte er mühsam hervor.

Vergeblich versuchte sie ihm zu antworten. Eine süße Wärme erfüllte sie bis ins Innerste. Auch Linc spürte das.

Es war genau die Antwort, die er sich ersehnt und weit mehr, als er erwartet hatte. Mit langsamen Bewegungen stimulierte er sie weiter. Er beobachtete ihr Erstaunen, als sie von ihrer Sinnlichkeit überschwemmt wurde und sich ihm vollkommen ergab.

Sie bog sich ihm zitternd entgegen, lachte und weinte und klammerte sich an den Mann, der sie in Ekstase versetzte.

Linc bewegte sich weiterhin langsam und vorsichtig. Er wollte diesen Zustand unendlich ausdehnen, ganz in dem schillernden Augenblick von Hollys Höhepunkt aufgehen und zwang sich mit aller Kraft zu Geduld.

Dann aber merkte er, wie seine Selbstbeherrschung mit jedem weiteren Herzschlag schwand. Bei ihren weichen Kontraktionen berührten ihn gleichsam feurige Zungen.

Mit einem erstickten Ausruf beugte er sich zu ihr hinab und trank die Schreie der Lust von ihren Lippen, während er vollkommen mit ihr eins würde.

Als Holly am nächsten Morgen aufwachte, spürte sie Lincs kräftige Gegenwart. Ihre Beine waren ineinander verschlungen. Er hatte seine Arme um sie gelegt, und sein Brusthaar kitzelte sie.

Wohlig rieb sie sich an ihm. Sie genoß die Intimität seines straffen Schenkels zwischen ihren Beinen, seines muskulösen Oberkörpers an ihren Brüsten, die starken Sehnen seines Halses an ihrer Hand. Sie drängte sich noch näher an ihn, um sich seiner zu vergewissern.

Die Erinnerung an ihre Liebesnacht überflutete sie. Erst mußte es eine Art Halbschlaf in der warmen Dunkelheit gewesen sein, in der Lincs Lippen sie geliebt hatten. Die Leidenschaft war wie ein Sturm in der Wüste über sie hereingebrochen und hatte sie mitgerissen, bis sie sich schreiend aneinanderklammerten und ihren Höhepunkt wie einen Flug ins All erlebten.

Dann war Holly eingeschlafen und mit einem Lächeln auf den Lippen wieder aufgewacht, weil sie selbst in der vollkommenen Dunkelheit Linc an ihrer Seite wußte. Sie konnte ihn mit jeder Faser ihres Körpers schmecken, berühren, aufnehmen. Sie konnte seine Männlichkeit so lange reizen, bis er wieder in sie eindrang und die Ekstase sie erneut umspülte.

Hollys Bauch überrollten allein schon bei der Erinnerung warme Wellen. Erst lag sie regungslos da, aber schließlich war die Versuchung von Lincs unmittelbarer Nähe zu groß, um ihr noch länger zu widerstehen.

Sie kuschelte sich wohlig an ihren schlafenden Partner, während sie ihn streichelte und von seinem Körper gewärmt wurde. Liebkosungen murmelnd, lag sie lächelnd da. Ihre Haut war so sensibilisiert, daß seine Nähe fast schmerzte. Holly reckte sich.

Noch bevor Linc ganz wach war, nahm er sie fest in seine Arme. Er zog sie auf seine Brust und ließ seine Hände ihren Rücken bis zu den Hüften hinunterwandern.

Sie zitterte vor Wonne und Erwartung. Sie lächelte ihn an.

»Guten Morgen«, begrüßte sie ihn heiser.

Eine ganze Weile blickte Linc Holly innig an. Seine braunen Augen waren voller Gefühle, die sie nicht benennen konnte. Sie spürte jedoch, daß nicht alle seine Gefühle so warm und friedlich waren wie die ihren.

»Am Morgen bist du noch schöner«, sagte er, während er in Gedanken zu der vergangenen Nacht zurückkehrte.

Es waren Bilder von Holly, wie sie süß und wild und selbstvergessen in seinen Armen gelegen und sich ihm hingegeben hatte wie noch keine andere Frau zuvor.

Auch seine eigene Hingabe fiel ihm ein, die noch niemals so hemmungslos gewesen war.

Und dann erinnerte er sich an seinen Vater, der von einer Frau besessen war, die aufgrund ihrer Schönheit nie und nimmer nur einem Mann treu sein konnte.

»Mein Gott, was soll ich nur tun?« ächzte Linc bekümmert.

Hollys Atem stockte, als sie seine Anspannung, den Schatten in seinem Blick und seine düstere Stimme wahrnahm. Sie wußte, daß er an seine Mutter und Stiefmutter dachte, die ebenso niederträchtig wie schön gewesen waren.

»Du mußt mir vertrauen«, bat Holly. »Ich bin anders als sie.«

Noch bevor er ihr antworten konnte, beugte sie ihren Kopf über seinen und fuhr mit der Zungenspitze die Linie seiner Lippen entlang.

»Ich liebe dich, Linc.«

Er stöhnte und vergrub seine Finger in ihrem langen Haar. Dann preßte er seine Lippen zu einem leidenschaftlichen Kuß auf ihre.

Das Telefon auf dem Nachttisch klingelte.

Fünfmal. Sechsmal.

»Das verdammte Ding hätte ich gar nicht einstecken sollen«, murmelte Linc dicht an ihrem Mund.

Holly stimmte ihm wortlos zu. Wortlos, weil Linc sie schon wieder küßte und ihr mit dem Suchen seiner Zunge zeigte, wie sehr er sie begehrte.

Zehnmal.

Elf.

Zwölf.

Wild fluchend drehte Linc sich um. Seine Finger drückten eine Taste, um den Lautsprecher des Telefons zu aktivieren.

»Normalerweise geben die Leute nach zwölfmal klingeln auf«, knurrte er.

Zunächst entstand am anderen Ende der Leitung eine Pause, dann drang Rogers Lachen aus dem Apparat.

»Auch Ihnen einen guten Morgen«, bemerkte Roger trokken. »Ist Shannon noch da, oder haben Sie sie als Mitternachtssnack verspeist?«

Linc hob fragend eine Augenbraue in Richtung Holly.

»Guten Morgen, Roger«, quetschte diese ohne große Begeisterung heraus.

Sie versuchte, Lincs Gesichtsausdruck nicht zu beachten, der sich zusehends veränderte und fast wieder zu jener harten Fassade erstarrte, mit der er beim ersten Mal über sie hergefallen war.

Und dann erinnerte sie sich an seinen Schmerz, als er sich seines Verhaltens bewußt wurde... und an die eine Träne, die sich durch ihre Haut hindurch bis in ihre Seele gebrannt hatte.

Im stillen betete Holly um mehr Zeit mit Linc.

Er wird lernen, mir zu vertrauen, dachte sie. *Wenn ich doch nur noch etwas bei ihm bleiben könnte, ehe wir wieder auseinandergerissen werden.*

Roger räusperte sich.

Holly begriff, daß er auf so etwas wie eine Antwort wartete.

»Was hast du noch mal gesagt?« fragte sie.

»Tut mir leid, wenn ich dich gerade störe«, sagte Roger. »Wir werden in einer Stunde nach Cabo San Lucas abfliegen.«

»So schnell geht es keinesfalls...«, fing sie an.

»Mehr Zeit haben wir nicht«, unterbrach er sie. »Der Wirbelsturm Giselle nähert sich dem Kap.«

»Aber...«

»Mit ein bißchen Glück können wir uns für die Arbeit dort fünf Tage Zeit nehmen«, fuhr Roger unbeirrt fort. »Wenn nicht, dann nur zwei. Weder Giselle noch die Modebranche haben jemals auf jemanden gewartet. Deine Sachen hier sind zusammengepackt. Wir treffen uns in einer Stunde am Flughafen.«

Holly machte ein unwilliges Geräusch.

»Kann ich nicht hinterherfliegen, wenn ihr schon alles auf gebaut habt?« fragte sie.

»Es ist alles fertig. Ich habe die Techniker bereits vorgeschickt, als der Regen in Hidden Springs einsetzte.«

Sie murmelte etwas Unverständliches.

Roger ebenso.

»Tut mir wirklich leid«, wiederholte er nochmals. »Aber wir sind ohnehin mit den Terminen im Verzug. Wenn wir jetzt nicht die Aufnahmen bekommen, die wir brauchen, dann ist die ganze Romantikkampagne im Eimer.«

»Besorgen Sie sich doch ein anderes Model«, schaltete Linc sich ein.

Seine Stimme war klar und hart, so daß Holly zusammenzuckte.

Rogers Lachen klang ebenso hart.

»Sie scherzen wahrscheinlich«, gab er zurück. »Shannon *ist* die Royce-Romantik-Kampagne.«

Linc blickte sich zu ihr um.

Und wartete.

»Ich werde in einer Stunde am Flughafen sein«, beendete sie das Gespräch, noch bevor Roger sie erneut bedrängen konnte.

Linc stieg mit einer ungeduldigen Bewegung aus dem Bett. Er hatte ihr den Rücken zugewandt. Jeder Muskel seines großen Körpers war angespannt. Seine Stimme ließ keinen Zweifel, mit welcher Macht er sich zsuammenreißen mußte.

»Warum?« fragte Linc.

»Es ist meine Arbeit.«

»Dann kündige.«

»Ich habe einen Vertrag zu erfüllen.«

»Brich ihn.«

Holly atmete hörbar aus.

Zu schnell, dachte sie. *Es entgleitet mir.*

»Nein«, sagte sie also.

Linc wandte sich langsam um. Seine Augen suchten ihre. Sie wich ihm nicht aus.

»Ist es denn so wichtig für dich, von mehr als einem Mann begehrt zu werden?« fragte Linc.

»Wie bitte?«

»Du hast mich genau verstanden.«

»Damit hat das überhaupt nichts zu tun!«

»Bei den zwei mir bekannten Fotomodellen hatte es eine Menge damit zu tun «, erwiderte er kalt.

»Die waren nicht typisch«, konterte Holly. »Frauen, die sich Model titulieren, aber zusätzlich Sex anbieten, halten sich in der Branche ohnehin nicht lange.«

»Ach…?«

»Allerdings!« Ihre Stimme wurde lauter. »Was solche Models tun, ist, weiß Gott, nichts Ungewöhnliches. Das kann man in jeder Stadt sehen, die groß genug ist für eine Seitenstraße.«

Lincs Mißtrauen spiegelte sich in der zynischen Linie seines Mundes.

Holly stand auf und kam auf ihn zu.

»Hör mir mal zu«, setzte sie an. »Richtige Fotomodelle arbeiten aufrecht und nicht auf dem Rücken. Und sie arbeiten verdammt hart.«

»Wo denn? Beim Ausziehen?«

»Professionelle Models bewahren eine unmögliche Haltung über Stunden und lächeln überzeugend auf jedes Kommando«, zählte sie auf.

Linc blickte sie skeptisch an.

»Models essen nicht, wenn sie Hunger haben«, fuhr Holly fort. »Sie machen Gymnastikübungen, wenn sie lieber schlafen würden. Unter miserablen Arbeitsbedingungen leisten sie Überstunden ab und sind dann auch noch den beleidigenden Kommentaren bigotter Leute ausgesetzt, die glauben, daß ein Fotomodell ein Deckname ist für das älteste Gewerbe der Welt.«

Linc betrachtete sie mit fast schwarzen Augen, so dunkel wie Steine auf dem Grund eines Baches in der Dämmerung. Mühsam schnappte sie nach Luft. Sie pendelte zwischen Wut und Angst, die ihren Magen in eine Kampfarena verwandelt hatten.

»Models sind keine Huren«, sagte sie. »Modemachen ist ein ganz normaler Beruf. Den Models ergriffen haben.«

»Was für ein Beruf denn! Überteuerte Kleidung reichen Frauen vorzuführen!«

»Auch da täuschst du dich«, entgegnete Holly. »Wirklich teure Mode macht nur einen sehr kleinen Teil der Branche aus.«

»Branche?« fragte er erbost.

»Genau. Jeder, der Kleidung auf dem Leib trägt, ist daran beteiligt. Sogar du. Mode gehört zum Bruttosozialprodukt genau wie Autos, Süßigkeiten und Computer.«

Frustriert fuhr sich Linc durch die Haare.

»Meinetwegen«, räumte er unwillig ein. »Mode ist also eine Sache von nationalem Interesse. Aber bedeutet sie dir mehr als ich?«

»Warum kommst du nicht mit nach Cabo San Lucas?« hielt ihm Holly entgegen. »Dann wären wir nicht nur zusammen, sondern du könntest auch gleich sehen, was Models so treiben – und was nicht.«

»Ich habe eine Menge zu tun. Richtige Arbeit.«

»Warum ist die Aufzucht überteuerter Pferde für reiche Interessenten eine richtigere Arbeit als meine?« forderte sie ihn heraus.

»Pferde zu züchten ist mehr, mein Leben beruht darauf.«

»Das weiß ich.«

Linc schien überrascht.

»Willst du damit etwa sagen, daß Model zu sein dein *Leben* ist?« mokierte er sich über sie.

»Teilweise.«

»Es rangiert also vor unserem Zusammensein?«

»Ich zwinge dich ja auch nicht, dich zwischen mir und deiner Arbeit zu entscheiden«, erwiderte Holly verzweifelt.

»Warum machst du es mir bloß so schwer?«

Er wandte sich ab, durchschritt das Zimmer und zerrte ein paar Kleidungsstücke aus seinem Schrank.

»Ich fahre dich zum Flughafen«, sagte er.

Entschlossen folgte sie ihm, und sanft fuhren ihre Finger über seine Rückenmuskeln. Ihre Arme umfingen seine Taille.

»Ich liebe dich«, sagte sie leise.

Sie spürte, wie er sich gegen sie sträubte.

Behutsam befreite er sich aus ihrer Umarmung und wandte sich zu ihr um.

»Liebe mich nicht«, sagte er mit einer Stimme, in der sowohl Zorn als auch Traurigkeit mitschwang.

»Aber...«

»Mich zu lieben wird dich mehr verletzen als irgend etwas, was ich dir antun könnte. Ganz gleich, was ich von Fotomodellen halte – du sollst nie mehr wegen mir leiden.«

»Das verstehe ich nicht«, beschwerte sie sich.

Linc nahm ihre Hände und küßte zärtlich ihre Fingerspitzen, während er sie mit verschatteten Augen ansah.

»Liebe ist etwas für Masochisten, Holly. Weder kannst du gewinnen noch aus dem Spiel aussteigen, höchstens ein Patt erreichen.«

»Das glaube ich nicht«, setzte sie sich zur Wehr. »Es wird dir nichts anderes übrigbleiben.«

Er ließ sie los.

»Zieh dich an«, forderte er sie auf. »Du willst doch nicht zu spät zur Arbeit kommen.«

20

Holly lächelte strahlend. Sie ließ es sich nicht im geringsten anmerken, daß ihre Schulterblätter vor Müdigkeit brannten und ihre Schenkel unter dem fließenden, seegrünen Chiffonkleid zitterten.

Hinter ihr ragten die kargen, einsamen Felsen von Cabo San Lucas empor. Kahl und verwittert dösten sie unter der mörderischen Tropensonne und ertrugen Sonne und Meer, die sie eines Tages zerstören würden.

Eine Brise zerrte den Chiffon von Hollys verschwitzter Haut. Das zarte Material blähte sich kräuselnd, wie eine Entsprechung der Wellen, die sich an den heißen Strand warfen.

Die Diamantkette um ihren Hals glitzerte Wassertropfen gleich, die über jeder brechenden Welle zerstoben. Das spätnachmittägliche Licht tauchte ihre Augen in Gold und verlieh sogar den zerklüfteten Felsen ein gemildertes Aussehen.

Der Regisseur hob sein Sprechrohr.

»Okay«, begann er mit abgehackter Stimme.

Holly hielt den Atem an und hoffte, daß die Fotosession nun endlich vorbei sein möge.

»Noch einmal von vorne«, kommandierte der Aufnahmeleiter. »Aber erst muß Shannons Haar in Ordnung gebracht werden.«

Holly fluchte unterdrückt vor sich hin.

Sie legte ihre Fäuste ins Kreuz und kniff sich in die brennenden Muskeln. Ihr ganzer Körper war von dem stundenlangen Sichbeugen, -drehen und -posieren auf unebenem Grund vollkommen steif. Die bewegte Sequenz, die sie jetzt filmten, war körperlich zwar weniger anstrengend, dafür aber seelisch um so strapaziöser. Erst mußte sie auf das Meer zulaufen und bis zu den Knöcheln im Wasser stehen. Das war nicht weiter schwierig.

Aber in Rogers Arme zu fallen und dabei so auszusehen, als ob sie seiner Nähe entgegenschmachtete, fiel ihr wirklich schwer.

Es war schon schlimm genug, von einem anderen Mann als Linc auch nur im Arm gehalten zu werden. Aber die befohlenen Küsse konnte sie kaum ertragen.

Zum hundertstenmal heute wünschte sich Holly, daß Roger an seiner Statt einen Fremden angeheuert hätte, der den männlichen Royce-Part übernahm. Es wäre ihr viel leichter gefallen, Begehren in den Augen eines Fremden zu ignorieren.

Äußerlich ruhig stand sie da, während die Stylistin sich mit ihrem langen Haar beschäftigte.

»Absolut hoffnungslos«, murmelte die Mitarbeiterin. »Da kann man machen, was man will, der Wind wird es ohnehin sofort zunichte machen.«

»Was du nicht sagst«, äußerte Holly sarkastisch. »Meine Kopfhaut ist schon ganz wund von dem ewigen Bürsten.«

Ohne das geringste Mitgefühl ließ die Stylistin die Bürste erneut durch Hollys Mähne fahren.

Ihr Opfer seufzte, blieb still stehen und ertrug, was für ihren Beruf nun einmal notwendig war. Roger wollte ihr Haar offen, es sollte sich mit dem Wind wie eine nächtliche Wolke bewegen. Der Effekt wäre sinnlich und romantisch. Wenn man ihn denn jemals hinbekam …

Die Luft vom Meer her war schwer und salzig und wehte lauter Knoten in Hollys Haare. Die unkalkulierbare Brise war auch dafür verantwortlich, daß sie unbequeme Stellungen so lange halten mußte, bis die generatorbetriebenen Ventilatoren und der natürliche Wind sich nicht mehr um die Vorherrschaft über ihren Kopf stritten.

Zumindest die Standfotos sind so gut wie im Kasten, dachte sie. *Gott sei Dank!*

Wenn sie sich noch eine weitere Bemerkung von Jerry über Eiszapfen gefallen lassen müßte, dann würde sie ihm die Kamera um die Ohren hauen.

Nachdem die Stylistin sie noch einmal energisch gestriegelt hatte, machte sie sich aus dem Staub und überließ Holly einmal mehr den Naturgewalten.

»Shannon, bist du da draußen überhaupt wach?« fragte der Regisseur durch sein Megaphon.

Sie biß die Zähne zusammen und winkte ihm zu.

»Wir haben es doch besprochen«, brüllte der Regisseur. »Diese Szene muß vor Sinnlichkeit triefen. ›Begegnen Sie dem Mann Ihrer Träume – in einem Kleid von Royce.‹«

Erneut hob sie die Hand.

»Denk an das Thema«, kläffte der Regisseur. »Es ist der Mann deiner Träume, der da aus dem Wasser kommt, und nicht irgendein Grautier!«

»Ich habe das Skript gelesen«, schrie Holly zurück.

»Dann spiele es, verdammt noch eins!«

»Fangen wir doch jetzt endlich wieder an!« keifte Holly zurück.

Die Crew blickte sich ratlos an. Holly besaß den Ruf des ausgeglichensten Models überhaupt. Seit dieser Session jedoch stimmte gar nichts mehr.

In den letzten fünf Tagen in Cabo San Lucas hatte die Crew mehr von ihrem Temperament gesehen und gehört als in den fünf Jahren davor.

»Los jetzt!« Der Regisseur schäumte.

Mechanisch folgte Holly den Anweisungen des Skripts. Sie wartete, bis eine Welle sich am Strand brach. Dann drehte sie sich um, beugte sich hinunter und ließ ihre Fingerspitzen durch das Wasser fahren, das schaumig ihre Füße umspülte.

Mit einer leichten Berührung ihrer Zunge schmeckte sie das

Salz auf ihren Fingerspitzen. Dann streckte sie sich langsam und hob ihre Haare in den Wind.

Sie sah sehr traurig und einsam aus, wie eine Frau, die vergeblich wartete.

Diesen Ausdruck hinzubekommen, war für Holly ein leichtes. Seit Linc sie vor fünf Tagen auf dem Flughafen sogar ohne Kuß verabschiedet hatte, sehnte sie sich nach ihm.

Dreimal hatte sie ihn angerufen.

Jedesmal war die Haushälterin am Apparat.

Und Linc hatte nicht zurückgerufen.

»Make-up!« brüllte der Regisseur.

Irritiert riß Holly ihren Kopf hoch und ließ die Arme fallen. Ungeduldig wartete sie auf den Visagisten, damit er jenen Makel behob, den der Regisseur erspäht hatte.

Roger stand weiter draußen im Wasser, dicht hinter der Linie, wo die Wellen donnernd in Schaum zerstoben. Fluchend tauchte er unter den Wellen hindurch und watete auf sie zu. In seinem Blick rangen sich sowohl Sorge als auch Sympathie miteinander. Er hatte mit genügend empfindlichen Frauen zusammengearbeitet, um zu wissen, daß die normalerweise nicht kleinzukriegende Holly kurz vor einer Explosion stand.

»Unter den Augen«, wies der Regisseur durch das Megaphon an. »Und wenn du schon dabei bist, etwas Gloss auf die Lippen.«

Roger stand dicht vor ihr und betrachtete sie kritisch: »Du solltest wirklich versuchen, nachts mehr Schlaf zu erwischen!«

»Ich versuche es ja.«

»Bei dem Versuch darf es aber nicht bleiben«, tadelte er.

Holly wollte ihm gerade widersprechen, der Visagist jedoch brachte sie zum Schweigen, indem er sie gebieterisch mit Gloss traktierte.

Die Stylistin kam wieder angerannt. Sie nutzte jede Gelegenheit, um Hollys Haare in eine schwebende Wolke zu verwandeln.

»Ich schlafe prima«, sagte Holly, sowie sie ihre Lippen wieder bewegen konnte.

»Unsinn«, entgegnete Roger. »Gestern bist du die ganze Nacht auf deinem Balkon auf und ab gegangen.«

Holly preßte die Lippen zusammen.

Das konnte sie nicht leugnen. Seit Linc sie ohne Abschiedskuß verlassen hatte, schlief sie nur noch stundenweise.

»Ab heute werde ich auf Zehenspitzen gehen«, nuschelte sie kleinlaut. »Tut mir leid, daß ich dich wachgehalten habe.«

»Mir bereitet dein Schlaf mehr Sorgen als mein eigener.«

»Ist falsch ...«

»Verdammt noch mal!« knurrte er. »Ich will nicht, daß die Royce Reflection aussieht wie eine halbverhungerte, überarbeitete Elfe.«

Als Holly den Mund öffnete, bedeutete er ihr zu schweigen.

»Mach dir nicht die Mühe, das abzustreiten«, sagte Roger. »Schließlich habe ich bereits zum zweiten Mal seit unserer Ankunft hier deine Kleider enger nähen müssen.«

»Tut mir leid!« Holly sah geknickt aus.

Er fluchte.

»Ich will keine Entschuldigungen. Ich will, daß du glücklich bist!« bellte er.

»Steht das auch in meinem Vertrag?«

Es entstand eine angespannte Stille.

»Dieser elende Cowboy ist schuld, nicht wahr?« fragte Roger schließlich.

Hollys Miene verdunkelte sich, obwohl sie sich alle Mühe gab, ungezwungen zu wirken. Dann lächelte sie ihr Profilächeln, das sich wie eine Maske über ihr Gesicht zog.

»Es ist die Luftfeuchtigkeit hier, die an einem zehrt«, sagte sie leichthin. »Fast wie in der Sauna. Ich tauge wohl nicht zu einer tropischen Prinzessin.«

»In Palm Springs kann es genauso schwül sein«, gab Roger zu bedenken.

Abermals produzierte sie ein Lächeln, das ebenso leer war wie der Ausdruck ihrer Augen.

Der Visagist hatte sein Werk vollendet und verließ den Schauplatz so unauffällig, wie er gekommen war.

Holly fiel es gar nicht weiter auf.

Ihre ganze Aufmerksamkeit war auf den Strand hinter der Seilabsperrung gerichtet, die Schaulustige fernhalten sollte. Sie hatte geglaubt, einen Mann zu erkennen, einen großen, gutgebauten Mann, der auf das Wasser zuwatete.

Der Mann bewegte sich genauso wie Linc.

Hollys Herzschlag setzte aus, nur um gleich darauf um so schneller zu klopfen.

Sie starrte nach Westen, konnte vor der untergehenden Sonne jedoch lediglich eine schlanke Silhouette erkennen.

Diese tauchte in die glitzernden Wellen und war verschwunden.

»Was ist los, meine Liebe?« fragte Roger. »Du zitterst ja.«

Einen Augenblick lang war sie vollkommen sprachlos.

Er drehte sich um und rief dem Regisseur entschlossen zu: »Machen wir Schluß. Shannon hat für heute genug.«

Holly war nicht einverstanden. Ihr lautstarker Widerspruch ließ Roger zusammenzucken. Er wandte sich zu ihr um.

Sie aber nahm keine Notiz von ihm, sondern beschimpfte sich im Geiste: Allein die Silhouette eines kräftigen Mannes mit geschmeidigen Bewegungen beunruhigt dich so sehr, daß du vergißt, wo und wer du bist und warum du dich hier in dem schwülen Cabo San Lucas aufhältst.

Damit muß jetzt Schluß sein, ermahnte Holly sich streng. *Ich kann nicht länger wie eine Schlafwandlerin durch einen sich in Nebel auflösenden Traum taumeln.*

Roger hat mehr verdient als nur eine leere Hülle von Shannon.

In der Vergangenheit hatte sie sich oft ausgemalt, daß Linc in der Nähe sei, wenn sie vor der Kamera posierte.

Dann werde ich mich wohl damit wieder begnügen müssen. Jetzt kann ich sogar auf ganz frische Erinnerungen zurückgreifen. Diese frischen Erinnerungen waren heiß genug, um die eisige Angst zum Schmelzen zu bringen, die sie bei dem Gedanken an seine Worte beutelte.

Liebe mich nicht. Liebe ist etwas für Masochisten. Du kannst weder gewinnen noch aus dem Spiel aussteigen – höchstens ein Patt erreichen.

Und dennoch konnte sie sowenig aufhören ihn zu lieben, wie sie aufhören konnte zu atmen.

»Gerade jetzt ist die beste Tageszeit«, sagte sie zu Roger, »mit diesem Licht wie Honig!«

»Ach was, es gibt immer ein Morgen«, meinte er zuversichtlich.

»Aber der Wirbelsturm wird die Küste nicht mehr lange verschonen. Vielleicht ist es morgen schon zu spät.«

»Wieso …«

»Auf los geht's los!« rief sie dem Regisseur zu und würgte damit Rogers Protest ab.

Und diesmal war sie wirklich bereit.

Aktiv hielt sie sich die Szenen mit Linc vor Augen und hüllte sich in eine Aura der Sinnlichkeit. Sie erinnerte sich an den Moment, in dem sie in seinen Armen aufgewacht war und seine warme Zunge ihre Lippen geneckt hatte.

Jerry, der am Rande stand und Standaufnahmen für die Zeitschriftenkampagne machte, schrie begeistert auf.

»Prima! Mann, das ist ja phantastisch!«

»Ruhe!« brüllte der Regisseur.

Die Stimme des Regisseurs und Jerrys drangen zu Holly durch, als kämen sie vom anderen Ende eines Tunnels. In Erinnerungen versunken verströmte sie eine sinnliche Sehnsucht, die um so bewegender war, als ihr Gesicht sich in Einsamkeit verlor.

Wind umtoste sie. Er streichelte ihre Haut, hob ihre Haare

und bäumte die unzähligen Lagen seegrünen Chiffons auf, wodurch ihre perfekt geformten Beine sichtbar wurden.

Das Licht umhüllte sie wie ein Liebhaber aus durchsichtigem Gold.

Roger, vom Meerwasser tropfend und mit absichtlich zerzaustem Haar, kam aus den Wellen auf sie zu. Eine schwarze Tauchermaske und ein Schnorchel baumelten an seiner linken Hand herab. Das Licht reflektierte das glitzernde Wasser auf seiner gebräunten Haut. Die schwarze Badehose lag eng an seinem sportlichen Körper.

Holly sah ihn auf sich zustapfen und stellte sich an seiner Stelle Linc vor.

Aber es funktionierte nicht.

Sie schloß die Augen und versuchte es erneut.

Die frustrierten Bemerkungen des Regisseurs störten ihre Konzentration. Sie streckte eine Hand aus und ließ sich in Rogers Arme ziehen.

Sein Kopf beugte sich ihr langsam entgegen. Er küßte sie wie schon den ganzen Nachmittag mit kühlen Lippen, die sexy aussehen sollten, aber freilich nur Teil des Skripts waren.

Dann wurde seine Umarmung plötzlich fester, und seine Zunge schoß zwischen ihre Zähne. Er wollte die Situation für etwas Intimeres ausnützen.

Nach der ersten Schrecksekunde stemmte Holly ihre Arme gegen Rogers Brust und stieß ihn wütend von sich.

»Schnitt!« brüllte der Direktor.

Mit dem Megaphon in der Hand eilte er den Strand herab auf sie zu.

»Was, in aller Welt, ist nur mit dir los, Shannon?« zeterte der Regisseur.

Roger seufzte, zuckte mit den Schultern und sah Holly an.

»Tut mir leid, meine Liebe«, sagte er betreten. »Du warst einfach eine unwiderstehliche Versuchung.«

»Das soll ich ja auch sein«, erklärte sie kühl. »Schließlich war das die ganze Idee dieser Session. Erinnerst du dich: ein Spiel!«

Roger lächelte sie charmant an, aber hinter seiner Glätte lauerte männliche Begierde.

»Frauen mit deinem Aussehen brauchen mehr als nur einen gestellten Kuß«, sagte er ruhig.

Holly zischte etwas und drehte ihm den Rücken zu.

Roger nahm den Regisseur beim Arm und führte ihn am Wasser entlang, wobei er beruhigend auf ihn einsprach.

Holly hörte nicht zu. Sie hatte die Augen geschlossen, ihr ganzer Körper war in Alarm. Vollkommen erstarrt kämpfte sie gegen den Ekel an, von einem anderen Mann als von Linc geküßt worden zu sein.

Aber auch Schauspielerinnen küßten ständig Kollegen so – die die meisten von ihnen, wenn man den Gerüchten Glauben schenken durfte, abgrundtief haßten.

Ich kann mich doch wohl noch von einem guten Freund umarmen lassen, ohne gleich zu einer Salzsäule zu erstarren.

Zwar ärgerte sich Holly über sich selbst, trotzdem würde sie bestimmt beim nächsten derart intimen Kuß von Roger ihm wie eine wild gewordene Katze die Augen auskratzen.

Techniker eilten um sie herum, stellten die Lampen neu auf, korrigierten die Reflektoren, lasen Lichtmesser ab und fluchten.

Und sie kannte auch den Grund. Das Licht war für diese Szene ausschlaggebend. Ihr Gesicht sollte hauptsächlich von der untergehenden Sonne und nicht künstlich beleuchtet werden. Rogers Gesicht dagegen hatte fast ausschließlich im Schatten zu bleiben.

Und mit dem Sonnenuntergang hinter ihnen mußten sie alle Farbschattierungen der Leidenschaft einfangen.

Diese drei Ziele gleichzeitig zu erreichen konnte jedem Techniker den letzten Nerv rauben.

»Ist Roger an seinem Platz?« schnaubte der Regisseur.

Holly legte eine Hand über ihre Augen und schaute auf die

glitzernde Wasseroberfläche vor der untergehenden Sonne. Das Licht blendete sie, aber sie erkannte die große Silhouette eines Mannes, der aus den Wellen auf sie zuschritt.

Sie kämpfte gegen eine aufsteigende Übelkeit an. Roger sollte sie kein einziges Mal mehr anfassen.

Jedenfalls nicht so wie eben.

»Wir sind startbereit«, rief Holly.

»Endlich!«

Noch einmal beschwor sie ihre Erinnerungen an Linc und bewegte sich wie eine Frau, deren Traummann aus dem Ozean stieg.

Noch einmal streckte sie ihm, von der Sonne geblendet, fast schüchtern ihre Hand entgegen.

Aber noch bevor sich ihre Hände berührten, prallten Erinnerung und Realität aufeinander.

»Linc!«

Er nahm ihre Rechte und preßte ihre Handfläche an seine Lippen.

Wind fuhr unter Hollys Kleid und durch ihr Haar und umschmeichelte Linc mit einer zärtlichen Brise, noch bevor er sie in seine Arme gezogen hatte.

Seine Lippen schmeckten süß und salzig. Er war viel wilder und schöner als in ihrer Erinnerung.

Sie drückte sich ohne jedes Zögern an ihn und gab sich seiner Kraft hin. Als sie spürte, wie seine Zunge ihre Zunge streichelte, glaubte sie vor Lust zu sterben.

»Schnitt!« brüllte der Direktor. »Das war einfach perfekt. Aber ich möchte zur Sicherheit noch eine Reserveaufnahme machen. Auf die Plätze! He, ihr da draußen, Schnitt!«

Langsam hob Linc seinen Kopf. Sein Blick war verschwommen, seine Lippen begierig.

»Die denken, du wärst Roger«, keuchte Holly.

»Ich weiß. Ich habe den ganzen Nachmittag zugesehen, wie er dich küßt.«

Lincs Stimme war ebenso unnachgiebig wie sein Blick. Noch bevor sie antworten konnte, umschlossen seine Arme sie wie Eisenstangen. Sein Mund bewegte sich zu ihr herab und schien Widerstand zu erwarten.

Ihre leidenschaftliche Erwiderung belehrte ihn jedoch eines Besseren. Sie zog seinen Kopf zu sich herunter und erkundete seinen Mund mit ihrer Zunge. Die Leute am Strand, das teure Kleid, das im Wind wehte, und das warme Meerwasser an ihren Waden – all das nahm sie gar nicht mehr wahr.

Sie wußte nur, daß sie sich nach dem Mann verzehrte, der aus der Sonne heraus auf sie zugekommen war und sie jetzt im Arm hielt.

»Shannon! Wer, zum Kuckuck, ist denn das da draußen mit dir?« schrie Roger unwillig. »Wie ist er bloß durch die Absperrung gelangt?«

Holly beachtete ihn nicht, nichts spielte mehr eine Rolle außer ihrem überwältigenden Bedürfnis, Lincs Gegenwart mit jeder ihrer Poren aufzusaugen.

Als er den Kuß abbrechen wollte, zog sie ihn noch fester an sich.

Linc aber machte sich mit einer leichten Bewegung von ihr frei und entfernte sich in den schimmernden Horizont.

Fast besinnungslos streckte Holly ihre Hand aus und rief unentwegt seinen Namen.

Aber sie erhielt keine Antwort.

Linc tauchte durch eine Welle hindurch und verschwand im Meer.

21

»Ist alles in Ordnung, Shannon?« trompetete Roger.

Shannon versagte die Stimme.

Er rannte den Strand herunter.

»He? Kannst du mich hören?«

Er kam direkt auf sie zu und zwang sie in die Gegenwart zurück.

»Mir geht es gut«, sagte sie schwach.

»Wer, Himmel noch mal, war das denn?«

»Linc.«

Rogers Lippen bildeten eine dünne, sich nach unten neigende Linie.

»Das hätte ich mir denken können«, meinte er bitter. »Du hast ihn geküßt, als ob er ein Gott sei, der dich erlöst.«

Vor Leidenschaft noch sichtbar zitternd, erhob Holly keinen Widerspruch.

Roger nahm ihr Gesicht in seine Hände. Sein Blick registrierte jedes Detail ihrer Erregung, die in ihren goldenen Augen glitzerte und ihre roten Lippen vor Sehnsucht schwellen ließ.

»Wenn du mich so geküßt hättest, wäre ich nicht so mir nichts dir nichts weggelaufen«, sagte er. »Shannon, laß mich …«

»Genug jetzt«, unterbrach sie ihn ungeduldig. »Hör auf damit!« Bebend riß sie sich von ihm los und starrte auf die Stelle im Meer, wo sie Linc aus den Augen verloren hatte. Dort konnte sie außer den blendenden Strahlen der untergehenden Sonne nichts erkennen.

Der Regisseur stürmte herbei. Er winkte mit dem Megaphon wie mit einem Schwert.

»Dies ist ein verdammter Affenzirkus!« jaulte er. »Ich habe die beste Aufnahme meines Lebens, und dann fängt Roger an zu jammern, es sei der falsche Mann!«

»Ist dir denn nicht aufgefallen, daß das nicht ich war?« erkundigte Roger sich.

»Wohl kaum«, knurrte der Regisseur bissig. »Ein großer, gutgebauter Mann kommt aus den Wellen auf Shannon zu und küßt sie, richtig? Diese Szene hatten wir den ganzen Tag!«

»Genau«, bellte Roger.

»Nur, daß diesmal das Licht perfekt war, der Wind perfekt – und die beiden fast meine Linse von der Kamera gesprengt hätten.«

»Konntest du denn nicht sein Gesicht erkennen, den Größenunterschied?« Roger war fassungslos.

»Du stehst als Silhouette da, und dein Gesicht liegt im Schatten«, fertigte der Regisseur ihn ab. »Um Shannon zu küssen, mußt du dich nach unten beugen. Genau wie er es getan hat. Soll ich da etwa merken, daß einer von euch sich ein paar Zentimeter mehr bücken muß als der andere?«

»Verflucht«, mimte Roger den Beleidigten.

»Ganz meine Meinung«, kommentierte der Regisseur. »Noch einmal von vorne also.«

Damit wandte er sich um und pflügte wieder durch den Sand, wobei er die ganze Zeit in sein Megaphon schrie.

Die Techniker schwärmten aus.

Einer der Beleuchter trat dem Regisseur in den Weg und deutete mit dem Finger auf die Sonne. Sie lag nur noch einen Finger breit über dem Horizont. Dann zeigte der Beleuchter auf den Strand, wo die Lampen inmitten von einem geordneten Kabelchaos bereitstanden.

Der Regisseur machte dem Besserwisser gegenüber eine verärgerte Geste und winkte jeden an seinen Platz. Holly wandte sich wieder dem Meer zu, sah aber nur noch Rogers Körper im Wasser verschwinden. Sie blickte in die Ferne hinter die Absperrungen, hinter der die Leute standen und auf sie und die Kameras zeigten.

In der Menge befand sich kein großgewachsener, kräftiger Mann. Kein Mensch war zwischen ihr und den leuchtenden Klippenwänden zu sehen, die zu dem hoch droben liegenden Hotel aufragten.

Es schien fast, als ob Linc sie aus ihrer unerträglichen Einsamkeit herausgelockt habe; aber er besaß eine zu ausgeprägte Persönlichkeit, um sich ihrem Zauber unterzuordnen.

Und war verschwunden.

»Wach auf, Shannon!« brüllte der Regisseur. »Ich habe gesagt, weitermachen!«

Dumpf wandte sie sich um und wartete darauf, daß sich ihr der falsche Mann näherte.

Wie ein Alptraum wiederholte sich die Szene wieder und wieder.

Der dunkle Umriß eines Mannes, der aus dem leuchtenden Meer auftauchte.

Die Hände, die sich berührten.

Der Kuß.

Mit jedem Mal wurde es anstrengender für Holly, den Widerwillen ihres Körpers, ihrer Seele gegen die Berührung eines fremden Mannes zu kaschieren.

Linc war es, nach dem sie sich verzehrte.

Nur Linc.

Der Alptraum nahm kein Ende. Die Wärme verflüchtigte sich noch schneller aus ihrem Körper als das Licht vom Himmel. Als der Regisseur endlich den Unsinn einsah fortzufahren, war am Horizont nur noch eine dünne orangefarbene Linie zu sehen.

Zitternd, schmerzend und trotz der Schwüle frierend, rannte Holly vor den sprühenden Wellen davon.

Und auch vor Roger.

Binnen kürzester Zeit hatte er sie eingeholt. Er ging dicht neben ihr, bemühte sich jedoch, Abstand zu wahren.

Seine leuchtendblauen Augen beobachteten jede ihrer Bewegungen, musterten die Anspannung ihres Körpers und die Müdigkeit in ihren Zügen.

Eigentlich hätte sie jetzt weniger attraktiv auf ihn wirken sollen, wo sie so abgespannt und fast schon hager aussah. Doch dem war nicht so.

Im Gegenteil, Holly wirkte unzugänglich und geheimnisvoll. Ihre Schönheit wurde durch ihr Leiden noch gesteigert, noch transparenter.

Im stillen verwünschte Roger den Mann, dem es gelungen war, Hollys berüchtigte Distanziertheit zu überwinden, nur um ihr dann das Herz zu brechen.

Als der Regisseur sie anpeilte, winkte er ab.

»Nichts da«, sagte Roger kurz angebunden. »Siehst du denn nicht, daß Holly zum Umfallen müde ist?«

Schweigend führte er sie durch die Menge der Techniker auf das Zelt zu, das sie zum Umkleiden benutzte.

In dem Zelt hingen noch drei weitere Modelle des Kleides, das sie gerade trug. Sie waren eine teure Vorsichtsmaßnahme gegen die gelegentlich zu hohen Wellen. Zwei der Duplikate zeigten Spuren von Salz und Wasser am Saum und zeugten so von der Unberechenbarkeit der Fluten.

Roger öffnete Hollys Kleid mit den geübten Griffen eines Mannes, der seinen Lebensunterhalt mit weiblicher Garderobe verdiente.

Plötzlich wachte Holly aus ihrer Betäubung auf.

Abwehrend hob sie die Arme.

»Mach dich nicht lächerlich«, raunzte er. »Ich habe dich schon tausendmal ausgezogen – und auch wieder angezogen.«

Sie trat einen Schritt zurück.

»Diesmal nicht«, verweigerte sie sich ihm.

»Dann warte ich draußen.«

»Du brauchst nicht zu warten.«

»Ich will dich zum Essen ausführen«, sagte Roger.

»Nein.«

»Das ist ein Befehl, Shannon, keine Einladung. Ich dulde nicht, daß diese Kleider hier nochmals enger gemacht werden müssen.«

»Aber Linc ...«

»Wenn Linc hätte hier sein wollen, dann wäre er es auch, nicht wahr?« unterbrach Roger sie.

Holly wandte den Blick ab. Sie konnte die Wut und das Mitleid in Rogers blauen Augen nicht ertragen.

»Wahrscheinlich ist er im Hotel und wartet darauf, daß ich mit der Arbeit fertig bin«, dachte sie laut vor sich hin.

Roger griff nach seinem schnurlosen Telefon auf einem der Kisten und zeigte ihr seinen Rücken.

»Zieh dich um«, ordnete er an.

Nach kurzem Zögern streifte Holly das an ihr klebende Gewand ab. Sie hörte, wie Roger sich mit dem Empfangschef des Hotels unterhielt und hielt den Atem an, als er zu Lincs Zimmer durchgestellt wurde.

Niemand hob ab.

Roger bat darum, daß man Lincoln McKenzie in den Restaurants und im Foyer ausrufen möge.

Auch hier meldete sich niemand.

Roger bedankte sich.

Er legte auf und legte das Telefon zurück auf die Kiste.

Holly schwieg.

»Linc wird wohl ausgegangen sein«, folgerte er.

Sein Tonfall jedoch sollte ihr nahelegen, daß Linc offenbar mit jemand anderem zu Abend speiste.

Mit tauben Fingern zog sie sich das kurze, weite Baumwollkleid über, das sie heute früh am Strand getragen hatte.

»Essenszeit«, sagte Roger unnachgiebig.

Sie ging an ihm vorbei Richtung Hotel. Ihr einziger Wunsch war eine Dusche und die Ruhe eines leeren Raumes.

Und noch etwas, gestand sie sich ein. *Was ich wirklich will, ist Linc.*

Aber der war in gleicher Weise unerwartet auf- wie abgetaucht.

Roger begleitete Holly zu ihrem Zimmer. Auf dem Weg dorthin unterhielt er sie, aber sie hörte ihm weder zu, noch machte sie sich die Mühe zu antworten.

Ungeduldig öffnete sie ihre Tür. Wenn sie schon Linc nicht haben konnte, dann wollte sie wenigstens von ihrer Einsamkeit profitieren. Kaum aber hatte sie die Tür einen Spaltbreit geöffnet, als Roger seine Hand auf ihren Arm legte, damit sie ihm nicht entschlüpfte.

»In einer Dreiviertelstunde hole ich dich ab«, informierte er sie.

»Ich habe keinen Appetit.«

»Das kannst du gar nicht mehr beurteilen. Seit fünf Tagen hast du noch nicht einmal mehr den Versuch unternommen, etwas zu dir zu nehmen. So verhungerst du demnächst.«

Holly zuckte mit den Schultern.

Er musterte sie eingehend. Seine Augen waren jetzt dunkler und hatten die Farbe des Zwielichts angenommen.

»Wenn schon kein Essen, dann irgend etwas anderes«, schlug er vor. »Lade mich doch zu dir ein, Shannon! Nie wieder im Leben wirst du Hunger verspüren. Das garantiere ich dir. Du weißt genau, wie gut ich mit Weiblichkeit umgehen kann.«

»Nicht, Roger«, flüsterte sie. »Bitte nicht. Ich …«

Der Rest ihres Satzes verlor sich in einem Aufschrei, als die Tür zu ihrem Zimmer von innen aufgerissen wurde.

»Tut mir leid, aber Ihre Absichten werden Sie wohl verschieben müssen.« Linc baute sich im Rahmen auf.

Seine Augen aber blickten kühl auf Holly herab. Sie wurden noch kühler, als er seinen Blick zu Roger wandern ließ.

»Machen Sie sich keine Sorgen«, sagte er gönnerhaft. »Ich kann ohnehin nicht lange bleiben. Sie werden sicherlich verstehen, daß ich Sie nicht hereinbitte.«

Roger verzog das Gesicht.

Linc maß den smarten Designer spöttisch.

»Trotzdem vielen Dank, daß Sie sie schon ein wenig angewärmt haben«, näselte er. »Wie gesagt, viel Zeit habe ich nicht.«

Damit zog Linc Holly ins Zimmer und schloß hinter ihr ab.

»Das war nun auch wieder nicht notwendig«, bemerkte Holly unwirsch. »Ich wäre Roger auch ohne deine Hilfe losgeworden.«

»Ach ja?« fragte er und streckte seinen Arm nach ihr aus. »Ich habe aber überhaupt nichts gehört, das mit dem Wörtchen ›nein‹ auch nur eine entfernte Ähnlichkeit hatte.«

»Linc ...« Sie wandte ihr Gesicht ab, um seinen Lippen zu entgehen.

»Was ist denn los? Bin ich etwa der Falsche?«

Lincs Gesichtsausdruck wurde hart. Lässig schlenderte er zur Tür.

»Dann rufe ich eben Roger zurück«, sagte Linc.

»Darum geht es nicht!«

»Sondern?«

Seine Stimme blieb weiterhin ruhig, und seine Augen sahen wie polierte Steine aus.

»Was ist dann bitte das Problem?« fragte er. »Brauchst du vielleicht eine Kamera, um überhaupt agieren zu können?«

Entsetzt starrte sie ihn an.

Er winkelte ein Bein an.

»Das sollte nicht allzu schwierig zu organisieren sein«, gab er sich geschäftig. »Wir sind hier schließlich in Mexiko. Ein bißchen Bestechungsgeld kann Wunder vollbringen. Damit öffnet man sogar verschlossene Hotelzimmer. Und eine Kamera könnte binnen weniger Minuten eintreffen. Oder brauchst du mehrere?«

»Warum tust du mir das an?« flüsterte Holly.

»Was denn? Ich habe meine Reise nach Texas abgekürzt...«

»Wie sollte ich wissen, daß du in...«, unterbrach sie ihn.

»Du hast mich ja auch nie nach *meiner* Arbeit gefragt«, unterbrach Linc sie grob.

»Es war doch die Ranch...«, begann sie.

Linc schnitt ihr das Wort ab.

»Ich habe mir ein paar Araberpferde in Texas angesehen, aber ich mußte ständig an dich denken. An das, was du gesagt hast«, fügte er hinzu.

»Über uns?«

Ein Schleier legte sich über seine Augen.

»Über den Beruf eines Models«, korrigierte er. »Mir wurde klar, daß ich vielleicht tatsächlich nicht wirklich weiß, was professionelle Models für ihr Geld eigentlich machen. Also habe ich ein Flugzeug gechartert und bin nach Cabo San Lucas geflogen.«

Holly seufzte erleichtert.

»Dann verstehst du ja jetzt besser, worum es geht.«

Lincs Lippen verzogen sich sarkastisch.

»Allerdings«, blaffte er. »Das kann man wohl sagen.«

Ein Schauder fuhr ihr über den Rücken.

»Was ist es denn, was du jetzt zu verstehen glaubst?« fragte sie zögernd.

»Nichts Neues. Ich habe den Nachmittag damit verbracht, deinen halbentblößten Boß dabei zu beobachten, wie er dich küßt. Und ich habe den Mutmaßungen der Leute hinter den Absperrungen zugehört, wie du wohl im Bett wärst. Eine wirklich fabelhafte Methode, Kleider zu verkaufen!«

»Freut mich, daß es für die Zuschauer so aufregend war«, erwiderte Holly eisig. »Für mich war es in etwa so romantisch, wie Fisch auszunehmen.«

Linc blickte sie überrascht an.

»Es handelte sich lediglich um Bühnenküsse«, fuhr sie mit

ihrer harten Shannonstimme fort. »Reine Show und sonst gar nichts.«

»Show?« wiederholte er skeptisch. »Den ganzen Nachmittag?«

»Außer einem einzigen Augenblick. Als du aus dem Wasser kamst und mich geküßt hast, da kam es mir vor, als gäbe ich mich der Sonne hin.«

Sein Gesichtsausdruck veränderte sich, denn ihre Worte durchdrangen seine Wut und berührten die dahinter verborgene Sehnsucht.

Es war dieselbe verrückte Sehnsucht, die er auch hinter Hollys Kühle vermutete.

»Allerdings bezweifle ich, daß Roger die Sache mit den Bühnenküssen und dem Fischeausnehmen so sieht wie du«, wandte er ein.

»Das ist Rogers Problem«, sagte sie, wobei sie jedes Wort einzeln aussprach.

Linc fuhr sich mit der Hand durchs Haar.

»Ist Roger auch mein Problem?«

»Nur, wenn du es so sehen willst.«

»Was soll das denn heißen?«

»Es heißt, daß für mich auf der ganzen Welt nur ein Mann in Frage kommt. Nämlich du.«

Linc stockte der Atem.

»Schockiert?« fragte Holly. »Dies ist keine Show mehr, Linc. Dazu liebe ich dich zu sehr.«

»Warum hörst du dann nicht mit der Modelkarriere auf?«

Seine Stimme klang jetzt weder wütend noch barsch, sondern einfach nur neugierig.

»Du stellst die Frage falsch«, entgegnete sie.

»Wieso?«

»Eigentlich möchtest du wissen, warum ich nicht meine eine Hälfte zerstöre, um dich zufriedenzustellen«, erläuterte Holly »Das ist nicht Liebe, Linc. Das ist Eifersucht.«

»Nein, nein…«, wehrte er sich.

Sie aber ließ sich nicht unterbrechen.

»Wenn ich dich bitten würde, den Teil deiner selbst zu negieren, den Teil nämlich, der deine Liebe zur Ranch betrifft, wie würdest du das dann nennen? Liebe oder Eifersucht?«

Linc räusperte sich.

»Wenn ich dich liebe, muß ich auch deinen Beruf lieben. Willst du das damit sagen?« fragte er.

»Als Model zu arbeiten ist genauso ein Teil von mir, wie die Ranch ein Teil von dir ist. Wenn du das nicht akzeptieren kannst, dann kannst du *mich* nicht akzeptieren.«

Beide schwiegen eine Weile.

»Ich bin nicht hierhergekommen, um mich mit dir zu zanken«, sagte er.

»Nein? Warum bist du denn gekommen?«

»Das weißt du genau. Seit unserem Kuß am Strand.«

Hollys Augen weiteten sich. Ein Schatten legte sich über ihren honigfarbenen Blick, als ihr bewußt wurde, welch tiefe Leidenschaft Linc so mühelos in ihr hervorrufen konnte.

»Ist das alles, was du von mir willst?« flüsterte sie.

»Du willst doch genau dasselbe von mir. Streite es nicht ab. Ich bin noch niemals so geküßt worden.«

Sie zitterte. »Weil ich dich liebe.«

Linc zog sie an sich. Er stöhnte tief auf, als seine Hände die Wärme ihres Körpers durch das dünne Baumwollkleid hindurch spürten.

»Küß mich noch einmal so«, sagte er.

»Aber…«

Er zog sie auf seine Schenkel und ließ sie sein Begehren spüren.

»Morgen«, sagte er mit belegter Stimme. »Morgen reden wir!«

22

Holly wachte noch vor dem Klingeln des Weckers auf, was während der Woche vollkommen normal war. Sie haßte den Wecker so sehr, daß sie eine innere Uhr entwickelt hatte, die sie bereits vor dem eigentlichen Scheppern weckte. Vorsichtig wand sie sich aus Lincs Umarmung und drückte den Knopf. Abgesehen von dem diffusen Schimmer der Notbeleuchtung war es noch dunkel.

Linc murmelte etwas und suchte selbst im Schlaf unruhig nach Hollys Nähe. Sie ließ sich in seine Arme zurückfallen. Traumverloren drückte er sie an sich. Holly genoß diese gestohlenen Momente inniger Nähe. Sie genoß das Gewicht seiner Arme, die er um ihre Hüften geschlungen hatte. Sie liebte das Gefühl und den Geruch seiner Haut. Seinen Geschmack auf ihren Lippen hatte sie gern und seine Nähe an ihrem Körper.

Es gefiel ihr sogar, wenn sein dunkles Brusthaar ihre Nase kitzelte.

Das Ticken der Uhr erinnerte sie leider daran, wie die Minuten verflogen. Am liebsten hätte Holly die Zeiger angehalten. Ihr war wohl bewußt, daß sie jetzt sofort aufstehen sollte. Es reichte kaum noch für ihre Gymnastik, zum Duschen, ihre Haare zu waschen und zu fönen, ihre Nägel zu kontrollieren… all die vielen, zeitraubenden Dinge, die zu diesem Beruf gehörten.

Aber sie hatte Linc zu sehr vermißt, als daß sie ihn jetzt sang- und klanglos gehen ließe.

»Ich liebe dich«, flüsterte sie.

Die Worte waren kaum zu hören.

Und sie wurden nur von der Stille beantwortet.

Sie hatte nichts anderes erwartet. Selbst wenn er wach gewesen wäre, hätte er nicht das gesagt, wonach sie sich so sehnte.

Ich liebe dich.

Unsicherheit nagte an Holly, die langen, kalten Krallen der Angst, die sie nicht ignorieren konnte.

Linc hatte sie in der letzten Nacht mehrmals geliebt. Er hatte sie tief im Inneren berührt und ihr beigebracht, der Aufforderung seines starken Körpers zu folgen. Jedesmal war es noch schöner gewesen, eine sinnliche Steigerung, die sie schließlich beide mit sich fortgerissen hatte.

Er hatte ihr die intensivste Lust verschafft, die überhaupt vorstellbar war. Und dann gab er ihr noch mehr und überflügelte mit jeder seiner Zärtlichkeiten die Grenzen ihrer Phantasie.

Ihr Verlangen hatte kein Ende akzeptiert.

Und ihm war es nicht anders ergangen.

Auch in diesem Augenblick begehrte Holly Linc so sehr, daß es sie ängstigte. Er war für sie zu einer Notwendigkeit geworden, wie ihre Augen oder ihre Hände oder ihr Herz.

Und dennoch konnte er so rasch fortgehen, so vollkommen verschwunden sein wie ein Schatten, der vom aufgewühlten Meer verschluckt wird.

Bei diesem Gedanken fühlte sie sich auf einmal schutzlos.

Nein, sei ehrlich, ermahnte sie sich. *Du hast Angst.*

Es war, als ob sie allein einem Gewitter in der Wüste ausgesetzt wäre, in dem die Blitze inmitten des Regens immer näher bei ihr einschlugen...

Und der einzig erreichbare Schutz war für sie nicht zugänglich.

Wenn Linc mich wirklich lieben würde, dann würde es mir nichts ausmachen, daß er in mich eindringt und sich meiner Seele bemächtigt.

Wenn Linc mich lieben würde, stände sein Bemühen an

erster Stelle, mich vor meiner eigenen Verletzlichkeit ihm gegenüber zu schützen.

Wenn Linc mich lieben würde, öffnete er weit das Tor zu seinem Selbst und schlösse es nicht eher, bevor ich es nicht sicher durchschritten hätte.

Wenn er mich lieben würde …

Aber er liebte sie nicht.

Es war nicht nur die Tatsache, daß er es nie mit Worten aussprach, die Holly stutzig machte. Denn trotz der intensiven Leidenschaftlichkeit und trotz seiner gekonnten Berührungen waren das Lachen und die zärtliche gegenseitige Fürsorge, die sie in Hidden Springs hatten walten lassen, nicht mehr da.

Seitdem nannte er sie nie wieder *niña*.

Da er nun Shannon kennengelernt hatte, mochte er diesen Kosenamen nicht mehr benutzen.

Holly hatte sich Linc von ganzem Herzen und mit Leib und Seele hingegeben. Im Gegenzug dazu schenkte er ihr … ungeahnte Wonnen.

Einen Körper ohne Herz und ohne Seele.

Er versteckte sich vor ihr hinter einem sinnlichen Feuer, das mit jeder ihrer Liebesnächte heißer wurde.

Sie wurden davon aufgebraucht, nicht genährt.

Es stimmte, sie konnte nicht von ihm lassen. Sie liebte ihn. Sie konnte ihm niemals weh tun, denn er war ein Teil von ihr.

Das müßte er doch spüren, dachte Holly. *Er muß doch wis sen, daß ich mich ihm niemals so vorbehaltlos hingeben könnte, wenn ich ihn nicht liebte.*

Und sicherlich könnte er sich mir nicht so uneingeschränkt hingeben – ohne Liebe.

Wenigstens nicht ohne ein Minimum davon …

Immerhin wäre das ein Anfang und kein Ende.

Der Wecker tickte, und die Minuten zerrannen. Jedes Ticken stach ihr wie eine Nadel ins Gewissen. Sie mußte jetzt wirklich arbeiten gehen.

Vorsichtig schob Holly Lincs Arm von ihrem Körper und stand auf. Sie zog sich das erstbeste Kleidungsstück über, das herumlag – sein Hemd – und begann mit ihrer Morgengymnastik.

Lautlos streckte und spannte sie ihre Muskeln an. Die Übungen dienten einerseits ihrem eigenen Wohlbefinden als auch dem immer kritischen Auge der Kamera. Sie war schon fast fertig, als Linc auf die Seite rollte, die Augen öffnete und sie ungläubig anstarrte. »Himmel, es ist ja noch dunkel draußen. Du liebe Güte, warum bist du denn schon auf?« stöhnte er.

»Willkommen... in der Glitzerwelt... der Models«, stieß Holly zwischen ihren Bauchübungen hervor.

Er setzte sich auf, knipste die kleine Nachttischlampe an und erblickte ihr schwitzendes, gerötetes Gesicht.

»Vierundfünfzig«, japste Holly. »Fünfundfünfzig.«

Ächzend ließ sie sich auf den Rücken fallen.

»Fertig?« erkundigte Linc sich.

»Schön wär's!« Sie rollte auf den Bauch und fing mit Liegestützen an, die sie leise mitzählte.

»Alles für die Schönheit?« fragte er.

»Für... die... Gesundheit!«

Eine Weile lang war nur ihr Keuchen zu vernehmen.

Linc betrachtete sie neugierig. Jetzt erst wurde ihm klar, daß Hollys schlanker, biegsamer Körper ihr nicht einfach in die Wiege gelegt worden war wie ihre Größe und ihre schrägen goldenen Augen. Ihre Biegsamkeit hatte sie sich antrainiert und hart erarbeitet.

Eine mühselige Angelegenheit, um es beim Namen zu nennen. Schließlich setzte sie sich in den Schneidersitz. Langsam beugte sie sich über ihre Knie nach vorne, bis sie mit der Stirn den Boden berührte. Sie wiederholte diese Übung einige Male, wobei sie die Dehnung jedesmal ein wenig verlängerte.

»Was ist das schlimmste?« fragte Linc schließlich. »Die Liegestützen, das Bauchtraining oder die Stirn-auf-den-Boden-Übung?«

»Ja.«

Einen Augenblick lang schien er verwirrt. Als er ihre Antwort begriff, mußte er laut lachen.

Holly hielt inne und starrte Linc an. Es war das erste Mal, daß er richtig gelacht hatte seit seiner Entdeckung von *Shannon*.

Erleichtert fuhr sie mit den Dehnübungen fort. Sie hatte sie alle danach ausgesucht, um mit ihrer Hilfe die unmöglichen Stellungen für unmögliche Fotografen möglichst lange aushalten zu können.

Dabei mußte sie stets völlig unangestrengt und selbstverständlich aussehen.

Linc betrachtete mit wachsendem Vergnügen, wie sein Hemd während ihrer Dehnungen weiter und weiter Hollys Schenkel hinaufrutschte.

»Übrigens kann ich mir angenehmere Varianten der körperlichen Ertüchtigung vorstellen«, bemerkte er mit belegter Stimme.

»Ich auch.«

Sie blickte ihn von der Seite an und schenkte ihm ein Lächeln, das er erwiderte. Sein Blick aber war alles andere als entspannt.

»Deswegen werde ich jetzt duschen gehen«, fuhr Holly fort.

»Warum?«

»Was glaubst du wohl?« gab sie zurück. »Ich bin wie aus dem Wasser gezogen.«

Lincs Lächeln verstärkte jetzt das hitzige Leuchten seiner Augen.

»Gestern abend warst du auch verschwitzt«, erinnerte er sie. »Es hat mir gefallen, deine Haut zu kosten. Überall.«

Ihr Herz schlug schneller. Auch bei ihr stellten sich höchst angenehme Assoziationen ein.

»Linc…«

»Hier bin ich.«

Splitternackt rückte er näher. Mit jeder seiner geschmeidigen Bewegungen glänzten die Muskeln unter seiner Haut. Seine Erregung war nur zu offensichtlich. Früher hätte Holly das geängstigt. Jetzt aber entflammte es sie. Sie wußte genau, welche Art der Ekstase sie in Lincs Umarmung erwartete.

Wortlos setzte er sich im Schneidersitz ihr gegenüber. Er war so nah, daß sich ihre Knie berührten und ihre Haare über seine Schenkel fielen, wenn sie sich dehnte.

Dann sah sie zu ihm auf. Sein Gesichtsausdruck gab ihr das Gefühl, als sei sie tatsächlich die Venus von Milo. Seine langen, männlichen Finger öffneten die Knöpfe des geborgten Hemdes.

»Ich muß duschen, meine Haare machen und zum Set gehen«, flüsterte Holly.

Ihre Stimme schwankte nicht nur von der Gymnastik.

»Wann?« fragte Linc und öffnete weitere Knöpfe.

»Jetzt in diesem Moment sollte ich bereits unter der Dusche stehen.«

Das Hemd fiel herab und legte die goldenen Kurven ihrer Brüste bloß. Ihre Knospen waren bereits lustvoll nach oben gerichtet.

Seine Finger berührten die aufstrebenden Spitzen so leicht wie ein Kuß. Die Laute, die Holly bei seiner Berührung ausstieß, durchzuckten ihn wie Flammen. Seine Erregung wurde noch deutlicher.

Beim Anblick seines begehrlichen Körpers wurde Holly von einer Hitzewelle überschwemmt.

Wieder streichelte er ihre Knospen und genoß es, wie ihr Widerstand in sich zusammenfiel. Dann wanderten seine Handflächen über ihre Taille und Hüften bis hin zu der feuchten weichen Höhle ihrer Lust.

Als seine Finger ihre Schenkel aufwärts strebten, um sie

ganz intim zu berühren, ergoß sich ihre Leidenschaftlichkeit wie flüssiges Feuer über ihn.

Augenblicklich wurde Lincs Atem ebenso heftig wie Hollys. Seine Hand glitt mit einer Leichtigkeit in sie, die seinen ganzen Körper elektrisierte. Langsam bewegte er sich in ihr. Ihre unverzügliche Reaktion brachte ihn an den Rand seiner Beherrschung.

»Du begehrst mich genauso, wie ich dich«, murmelte Linc heiser.

»Überrascht dich das?«

Er antwortete nicht.

»Ich begehre dich immer, Linc. Ich liebe dich.«

»Komm, setz dich auf meinen Schoß.«

»Aber ich bin schon so spät dran.«

Er schob ihre Beine über seine. Sein Daumen rieb den harten Knopf ihrer Leidenschaft.

Ihr stockte der Atem, als sie die Welle der Lust in sich aufsteigen spürte.

»Linc...«

»Es dauert ja nicht lange«, stellte er fest, »heiß genug sind wir schon. Du kannst danach duschen!«

Holly bäumte sich ihm bebend entgegen, während er ihre empfindlichsten Stellen berührte. Seine Finger waren von ihrer Bereitschaft vollkommen naß.

»Wir sollten eigentlich miteinander reden«, wandte sie ein.

»Das werden wir auch.«

Linc hob ihre Hüften an. Dann hielt er sie so, daß sie seine heftige Erregung nur gerade eben berührte. Das Gespür, wie nah sie der Erfüllung waren, ließ Holly aufstöhnen.

»Wann werden wir miteinander reden?« keuchte sie.

»Morgen.«

»Aber...«

»Psst. Du willst das hier genauso wie ich. Und du spürst doch, daß ich dir verfallen bin, nicht wahr?«

Langsam ließ Linc Holly wie einen makellos sitzenden Handschuh auf sich gleiten. Was auch immer sie vielleicht hatte sagen wollen, es wurde von einem heißen, heftigen Kuß zum Schweigen gebracht, während sich ihre Körper liebend miteinander vereinten.

Morgen, nahm Holly sich vor, als die erste Welle des Höhepunkts sie durchflutete. *Morgen werden wir reden.*

»Also gut, packen wir es für heute!« rief der Regisseur durch das Megaphon.

Dann sah er zu Roger hinüber. Der Designer stand mit einem eleganten, hellgrünen Safarishirt ganz in der Nähe.

»Es sei denn, du willst noch ein paar Aufnahmen für die Wüstenkampagne machen?« fragte der Regisseur.

»Die Wüstenkampagne ist erst in sechs Wochen dran. Wir sollten uns nicht übernehmen.«

»Warum nicht? Es flutscht doch nur so. Hat ja auch lange genug gedauert.«

Stillschweigend erkannten beide Männer an, daß die Arbeit seit vier Tagen ausgesprochen erfolgreich lief, weil Hollys Liebhaber bei ihr war. Was auch immer zwischen ihnen geschah, es hatte ihr sowohl das Aussehen als auch das gewisse Etwas verliehen, das aus einem schönen Fotomodell eine unwiderstehliche Frau machte.

Nachdenklich beobachtete Roger Holly, die unter einem riesigen Sonnenschirm saß und eine Flasche mit kaltem Wasser über ihre Handgelenke rollte.

»Nun, was meinst du?« fragte der Regisseur.

»Nein.«

»Aber ...«

»Da die Ausläufer des Wirbelsturms nun auch hier zu spüren sind, ist der Himmel als Hintergrund für eine Wüste nicht mehr überzeugend genug. Die Aufnahmen, die wir später in Hidden Springs machen werden, passen dann sicher nicht dazu.«

Er wandte sich an seinen Assistenten.

»Verteile schon mal die Pfefferminzbonbons«, wies er mit klarer Stimme an.

Von überall waren unterdrückte Jubelschreie zu hören.

Holly bemühte sich, ihre Erleichterung nicht zu zeigen. Roger ließ Pfefferminzbonbons verteilen, die Arbeit war also beendet. So wollte es die Tradition bei Royce.

Sie nahm sich ein Pfefferminz, lächelte die Crew an und verließ, so schnell die Beine sie trugen, den Drehort. Neun Tage lang hatten sie ununterbrochen gearbeitet. Jeder Muskel ihres Körpers schmerzte.

Immerhin hatte sich Roger nicht mehr über den Sitz ihrer Kleidung beschwert. Ihr Appetit war mit Linc zusammen zurückgekehrt und hatte auch nicht nachgelassen seither.

Suchend blickte sie über die Seilabsperrungen. Fast alle Zuschauer waren weg, weil sie den Wirbelsturmwarnungen gefolgt und sich nach Hause getrollt hatten. Linc jedenfalls konnte sie unter den wenigen Leuten hinter der Absperrung nicht ausmachen.

Kalte Angst durchfuhr Holly. Mit wachsender Panik hielt sie weiter nach ihm Ausschau.

Er ist doch hoffentlich nicht abgereist, ohne sich von mir zu verabschieden?

Als sie ihre Gedankengänge bemerkte, schockierte ihre Verletzlichkeit und Unsicherheit sie. Während der letzten vier Tage war Linc Teil ihres Lebens geworden. Roger gegenüber benahm er sich höflich, den anderen gegenüber ausgesprochen freundlich.

Linc hatte ihrer Arbeit zugesehen, die noch vor dem Morgengrauen begann und erst mit dem allerletzten Sonnenstrahl endete. Wenn er etwas nicht verstanden hatte, pflegte sie es ihm später zu erläutern.

Und er hatte zugehört, ernsthaft sogar, als sie ihm die vielen Details beibrachte.

Hollys Hoffnung hatte sich mit jeder Frage und jeder Antwort gefestigt. Bei jedem Mal, wenn sie sah, wie Linc dem Zusammenwirken von Regisseur und Model, Kamera und Beleuchtern, dem Visagisten, der Näherin und all den andern aufmerksam folgte, nahm ihre Zuversicht zu.

Endlich schien er zu begreifen, wie wenig die Realität des Modelberufs mit solchen unverantwortlichen Frauen wie seiner Mutter und Stiefmutter zu tun hatte. Sie wiegte sich in der Überzeugung, Linc merke allmählich, wieviel Training und harte Arbeit ihre Karriere eigentlich bedeutete. Sie hatte zu hoffen begonnen, daß er seine Meinung ändern und die Vergangenheit hinter sich lassen würde.

Ihre Panik angesichts der Tatsache, daß Linc nicht hinter der Absperrung stand, ließ sie mit einem Schlage erkennen, wie zerbrechlich ihre Luftschlösser waren. Tief im Inneren verfolgte sie ständig die Befürchtung, daß jeder gemeinsame Augenblick mit ihm der letzte sein könnte.

Herz und Körper und Seele.

Es ist noch früh, richtete sie sich auf. *Er kommt vermutlich gar nicht auf die Idee, daß wir mit der Arbeit für heute schon fertig sein könnten.*

Sicher ist er in unserem Zimmer oder im Schwimmbad oder im Meer oder...

Bitte sei da, Linc. Vertraue mir.

Vertraue uns.

Holly rannte zum Umkleidezelt. Sie riß sich mit solcher Hast die kostspieligen Kleidungsstücke vom Leib, daß es Roger ganz schön verdrossen hätte.

Eilig trat sie wieder nach draußen und suchte unter den Zuschauern nach Lincs hochgewachsener Gestalt.

Es fehlte jede Spur von ihm.

Eiskalte Angst kroch in ihr hoch.

In diesem Moment wurde Holly bewußt, daß sie ihn zu einem Gespräch würde zwingen müssen – falls sie ihn fände.

Das »Morgen«, auf das er ihre Aussprache immer wieder verschoben hatte, war nun gekommen.

23

»Shannon?«

Holly wandte sich um. Einer der Techniker machte ihr ein Zeichen.

Mit kaum verhohlener Ungeduld wartete sie, bis der Mann sie eingeholt hatte.

»Was ist denn?« fragte sie ungewohnt scharf. »Ich dachte, wir wären mit der Arbeit fertig.«

»Linc läßt Ihnen ausrichten, er sei in Ihrem Zimmer, falls Sie früher Zeit für ihn hätten.«

Holly schenkte dem Techniker ihr strahlendstes Lächeln, beugte sich zu ihm und küßte den Mann auf die Wange.

»Danke«, sagte sie atemlos. »Sie sind ein Engel.«

Sie wandte sich wieder um, rannte auf das Hotel zu und ließ den verdutzten Günstling stehen.

Als sie die Tür öffnete und ihre Absätze den Flur zu ihrer Suite entlangklapperten, dämmerte es bereits, und dennoch verströmte das Licht einen fast glühenden Schimmer. Es war jenes bekannte Leuchten im Vorfeld tropischer Stürme.

Linc saß mit dem Rücken gegen das Kopfteil gelehnt auf dem Bett. Er trug lediglich ein Handtuch, das er sich um die Hüften geschlungen hatte. Sein Haar war von der Dusche noch ein wenig feucht. Ein dünner Wasserfilm lag auf seiner Brust und blitzte bei jedem seiner Atemzüge auf.

O Linc, schalt Holly ihn stumm. Wie kannst du nur der Schönheit mißtrauen, wo du doch selbst so ein Prachtexemplar bist?

Pferdebücher und Zuchttabellen lagen ringsum auf dem

Bett verstreut. Er war so in seine Arbeit vertieft, daß er sie nicht im Türrahmen bemerkte, wo sie seine Gegenwart aufsaugte wie eine Verschmachtende.

Die Gardinen bauschten sich wild zu beiden Seiten der offenen Balkontür. Wie Holly zog auch Linc frische Luft, ganz gleich welcher Temperatur, der schalen Air-conditioning im Hotel vor.

Sie seufzte hörbar.

Er sah auf, lächelte und wandte sich wieder seinen Zuchttabellen zu.

»Ich glaubte dich schon verloren«, bemerkte Holly beiläufig.

Er brummte kurz und kritzelte einen langen Kommentar an einen Tabellenrand, ehe er wieder aufsah.

»Du bist aber früh dran«, bemerkte er.

»Wir sind fertig für heute.«

Sie streckte sich und lachte vor Erleichterung, die allerdings nichts mit dem Ende einer langwierigen Aufnahmesession zu tun hatte.

»Fünf wunderbare Ferientage«, rief sie aus.

»Wann?«

»Ab sofort.«

Linc sah auf seine Uhr.

»Na ja, eigentlich sind es nur noch vier«, präzisierte Holly. »Der heutige Tag ist ja schon fast vorbei.«

Er blickte sich in der luxuriösen und offenbar sehr teuren Suite um, die Royce Productions für Holly gemietet hatte.

»Müssen wir jetzt hier ausziehen?« fragte er trocken. Sie schüttelte den Kopf, wobei ihr Haar Wellen wie aus schwarzem Wasser warf.

»Wenn wir wollen, können wir laut Roger gerne hierbleiben«, sagte sie.

»Sehr anständig von ihm«, erwiderte Linc ruhig. »Aber Anstand ist auch das wenigste.«

Beunruhigt kam Holly auf ihn zu. Sie machte sich keine Illusionen über den »Anstand«, wie ihr Herzliebster ihn auffaßte.

Andererseits wollte sie darüber auch nicht diskutieren. Jedenfalls im Augenblick paßte es nicht.

Es gab wichtigere Dinge zu besprechen, als zum wiederholten Mal die Anziehung zu diskutieren, die Rogers Topmodel auf den Designer ausübte.

Holly grübelte darüber nach, wie sie das Gespräch beginnen sollte, und fragte sich, ob Linc ähnliche Hemmungen hatte.

Vielleicht verschiebt er es ja deswegen immer wieder, dachte sie. *Vielleicht fehlen ihm einfach die nötigen Worte.*

Sie stellte sich neben das Bett und verschränkte die Hände hinter dem Rücken, um so der großen Versuchung, durch Lincs pelziges Brusthaar zu fahren, zu widerstehen.

Nicht jetzt, erteilte sie sich einen Verweis. *Diesmal werde ich mich unter keinen Umständen von ihm ablenken lassen.*

Bei der Erinnerung daran, wie angenehm solche Ablenkungen waren, wurde ihr wohlig warm.

»Ich habe Roger gesagt, daß du wohl nach Hause fliegen willst«, sagte Holly.

Linc schaute aus dem Fenster. Eine Weile lang studierte er den unruhigen, sich langsam zuziehenden Himmel.

»Das Wetter wird uns die Entscheidung vielleicht abnehmen«, mutmaßte er.

»Roger hat sich schon erkundigt. Nur falls sich der Sturm unmittelbar hier zusammenbraut, werden die Flüge ausfallen.«

»Und wie stehen die Chancen, daß der Sturm nicht doch an dieser Küste entlangfegt?«

»Ziemlich gut. Dennoch fliegen die meisten der Crew heute schon ab. Ihre Familien warten auf sie.«

Linc wandte sich wieder Holly zu.

»Bist du denn wirklich frei, zu tun, was du willst?« fragte er skeptisch.

Sie zögerte. Als die Personifizierung der Royce-Kollektion war sie eigentlich Tag und Nacht abrufbereit, und zwar ohne Pause.

Anfangs hatte Linc das verärgert. Er konnte gar nicht genug bissige Kommentare darüber abgeben, wie kurz Roger sie an der Leine hielt. Aber dann war ihm aufgefallen, daß alle anderen ebenso ausdauernd arbeiteten.

Danach hatte er das Thema einfach nicht mehr angeschnitten und ihre langen Arbeitstage ohne ein äußeres Anzeichen der Ungeduld akzeptiert.

»Ich bin so frei zu tun, was ich will, wie du von der Ranch frei bist«, sagte sie schließlich.

»Und was heißt das?«

»Im Moment sind keine Aufnahmen fällig, bis etwas schiefgeht. Oder in meinem Falle, bis zum nächsten Termin.«

Linc runzelte die Stirn. »Wie zum Beispiel?«

»Wann immer die Werbeagentur Rogers Parfümkampagne startet, werde ich zu dem Ort fliegen, den sie sich als passenden Hintergrund ausgesucht haben.«

»Hat Roger denn noch nie etwas von Studioaufnahmen gehört?«

»Er kann sie nicht ausstehen. Er sagt, daß die Simulation unweigerlich jede sinnliche Wirkung zerstört.«

Linc seufzte und sammelte seine Papiere zusammen.

»Laß dich nicht unterbrechen«, sagte sie schuldbewußt. »Mir ist klar, daß dein Aufenthalt hier deine Arbeit erschwert.«

Schweigend räumte er die Bücher und Papiere auf den Nachttisch. Ohne Vorwarnung ergriff er zärtlich ihr Handgelenk und zog sie zu sich auf seine Decke. Aus dem Gleichgewicht gekommen, fiel sie ihm in den Schoß. Noch bevor sie sich setzen konnte, spürte sie seine Lippen an ihren.

»Mmmm«, sagte Linc. »Pfefferminz.«

Genüßlich leckte er an ihrem Mund.

Eine wohlbekannte Wärme breitete sich in ihr aus.

Es wäre so einfach, die ganzen Sorgen der Zukunft über Bord zu werfen, gestand sie sich ein.

Sie bräuchte sich ihm nur hinzugeben und wie die Wolken zu sein, die sich an einer Bergwand sammelten und mit herrlicher Kraft auftankten – bis die Welt unter Donner und Blitzen explodierte und der Regen begann, der die Wolken und die Bergwand zu einem einzigen Wesen hermetisch zusammenschweißte.

Alles auf sich beruhen lassen …

Und es wäre so leichtfertig.

Wenn nicht endlich unsere Aussprache stattfindet, sagte sich Holly verzweifelt, *dann werde ich eines Tages aufwachen und sehen, daß er sich zusammen mit all meiner Liebe in Nichts aufgelöst hat.*

Ohne daß er jemals wirklich an meine Aufrichtigkeit hatte glauben können.

Unwillig löste sie sich von seinen liebkosenden Lippen.

»Linc, wir müssen miteinander reden.«

»Später«, murmelte er.

Er drückte sie an sich, bis ihr ganzer Körper seinen berührte. Der harte Kolben seiner Erregung preßte sich gegen ihren Bauch. Sie zitterte vor Verlangen, das nur Linc jemals in ihr hatte wecken und in Gang setzen können.

»Wann?« fragte sie gepreßt.

»Wann was?«

Seine Zungenspitze kitzelte ihr Ohr, dann knabberte er zärtlich daran.

»Wann kommt einmal alles zur Sprache?« drängte sie.

»Morgen.« Lincs Stimme war heiser. »Morgen paßt es besser.«

Holly widerstand der heftigen Leidenschaft, die sie bei jeder seiner Berührungen durchflutete.

»Das hast du schon so oft gesagt«, flüsterte sie und wandte sich ab.

Er hielt ihr Kinn fest. Vorsichtig zog er ihr Gesicht zu sich.

»Warum hast du es so eilig?« beschwichtigte er sie. »Ein Morgen wird es doch immer geben.«

»Aber wir werden nicht immer hier sein, oder?«

Lincs Finger fixierten ihr Kinn.

»Hast du Sorge, du kriegst mich satt?« fragte er beiläufig und ohne die Miene zu verziehen.

Einen Augenblick lang war Holly zu schockiert, als daß sie etwas hätte entgegnen können. Dann schlang sie ihre Arme um ihn und drückte ihn stürmisch.

»Ich werde dich niemals satt haben«, rief sie aus. »Ich liebe dich!«

Sie spürte, wie er sich verhärtete.

Die Angst streckte wieder ihre Klauen aus. Solange Linc nicht an ihre Liebe glaubte, würde er seine eigene Liebe bei einer schönen Frau niemals als sicher aufgehoben empfinden.

Irgendwie muß ich ihn davon überzeugen, daß ich es ernst meine, dachte Holly aufgeregt. *Irgendwie …*

Sie mußten über ihre Liebe und über vieles andere sprechen. Über traurige Themen wie seine Kindheit und sein grundsätzliches Mißtrauen.

Aber die einzige Kommunikation, die Linc zuließ, war die wortlose Sprache der Sinnlichkeit.

Also gut, sagte sich Holly. *Wenn das der einzige Weg ist, ihn wirklich zu erreichen, dann werde ich mich noch mehr bemühen müssen als bisher.*

Sie glitt von ihm herunter.

Er versuchte nicht, sie zurückzuhalten.

Zweifel und Not schlossen sich wie eine Klammer um Hollys Herz. Langsam zog sie ihre Schuhe aus. Und sie hörte nicht auf, bis sie nackt wie die Wolken draußen am Himmel vor ihm stand. Eine Wolke, die nach Bergen Ausschau hielt, um endlich regnen zu können.

»Ich weiß, daß du mir nicht glaubst.« Sie rang die Hände.

»Du glaubst, daß Worte ebensowenig Bedeutung haben wie ein Atemzug.«

»Holly!« Er wollte sie bremsen.

»Nein«, unterbrach sie ihn. »Laß mich dich lieben.«

Sie blickte auf ihn herab. Ihre honigfarbenen Augen waren voller Verlangen, daß er sie verstehen möge.

»Hör meinen Berührungen, meinem Körper gut zu«, forderte sie ihn auf. »Laß mich dir meine Liebe zeigen. Dann wirst du mir glauben müssen. Hör zu ...«

Überrascht von der Heftigkeit ihrer Bitte fuhr er zurück.

»Ich höre.« Still saß er da.

»Leg dich hin.«

»Werde ich dann besser hören können?«

»Das will ich hoffen«, flehte Holly.

Mit einem halbherzigen Grinsen auf den Lippen streckte sich Linc auf dem Bett aus.

»Gut so?« fragte er.

Das war es.

»Und was kommt jetzt?«

»Du läßt mich dich genauso streicheln, wie ich gerne möchte«, sagte sie.

Erstaunt blickte er auf.

Aber bevor er die Frage stellen konnte, die Holly in seinen Augen sah, glitten ihre Finger tief in Lincs dichtes, haselnußbraunes Haar.

»Dein Haar fühlt sich so wie wilde Seide zwischen meinen Fingern an«, murmelte sie. »Ich berühre es gern und schaue es mir gern an. Es gibt so viele Farben darin, Haselnuß und Bronze, flüssiges Gold, ja sogar Schwarz.«

Linc drehte seinen Kopf in ihren Händen.

Sie beugte sich über ihn und atmete tief ein.

»Es riecht auch gut«, sagte sie. »Nach Regen und Sonne und Wüste.«

Sie schloß für einen Augenblick ihre Augen und genoß das

Gefühl seiner Haare zwischen ihren empfindlichen Fingern. Linc spürte, wie intensiv sie sich konzentrierte. Er mußte sehr mit sich kämpfen, um sie nicht herumzureißen und sich in ihr zu vergraben, in ihr die heiße, sinnliche Selbstvergessenheit zu finden, bei der ein Morgen überflüssig war.

»Holly«, hauchte er.

»Nein. Noch nicht. Laß mich dich lieben, nur dieses eine Mal. Überlaß dich mir, versprichst du es?«

Widersprüche wühlten in ihm.

»Also gut«, gab er schließlich nach. »Ich versuche es. Aber ich habe noch niemals...«

Er zuckte mit den Schultern und schwieg.

Holly lächelte. Sie war fast enttäuscht darüber, daß Linc es nicht ausgesprochen hatte.

Er hatte noch niemals einer Frau erlaubt, ihn zu lieben.

»Ich verspreche dir, ich werde dir nicht weh tun«, sagte sie.

Linc hätte am liebsten laut gelacht, wären da nicht die Schatten unter ihren wunderschönen Augen gewesen.

Zärtlich und nun beherzter streichelten Hollys Finger seine Kopfhaut. Sie bemühte sich, seine Anspannung wegzustreicheln, die nichts mit seinem körperlichen Verlangen zu tun hatte.

Linc schloß seufzend die Augen und überließ sich ganz Hollys Führung.

Eine Weile knetete sie Lincs Nacken hinunter, dann wieder hinauf, bis er abermals leise stöhnte und sich bereitwillig ausstreckte.

Zärtlich fuhr sie mit den Fingernägeln über seine Ohrläppchen.

Sein Atem wurde kürzer.

Leise kichernd beugte sich Holly vor und schmiegte sich an sein Ohr.

»Ich wollte schon immer wissen, ob du dort genauso empfindlich bist wie ich«, flüsterte sie.

Ihr Atem an seiner Gehörmuschel war wie eine Liebkosung. Ihre Zungenspitze berührte ihn ganz zart, suchte und fand jeden empfindlichen Punkt. Dann wurde ihre Zunge drängender und schnellte rhythmisch vor und zurück, so wie er es ihr beigebracht hatte.

Plötzlich drückten Lincs Arme sie fest an seinen Körper.

»Holly ...«

Seine Stimme war vor Leidenschaft so belegt, daß er nichts weiter hervorbrachte.

Ihre Zähne bissen nicht sehr zärtlich in sein Ohr.

»Du sollst doch zuhören«, ermahnte sie ihn. »Du kannst aber nicht zuhören, wenn du mich anfaßt.«

»Ich bin mir nicht sicher, wieviel ich noch von diesem ›Zuhören‹ ertragen kann«, brummte er.

»Ich habe gerade erst angefangen. Hör mir zu, Linc. Ich bitte dich.«

Widerstrebend ließ er sie los.

»Es gibt so viele Dinge, die ich dir sagen will«, wisperte sie.

Hollys Zähne glitten nun die starken Sehnen seines Halses hinab. Ihre Hände massierten die hervorstehenden Muskeln zwischen Hals und Schultern. Sein Behagen machte sich in einer Art Schnurren bemerkbar.

»Was willst du mir denn damit sagen?« fragte er mit rauher Stimme.

»Daß ich deinen Hals und deine Schultern liebe. Die Muskeln passen sich so wunderbar meinen Händen an. Es ist einfach perfekt, wenn ich sie über dich gleiten lasse.«

Linc schloß die Augen. Sicherer war es, Holly nicht weiter anzusehen. Er wußte einfach nicht, wie er sonst seine Zurückhaltung aufrechterhalten sollte.

Der Geruch des After-shaves war so schwach, daß sie es erst roch, als ihre Lippen über seinen Hals wanderten. Seine frischrasierte Haut war weder rauh noch weich, sondern einfach nur sehr männlich.

Sie genoß seinen Duft mit einem ausdauernden Kuß, seufzte und glitt wieder zu seinem Kinn hoch.

Linc öffnete die Augen. Er wollte das Licht in Hollys Blick leuchten sehen und keinen Kummer im Hintergrund.

Ihre Augen hatten noch nie so schön, aber auch noch niemals so stark umschattet ausgesehen.

»Ich beeile mich zu sehr«, zweifelte sie.

»Beeilen?« fragte er nur halb im Spaß. »Wenn du noch mehr zögerst, dann weiß ich überhaupt nicht mehr, wohin.«

Holly legte ihre Finger auf seine Lippen. Es war einerseits eine zärtliche Geste, andererseits sollte sie ihn zum Schweigen bringen.

»Deine Augen habe ich noch gar nicht erwähnt«, sagte sie. »Sie sind wie Whisky mit grünen Smaragdsplittern. Und dann diese Wimpern …«

Zuerst küßte sie Lincs Augenlider, dann fing sie seine Wimpern zwischen ihren Lippen.

»Unfair«, nörgelte sie. »Ich habe es schon immer als unfair empfunden, daß ein Mann mit solchen Wimpern ausgerüstet ist. Und dann dein Mund.«

Fast hilflos fuhren ihre Finger seine Lippen entlang.

»Mit dreizehn habe ich davon geträumt, wie es wohl wäre, wenn diese Sachen hier mich küssen würden. Solch sinnliche Kurven, hinter denen sich dennoch etwas sehr Kraftvolles verbirgt.«

»Dreizehn?« fragte Linc schockiert.

»Richtig«, bestätigte Holly. »Mit sechzehn habe ich dann gemerkt, daß meine Träume nur hohle Phantasien deiner richtigen Küsse waren.«

Er wollte etwas sagen, aber sie ließ ihn nicht zu Wort kommen. Ihre Zunge erkundete die Wärme seines Mundes mit einer Ausdauer, die sie von ihm gelernt hatte.

Sie spielte mit der rauhen Oberfläche seiner Zunge, genoß die unglaubliche Weichheit darunter und befühlte die kantigen

Flächen seiner Zähne. Dann drang sie tief und rhythmisch in seinen Mund ein, während sein Körper unter ihr zu glühen begann.

Schließlich hob Holly ihren Kopf, ließ hingebungsvoll die Hitze ihrer Lust auf seine Lippen überfließen.

»Du schmeckst immer noch nach Salbei und Regen und Gewitter«, schmeichelte sie ihm.

Lincs Lippen suchten blind nach ihren. Leise lachend wich sie aus.

Er rang keuchend nach Luft.

»Ist es zu spät, auf Unzurechnungsfähigkeit zu plädieren?« meldete er sich rauh.

»Viel zu spät.«

Ihre Lippen wanderten zu seiner Schulter. Sie befühlte seine kräftigen Muskeln mit ihren Zähnen und biß ihn gerade so fest, daß es nicht schmerzte, sondern im Gegenteil die Erregung steigerte.

Das war ebenfalls eines der Dinge, die Holly von Linc gelernt hatte. Es bereitete ihr unendliches Vergnügen, ihm das, was er ihr beigebracht hatte, wieder zurückzugeben.

Ihre Hände glitten seine Arme hinab und nahmen auch die kleinste Zuckung unter seiner Haut wahr. Seine Muskeln fühlten sich wie in Seide gehüllter Stahl an. Langsam tastete sie sich über seine Brust.

»Deine Stärke fasziniert mich«, sagte Holly. »Dinge, die ich keinen Millimeter anheben kann, trägst du mit Leichtigkeit von Ort zu Ort. Es ist eine Kraft, die entweder heilsam oder aber zerstörerisch sein kann …«

Ihr Blick verdunkelte sich und zeigte ihm ihre Verwundbarkeit.

»So anders als ich«, flüsterte sie.

Linc bemerkte die Angst in ihrer Stimme und glaubte, daß sie sich an das erste Mal ihres Beisammenseins erinnerte.

»Ich hätte dir niemals weh getan, wenn ich es gewußt hätte«, verteidigte er sich wie zuvor.

»Ich weiß.«

»Weißt du es wirklich?« drang er in sie.

»Ja.«

»Aber einen Augenblick lang hast du fast... ein wenig furchtsam ausgesehen.«

»Schon möglich.«

»Warum?«

»Hör mir zu, Linc«, wiederholte Holly nachdrücklich. »Hör genau zu, was meine Berührungen dir sagen wollen.«

Ihre Fingerspitzen fanden seine flachen Brustwarzen. Sie beugte sich herab und stupste sie neckend. Seine Haut zog sich zusammen. Als sie eine Brustwarze zwischen ihre Zähne nahm, stockte sein Atem.

»Anders«, sagte sie mit rauchiger Stimme. »Und dennoch ähnlich. Du bist hier genauso empfindlich. Spürst du auch die heißen Strahlen bis in deine Magengrube, wenn ich diese Stellen berühre?«

Sie saugte mit Lippen und Zunge an seiner Brustwarze und revanchierte sich für die Liebkosungen, mit der er sie so oft verwöhnt hatte.

Als Linc es nicht mehr aushielt, umklammerten seine Hände ihr Gesicht und zwangen sie, ihn anzusehen. Sein Blick war vor Sehnsucht verschleiert. Er versank in ihrem Antlitz.

Dann gab er ihr einen Kuß, der gerade durch seine Zurückhaltung um so leidenschaftlicher war.

»Beantwortet das deine Frage?« wollte er wissen.

»In etwa«, sagte sie gedehnt. »Aber ich habe noch so viele andere Fragen. Darf ich sie dir auf meine persönliche Weise stellen? Und wirst du zuhören, wirklich zuhören, vom Scheitel bis zur Sohle?«

Holly bemerkte die wachsende Unsicherheit unter der Leidenschaft in Lincs Blick. Es schien fast so, als ob er endlich gemerkt hatte, wieviel auf dem Spiel stand. Körper und Geist und Seele.

Mit angehaltenem Atem fixierte sie seine Miene.

24

Langsam lockerte Linc seinen Griff.

»Wenn ich gewußt hätte, was mich erwartet, beziehungsweise was *nicht*, dann hätte ich mich niemals darauf eingelassen«, sagte Linc.

Zunächst blinzelte sie ihn verständnislos an.

Als jedoch der Groschen gefallen war, lachte sie und tätschelte seinen Bauch.

»Du bringst mich noch um«, sagte er mit rauher Stimme.

»Das glaub ich nicht.«

»Ich aber!«

»Dein Herz schlägt wunderbar regelmäßig«, stellte sie fest. »Ich kann es unter meiner Zunge fühlen.«

Sie glitt an Lincs Körper abwärts und streichelte mit Händen und Lippen sein Brusthaar.

Er fluchte leise.

»Ich mag dein Haar«, schwärmte Holly. »Aber das habe ich dir ja schon gesagt, nicht wahr? Rauh und gleichzeitig weich und gelockt, kann es fast so schön wie deine Zunge kitzeln.«

Ihre Fingerspitzen fuhren die Muskeln seines Oberkörpers entlang bis an das umgeschlungene Handtuch.

Linc konnte weder den Schauder noch die offensichtliche Erregung, die mit jedem Herzschlag zunahm, bremsen.

»Wieder anders«, meinte Holly. »So kraftvoll ...«

Sein Atem verkürzte sich, als sie seinen Nabel gefunden hatte und vorsichtig in ihn eindrang.

»Aber an dieser Stelle sind wir beide identisch«, murmelte sie.

»Empfindlich.«

Sie fuhr die Linie schwarzer Haare von Lincs Bauchnabel Richtung Beine hinab.

Erwartungsvoll hielt er den Atem an. Als jedoch Holly das Handtuch nicht wegschob, atmete er aus.

Die Matratze bewegte sich etwas, als sie zum Fußende des Bettes glitt.

»Ich werde mich revanchieren«, drohte Linc an. »Mein Körper vergeht von Kopf bis Fuß vor Leidenschaft.«

»Zehn Zehen«, sagte sie lächelnd. »Auch das ist bei uns beiden gleich.«

Nachdenklich untersuchte sie seinen großen Zeh.

»Das kitzelt«, monierte er. »Und kitzeln war nicht Teil der Abmachung.«

Gutmütig gab Holly nach. Sie hielt seinen Fuß in der Hand und strich mit festen Handgriffen zu seinem Knöchel hinauf.

»Ich mag deine Füße«, sagte sie. »Ausgeprägt wie alles an dir – vor lauter Kraft, die du als selbstverständlich hinnimmst.«

Lincs Wade spannte sich genußvoll unter ihren knetenden Händen. Sich durch ihre Augen hindurch zu betrachten, wie sie jeden seiner Muskeln befühlte, ließ ihn seine Hochform zum ersten Mal wirklich erkennen.

Außerdem stieß sie ihn unnachgiebig auf die Dinge, die sie unterschieden. Nur einem Unterschied gedachte sie offenbar keine Aufmerksamkeit zu widmen. Und genau dieser Unterschied war es, der ihm in diesem Augenblick wirklich zusetzte.

Holly wechselte wieder ihre Position. Sie plazierte ihre Knie links und rechts von Lincs Beinen und löste die Spange, die ihre Haare zusammenhielt.

»Gefällt dir das Gefühl von meinen Haaren auf deiner Haut?« erkundigte sie sich. Obwohl sie die Antwort erraten konnte, wollte sie sie dennoch aus seinem Mund hören.

»Du weißt doch, daß ich es mag.«

»Das hast du mir niemals gesagt, jedenfalls nicht mit Worten.«

Es gibt so viele Dinge, die wir niemals in Worte gefaßt haben, dachte Holly verunsichert.

Sie schüttelte den Kopf, beugte sich nach vorn und ließ die Masse ihrer schwarzen Locken über seine Beine streichen.

Linc atmete hastig und keuchend.

»Jetzt sehe ich, wie sehr es dir wirklich gefällt«, sagte sie zitternd. »Ich weiß gerne Bescheid, Linc.«

Das Handtuch bedeckte kaum die Hälfte seiner langen, muskulösen Schenkel. Sie drehte den Kopf herum und biß ihn kurz über dem Knie. Es war herrlich, seine Kraft an ihren Zähnen, an ihrer Zunge zu spüren.

Er bäumte sich auf.

»Noch etwas, wo wir uns gleichzeitig ähneln und unterscheiden«, sagte Holly. »Deine Schenkel sind in angespanntem Zustand ganz fest, aber selbst entspannt sind sie noch kräftig.«

»Momentan bin ich aber nicht entspannt«, murmelte Linc durch die Zähne.

Sie blickte auf das Handtuch, das wie ein Zelt über seiner offensichtlichen Erregung stand, und triumphierte.

»Auch das gefällt mir«, flüsterte sie.

Ihre Hände glitten nach oben, folgten seinen Beinen unter dem Handtuch. Sie zupfte den Stoff beiseite, bis er nur noch vom schwarzen Schleier ihres Haars bedeckt war.

Dann richtete sie sich auf und ließ es langsam und unmerklich über ihn streichen.

»Mein Gott«, hauchte Linc.

»Dies ist auch anders«, konstatierte Holly.

Sie fuhr mit der Fingerspitze an seinem Schaft entlang, was er mit einem heftigen Zittern beantwortete.

»Warum sind all die Worte, die unsere Unterschiede beschreiben, entweder klinisch oder vulgär?« fragte sie leise.

»Warum gibt es keine Worte, die deiner Schönheit gerecht werden?«

Anstelle einer Antwort stöhnte er ihren Namen.

»Für mich bist du schön«, bewunderte Holly ihn. »Genauso schön, wie ich es für dich bin. Aber man kann es nicht beschreiben…«

Ihre Hände fuhren die harte Kurve seiner Schenkel nach oben, bis sie ihn umfaßte. Behutsam beugte sie sich herunter.

»Hör gut zu«, flüsterte sie.

Und mit unendlicher Hingabe kostete sie seine Männlichkeit, genauso, wie er ihre Weiblichkeit so oft schon gekostet hatte.

Lincs Atem setzte aus und blieb ihm in der Kehle stecken. Holly spürte das elementare Verlangen, das in ihm explodierte. Sie spürte seinen erhitzten Körper, seinen schnellen Puls und die bebende Begierde, die er ausstrahlte.

Dann hörte sie ihren Namen.

»Tue ich dir weh?« heuchelte sie Mitleid.

Anstelle einer Antwort stöhnte er auf und bewegte seine Hüften in einer Weise, die nach mehr, nicht nach weniger ihrer Liebkosungen verlangte.

»Ja«, feuerte sie ihn an. »Auch das mag ich.«

Die Unterschiede von Lincs Männlichkeit zu ihrer Weiblichkeit faszinierten Holly. Sie konnte sie gar nicht ausführlich genug erkunden. Die weiche Wärme ihres Mundes umhüllte ihn zu seinem höchsten Entzücken.

Sein Körper spannte sich an. Er genoß ihre Liebkosungen so sehr, daß er laut aufschrie.

Holly wurde von einem Verlangen überflutet, das ihr fast die Besinnung raubte. Sie glitt an Lincs Körper hoch wie eine Wolke an einer Bergwand, bis sie ihn mit ihrer feuchten Wärme berührte.

Unglaublich langsam setzte sie sich auf ihn und ließ ihn in sich eindringen. Zusammen teilten sie das gewaltige Beben, das ihn durchfuhr, als ihr Körper sie noch heißer und erotischer berührte als kurz zuvor ihre Lippen.

Einen endlos langen Augenblick hielt Holly sie beide in der Spannung des ersten körperlichen Kontaktes, ohne sich zu bewegen, reglos inmitten ihrer leidenschaftlichen Intimität. Ihre Verschmelzung ineinander wurde vollkommen. Seine heftigen Bewegungen befriedigten ihr eigenes Verlangen. Ein Sturm brach über sie herein, bis keiner mehr sagen konnte, wer die Wolke und wer der Berg war. Denn beide waren in einem elementaren Blitzgewitter zusammengeschweißt.

Als schließlich auch das letzte Zucken der Ekstase sich gelegt hatte, bewegte sich Holly an Lincs Brust.

»Ich liebe dich«, murmelte sie leise.

Sie suchte seinen leuchtenden Blick unter den Schatten seiner Wimpern.

»Glaubst du mir nun endlich?« fragte sie. »Ich liebe dich.«

Er schloß die Augen. Seine Finger kniffen sie so fest ins Kinn, daß sie überrascht und protestierend aufschrie.

»Linc ...«

»Sprich nicht von Liebe.«

Seine tiefe Stimme war eiskalt.

In ihr Inneres krallte sich Angst. Eine Angst, die um so schlimmer war, als sie sich während ihrer stürmischen Vereinigung der Illusion hingegeben hatte, sie habe ihn endlich zurückgeholt.

Sie wollte etwas sagen, brachte aber zunächst kein Wort über die Lippen. Schließlich sprach sie es voller Trostlosigkeit aus.

»Das ist genauso, als ob du mir sagtest, ich solle nicht atmen!«

Tränen rannen leise über ihre Wangen auf seine Hand.

»Dich zu lieben, ist ...« Abrupt hielt sie inne, als Linc seine Hand wegzog.

Holly beobachtete, wie er seine Finger an die Lippen führte und ihre Tränen kostete, als ob er auch sie für unwahr hielte.

»Warum vertraust du mir nicht?« fragte sie verzweifelt. »Wenn ich einfach nur Holly wäre, dürfte ich dann von Liebe sprechen?«

Auf Lincs Zügen zeigten sich zum ersten Mal die Trauer und die Reue, die wie Messer in seiner Seele wüteten. Ihr Schmerz wurde dadurch indessen nicht gelindert.

»Das ist es doch, oder?« fragte sie kaum hörbar. »Ich bin für dich nicht mehr Holly. Du nennst mich auch nie mehr *niña.*«

Er fuhr zurück, blieb aber stumm.

»Wer bin ich für dich, Linc?« fuhr sie unnachgiebig fort. »Was habe ich Schreckliches getan, daß du es mir nicht gestattest, das Wort Liebe auszusprechen?«

Linc schloß die Augen und damit auch sie aus.

»Es hat keinen Zweck, darüber zu reden«, sagte er. »Du kannst nicht ändern, wie du bist.«

»Und wie bin ich?«

»Eine wunderschöne, egoistische Frau.«

»Egoistisch? Weil ich nicht einfach meine Vereinbarungen löse und einen Strich durch den Vertrag mit Roger mache?«

»Genau.«

Linc schien von seiner Aussage felsenfest überzeugt.

»Nein«, gab Holly mit vor Trauer monotoner Stimme zurück. »Selbst wenn ich bei RR aufhörte, würde das nichts ändern.«

»Und ob …«, widersprach er.

»Schön bin ich dann immer noch«, unterbrach sie ihn. »Und ganz tief in dir würdest du mir weiterhin mißtrauen und mich dafür hassen, nicht wahr?«

Draußen zerteilte ein Blitz den Himmel, gefolgt von grollendem Donner. Die Vorhänge wehten im Wind.

Holly zitterte. Es war allerdings nicht das tropische Gewitter, weswegen sie fröstelte.

Langsam öffnete Linc die Augen.

»Haß … ist es nicht«, bestritt er.

»Das glaube ich dir nicht.«

»Holly«, flüsterte er.

»Genausowenig wie du mir glaubst, daß ich dich liebe.« Sie lachte auf. »Vielleicht wird sich ja beides als richtig herausstellen.«

»Gib deinen Beruf auf.«

»Nein!«

»Befriedigt es dich wirklich so sehr, jeden Mann in deinem Umkreis anzumachen?«

»Ich pfeife darauf, Männer anzumachen. Dich ausgenommen.«

Hollys Stimme war so weich, so absolut sicher, daß Linc sich ihre Ernsthaftigkeit eingestehen mußte. »Dann laß deine Modelkarriere sausen«, beharrte er.

»Damit würde ich wirklich beweisen, daß ich egoistisch bin.«

Wieder klang ihre Stimme weich und wankte dennoch nicht.

»Was soll das denn heißen?« wollte er wissen.

»Egoistische Menschen lassen andere Leute die Rechnung für ihr Vergnügen bezahlen, nicht wahr?«

Linc nickte.

»Mit dir zusammenzusein ist das größte Vergnügen, das ich jemals kennengelernt habe«, legte Holly ihm dar. »Aber mich zu ersetzen, würde Roger ein Jahr Suche und Millionen von Dollar kosten. Warum sollte er derjenige sein, der also meine Zeche bezahlt?«

Lincs Miene wurde starr.

»Das ist ja eine wunderbare Art, die Worte so zu verdrehen, daß sie deinem Anliegen entsprechen«, sagte er. »Aber ich sollte vielleicht nicht darüber meckern, wenn Roger die Früchte deiner Talente erntet. Er seinerseits hat schließlich dich – und mich – die Früchte seiner Bemühungen ernten lassen.«

»Worauf spielst du denn jetzt wieder an?«

Linc lächelte.

Die Bitterkeit seines Ausdrucks ließ Holly zusammenzucken. Plötzlich wollte sie Lincs Erklärung gar nicht mehr hören. Aber dazu war es bereits zu spät.

Er hatte schon zu reden begonnen, und was er sagte, sollte ihre Welt erschüttern.

»Es ist eigentlich ganz einfach«, fing er an. »In den fünf Tagen meiner Abwesenheit hat Roger dir mehr über Intimität beigebracht, als die meisten Frauen in ihrem ganzen Leben lernen.«

Holly wurde blaß.

»Ich will mich ja nicht beklagen«, fuhr Linc fort und zuckte mit den Schultern. »Immerhin bist du ja seit meiner Ankunft hier in meinem Bett geblieben. Was kann ich von einer so schönen Frau mehr verlangen?«

Holly versuchte, sich seinem Griff zu entwinden, aber seine Hände hielten sie unnachgiebig fest.

»Tu mir das nicht an!« flüsterte sie und spürte, wie ihr Traum ins Wanken geriet. »Laß mich gehen.«

Eine seiner Augenbrauen schoß fragend in die Höhe.

»Warum?« fragte er. »Wird Roger langsam ungeduldig?«

»Ich war niemals Rogers Geliebte.«

Holly sprach leise, geduldig und weit entfernt, wie von einem anderen Ufer.

Linc kann meine Welt zerstören, aber nicht mich, hielt sie sich tapfer vor.

Nicht mich!

Ich werde nicht zugrunde gehen, nicht einmal seinetwegen.

»Wie gesagt, auf meine Kosten gekommen bin ich durchaus«, betonte er nochmals.

»Verflucht sollst du sein«, flüsterte sie aufgewühlt. »Wenn ich dich im Bett zufriedengestellt habe, kannst du dich selbst beglückwünschen, denn du warst mein Lehrer!«

Bei Lincs ungläubigem Gesicht erfüllte ihr Inneres nun dieselbe Wut und Reue, die sie vorhin in ihm geahnt hatte.

»Ich bin als Jungfrau zu dir gekommen«, erhob sie ihre Stimme. »Das hast du mir erst geglaubt, als es zu spät war. Und so was ist ein einmaliges Geschenk. Trotzdem zweifelst du immer noch an meiner Liebe.«

Ihr Lachen hörte sich wie ein Schluchzen an.

»Du hast zu mir gesagt, ich solle dir vertrauen, Linc. Und das habe ich getan. Zweimal. Aber von deiner Seite müßte das auch erfolgen, wenigstens einmal.«

»Holly…«

Er hielt inne, und ein qualvolles Schweigen schloß sich an.

»Sag mir, daß du mir vertraust«, forderte sie ihn heraus, »…daß du mich liebst. Nur ein klein wenig, Linc. Mach einen Anfang.«

Sein Schweigen bestätigte ihre schlimmsten Befürchtungen. Mit angehaltenem Atem betrachtete sie seine Augen, seine Lippen, die Schatten seiner Gefühle, die auf seine Zügen harte Linie zeichneten. Als sie sprach, klang sie erschreckend beherrscht, beinahe freundlich.

»Laß nur, Linc. Es ist jetzt ohnehin nicht mehr wichtig.«

Sein Griff um ihren Arm wurde fester. Er spürte ihre Verzweiflung und ihren Zorn ebenso wie den Sturm der Gefühle, der an seiner Selbstherrlichkeit zerrte.

»Holly, tu mir das nicht an«, sagte er und wiederholte damit ihre Bitte.

»Die Wahrheit auszusprechen?«

»Was für eine Wahrheit soll das denn sein? Liebe?« fragte er mit schneidender Stimme.

»Irgendwo ganz tief in dir glaubst du, daß schöne Frauen zu lieben gleichbedeutend mit Vernichtung ist. So gesehen kann ich es dir nicht verübeln, daß du mir dein Herz verweigerst. Du bist lebendig. Und willst überleben…«

Wieder zuckten Lincs Augen schmerzlich zusammen.

»Übel nehme ich dir allerdings, daß du an mir für etwas Rache nimmst, das ich nie getan habe, und schon gar nicht dir jemals antun *könnte*«, äußerte sie bestimmt.

Sie hielt inne. Draußen donnerte es bedeutungsvoll, wie zur Bekräftigung.

Dann wanderte ihr Blick über ihn. Endlich flammte ein Hoffnungsfunken in ihr auf, als sie seinen Zwiespalt erkannte.

»Es ist keine Rache«, berichtigte er schließlich.

»Du vertraust mir nicht, also kannst du mich auch nicht lieben.«

»Ich mache dich nicht dafür verantwortlich, wie sich meine Mutter und meine Stiefmutter verhalten haben.«

»Nein, du denkst nur, daß ich genauso bin wie sie: schön und skrupellos. Dabei habe ich alles getan, deine Vorurteile zu beseitigen.«

Linc wandte den Blick ab. Er konnte es nicht ertragen, seinen eigenen Schmerz in Hollys goldenen Augen gespiegelt zu sehen.

Traurig lachte sie auf.

»Ich war wirklich sehr jung, nicht wahr?« flüsterte sie. »Beinahe wäre es dir gelungen, meinen Haß zu wecken, bevor du zu lieben gelernt hast. Aber so lange werde ich mich nicht mehr hier herumtreiben, denn so ein Ergebnis würde mich zerstören. Dann wäre überhaupt gar nichts mehr übrig.«

Donner dröhnte durch den Raum.

Holly horchte auf. Als sie Linc schließlich ansah, verlangte ihr Blick nicht mehr nach Liebe.

»Ich dachte, daß ich dir beibringen könnte, dich hinzugeben«, sagte sie. »Der Lehrer aber warst du. Zu guter Letzt hast du mir nun alles über Haß beigebracht.«

»Nein«, entrang es sich ihm schmerzverzerrt.

Seine Hände strichen über ihre eiskalte Haut und versuchten, sie zu wärmen. Sie bewegte sich weder auf ihn zu, noch wich sie ihm irgendwie aus.

Es war, als ob er überhaupt nicht mehr existierte.

»Ich hasse dich nicht«, beschwor Linc sie. »Und ich wollte dir niemals weh tun.«

Holly machte Anstalten, vom Bett aufzustehen.

»Nein«, wehrte er ab. »Laß mich dich umarmen.«

Wie ein Schatten entglitt sie ihm, obwohl er sie immer noch festhielt.

»Du kannst mich ebensowenig trösten, wie ich gegen deine Vergangenheit ankomme«, gab sie tonlos von sich.

Holly sah Linc lange an. Und obwohl die Tränen in ihrem Inneren brannten, wußte sie doch, daß sie nicht weinen würde.

Tränen entstanden aus der Hoffnung, sie aber hatte keine Hoffnung mehr.

Langsam öffnete er seine Hände und ließ sie los.

Sie wandte ihm den Rücken zu, ging zum Fenster und beobachtete die regenschwangeren Wolken, die sich auch nicht entschließen konnten zu weinen.

»Sag dir einfach, daß es sich um ein absolutes Mißverständnis handelt«, faßte sie zusammen. »Du hast geglaubt, ich wäre deine süße *niña*. Und ich habe geglaubt, du wärst der Linc, den ich schon immer geliebt habe. Wir haben uns beide geirrt.«

Sie schloß die Augen und wartete.

Nur die Stille antwortete ihr.

»Adieu, Linc.«

Nun, da sich die Tür hinter dem Mann ihres Glücks fest geschlossen hatte, begann sie, ihre Koffer zu packen.

25

Holly lenkte den Jeep mit jener ungebremsten Wut, die seit fast vier Monaten ihr Dasein bestimmte. Hinter ihr folgte eine Schlange vierradangetriebener Wagen, die jede Menge Staub auf der trockenen, löchrigen Straße nach Hidden Springs aufwirbelten.

Die Sommergewitter waren vorüber, und man hätte meinen können, die Regengüsse in der Wüste seien nur ein Gerücht gewesen. Der schnell erblühte Blumenrausch hatte sehr kurz angehalten. Es herrschte der Geruch von Hitze und Staub und Trockenheit.

Die Erde war wieder kahl und wartete in der brütenden Stille des Herbstes auf die länger anhaltenden winterlichen Regenfälle.

Holly schaute einmal flüchtig in Richtung Berge, dann blickte sie nur noch geradeaus.

Kahl, verlassen und beeindruckend in ihrer Majestät, unverrückbar und unverändert erinnerten die Gipfel sie unablässig an den Mann, den sie geliebt und wieder verloren hatte.

Sie würde ihnen keine Antwort geben.

Nicht einmal in der Verschwiegenheit ihrer Seele gestattete sie es sich, seinen Namen zu rufen.

Hinter Hollys Jeep vergrößerte sich der Abstand zum Rest der Royce-Karawane mit jeder Minute. Sie merkte gar nicht, daß sie die anderen abhängte.

Ohnehin wäre sie in keinem Fall etwas langsamer gefahren.

Wie verrückt hatte sie Roger beschimpft, daß er überhaupt

nach Hidden Springs zurückwollte. Wenn es nach ihr gegangen wäre, hätte sie diesen Ort für immer gemieden.

Die Werbekampagne »Royce heißt Romantik« war bereits fertiggestellt. Und für die Wüstenkampagne mußte nicht zwingend Hidden Springs den Hintergrund bilden.

Jeder wüstenähnliche Ort hätte denselben Zweck erfüllt. Warum denn nicht Ägypten – eine jahrtausendealte Geschichte, Pyramiden und rätselhafte Hieroglyphen unter glühender Tropensonne? hatte sie Roger mehrmals gefragt. Der aber hatte auf dem unberührten, ursprünglichen Charme von Hidden Springs bestanden.

Um ein Haar hätte Holly sogar ihren Vertrag gekündigt, es sich dann aber doch anders überlegt. Denn nur noch die Arbeit bot ihr jetzt Halt.

Und das wußte Roger allzugut.

Er hatte gewonnen. Demzufolge war das Topmodel der Royce Reflection auf dem Weg zu jenem Ort, wo sie auf der ganzen Welt am allerwenigsten sein wollte.

Aber mit diesem Sieg mußte er sich auch begnügen.

Als er gemerkt hatte, daß es Linc in ihrem Leben nicht mehr gab, zeigte er größtes Interesse, die Lücke zu füllen.

Holly hatte ihm eine höfliche, aber grundsätzliche Absage erteilt, ganz anders als früher in ihrer Unsicherheit gegenüber seinen Avancen.

Ich fühle mich geschmeichelt, aber nein danke!

Warum? hatte Roger gefragt. *Du weißt doch, daß ich dich nicht verletzen würde. Ich habe keine schlechten Angewohnheiten, und ich bin nachgewiesenermaßen frei von ansteckenden Krankheiten außer der der Leidenschaft.*

Nein.

Shannon, wir passen gut zueinander.

Hör mir zu, Roger. Wenn du das Thema jemals wieder auf den Tisch bringst, werde ich Royce Design verlassen und niemals zurückkehren.

Shannon…

Ich habe schon ganz anderen Dingen den Rücken gekehrt, um zu überleben. Du solltest mich also wirklich ernst nehmen.

Und diesem Rat beugte er sich.

Die leidige Angelegenheit zwischen Roger und ihr war nie wieder zur Sprache gekommen.

Ihr Chef trug es ihr auch nicht nach. Eine Woche schwieg er vorsichtshalber, dann behandelte er sie wieder mit der altgewohnten Kameradschaftlichkeit und dem flapsigen Witzeln. Die Räder des Jeeps wirbelten den Sand der Antilopenschlucht in harten Bögen auf und stellten deutlich Hollys Gemütsverfassung dar. Er regnete auf ihre Windschutzscheibe und blieb auf dem Kühler liegen.

Sie ignorierte alle Widrigkeiten und verlangsamte ihr Tempo kein bißchen. Bis an den Rand seiner Belastbarkeit peitschte sie den Wagen vorwärts und hielt ihn dort mit einer konzentrierten Unnachgiebigkeit, mit der sie während der letzten vier Monate auch alles andere in ihrem Leben bewältigt hatte.

Ob es nun die Arbeit war oder sie sich sonst in irgendeiner Weise anspornen mußte, so konnte sie jedenfalls zeitweise ihre Erinnerungen verdrängen.

Doch die Ereignisse wüteten direkt unter ihrer Shannonmaske weiter und quälten Holly.

Linc hatte sie eine Woche nach Cabo San Lucas angerufen.

Holly, das ist doch kein Zustand!

Hast du mir denn etwas Neues mitzuteilen, Linc?

Bei der Frage war eine schmerzhafte Hoffnung in ihr aufgeflackert.

Ich verlange nach dir, Holly. Ich kann vor Sehnsucht nicht mehr schlafen.

Haben! Begehren! Das ist nichts Neues, Linc.

Schweigend hatten sie beide der Frage gelauscht, die sie nie wieder stellen würde.

Liebst du mich?

Und schweigend hatte sie Lincs Antwort hingenommen.

Nein.

Dann erst kamen all die drängenden Worte, die die schreckliche Stille hätten füllen sollen.

Holly, verhärte dich nicht! Du begehrst mich. Dessen bin ich mir absolut sicher.

Wortlos brach sie dann das Gespräch ab. Sie ertrug es nicht, ihren eigenen Schmerz in Lincs Stimme widerhallen zu hören.

Verlangen genügte ihr nicht.

Wenn es darum gegangen wäre, hätte sie ihn nicht verlassen. Holly hatte keine seiner späteren Anrufe mehr entgegengenommen. Der kurze Hoffnungsstrahl hatte ihr zu sehr zugesetzt und sie an die Illusion erinnert, als ein Traum Wahrheit geworden schien: ihre gemeinsame Liebe.

Zu leben und sich ganz und gar lebendig zu fühlen!

Daran zu glauben, daß alles möglich war, sogar die Liebe eines Mannes, der schöne Frauen eigentlich für unwürdig hielt.

Mit der Zeit hatten Lincs Anrufe aufgehört.

Und Holly dachte optimistisch, daß es ihr gleichgültig werden würde.

Mit ihrem Fuß fest auf dem Gaspedal bockte der Jeep und rutschte über den letzten Kamm, der sie noch von Hidden Springs trennte.

Ihr Blick fiel sofort auf drei Pferde mit ihren Reitern, die direkt neben ihrem damaligen Zeltlager standen. Schlingernd bremste sie den Jeep ab und brachte ihn dreck- und steinespritzend neben den wartenden Gestalten zum Stehen.

Sie brauchte ihre gesamte Selbstbeherrschung, um nicht fluchtartig zu wenden und denselben Weg, den sie eben gekommen war, wieder zurückzufahren.

Nein. So hätte Holly reagiert, sagte sie sich bitter. Holly aber hatte hier nichts mehr zu suchen.

Es betraf Shannon.

Weil nur Shannon hatte uberleben können.

Reglos saß sie hinter dem Steuer und beobachtete Linc, der keine hundert Meter entfernt auf Sand Dancer saß. Dann drehte er sich um und blickte sie an.

Jetzt erst merkte Holly, wie sehr die gnadenlose Hitze auch ihr zusetzte und sie niederdrückte. Es gab keinerlei Halt, sie spürte keinen Boden mehr unter den Füßen. Ihre Welt war erneut im Begriff, auseinanderzufallen. Einzig Lincs ausdauernder Blick stützte sie. Gleich würde er sich abwenden und sie in eine bodenlose Tiefe fallen lassen.

Das darf niemals wieder passieren.

Holly schloß die Augen und klammerte sich an das Lenkrad wie an einen Rettungsring. Bis zu diesem Augenblick hatte sie sich nicht eingestanden, wie nahe am Abgrund sie die ganze Zeit gelebt hatte.

Und wie leicht es wäre, in ihn zu stürzen.

Bei dem Gedanken schrak sie zusammen.

»Holly?«

Das war Beth' Stimme, nicht Lincs.

Holly gab sich einen Ruck und öffnete die Augen.

Beth glitt aus dem Sattel und näherte sich hastigen Schrittes dem Jeep. Ihr großer heller Hund wirbelte um sie herum und behinderte jeden ihrer Schritte. Holly atmete tief ein und zwang sich, aus dem Auto zu steigen und so zu tun, als ob die Hitze ihre einzige Sorge sei.

Sie streichelte Freedoms Ohren, als er sie stürmisch begrüßte. Dann zwang sie sich, das auf sie zueilende Mädchen anzulächeln.

Es ist nicht Beth' Schuld, daß ich den falschen Mann geliebt habe, hielt Holly sich vor. Sie hat es nicht verdient, von Shannon geschnitten zu werden.

Also öffnete sie die Arme, umfing Beth und flüsterte Lincs Schwester genau die Worte ins Ohr, die sie Linc gegenüber nicht aussprechen konnte.

»Ich habe dich so sehr vermißt«, murmelte sie.

Die Flur ihrer Gefühle drohte, sie mit sich zu reißen. Plötzlich war sie wieder viel zu sehr Holly. Und viel zu wenig Shannon.

Beth' Begrüßung ging in einem Schluchzen unter. Sie klammerte sich endlos an Holly, ehe sie wieder zu sprechen vermochte.

»Warum ...«, begann Beth, unterbrach sich jedoch abrupt. »Nein, ich habe mir geschworen, dich nicht danach zu fragen.«

Holly versuchte zu lächeln, was ihr beinahe auch gelungen wäre.

»Wie geht es dir?« fragte Miss McKenzie besorgt.

»Gut, wirklich!«

»Du siehst aber nicht so aus. Wie Linc. Irgendwie älter.«

»Das bin ich auch.«

Noch einmal Lincs Namen erwähnt zu hören, hätte Holly nicht verkraftet. Sie zupfte an dem Cowboyhut, der Beth' Gesicht halb verdeckte.

Das Mädchen sah blendend aus.

»Wenn wir schon von Veränderungen reden, dann schau lieber dich selber an!« ergänzte Holly.

Beth' glänzende Haare glitten ihr über die Schultern, Locken umrahmten ihr Gesicht. Sie trug nur eben so viel Make up, daß ihre blauen Augen voll zur Geltung kamen. Unter dem transparenten Gloss waren ihre Lippen weich, einladend und unschuldig.

»Du bist eine richtige Schönheit geworden«, beglückwünschte Holly sie. »Was sagt denn dein Bruder ... ach was! Es geht mich ja nichts an.«

»Linc hat nichts dagegen, daß ich so nett aussehe« sagte sie. »Jedenfalls nicht mehr.«

Holly stieß einen undeutlichen Laut aus. Sie hatte nicht die Absicht, sich über das Thema Linc und Schönheit zu unterhalten.

Eigentlich wollte sie überhaupt nicht mehr von ihm sprechen.

»Ein Monat, nachdem er aus Cabo San Lucas zurückgekommen ist, hat er mich mit nach Palm Springs genommen«, berichtete Beth. »Neue Kleidung, neuer Haarschnitt, neues Make-up, alles, was ich wollte. Nur du als Schwester fehlst mir noch.«

Holly betete darum, daß man ihr ihren Schmerz nicht ansah.

»Du siehst glücklich aus«, sagte sie leise. »Das freut mich.«

Beth rang mit den Tränen.

»Linc möchte, daß ich so bin, wie ich gerne sein möchte«, schniefte sie. »Wunderschön oder unscheinbar oder irgendwo dazwischen. Er liebt mich.«

Holly spürte, wie ihr der Boden wiederum entglitt.

»Das steht dir auch zu«, flüsterte sie.

Sie war erstaunt, daß sie trotz der Taubheit ihrer Seele einen Ton herausbrachte.

Soviel hat er immerhin doch gelernt, dachte sie hilflos. Dann waren meine Qualen wenigstens nicht völlig umsonst.

»Komm doch wieder zu uns auf die Ranch«, flehte Beth.

Holly schüttelte unwillkürlich den Kopf.

»Bitte«, drang Beth in sie. »Linc liebt dich.«

Die Wunschschwester zuckte zusammen, als ob man sie geschlagen hätte. Sie blieb bei ihrem Nein.

»Aber doch«, teilte Beth ihr eifrig mit. »Er hat sich weder mit Cyn noch mit sonst irgendeiner Frau getroffen, sondern jeden Tag von früh bis spät geschuftet. Allen gegenüber ist er unausstehlich, außer mir. Zu mir war er manchmal so zärtlich, daß ich hätte heulen können. Bitte, komm zurück. Er liebt …«

»Schluß damit!« unterbrach Holly sie schroff.

Das Mädchen riß erstaunt und gleichzeitig verletzt die Augen auf.

Nach einigen Atemzügen hatte Holly sich wieder im Griff. Aber es war immer noch eine Gratwanderung.

Nahe an der Kippe, so fragil wie Holly selbst.

»Vielen Dank, Beth, aber es geht nicht«, erklärte sie vorsichtig.

»Ich habe dich vermißt. Ich liebe dich, Holly. Das war schon immer so.«

Holly blinzelte.

»Mir geht es genauso«, flüsterte sie.

»Aber warum ...«

»Jetzt, wo du dich wieder mit deinem Bruder verstehst«, unterbrach sie Beth schnell, »läßt er dich ja vielleicht mit mir verreisen. Ich fliege nächstens nach Rio. Oder es wird erst Tokio und dann Rio sein ...«

»Tokio? Rio?« fragte Beth atemlos.

Holly zuckte mit den Schultern. »Ich weiß nicht genau, wohin wir zuerst fliegen. Würdest du denn gerne mitkommen?«

»Super! Ich war in meinem Leben noch nie weiter weg als in Palm Springs!«

Die Aufregung ließ Beth noch jünger aussehen. Dann erstarb ihre Begeisterung. Seufzend blickte sie über die Schulter.

»Ich weiß nicht, ob Linc mich so lange aus der Schule nehmen würde«, wandte Beth zögernd ein. »Heute durfte ich nämlich nur deshalb dabeisein, weil ich ihm eine schreckliche Szene gemacht habe, wenn ich keine Chance bekäme, dich hier zu treffen.«

Holly lächelte still in sich hinein. Bis ihr eben der Gedanke an Beth' Gesellschaft kam, hatte sie vor sich selbst nie ihre Einsamkeit zugegeben. Wenn das Mädchen dabei wäre, hätte sie jemanden zum Plaudern und Lachen.

»Vielleicht während der Erntedank- oder Weihnachtsferien?« fragte Holly. Dann schüttelte sie den Kopf. »Nein, das sind ja Familienfeste, da wird dein Bruder dich bei sich haben wollen.«

Beth hielt Hollys Hand. Für den Bruchteil einer Sekunde hatte sie etwas in Hollys Blick erkannt, das sie erschütterte.

»Du könntest doch zum Erntedankfest und zu Weihnachten zu uns kommen«, schlug sie vor.

Holly legte ihr Profilächeln an den Tag. Darin hatte sie während der letzten Monate meisterliche Fähigkeiten erworben.

»Schau nicht so traurig drein«, munterte sie die Jüngere auf und berührte sachte ihre Wange. »Es bleiben uns immer noch die nächsten Sommerferien, in denen wir zusammen verreisen könnten.«

»Das ist es ja nicht nur. Sondern... mit wem verbringst eigentlich du solche Familienfeiern?« stieß Beth hervor.

Holly wünschte sich, das Kind wäre alt genug, diese Fragen nicht mehr zu stellen. Energisch rückte sie ihr den Hut auf dem Kopf zurecht.

»Wer ist denn der gutaussehende Mann in deiner Begleitung?« fragte Holly.

»Meinst du etwa Linc?« fragte Beth verwirrt.

»Nein.«

»Ach so, Jack! Als Mann sehe ich ihn eigentlich noch nicht so richtig. Jedenfalls nicht so wie Linc.«

Holly spürte, wie ihr Lächeln erstarrte. Sie wußte besser als irgend jemand, wie wenige Männer auf dieser Welt es mit Linc aufnehmen konnten.

»Komm schon«, sagte Beth. »Ich will dich vorstellen. Beim letzten Mal hast du meinen Freund gar nicht so richtig kennengelernt.«

Inständigst wünschte sich Holly, daß sie nicht so schnell nach Hidden Springs gerast wäre. Wenn die anderen jetzt eintrudeln würden, hätte sie eine gute Entschuldigung, Linc aus dem Weg zu gehen.

So jedoch blieb ihr nichts übrig, als entweder wie ein verängstigtes Kind wegzurennen oder aber zu ihnen hinüberzugehen und eine möglichst natürliche Distanz zu bewahren.

»Holly?«

»Ich komme schon«, erklärte sie sich bereit.

Beth nahm Holly an der Hand und führte sie zu Jack hinüber. Als er sie kommen sah, stieg er vom Pferd.

Linc blieb im Sattel.

Holly verspürte eine bittersüße Erleichterung darüber, daß sie nicht in Tuchfühlung geriet mit ihm. Lächelnd schüttelte sie Jacks Hand, äußerte ein paar freundliche Worte und wünschte sich, daß sie doch umgedreht und, ihrer Panik gehorchend, weggerannt wäre.

Ich kann Linc nicht in die Augen sehen, begriff sie viel zu spät. So nah. Und doch so weit weg von ihm.

Seine Nähe war wie die Sonne. Er brannte auf Hollys Haut, weichte ihre Knochen auf, machte sie schwindelig und begierig auf einen kühlen Luftzug.

»Willst du denn Linc nicht begrüßen?« fragte Beth.

Holly wandte sich um und sah ihn an, ohne ihn wirklich zu sehen.

»Hallo, Linc«, sagte sie unbeteiligt.

Es entstand ein kurzes Schweigen.

»Ich habe dich vermißt, *niña*.«

Der Boden unter ihren Füßen wankte. Die Zeit verschwamm, bis sie wieder neun Jahre alt war, auf heißem Sand zu Linc emporschaute und fest daran glaubte, daß dies ihr Märchenprinz war und kein anderer.

Aber er hatte die siebzehn und sie ihre neun Jahre längst überschritten. Sie starrte ihn an, als begegne sie ihm zum allerersten Mal. Er schien wesentlich kräftiger, als sie ihn in Erinnerung hatte. Als sein Pferd ungeduldig scharrte, verdeckte Lincs Rücken die Sonne.

Unter seinen dichten Wimpern suchten seine Augen die von Holly, suchten nach etwas, das sie beide verloren hatten. Sein Gesicht war härter, schmaler und von der inneren Anspannung gezeichnet, die er auch ausstrahlte. Wie ein eingesperrter Löwe wartete er auf… etwas.

Der Sattel knirschte, und Sand Dancer verlagerte sein Gewicht.

Plötzlich wurde sich Holly klar, daß sie schon viel zu lange zu Linc hinaufstarrte. Sie wollte sich umdrehen und irgend etwas Belangloses zu Beth oder zu Jack oder auch nur zu dem Hund sagen.

Aber niemand war mehr bei ihr.

Beth, Jack und Freedom hatten sich zurückgezogen und Holly allein zurückgelassen, damit sie ihren eingebildeten Traum betrachten konnte. Und zwar ohne Hilfe, ohne Schutz und ohne Rückzugsmöglichkeit. Die Heftigkeit ihres Schmerzes angesichts von Lincs Gegenwart besiegte sie augenblicklich. Und sie hatte geglaubt, Linc könne ihr nichts mehr anhaben!

Jetzt aber erkannte Holly zu ihrem Schrecken, daß seine Fehleinschätzung immer noch furchtbar weh tat, sie ihn liebte wie eh und je. Es gab einfach kein Ende ihrer Verwundbarkeit.

Wenn er sie berühren würde, wäre es um sie geschehen. Sie besäße nicht die Kraft, ihn nochmals zu verlassen.

Er hatte sie *niña* genannt.

In der Ferne hörte sie die Geräusche der anderen Fahrzeuge, die den letzten Hügelzug vor Hidden Springs überquerten.

Holly hatte sich unwillkürlich umgewandt und war blitzartig in der gleißenden Sonne auf die Karawane zu geflohen.

Die Luft war hitzeschwer und trocken.

Der erste Jeep kroch viel vorsichtiger den Berg herauf, als Holly hier gefahren war. Da Roger sie nach Luft ringend alleine am Straßenrand stehen sah, gab er dem Fahrer ein Zeichen anzuhalten.

»Was machst du denn hier?« fragte er. »Liegt dein Wagen im Straßengraben?«

»Nein.«

»Steig ein«, bedeutete er ihr und klatschte auf seinen Schoß.

Statt seiner Aufforderung zu folgen, kletterte Holly auf den vollgestellten Rücksitz.

»Was ist los?« erkundigte Roger sich.

»Ich wollte nur mal sehen, warum ihr so lange braucht«, log Holly.

Er schaute ihr in die Augen, dann sah er das Pferd, das dem Auto entgegenritt. Und den Reiter.

Lincoln McKenzie.

»Hat dieser Cowboy etwa…«, begann Roger finster.

»Unsinn«, unterbrach sie mit ebenso schneidender Stimme.

Roger schwieg. Er hatte gelernt, ein Thema fallenzulassen, wenn Holly diesen Ton anschlug.

Linc brachte seinen Hengst dicht neben dem Jeep zum Stehen.

»Hallo, Roger«, grinste er. »Wie laufen die Geschäfte?«

Holly bekam eine Gänsehaut. Allein seine Stimme zu hören, entnervte sie. Sie blickte nicht höher als zu den Sporen, die an ihrem Fenster kratzten.

Aber sie konnte nicht umhin, die elementare Kraft zu bemerken, mit der er den nervösen Hengst zügelte. Zudem gelang es ihr nicht, sich der Erinnerung daran zu erwehren, als sie Lincs muskulöses Bein geknetet, seine Kraft mit Zähnen und Zunge gekostet und die erstaunlichen Unterschiede von seiner Männlichkeit zu ihrer Weiblichkeit entdeckt hatte.

Sie stöhnte leise und schloß die Augen.

»Hallo, McKenzie«, grüßte Roger zurück. »Das ist aber ein Paradehengst!«

»Allerdings«, bemerkte Linc lassig.

»Ich hätte Shannons Vorschlag annehmen und ein paar Ihrer Pferde mit in die Fotoserie einplanen sollen.«

»Hat Holly das vorgeschlagen?« hakte Linc nach.

Seine Stimme drückte mehr aus, als er beabsichtigt hatte. Roger war das nicht entgangen, und er lächelte.

Wohlwollen fehlte allerdings dabei.

»Ja«, erwiderte er, »und zwar im letzten Jahr, als wir zum ersten Mal Hidden Springs für Aufnahmen in Erwägung zogen.«

»Kürzlich hat sie aber den Vorschlag nicht mehr wiederholt?« quetschte Linc hervor.

»Nein. Im Gegenteil, Shannon hätte fast ihren Vertrag gebrochen, nur um hier nicht mit dabeisein zu müssen.«

Dafür wünschte Holly Roger unverzüglich zum Teufel.

»Dann konnte ich sie aber doch überreden«, berichtete ihr Boß stolz. »Sie ist eben durch und durch ein Profi.«

»Ja«, erwiderte Linc mit tonloser Stimme. »Ich weiß, daß ihr die Arbeit mehr als ... mehr als alles auf der Welt bedeutet.«

Holly ertappte sich dabei, wie sie verzweifelt den Kopf schüttelte. Sie erstarrte, aber die anderen hatten es bereits gemerkt.

»So stimmt das nicht«, korrigierte Roger scharf.

»Shannon hat klipp und klar gesagt, wenn ich mich nicht anständig benehmen würde, könne ich meinen Vertrag nehmen und ihn sonstwohin stecken.«

Lincs Lächeln blitzte gleißend auf.

Rogers Mundwinkel verzogen sich dagegen nach unten.

»Ich hatte mir schon gedacht, daß Sie das gerne hören würden«, meinte er. »Deshalb habe ich Shannon auch wieder zu Ihnen zurückgeschleppt. Allerdings hege ich meine Zweifel, ob Sie sie wirklich verdienen.«

Die arme Holly riß die Augen auf.

Linc war ebenso überrascht.

»Und jetzt«, beschloß Roger seinen Sermon, »müssen Sie Ihren Zauberstab schwenken und die Sonne und das Lachen wiederaufleben lassen in der Royce Reflection. Vorher wird das nichts mit meinen Geschäften.«

»Genug jetzt«, fuhr Holly mit brüchiger, fast ersterbender Stimme dazwischen.

»Es ist aber verdammt wahr«, verteidigte Roger sich.

»Seitdem du von Cabo San Lucas zurück bist, bist du nur noch die Hülle einer schönen ...«

»Halt – den – Mund!« unterbrach Holly ihn heftig.

Roger lag etwas wenig Galantes auf der Zunge, aber er schwieg.

Sie spürte Lincs intensiven Blick, schaute aber nicht zu ihm auf.

Ich wußte es ja, daß es ein Fehler war, nach Hidden Springs zurückzukehren, dachte sie.

Die Ausmaße dieses Fehlers wurden ihr jedoch erst in diesem Augenblick bewußt.

»Hat Holly Sie vor Schlangen gewarnt?« bot Linc unbefangen einen neuen Gesprächsstoff an.

»Schlangen?«

Roger wandte sich um und musterte sie nachdenklich.

Mißmutig winkte sie ab.

»Ich habe die Techniker gewarnt«, sagte sie. »Schließlich werden sie im Gebüsch herumlaufen, nicht ich. Dabei vertreiben sie die Schlangen natürlich, falls überhaupt welche da sein sollten.«

»Falls?« fragte Linc zynisch. »Du weißt sehr wohl, daß es um die Quellen herum immer Klapperschlangen gibt.«

Wieder wischte sie die Bedenken beiseite.

»Ich werde nicht als erste das Gelände betreten«, entgegnete sie kurz angebunden. »Da passiert schon nichts.«

»Was soll denn all das Gerede wegen Klapperschlangen?«

Roger ließ nicht locker.

Linc wandte sich dem attraktiven Designer zu.

»Wenn Holly von einer Klapperschlange gebissen wird, dann ist sie auf der Stelle tot«, informierte er ihn kühl.

»Was Sie nicht sagen! Ich habe gehört, daß die elenden Viecher nicht mehr lebensgefährlich sind.«

»Sind sie normalerweise auch nicht, es sei denn, man wird am Hals gebissen oder aber man reagiert wie Holly allergisch auf das Gift. Dann hat man das Nachsehen.«

Linc sprach die Worte überdeutlich aus, damit es auch keinerlei Mißverständnisse gab.

Roger berührte den Arm des Fahrers. »Drehen wir um!«

»Mach dich nicht lächerlich«, kanzelte Holly ihn ab. »Die Wahrscheinlichkeit, bei einem Autounfall zu sterben, übertrifft die Gefahr sämtlicher Klapperschlangen.«

»Deinem Fahrstil von vorhin nach zu urteilen, würde ich dir glatt zustimmen«, murmelte Linc.

Roger sah sich unschlüssig um.

»Bist du dir sicher, Shannon?« prüfte er sie auf Herz und Nieren.

»Vollkommen.«

Ihre Stimme, genau wie ihr Mund, waren wie taub.

Roger zögerte, dann seufzte er.

»Also gut«, lenkte er ein. »Laß uns weiterfahren.«

»Eine Sekunde noch!« Linc hob den Arm.

Der strenge Befehlston erschreckte Holly. Sie blickte auf und erstarrte angesichts der Funken in seinen Augen.

»Wenn du mit der Arbeit fertig bist, *niña*, haben wir etwas zu klären.«

Hollys Mund wurde trocken.

»Nein«, protestierte sie. »Wir haben einander nichts mehr zu sagen.«

Diese Worte aber sprach sie nur noch zu sich selbst.

Linc hatte sein Pferd bereits gewendet, bevor sie tatsächlich über ihre Lippen kamen.

26

Holly hockte auf einem haushohen Felsbrocken. Sie stützte sich aus Gleichgewichtsgründen mit den Händen auf der heißen Oberfläche ab, während sie an diesem besonders breiten Steinvorsprung lehnte.

Ihre Fingernägel waren in der Farbe eines Sonnenuntergangs in der Wüste lackiert, ein ähnliches Pink leuchtete auf ihren Lippen. Bei dieser Fotoserie standen statt Kleidung Kosmetika im Vordergrund.

»Und jetzt über die rechte Schulter«, kommandierte Jerry.

Holly wußte, was der Fotograf von ihr wollte, und wandte den Kopf mit einer geschmeidigen Bewegung, bei der ihre Haare flogen. Sie forderte mit ihren honigfarbenen Augen, mit ihrem ernsten Mund und dem perfekten schwarzen Schwung ihrer Augenbrauen die Kamera förmlich heraus.

»Fang mich, wenn du kannst« – so lautete der Titel der Kampagne. Holly sollte eine Frau darstellen, die gerade im Begriff war, zu fliehen.

»Phantastisch!« Jerry klatschte Beifall. »Noch einmal. Und jetzt rechts. Und noch einmal. Noch einmal. Noch einmal!«

Sie reagierte auf Jerrys Anordnungen mit einer Präzision, die wie stets spontan und ungezwungen aussah.

Auf eben diese Wirkung gründete sich Shannons Ruf. Sie besaß eine wandelbare, angeborene Schönheit, um deretwegen die Fotografen sich darum prügelten, mit ihr arbeiten zu dürfen.

»Okay. Kurze Pause zum Aufladen!«

Jerry schaute zu Holly hoch, die ziemlich gewagt über ihm auf dem Felsen kauerte.

»Nicht genug Zeit, um herunterzuklettern« meinte er. »Es sei denn, du möchtest noch etwas Sonnenlotion.«

Sie schüttelte ihr Haar nach hinten, so daß es nicht an ihren heißen Wangen klebte. Mit einer völlig unbewußten Eleganz nahm sie eine etwas bequemere Position ein.

»Ich kann es noch gut eine halbe Stunde aushalten«, meldete sie in die Tiefe.

»Wasser?« rief Roger.

»Noch nicht«, antwortete sie. »Ich schwimme auch so schon.«

Das Team lachte und beeilte sich.

Von ihrer Kanzel aus konnte sie über Jerrys Kopf hinwegschauen, über die Techniker, die Lampen und die Reflektoren, über den Visagisten, die Frisörin und das bunte Sultanszelt, in dem sie von einem tropischen Outfit in das nächste wechselte.

Der Ausblick war für jemanden wie sie, die die Wüste liebte, einfach großartig. Das schräge Nachmittagslicht verwandelte die Granitfelsen in weiche, goldene Gebilde und zeichnete die Umrisse auch noch des kleinsten Kieselsteins im Sand genau nach.

Hinter der Betriebsamkeit des Teams bewegten sich die Tiere der Wüste träge in der Kühle des späten Nachmittags, der sie endlich von der lähmenden Hitze befreite.

Linc stand weiter seitlich, wo er den Technikern, die weitere Lampen positionierten, nicht ins Gehege kam. Er saß auf seinem Hengst und verharrte so geduldig im Sattel wie die Wüste in der Ebene.

Holly zwang sich, den Blick von ihm abzuwenden. Jack stand dicht neben Linc in seinen Steigbügeln und spähte hinter dem Felsen hervor in ihre Richtung. Beth' Pferd war auch auszumachen, aber sie saß nicht im Sattel. Auf der anderen Seite von Hollys Felsen fing plötzlich Freedom zu bellen an. Als das Gebell immer lauter wurde, durchschnitt ein Schrei von Beth die nachmittägliche Stille.

Augenblicklich rannte Holly dem Hilferuf nach. Ohne sich vor einem Sturz zu fürchten, sprang sie von Felsvorsprung zu Felsvorsprung. Aus dem Augenwinkel heraus sah sie, wie Linc und Jack ihre Pferde antrieben.

Aber sie mußten einen langen Weg zurücklegen, und Beth schrie in höchster Not weiter.

Als Holly über den letzten Vorsprung hechtete, sah sie, was Linc und Jack längst argwöhnten. Beth stand starr vor Schreck da und starrte auf den Erdboden, wo Freedom eine Klapperschlange anbellte, die zusammengerollt im Sand lag. Die Schlange war zwischen dem außer sich geratenen Mädchen und dem schnappenden, knurrenden Hund gefangen und wußte nicht, wohin.

Beth hörte so plötzlich zu schreien auf, wie sie damit angefangen hatte. Sie schwankte beängstigend weit nach vorn und drohte, jeden Moment in Ohnmacht zu fallen.

Holly sprang von dem letzten Stein hinunter und raste los. Wenn Beth tatsächlich ohnmächtig wurde, würde sie auf die Schlange fallen. Dann würde die Schlange wie von Sinnen immer wieder zubeißen. Von einem derart in die Enge getriebenen Tier war das die zu erwartende Reaktion. An Beth' Kopf und Hals befanden sich die gefährdetsten Angriffspunkte.

Freedom bellte und rannte auf die Schlange zu.

Holly bremste ab und hoffte, daß der Hund die Aufmerksamkeit der Viper von dem in Entsetzen verharrenden Mädchen ablenken würde.

»Alles in Ordnung, Beth«, beschwichtigte sie sie.

Während sie sprach, näherte sie sich langsam und maß den Abstand zwischen Schlange und dem Menschenkind.

Der war eng.

Jede plötzliche Bewegung konnte einen Angriff provozieren.

Es ist zu riskant, Beth aus der Gefahrenzone herauszuzerren, sagte sich Holly. *Ich muß mich zwischen sie und das Reptil drängen.*

Es war die einzige Möglichkeit sicherzustellen, daß Beth im Falle einer Ohnmacht nicht auf die Schlange fallen würde.

Das Mädchen stöhnte schwankend und begab sich damit erneut in Gefahr.

Freedom erblickte eine Lücke und rannte los, zog sich aber zurück, als die Schlange auf ihn losstieß.

Gerade noch rechtzeitig erreichte Holly den angepeilten Zwischenraum, um das zusammenbrechende Mädchen aufzufangen. Die Besinnung hatte sie nicht verloren, sie konnte sich aber nicht mehr auf den Beinen halten.

Holly stützte Beth ab und veranlaßte sie, vollkommen stillzuhalten.

Erst jetzt wurde ihr ihre Lage richtig bewußt. Mit nur ein paar Seidenshorts bekleidet stand sie kaum einen Meter von einer zusammengerollten, zischenden Todesfalle entfernt.

Eine Schlange kann nicht weiter als ihre eigene Länge angreifen, erinnerte sie sich.

Leider jedoch hatte sie keine Möglichkeit herauszufinden, wie lang dieses Exemplar tatsächlich war.

Fasziniert starrte Holly seitlich auf das Tier hinab und versuchte, von seinem Umfang auf seine Länge zu schließen.

Das ist ein verdammt großes Biest, stellte sie sachlich fest.

Beth stöhnte auf.

Obwohl Holly sich nicht rührte, murmelte sie beruhigende Worte und drückte das Mädchen unmerklich an sich. Die leiseste Bewegung von ihnen würde die Aufmerksamkeit der Schlange von dem knurrenden, angriffslustigen Hund ablenken.

Aus dem Augenwinkel heraus sah sie Lincs Hengst an ihnen vorbeifliegen und direkt hinter Freedom abbremsen. Helles Metall blinkte in der Sonne, als er vom Pferd sprang.

»Freedom, sitz«, befahl er knapp.

Widerwillig winselnd zog sich der Hund zurück und setzte sich.

»Bleib da!«

Lincs Stimme forderte unbedingten Gehorsam. Der Hund erstarrte, als ob man ihn auf den Boden genagelt hätte. Mit der geschmeidigen Eleganz eines Ureinwohners schlich sich Linc aus der entgegengesetzten Richtung an die Klapperschlange heran. Das Beil glänzte in seiner Hand. Sein Blick war eisern auf den tödlich erhobenen Kopf der Giftnatter fixiert.

Das Reptil beobachtete aufmerksam das Herannahen des Mannes. Die Schlange bewegte sich etwas und machte ein Geräusch, als ob man Tannennadeln in einer Papiertüte schüttelte.

Normalerweise trat Linc beim Zusammentreffen mit einem solchen Gegner einfach beiseite und ließ dem Tier den Vortritt, da Klapperschlangen genau wie die Sonne zur Wüste dazugehörten.

Die Situation heute jedoch hatte nichts mehr mit einer natürlichen Begegnung zu tun.

Langsam hob Linc das Beil über seinen Kopf.

Ohne Vorwarnung schlug er zu. Er sprang einfach etwas vor und ließ das Beil mit einem endgültigen Hieb herabsausen, das bis auf einen zehn Zentimeter unter dem Sand verborgenen Stein durchschlug.

Holly schloß die Augen, um das reflexartige Zucken des bereits toten Tiers nicht mit ansehen zu müssen. Sie hörte Beth' erstickten Schrei, als Jack sie in seine Arme hob und sie mit stockenden Worten tröstete.

Als sie ihre Augen öffnete, wurde Beth von Jack liebevoll gestützt. Eng umschlungen standen sie in stiller Innigkeit beieinander.

In Holly stieg Wehmut auf. Seit Cabo San Lucas war ihr Leben in einer Art Dämmerzustand verlaufen, in dem weder die Sterne noch der Sonnenaufgang die endlose Weite der Zukunft erhellt hatten. Nur eine schreckliche Leere in ihr sehnte sich nach Erfüllung.

Kräftige Hände umfaßten Hollys Arme, wirbelten sie herum und schüttelten sie.

»Das war die dümmste Idee, auf die jemals irgend jemand auf der Welt verfallen konnte!« schnaubte Linc wutentbrannt. »Glaubst du etwa, du bist unsterblich? Was, in aller Welt, hattest du denn beweisen wollen?«

Sie blickte ihn verwundert an. Sein Gesicht glich dem Stein, den sie vorhin berührt hatte, es war hart und unbeugsam. Seine Augen zogen sich zusammen und sprühten vor Schrecken. Seine Lippen spannten sich über seine Zähne, während er sie anbrüllte. Hinter sich hörte Holly Jacks murmelnden, an Beth gerichteten Zuspruch.

Plötzlich stieg ein Lachen in Holly auf. Es war ein Lachen, das aus ihr herausdrängte, so wild wie Lincs Blick.

Sie biß die Zähne zusammen, um das grausige Gelächter zu ersticken. Als sie endlich sprach, erklang die hohe, ruhige, leere Stimme einer anderen.

»Beth wäre beinahe in Ohnmacht gefallen«, erläuterte sie. »Sie schwankte bereits nach vorn. Wenn sie auf die Schlange ...«

Holly beobachtete die Veränderung in Lincs Gesichtsausdruck, als ihm bewußt wurde, wie knapp seine Schwester dem Tod entronnen war.

»Immerhin«, sagte sie. »Es freut mich, daß du wenigstens noch für einen Menschen Fürsorge an den Tag legst.«

Hinter sich vernahmen sie Beth' Schluchzer und Jacks zärtliche Worte, die sie einlullten.

Holly fragte sich, wie es wohl wäre, wenn sie wieder weinen könnte. *Wie es wäre, wenn jemand sie wieder halten, sich um sie sorgen, ihre Tränen zu den seinen machen würde.*

Genau das hatte Linc damals in der Unfallnacht ihrer Eltern getan.

Er hat meine Welt durch seine Kraft und damalige Wärme zusammengehalten. Sechs lange Jahre hat mir die Erinnerung an jene Nacht Mut verliehen, sie war die Quelle meiner Träume und meiner Zuversicht.

Ganz allein und erfolgreich hatte sie sich eine Karriere in einer extremen Welt und weit weg von ihrem Zuhause hart erkämpft. Und dann war sie zurückgekommen, um ihre Existenz mit Linc zu teilen. Immerhin war es ein Leben, zu dem er ihr die Kraft gegeben hatte.

Aber dieses Leben wollte er nicht mit ihr teilen.

Und nun war Hollys geheime Quelle ausgetrocknet. Das Durchhaltevermögen verließ sie so, wie die Farbe die Welt mit Anbruch der Nacht. *Nur noch Dunkelheit herrschte in ihr.*

Himmel, bin ich müde! So müde. Nichts ist mehr übrig. Nichts...

Holly hörte ihre eigene Stimme wie aus der Ferne und merkte zu spät, daß sie ihre Gedanken laut ausgesprochen hatte.

Es ist alles egal. Alles hat seine Bedeutung verloren.

Sie besaß kein Gleichgewicht mehr und fiel aus der Welt in eine endlose Finsternis.

Sie wußte nicht einmal, daß Linc sie aufgefangen und in das Umkleidezelt getragen hatte. Bei jedem seiner Schritte verfluchte er ihren Boß.

Linc legte Holly vorsichtig auf einen Stapel bunter Satinlaken, die für ein früheres Bild verwendet worden waren. Mit zitternden Fingern berührte er ihr bleiches, regungsloses Gesicht.

Dann stand er hastig auf und wollte Roger das Fell über die Ohren ziehen, weil er Holly viel zu sehr einspannte.

Als Holly wieder zu sich kam, leuchteten über ihr die Farben des Sonnenuntergangs.

Aber das stimmte doch nicht, dachte sie. *So spät kann es noch gar nicht sein.*

Vor dem Zelt stritten zwei Männer miteinander.

Roger und Linc.

»... und nehme sie mit mir«, bellte Roger.

»Auf gar keinen Fall«, knurrte Linc. »Sie haben Holly so ausgenützt, daß sie kaum noch ihren Kopf aufrecht halten kann!«

»Es ist nicht die Arbeit, Sie gottverdammter Idiot. Es ist ...«

Sie steckte sich die Finger in die Ohren und schloß jedes Geräusch aus. In jedem Fall fehlte ihr die Kraft, jetzt Linc gegenüberzutreten.

Nicht einmal sich selbst könnte sie derzeit gegenübertreten.

Etwas später zog sie ängstlich die Finger wieder aus den Ohren.

Der Streit hatte aufgehört. Nun ertönten die gewohnten Geräusche, wenn das Team seine Sachen zusammenpackte.

Mit dem Zelt werden sie wohl noch etwas warten müssen, dachte sie. *Ich bin viel zu müde, momentan aufzustehen.*

Ungeschickt zog Holly ein leuchtendrotes Satinlaken über ihren Kopf und fiel in einen tiefen Schlaf.

Als sie wieder aufwachte, war sie immer noch von dem Glühen des Sonnenuntergangs umgeben. Diesmal aber wußte sie, um was es sich handelte.

Das Zelt des Sultans, dachte sie verschlafen. *Warum bin ich immer noch hier? Den Teil der Kampagne haben wir doch längst abgeschlossen.*

Beunruhigt wandte Holly den Kopf und sah sich um.

Für Innenaufnahmen trage ich das vollkommen falsche Outfit. Kurze Hosen und nicht Haremspluderhosen.

Und warum liege ich unter einem dieser Satintücher, die für den Hintergrund gedacht sind?

Plötzlich fiel es ihr wieder ein.

Ich bin in Ohnmacht gefallen.

Diese Erkenntnis verwunderte Holly. Sie war noch niemals in ihrem Leben einer Ohnmacht auch nur nahe gewesen.

Wie bin ich hierhergekommen?

Sie erinnerte sich lediglich daran, daß sie einem Streit gelauscht hatte. Dann war ihr die Idee gekommen, sich die Ohren zuzustopfen.

Linc. Er hatte sich mit Roger gestritten.

Und dann war sie aus lauter nervlicher Erschöpfung eingeschlafen.

Bei dem Gedanken an Linc wußte Holly auf einmal, daß er ganz in ihrer Nähe war. Sie waren allein zusammen in der Wüste. Sie spürte, daß er sie beobachtete. Seine Gegenwart war so mächtig wie eine Felswand.

Und genauso unnachgiebig.

Zärtlich strichen seine Fingerspitzen über ihre Wangen. Sie zuckte zurück. Nochmals solch einen Aufruhr der Gefühle konnte sie nicht ertragen … ach, wäre sie doch nie mehr aufgewacht!

Außerhalb des Zelts war es vollkommen still. Linc hatte also die Auseinandersetzung für sich entschieden. Roger und der Rest des Royce Design Teams fuhren bereits nach Hause.

Nicht so Linc.

Sie spürte die Wärme seines Körpers, als er sich neben sie legte. Unter Protest verspannte sie sich, hatte aber nicht die Kraft, sich ihm zu widersetzen.

Das schwere Gewicht ihrer Haare wurde von ihrem Nacken gehoben: Linc küßte zentimeterweise ihre Haut. Seine Zärtlichkeit ging ihr durch Mark und Bein.

»Nicht«, flüsterte Holly. »Bitte nicht.«

Linc hörte ihr Flehen und spürte ihre Angst.

»Warum nicht?« fragte er.

»Es ist immer dasselbe mit mir«, erwiderte sie. Dann lachte sie spröde. »Vom Regen in die Traufe, eine tolle Veränderung, nicht wahr?«

»Alles hat sich verändert, *niña*. Ich liebe dich.«

Holly schlug sich mit der Hand vor den Mund und biß sich in die Knöchel, um nicht laut aufzubegehren.

Zu spät, dachte sie verzweifelt.

Ich kann ihm einfach nicht mehr vertrauen.

Und darf es auch nicht mehr. Denn wenn ich mich irre, wenn ich wieder hoffe und liebe und lebe …

Und dann wieder verliere …

»Nein«, sagte sie kalt.

»Sieh mich an«, forderte Linc sie auf.

Seine Stimme war so zärtlich wie seine Fingerspitzen und sein Kuß.

Sie schloß die Augen und kämpfte gegen ihre Hoffnung an.

Er küßte sie auf die Augen. Sehr vorsichtig nahm er ihre Hand von ihrem Mund, küßte die Bißspuren, die ihre Zähne auf ihrer Haut hinterlassen hatten.

»Ich wußte, daß ich das Mädchen Holly lieben würde, als ich sie zum ersten Mal zu mir aufblicken sah. Ihr ganzes Herz lag in ihren Augen«, erinnerte er sich. »Aber ich war siebzehn, und sie erst neun Jahre alt.«

Wie ein Hauch erklang seine Stimme, als ob er mit sich selber spräche.

»Ich habe Holly zugesehen, wie sie älter wurde. Eines Nachts rannte sie aus dem Haus meiner Eltern und warf sich mir in die Arme. Ich hätte meine Alten am liebsten umgebracht, weil sie sie so geängstigt hatten.«

Nicht hinhören, ermahnte sie sich.

Es war unmöglich.

Seine Fingerspitzen berührten ihr Gesicht, als ob sie der schöne, zerbrechliche Traum wäre, den er nicht aufwecken wollte.

»Dann brachte ich sie nach Hause«, ging es weiter. »Ich habe sie geküßt und immer wieder geküßt, bis ich zitterte vor …«

Sie versuchte etwas zu sagen, damit er endlich aufhörte, ihr ihren eigenen Traum in seinen Worten zu erzählen.

Er aber fuhr unbeirrt fort. Seine Stimme war heiser vor Verlangen und Reue und einem Gefühl, das sie aus Angst nicht benennen wollte und dem zu trauen erst recht nicht in Frage kam.

»Als ich das nächste Mal meine süße Holly wieder an mich drückte, war es aus einem anderen Grund. Ihre Eltern lagen im Sterben, und sie weinte an meiner Brust. Da habe ich erfahren, daß geteiltes Leid genauso bindend ist wie geteilte Leidenschaft. Sie hat mich sie halten, mit ihr weinen und sie beschützen lassen. Und dann war sie fort.«

Der Schmerz machte ihn stumm. Um seine Augen lagen tiefe Schatten.

»Ich habe niemals eine Frau so sehr begehrt wie diese eine«, bekannte er. »Erst sechs Jahre später wieder, in Hidden Springs, als ein katzenäugiges, dunkelhaariges Fotomodell ihre Arme nach mir ausstreckte und mir... die ganze Welt versprach.«

Holly bewegte sich unruhig.

»Nicht«, sagte sie. »Ich will das nicht alles noch einmal durchleben. Nicht jetzt, wo ich weiß, wie es endet.«

Zärtlich und unnachgiebig blieb Linc am Ball.

»Plötzlich hatte ich begriffen, wie es in meinem Vater aussah«, legte er ihr dar. »Ich habe ihn nicht mehr gehaßt. Aber ich wußte, daß ich mich selbst hassen würde, wenn ich meinen Gefühlen nachgäbe.«

Unruhig zerknüllte sie das Laken.

»Ich habe unter Shannons Glanz Holly nicht mehr wahrgenommen«, sagte Linc. »Es blieb mir verborgen, daß ich Shannon begehrte, *weil* sie Holly war. Ich habe nur eine Frau gesehen, die so schön war, daß sie die Seele eines Mannes zerstören konnte.«

»Linc... nicht!«

Seine Lippen fuhren über ihren Mund. Seine Zärtlichkeit, die wie ein Messer durch ihre Seele fuhr, erstickte ihre Worte.

»Ich habe gegen diese Tatsachen rebelliert«, sagte er. »Nur so gedachte ich sicher zu sein vor jener Begierde, die ich blind und vergeblich ablehnte. Denn sie hat mich wieder gepackt. Und wie heftig sie mir zu schaffen macht!«

Linc hielt inne, strich sanft über Hollys Wangen und brachte ihr Schritt für Schritt nahe, was auch er selbst in den letzten vier Monaten begriffen hatte.

»Einmal konnte ich nicht schlafen«, sagte er. »Ich habe Sand Dancer gesattelt und mir die schwierigsten Strecken ausgesucht, die es in diesem Umkreis gibt. Obendrein tobte in jener Nacht ein Sturm, und meine Unternehmung war sehr töricht.«

Sein trauriges Lächeln zerriß ihr das Herz. »Aber Menschen, die lieben, machen manchmal dumme Dinge. Sie nehmen es beispielsweise mit Klapperschlangen auf, um das Leben eines anderen zu schützen.«

Linc legte seine Finger unter Hollys Kinn und hob ihr Gesicht zu sich.

»Danke für Beth«, sagte er leise. »Mir war inzwischen klargeworden, daß du nicht die selbstsüchtige Frau meiner Alpträume bist. Aber daß du dich sogar opfern würdest, das wußte ich nicht.«

Die Wärme seiner Hände hüllte ihren kalten Körper ein. Ihre Hand bewegte sich und suchte seine, und seine Finger verschränkten sich mit ihren.

Holly blickte ihn an. Ihre Augen leuchteten golden in der Dämmerung.

»Als ich durch das nächtliche Unwetter ritt, hatte ich mehr Glück als Verstand«, gab Linc zu. »Ich bin neben einer Frau aufgewacht, die ich liebte, die ich aber verloren glaubte. Sie war wie geschaffen für mich, schmolz in meiner Umarmung ...«

Für einen Moment hielt er inne. Nur der Wind war zu hören, wie er an dem leichten Zelt rüttelte.

»Als ich merkte, daß Holly Shannon war, fühlte ich mich betrogen«, brach es aus ihm heraus. »Ich fühlte mich gefangen wie mein Vater, empfand mich als einen Dummkopf. Daher nahm ich die einzige Rache, die ich kannte und bewies, was für ein absoluter Idiot ich war. Das werde ich mir niemals verzeihen, *niña*.«

Sie schwieg, vernetzte aber ihre Finger noch fester mit seinen und betrachtete ihn mit einem vagen Hoffnungsschimmer in den Augen.

»Aber du dachtest nicht an meine Schuld«, flüsterte Linc. »Du bist zu mir gekommen wie eine Wolke zum Berg, du bist in mich gesunken wie der Regen in die Wüste und hast mir das Leben neu geschenkt. Aber du warst auch Shannon. Und ich hatte ... Angst vor dir.«

Der Gedanke, was er durchlitten hatte, peinigte Holly geradezu.

»Jedesmal, wenn wir uns liebten, bist du noch mehr mit mir eins geworden. Und dann bist du gegangen, weil ich die allereinfachste Wahrheit nicht aussprechen konnte. Ich liebe dich. Ich will, daß du meine Frau wirst. Schenk mir Kinder und eine Familie! Laß uns unser Leben lang zusammenbleiben.«

»Linc«, stammelte sie.

Mehr brachte sie nicht über die Lippen. Ihre Kehle war so zugeschnürt und schmerzte von all den Tränen, die sie sich seit Cabo San Lucas verkniffen hatte.

»Schau nicht so ängstlich drein«, bat er mit belegter Stimme. »Ich verlange nicht von dir, Shannon aufzugeben. Dein Leben soll reicher werden und nicht eingeschränkter. Ich werde dich nach Möglichkeit begleiten und zu Hause bleiben, wenn es nicht anders geht. Aber bitte, laß mich wieder ein Teil von dir sein. Ich liebe dich so sehr ...«

Die Worte blieben ihm im Hals stecken, und er suchte ihre Augen.

»Sag mir, daß ich nicht zu spät gekommen bin«, flehte er. »Sag mir, daß du mich immer noch liebst.«

Holly legte ihre Finger auf seine Lippen und brachte ihn zum Schweigen. Sein Schmerz war ihr unerträglich, denn er ähnelte zu sehr ihrer eigenen Qual.

Jeder Tag wie ein kleiner Tod.

»Ich liebe dich«, flüsterte sie.

Sie spürte, wie er unter ihrer Berührung erbebte, und fühlte die Wärme seines Atems, als er die angehaltene Luft ausstieß. Seine kräftigen Arme zogen sie an sich. Dann zuckte er plötzlich zusammen, als hätte ihn jemand geschlagen.

Zweifellos entsann er sich des Augenblicks, als sie aufgewacht und vor seiner Berührung zurückgeschreckt war.

Sie zog seinen Mund an ihre Lippen und hauchte ihr Ja in ihn, ihr Leben, ihre Träume.

Ihre Liebe.

Langsam bewegten sich ihre Körper aufeinander zu, heilten sich durch gegenseitige Berührung, seufzten zusammen, verschmolzen miteinander, bis keiner mehr sagen konnte, wessen Lippen wen küßten, wessen Tränen wer schmeckte, wer zuerst von dem Leben sprach, das sie miteinander teilen würden, von Kindern und Fröhlichkeit, von Träumen, die so stark waren wie diese Gegenwart.

Und dann war nur noch die Stille und das Vertrauen, die Wolke und der Berg und die Regenzeit, die ewig neues Leben gebar.